D1349334

DE VROUWEN VAN FALUCSKA

Jessica Gregson

De vrouwen van Falucska

SIJTHOFF

ISBN 978 90 218 0077 6
NUR 302

www.boekenwereld.com

Voor mijn grootmoeder, Laurette,
en ter nagedachtenis aan mijn grootvader, Clem

OPMERKING VAN DE AUTEUR

Dit boek is gebaseerd op een waargebeurd verhaal, maar de fantasie van de auteur heeft alle gebeurtenissen flink opgesmukt. Daarom zijn de namen van plaatsen en personages veranderd.

PROLOOG

Ze geeft nooit antwoord, maar toch blijf ik tegen haar praten. Luister, zeg ik. Ik heb fouten gemaakt. Toen het allemaal begon, probeerde ik mezelf soms wijs te maken dat ik er niets aan kon doen, dat ik door het noodlot was getroffen. Die acht vrouwen bungelen en draaien nu in de wind, maar destijds deed ik of ik op een bepaalde manier ook altijd machteloos in de wind had gebungeld. Dat is niet waar. Het is gewoon een leugen die ik mezelf op de mouw speldde als ik niet onder ogen wilde zien wat ik ben en wat ik heb gedaan. In werkelijkheid heb ik keuzes gemaakt en heb ik een groot aandeel in de gebeurtenissen gehad. Zonder mij zou het niet eens zijn gebeurd.

Ik ben achtentwintig jaar. Ik zie er ouder uit, maar nog niet half zo oud als ik me voel. Dat komt in mijn geboortestreek wel vaker voor. Ik heb gehoord dat vrouwen in de stad vertroeteld en verwend worden, dat ze met fluwelen handschoenen worden aangepakt alsof ze verfijnde sieraden of speeltjes zijn. Hier, waar we onze ouders, echtgenoten en kinderen op onze rug dragen, zijn we de vuilnisbelt voor alle rotzooi van het leven. Dat heeft Judit me al vroeg bijgebracht, en alles wat ik sindsdien heb meegemaakt, lijkt dat te onderschrijven. Vroeger waren de mensen verbaasd dat ik nog leefde – ik heb meer doorstaan dan de meeste mensen die op het platteland zelfmoord plegen.

Toen ik een jaar of acht, negen was, verdronk de zestienjarige Katalin Remény zich omdat ze ongehuwd zwanger was. In die tijd waren dode lichamen in de rivier veel zeldzamer dan de laatste tijd, en Katalins dode lichaam werd uit het water gevist en op de dag van haar begrafenis op een kar door de straten gereden. Ze werd omringd door jammerende rouwklagers, maar door haar zonden mocht ze natuurlijk niet op het kerkhof begraven worden. Later goten Judit en mijn vader kokend water op haar graf om te voorkomen dat ze als geest in het dorp ging rondwaren, want dat schijnen zelfmoordenaars te doen.

Een paar dagen na Katalins begrafenis kwam Judit naar me toe. Ik weet nog dat ze kookte en schuimbekte van woede. Ze zei dat Katalins zelfmoord zinloos en onnodig was geweest, omdat ongehuwde moeders alleen maar zondaars waren in de ogen van mensen die vrouwen onder de duim wilden houden. Trouwens, als vrouwen ongewenst zwanger waren, konden ze altijd bij Judit terecht, want dan zou zij het verder wel regelen. Op die leeftijd had ik slechts een vaag idee wat 'regelen' inhield.

Meestal kwamen Judits woede-uitbarstingen voort uit het verlangen om mij te beschermen. Deze tirade was daarop geen uitzondering, en Judits woorden bereikten hun doel. Katalin werd in mijn geheugen gegrift als symbool van alles wat ik nooit wilde zijn: een dwaas offerlam dat het oordeel van een paar domme dorpsgenoten belangrijker vond dan haar eigen leven. Ik wist dat ik mijn leven nooit zou offeren zolang ik alternatieven had, en iedereen zal moeten toegeven dat ik zo veel mogelijk alternatieven heb gezocht.

Ik leg haar uit dat dit de kern van mijn verhaal is: mijn overlevingsdrang, mijn wil om te leven. Die ligt ten grondslag aan alle keuzes die ik heb gemaakt. Er waren genoeg momenten waarop ik me bij de politie had kunnen melden, en ik geef toe dat ik daarmee wel een aantal levens had kunnen redden. Maar het mijne niet, en dat van haar ook niet, en dat zijn de enige levens waar ik iets om geef. Ik heb geleerd dat het te pijnlijk en gevaarlijk is om van andere dingen te houden.

Is het vreemd dat ik er op mijn achtentwintigste al zo over denk? Misschien had ik de bittere pil van het leven moeten accepteren als excuus om de moed op te geven. Maar toen ik hem eenmaal tussen mijn tanden had, wilde ik hem niet meer kwijt en was ik bereid hem met hand en tand te verdedigen. Wat is er mooi aan het leven? Stel me die vraag als je 's zomers een bolle, witte maan boven de vlakte ziet drijven. Stel me die vraag als je in de ogen van mijn kind kijkt. Natuurlijk zijn er ook verschrikkelijke dingen, en soms – vaak – wegen die nog zwaarder dan al het moois. Maar schoonheid kan nu eenmaal niet zonder enige gruwel bestaan.

1914

I

Sari is veertien als ze haar vader het huis uit dragen en met hem door de straten van het dorp lopen. Zijn onbedekte, zielloze gezicht wijst naar de onmetelijke hemel als ze hem langs de zomerse, uitbundige wilde bloemen op de rivieroever naar het kerkhof dragen. Het is een openbaar afscheid van een man die erg op zichzelf was, overgoten met het dramatische sausje dat het dorpsleven draaglijk maakt. Het is zijn laatste kans om in het middelpunt van de aandacht te staan, al had Jan Arany daar tijdens zijn leven geen behoefte aan. Sari huilt niet, want dat doet ze nooit. In plaats daarvan hult ze zich in een mantel van stilte en laat ze de andere vrouwen van het dorp voor haar jammeren. Door haar zwijgzaamheid is het net of ze er met haar gedachten niet bij is, maar dat is maar schijn.

Haar vader was een Wijze, een gerespecteerd man, een *táltos*. Heel haar leven hebben ze aan de rand van het dorp in een houten huis met krakende traptreden gewoond. Het pad naar de deur was uitgesleten door de voeten van alle dorpelingen die genezen, geholpen of gered wilden worden. Haar vader was een lange, forse man met brede schouders en blond haar, een kleur die in hun woonplaats niet vaak voorkwam. Sari vindt dat zijn brede gezicht iets weg had van de zon: warm, maar toch met gepaste afstand. De dorpelingen hadden net zo veel bewondering als vrees voor hem gekoesterd. Voor Sari zijn ze alleen maar bang.

Sari weet niet beter dan dat ze fluisterend met een boog om haar heen lopen. Haar vader had zijn best gedaan om het uit te leggen. 'Dat komt omdat ze van je moeder hielden,' zei hij, maar dat vindt Sari onlogisch. Zelf houdt ze ook van haar moeder, een schim die ze nooit heeft ontmoet en die ze alleen maar van horen zeggen kent. Uit alle verhalen en haar eigen fantasie heeft ze een eigen beeld gesponnen van een jonge vrouw die, nauwelijks ouder dan Sari, glimlachend haar familie verliet om met Jan Arany te trouwen. Ze glimlachte nog toen haar buik zwol met Sari erin, maar bij Sari's geboorte spleet ze open en ging ze dood.

'Ik wilde helemaal niet dat ze doodging,' zei Sari, als iemand weer eens 'heks' achter haar rug had gesist.

'Dat weet ik,' zei haar vader. 'Ze denken gewoon dat zoiets ongeluk brengt, dat is alles.'

Maar dat is nog lang niet alles. Daar is Sari zich van bewust, al vond ze het altijd wel lief dat haar vader net deed of er verder niets aan de hand was. Ze weet zelf dat ze anders is, dat de dorpelingen hun hoofd schudden over haar houding, haar blik, de dingen die ze zegt en de dingen die ze weet. Ze benijdt de meisjes die ze gezellig gearmd door het dorp ziet lopen, maar ze heeft geen idee wat ze moet doen om ook zo te worden. Ze weet niet hoe ze haar gedrag moet veranderen om aardig gevonden te worden. De enige concessie die ze tegenwoordig doet, is dat ze haar mond houdt. Als ze haar mond houdt, hebben de dorpelingen minder over haar te roddelen, maar zoals dat zo vaak in kleine dorpjes gaat, vinden de mensen het net zo leuk om oude verhalen te herhalen.

Dat gebeurde ook op de dag dat haar vader stierf. Het was ochtend, en Sari stond in het door lawaai verstikte dorpshart bij de deur van de familie Mecs om van Dorthya Mecs een fles *cseresznye* te kopen. Toen ze haar hand uitstak om de fles aan te nemen, hoorde ze de stemmen. Ze waren helder, duidelijk te verstaan, en ze hoorde het lijzige geluid van Orsolya Kiss' hoge, nasale stem overal bovenuit. Op het moment dat Sari haar naam hoorde, keek ze vanuit haar ooghoek opzij zonder haar hoofd te draaien. Orsolya, die werd omringd door drie of vier andere vrouwen, leunde grijnzend met een van haar dikke billen op de rand van de veranda van de familie Gersek. Sari zag dat Orsolya's beste vriendinnen, Jakova Gersek en Matild Nagy, haar als een paar lijfwachten flankeerden. De derde vrouw kende ze niet, maar de vorm van haar gezicht deed aan dat van Orsolya denken, en ze herinnerde zich te hebben opgevangen dat Orsolya's nicht uit Város op bezoek was. Omdat Sari had geleerd dat ze zo min mogelijk moest opvallen, dook ze een beetje in elkaar en ging ze moeiteloos op in de donkere hoeken en gaten van de smalle, hellende straat.

'Ze is nooit helemaal normaal geweest,' zei Orsolya. In haar overdreven meelevende stem klonken overduidelijk leedvermaak en plezier over een sappige roddel door. 'Dat is een zware last voor haar vader, een goede, fatsoenlijke man. En haar moeder…' Orsolya zweeg even om haar ogen vroom ten hemel te heffen, een voorbeeld dat door de andere drie keurig werd gevolgd. 'Monika was een goed mens. Het is tragisch dat ze zo jong gestorven is, maar vergeef me, soms dank ik God dat ze nooit heeft hoeven zien dat ze zo'n dochter heeft voortgebracht.'

'Wat doet ze dan?' fluisterde Orsolya's nicht met het gedempte, opgewonden stemgeluid van een volleerd roddelaarster.

Dergelijke gesprekken had Sari tot vervelens toe gehoord. Het waren rituele liederen waarin de een vragen stelde en de ander antwoordde. Ze besefte dat ze als verstijfd met de fles alcohol in haar hand bleef staan. Haar blik kruiste die van Dorthya, die haar wenkbrauwen optrok en meelevend haar schouders een stukje optrok. Sari trok haar arm terug, maar bleef als aan de grond genageld staan. Doodstil bleef ze staan luisteren. Welk verhaal wordt het deze keer, Orsolya, dacht ze. Dat ik een hond gek heb gemaakt omdat hij steeds voor ons huis poepte? Dat ik de baby van Éva Orczy heb vervloekt omdat ze raar naar me kijkt? Dat ik een moedervlek in de vorm van een omgekeerd kruisbeeld op mijn rug heb? Of heb je een nieuwe roddel verzonnen? Kom op, Orsolya. In gedachten daagde Sari haar uit. Verras me.

'Nou, het volgende verhaal heb ik met eigen ogen gezien,' zei Orsolya. Bij die woorden ontspande Sari zich weer een beetje. Dit verhaal kende ze, het was bijna een troost om het steeds weer te horen. Door de jaren heen was het bijna net zo rustgevend als een sprookje geworden. 'Ik denk dat ze vier of vijf jaar was,' vervolgde Orsolya ontspannen. 'Het was zondag en we zaten in de kerk. Het was zomer, eind juli of begin augustus, en je weet hoe irritant de vliegen dan zijn. Hoe dan ook, er zoemde zo'n dikke, grote *dongó* om Sari heen en ze mepte er met haar hand naar, zoals kinderen dat zo vaak doen. Maar omdat het beest haar niet met rust wilde laten, ging ze uiteindelijk rechtop zitten om hem strak aan te kijken. Toen was het met hem gebeurd. De vlieg viel dood op de grond.'

In de ademloze stilte die volgde, was het net of ze de vlieg met een doffe plof op de grond hoorden vallen. Orsolya had de spanning prachtig opgebouwd. In een ander leven had ze op het toneel kunnen staan, maar hier is haar repertoire beperkt, en Sari kende deze geschiedenis helemaal uit haar hoofd. Op deze stilte had ze staan wachten. Ze wist dat de vrouwen hun mening toch al hadden gevormd, dus ze mocht toch wel een grapje met hen uithalen? Ze gaf Dorthya rustig haar geld en draaide zich naar het groepje vrouwen. Met opzet haalde ze diep adem en rechtte haar rug, alsof iemand haar aan een touwtje omhoogtrok. Met een weloverwogen, op effect gespeeld gebaar gooide ze haar haren naar achteren voordat ze achtereenvolgens Orsolya, haar nichtje en de domme, giechelende vriendinnen de blik toewierp die de mensen zo bang maakte. Tot haar genoegen zag ze de zelfvoldane blikken meteen van hun gezichten glijden. Als stront van een spade, dacht ze, voordat ze zich omdraaide, de fles onder haar arm stak en naar huis wandelde.

Ze was nog maar net thuis en was de aardappels voor het middagmaal aan het schillen toen ze boven een harde, doffe dreun hoorde. Automatisch flitste de herinnering aan Orsolya's fictieve vlieg door haar heen, maar ze wist meteen wat er was gebeurd. Haar gezicht verraadde geen enkele emotie en ze stond pas op toen ze alle aardappels had geschild. Daarna schudde ze het water van haar handen, veegde ze af aan haar schort en liep heel langzaam de trap op naar de slaapkamer van haar vader. Daar lag hij, slap en ineengezakt op de vloer, precies zoals ze had geweten dat ze hem zou aantreffen. Ze liep naar hem toe, knielde bij hem neer en veegde zachtjes met haar hand over zijn gezicht om zijn ogen te sluiten. Ze was niet verbaasd dat hij dood was. Het geluid waarmee hij op de vloer was gevallen, kon gewoon niet van een levend wezen afkomstig zijn.

Vijf minuten bleef ze doodstil op haar knieën bij haar vader zitten. Ze huilde niet, praatte niet en bad niet, al bedacht ze later dat het misschien wel een goed idee was om tegen de mensen in het dorp te zeggen dat ze had gebeden. Ze voelde haar hart in haar borstkas bonken, voelde het bloed in de aderen van haar pols kloppen terwijl ze probeerde te wennen aan het onmogelijke idee dat haar vader dood was en zij nog leefde. Ze bleef zitten tot ze zich bewust werd van de leegte in de kamer, tot ze voelde dat het lichaam op de vloer niet langer haar vader was, maar een ding. Toen was het niet erg meer om hem alleen te laten.

In Falucska staat Sari vooral bekend om haar onverstoorbare zwijgzaamheid, die de dorpelingen erg op de zenuwen werkt.

Tijdens de begrafenis koestert Sari dit imago en slaat ze het als een comfortabele oude deken om zich heen. Ze lijkt onaangedaan als de priester het over haar vader heeft en wordt niet ontroerd door de huilende vrouwen om haar heen. Het hele dorp is uitgelopen, en iedereen kijkt naar Sari. Veel mensen vinden het echt erg dat Jan is overleden, maar het is wel duidelijk dat Sari's aanwezigheid op de begrafenis een extra attractie is. Als ze de aanwezigen ook maar een klein beetje zou choqueren, door bijvoorbeeld tijdens de grafrede te gaan lachen, zou de begrafenis opeens een stuk levendiger worden en zouden de dorpelingen nog dagenlang iets hebben om over te praten. Sari beseft dat de meeste mensen niet eens boosaardige motieven hebben om zoiets te wensen. Het leven in een klein, kalm dorpje op het midden van de vlakte is nu eenmaal dodelijk saai. Er zijn zelfs dorpelingen die Sari dankbaar zijn dat ze wat leven in de brouwerij brengt, al zouden ze dat natuurlijk nooit hardop toegeven. Als Sari er niet was geweest, zouden ze het tot vervelens toe over oogsten, zwangerschap en het weer moeten hebben.

Sari voelt dat de mensen naar haar kijken en weet dat iedereen hoopt dat ze zich vreemd gedraagt. Ze besluit hun de lol niet te gunnen. Dit is mijn vader niet, zegt ze kalm tegen zichzelf voordat ze haar verstand op nul zet. Door de jaren heen heeft ze steeds beter geleerd om situaties emotioneel los te laten. Pas wanneer de eerste kluit aarde op de kist valt, komt ze weer met beide benen op de grond. Heel even flitst er een afschuwelijk beeld van haar met wormen en zand bedekte vader door haar heen, maar dat is alles. De mensen uit het dorp zien haar gezicht pijnlijk vertrekken, alsof ze door een insect wordt gestoken. Meteen zijn ze alert en vragen ze zich gespannen af wat Sari gaat doen. Ze werpt zich vast in het graf, of misschien gaat ze wel gillen, denken ze. Het zou me niets verbazen als ze de priester aanvalt... Maar Sari draait zich alleen maar om en loopt weg in de richting van de huizen. Pater

István gaat na een korte onderbreking door met zijn monotone verhaal, waarna er een gevoel van anticlimax over de dorpelingen neerdaalt.

Aan de rand van de groep mensen komt iemand in beweging. Ferenc Gazdag, een jongen van negentien jaar met een dodelijk ernstige blik, wil achter Sari aanlopen, maar zijn moeder legt haar hand op zijn schouder om hem tegen te houden.

'Niet doen,' sist ze. Márta Gazdag is de zus van Sari's overleden moeder. Ze is niet bepaald dol op Sari – hoe kun je nu in vredesnaam van zo'n vreemd kind houden? – maar de rechte rug van het meisje en haar heidense zwarte haar doen Márta soms aan haar zus denken, die slechts een paar meter van haar af begraven ligt. Alle ogen volgen Sari om te kijken waar ze naartoe gaat, al hebben de meeste mensen wel een vermoeden. En ja hoor, op het kruispunt slaat ze links af in plaats van rechts. Ze loopt bij de vroedvrouw de trap op en gaat naar binnen.

'Tante Judit?'

Sari weet niet eens of tante Judit wel echt haar tante is. Ze heeft haar altijd zo genoemd, maar dat doen de andere dorpelingen ook, zelfs het handjevol mensen dat ouder is dan Judit zelf. De aangenomen familieband is Judits enige link met respectabiliteit, de enige reden waarom de dorpsjongetjes de ramen niet met stenen bekogelen als ze langs haar huis lopen (al zijn er soms toch een paar die het wel doen). Het dorp móést haar wel als familielid opnemen, want de bewoners hebben haar nodig, hoe ze verder ook over haar mogen denken. Judit is de enige vroedvrouw van het dorp, en wat misschien nog wel belangrijker is, de enige in een straal van een paar kilometer die wat medische kennis heeft. Je kunt het wel zo hoog in de bol hebben dat je naar een tandarts in Város gaat of je zoon altijd door een dokter in de stad laat nakijken, maar o wee als je 's nachts moet overgeven en bij tante Judit in een kwaad blaadje staat, want dan is zij degene om wie je schreeuwt.

Sari is dol op Judit, bijna net zo dol als op haar vader. Nu hij er niet meer is, is er niemand die zo veel voor haar betekent als zij. Judit heeft het nooit vervelend gevonden dat Sari anders is dan de rest. Sterker nog, ze lijkt het juist leuk te vinden, waarschijnlijk omdat ze zelf ook altijd een buitenstaander is geweest. Judit is het prototype van een oude heks. Ze is zo mager als een lat en heeft wit, weerbarstig haar, dat zich niet in een knotje laat temmen en altijd alle kanten op piekt. Ze heeft gitzwarte ogen, een haakneus en een zwarte, gapende mond, waarin nog maar een paar tanden staan.

'Wees zuinig op je tanden,' zegt ze altijd tegen Sari. 'Als je ze kwijtraakt, zul je ze hevig missen.'

Sari heeft geen idee hoe oud ze is, misschien wel zeventig of zelfs tachtig, maar Judit is nog zo kwiek en sterk dat Sari geneigd is om haar schatting naar beneden bij te stellen. Judit zegt dat ze er zo oud uitziet omdat ze een zwaar leven heeft gehad, maar na die opmerking volgt altijd zo'n uitbundige, kakelende lach dat Sari niet weet of ze het werkelijk meent. Judit heeft het soort gezicht waar kinderen bang voor zijn, en sommige volwassenen ook, als ze het eerlijk zouden toegeven. Dat lijkt Judit leuk te vinden. Ze doet tenminste totaal geen moeite om de vele dorpsroddels over haar te ontzenuwen.

Nu komt Judit met een glas in haar hand de keuken uit. 'Sari, hoor jij niet op de begrafenis te zijn?'

Sari trekt een lelijk gezicht en sjort haar laarzen uit. 'Die is al bijna voorbij. Ik had er meer dan genoeg van, Judit. Ik had meer dan genoeg van de mensen en de woorden en het gehuil. Het slaat nergens op.'

'Het spijt me dat ik er niet was,' zegt Judit. Ze gaat op de houten vloer zitten om op dezelfde ooghoogte te komen als Sari, die nog steeds aan haar rechterlaars trekt. 'Je weet dat István en ik niet goed met elkaar overweg kunnen. Misschien had ik toch moeten komen om jou gezelschap te houden.'

Sari schudt heftig haar hoofd. 'Doe niet zo gek. Dan was je net zo hypocriet geweest als de rest. Ik kan trouwens ook best voor mezelf zorgen.' Haar stem breekt bij die laatste woorden, en ze slaat haar handen abrupt voor haar gezicht. Judit legt een gekromde hand op haar schouder, maar trekt haar niet tegen zich aan, omdat dat gekunsteld zou overkomen. Hoewel Sari hevig schokt, betwijfelt Judit of ze huilt. Ze kent het meisje nu al veertien jaar, maar ze heeft haar nog nooit zien huilen. Ze kan zich dan ook niet voorstellen dat dit de eerste keer zal zijn. Ze denkt dat het kind iets aan haar ogen mankeert, waardoor ze letterlijk niet kan huilen.

Als Sari uiteindelijk weer tot rust komt, haalt ze haar handen van haar gezicht. Met de onnatuurlijke kalmte die de mensen angst en wantrouwen inboezemt, blijft ze een paar tellen zwijgend zitten voordat ze ruw een hand over haar gezicht haalt. 'Sorry,' zegt ze stijfjes.

'Het geeft niet,' zegt Judit. 'Wacht.' Uit de keuken haalt ze voor Sari een glas met een kleurloos drankje. 'Drink maar op,' zegt ze. 'Het zal je goeddoen.'

Sari drinkt het glas in een paar teugen leeg en trekt een vies gezicht. 'Gadver, Judit, dit is nog smeriger dan het spul dat je vorig jaar hebt gemaakt. Ik snap wel waarom mijn vader het altijd bij de familie Mecs kocht en niet bij jou.'

Judit haalt haar schouders op. 'Toch is het goed voor je.'

Op de weg langs het huis horen ze voetstappen knersen. 'Zo, de begrafenis is voorbij,' zegt Sari. Ze zegt het heel luchtig, maar Judit begrijpt wat ze bedoelt.

'Hoe moet het nu met jou?'

Want dat is de vraag waar het om draait. Het huis waarin Sari is opgegroeid, is haar eigendom geworden. Het liefst blijft ze in de vertrekken waar haar vader heeft gewoond, maar dat hoort niet. Meisjes en vrouwen horen niet in hun eentje te wonen, tenzij ze weduwe zijn. En al houdt Sari zichzelf altijd voor dat de mening van het dorp haar niet interesseert, ze schiet er niets mee op als ze zichzelf nog meer van de mensen vervreemdt. Maar ze kan…

'Ik heb Ferenc nog,' zegt Sari.

'Inderdaad. Ferenc,' zegt Judit langzaam. 'Dat lijkt me een aardige jongen.'

'Dat is hij ook,' zegt Sari. Ze voelt een soort algemene, vage genegenheid voor de man met wie ze waarschijnlijk gaat trouwen. De gedachte aan een huwelijk roept nog steeds enige weerzin op, maar ze heeft nu wel begrip voor haar vaders redenering. De afgelopen dagen heeft ze een koude, angstige knoop in haar maag gevoeld, die bij de gedachte aan Ferenc wat naar de achtergrond leek te verdwijnen. Ze is blij dat er iemand is die aardig tegen haar moet zijn en voor haar moet zorgen (al voegt ze er zelf haastig aan toe dat ze best voor zichzelf kan zorgen).

'Het lijkt een logische volgende stap…' begint Judit, maar Sari schudt weer hartstochtelijk haar hoofd.

'Nee, nog niet. Pas als ik achttien ben. Dat heb ik beloofd. Tot die tijd kan ik wel voor mezelf zorgen.'

'Rustig maar, rustig maar!' Judit heft haar handen op ten teken dat ze zich overgeeft. 'Maar vertel dan eens hoe je tot die tijd aan geld denkt te komen.'

Sari bloost. Ze is niet verlegen, maar ze heeft haar trots, en ze is beslist niet gewend om dingen te moeten vragen. Het valt haar dan ook niet mee om de woorden over haar lippen te krijgen, al vermoedt ze dat Judit allang weet wat ze wil zeggen.

'Nou,' zegt ze langzaam, 'ik dacht dat ik misschien bij jou kon komen werken. Ik zou je kunnen helpen en jouw vak kunnen leren. Als jij het goedvindt.'

2

Ferencs lichaam gloeit al sinds Sari tijdens de begrafenis naar hem keek. Het is een ongelooflijk opwindend gevoel, dat bijna letterlijk pijn doet. Hij vindt het erg dat Jan dood is, want hij wist niet beter dan dat het zijn oom was, maar nu wordt hij verteerd door wilde, hoopvolle dromen over wat dit voor hem betekent. Kan hij Sari nu eerder krijgen dan de bedoeling was?

Tot een halfjaar geleden had hij zich zelden met haar beziggehouden, en als hij eens een keer aan haar dacht, voelde hij dezelfde mengeling van medelijden en hoon als de andere mannen van het dorp. Heel zijn onstuimige puberteit had hij gefantaseerd over blonde vrouwen, mooie rondingen, sappig roze vlees en een blanke huid, en als iemand hem ooit had verteld dat een mager, zwartharig meisje als Sari in zijn onderbewustzijn zou kruipen, zou hij in lachen zijn uitgebarsten.

Maar toen...

Hij weet nog precies wanneer het gebeurde. Het was zes maanden geleden, in de lente. De muggen stegen als mist op uit de rivier. Op de grond en in de bomen barstten de bloemen open, en de hitte bleef 's middags zinderend als een rookpluim hangen. Hij was met zijn vader naar Jan Arany gegaan. Waarvoor ook weer? Het zou wel een onbelangrijke teleurstelling of een tegenvallertje zijn geweest. Ze hadden aan de oude, gegroefde keukentafel gezeten en Jan had hun zo goed mogelijk geholpen.

Ferenc was zich slechts vaag van Sari's kwieke, kwikzilverige aanwezigheid bewust geweest, totdat Jan haar iets had gevraagd en ze zich naar hen had omgedraaid. Ze had haar hoofd opgeheven en haar ogen – die ogen! – hadden zich vanaf de andere kant van de tafel als een bliksemstraal in die van Ferenc geboord. Hij had de rest van haar gezicht met geen mogelijkheid kunnen beschrijven, want naast die ogen verbleekte alles.

Ze hadden een lichte, ijsblauwe tint en werden omzoomd door dikke, zwarte wimpers. Ferenc werd niet getroffen door hun schoonheid, maar door hun wijze, onderzoekende, indringende blik. De ogen pasten niet bij een veertienjarige, en Ferenc voelde zich naakt, alsof nog nooit iemand goed naar hem had gekeken.

Op dat moment was het gebeurd. Met die blik was ze in zijn hoofd gekropen, en daar was ze gebleven. Soms zwom ze pesterig net onder het oppervlak van zijn dagelijkse gedachten, en soms kwam ze bovendrijven, natuurlijk vooral wanneer hij masturbeerde. Vroeger deed hij het met het beeld van een Oostenrijkse blondine die hij aan het Balatonmeer had zien zonnebaden, maar nu drong Sari al zijn fantasieën binnen. De Oostenrijkse schoonheid die hem in zijn vurige dromen vol aanbidding had aangekeken, staarde hem nu met Sari's strenge blik aan. Het kwam ook voor dat het gezicht van de blondine op het moment suprême in tweeën spleet en plaatsmaakte voor het gezicht van Sari. Het was verontrustend en verwarrend. Ferenc deed zijn uiterste best om van deze droom-Sari af te komen. Na een vernederend, gemompeld gesprek met pater István probeerde hij achtereenvolgens te vasten, te bidden en koude baden te nemen, maar het mocht allemaal niet baten. Hoewel hij echt niet bijzonder wereldwijs of intellectueel was, ontging de ironie van zijn situatie hem niet. De enige persoon die hem van zijn dromen af kon helpen, was degene die er niets van mocht weten, omdat zijn dochter het onderwerp van de dromen was.

Uiteindelijk was Jan toch degene die de problemen oploste. Ferenc zou het liefst geloven dat het een van die stomtoevallige, gunstige wendingen van het lot was geweest, maar in zijn hart wist hij dat Jan niet in toeval geloofde, vooral niet als het om zijn dochter ging. Zes maanden geleden werd Ferenc verblind door Sari's ogen, vijf maanden geleden vroeg zijn vader hem of hij iets naar Jan wilde brengen. Met tegenzin gaf Ferenc gehoor aan het verzoek, want hij zag ertegen op om Sari te zien. Met een grote boog om haar heen lopen was de enige tactiek die nog effect op zijn dromen had.

Sari bleek niet thuis te zijn, al wist Ferenc niet of dat toeval was of dat ze zich uit de voeten had gemaakt.

'Ze is bij Judit Fekete,' antwoordde Jan op de vraag die Ferenc weigerde te stellen. 'Ga zitten.' Hij wees op de lege stoel tegenover hem. Toen Ferenc hem het geld had gegeven dat zijn vader hem verschuldigd was, maakte Jan een fles wijn open en schonk een paar centimeter dikke, bloedrode drank in een glas. Hij schoof het naar Ferenc toe en zei: 'Alsjeblieft.'

Ferenc ging aarzelend zitten en stak zijn hand uit naar de wijn, die tot zijn verbazing lekker bleek te zijn. Hij was niet zo goed als de wijn die Ferenc thuis te drinken kreeg, maar hij had toch een volle, lekkere smaak. Op dat moment besefte hij twee dingen: Jan had verstand van wijn, en hij had deze fles met opzet klaargezet om Ferenc te plezieren of te imponeren. Beide inzichten waren een schok voor hem. Doorgaans probeerde Jan nooit iemand te imponeren. Als hij indruk op iemand maakte, ging dat vanzelf, hij deed het nooit expres. Gespannen nam Ferenc kleine slokjes van zijn wijn.

'Zo,' zei Jan opeens. Ferenc wachtte op de rest van de zin, maar toen die niet kwam, deed hij zelf zijn mond maar open.

'Zo,' reageerde hij behulpzaam.

'Mijn dochter,' zei Jan.

O. Ferenc voelde zijn hele lichaam verstijven, alsof Jan tot in het diepst van zijn beschamendste masturbatiefantasieën kon kijken. Hij schraapte ongemakkelijk zijn keel en staarde naar de tafel.

'Je vindt haar leuk,' vervolgde Jan.

Ferenc slikte. 'Eh, ja,' stamelde hij.

Jan glimlachte. 'Mooi zo.'

Ferenc zei niets, omdat hij zich steeds ongemakkelijker begon te voelen. Het was net of hij een grote, onhandige hond

27

was, en Jan een kat die plagerig steeds naar een andere poot uithaalde. De hond draaide alle kanten op, omdat hij te log was om snel te reageren.

'Heb je al eens aan een huwelijk gedacht?' vroeg Jan uiteindelijk.

Dus daar ging het om. Een deel van Ferenc wilde in lachen uitbarsten, want het was absurd om te denken dat hij, Ferenc, met Sari kon trouwen. Seks, oké, hij wilde beslist met haar naar bed, maar een huwelijk? Ferenc is geen *grof*, maar hij is ook geen boerenkinkel. Zijn vaders familie heeft in de afgelopen eeuwen geld en aanzien verworven door de kuddes van de plaatselijke aristocratie te hoeden. Ze bezitten land, ze reizen, ze kennen veel mensen en hebben allerlei dingen gezien. Hun wereld is totaal anders dan die van de rest van het dorp.

'Daar heb ik nog niet over nagedacht,' antwoordde Ferenc.

In werkelijkheid had hij er wel degelijk over nagedacht, want elke achttienjarige jongen dacht wel eens aan trouwen. Iedereen ging ervan uit dat hij nooit met iemand uit het dorp zou trouwen, dat hij zijn bruid ergens anders en binnen hun eigen milieu zou zoeken. Met een schok die zowel het gevolg van verwarring als van opwinding kon zijn, besefte hij dat áls hij met iemand uit Falucska zou trouwen, zijn nichtje Sari de eerste aangewezen kandidaat was.

'Ik had gehoopt dat je mijn dochter in overweging wilde nemen.'

Opeens moest Ferenc ergens aan denken. Een paar jaar geleden had hij tijdens een gezinsvakantie in Boedapest een meisje ontmoet. Het was een klein, verlegen ding met glanzend bruin haar en bange ogen, maar zijn ouders hadden hen zeer joviaal aan elkaar voorgesteld. Blijkbaar wilden ze graag dat de kinderen goed met elkaar konden opschieten. Ferenc had zijn best gedaan, maar bij elk verhaal dat hij vertelde, leek ze dieper in haar schulp te kruipen. Op het moment dat hij vertelde dat ze in het dorp in de rivier zwommen, in bomen klommen, kikkers vingen en met honden stoeiden, deinsde ze met nauwelijks verholen angst en afkeer terug. Toen hij minachtend verslag aan zijn ouders uitbracht, werd zijn vader boos op hem. Hij zei dat het meisje uit een goede familie kwam en netjes was opgevoed. Ze was precies het soort meisje dat later een geschikte huwelijkskandidate zou worden. Pas op dat moment begreep Ferenc dat zijn leven drastisch zou veranderen als hij braaf met een keurig, beschaafd meisje trouwde. Met Sari zou het waarschijnlijk heel anders zijn.

'Ik denk…' begon hij, zonder te weten wat hij nu eigenlijk dacht. Jan hief zijn hand op om hem het zwijgen op te leggen.

'Ik verwacht natuurlijk niet dat je meteen beslist. Jullie kennen elkaar nauwelijks. Maar ik ben ziek.' Jans stem kreeg een sombere klank. 'Sari weet het niet – of misschien ook wel, het is moeilijk te zeggen wat ze allemaal opmerkt – maar ik heb niet lang meer te leven. Ik weet hoe het dorp over Sari denkt, en ik maak me zorgen over wat er met haar gebeurt als ik dood ben. Dan heeft ze niemand meer om haar te beschermen. Ik weet dat je een aardige jongen bent, Ferenc, en ik weet zeker dat je een prima kerel zult worden. Ik heb gezien hoe je naar Sari kijkt, en door jouw achtergrond ben je minder bijgelovig dan de rest van de dorpelingen. Jij begrijpt dat de verhalen over mijn dochter klinkklare onzin zijn. Verder was haar moeder familie van jou, en daarom heb ik het idee dat ze bij jouw familie een goede kans maakt om geaccepteerd te worden.'

Ferenc knikte. Het was allemaal heel vreemd, maar misschien was het wel mogelijk.

'Haar leeftijd is natuurlijk wel een probleem,' vervolgde Jan. 'Ze is pas veertien, te jong om te trouwen. Haar moeder, jouw tante, was bijna zestien toen ze met mij trouwde, en dat was ook te jong. Ik denk dat ze gelukkig was, maar ze was beslist niet klaar voor het moederschap. Ik denk zelfs dat het een van de redenen was waarom ze is gestorven – haar leeftijd, bedoel ik. Afgezien daarvan is Sari anders dan anderen. Ze is geen oppervlakkig meisje dat niets liever wil dan echtgenote en moeder worden. Ze is slim, ze heeft een eigen mening en ze is lastig. Ze moet leren dat ze jou kan vertrouwen, en ze moet volwassen worden voordat ze jouw vrouw wordt. Ik begin er nu over omdat ik ziek ben, maar ik wil beslist niet dat ze nu al trouwt. Als je met haar trouwt, moet je wachten tot ze achttien is.'

Nog vier jaar? Daar schrok Ferenc even van. Jan had gezegd dat hij nu niet hoefde te beslissen, maar hij wilde wel op korte termijn antwoord hebben. Maar hoe moest Ferenc nu weten hoe Sari er over vier jaar uitzag? Misschien was ze dan wel lelijk geworden, dat had hij wel eens zien gebeuren. Maar Jan leek er zo van uit te gaan dat hij ja zou zeggen dat hij het gevoel had dat hij geen keus had.

'Dat klinkt… heel verstandig,' zei hij uiteindelijk. Jan glimlachte veelbetekenend.

'Ik heb het er met Sari over gehad,' zei hij. 'Ik moet bekennen dat ze niet meteen overliep van enthousiasme, maar dat heeft meer met het idee van een huwelijk te maken dan met jou. In principe heeft ze ja gezegd.' Zijn glimlach werd breder. 'Ze gaf zelfs met tegenzin toe dat je haar wel aardig leek.'

'Nou. Mooi.' Dat was in elk geval een begin.

'Ja. Ik moet het er natuurlijk nog met je familie over hebben, maar ik wilde eerst met jou praten. Je hoeft nu nog niet te beslissen, maar kom morgen terug, dan kun je Sari vast een beetje leren kennen. Zorg dat je goed hebt nagedacht voordat je een besluit neemt.' Jan hees zich overeind uit zijn stoel en gaf Ferenc een onhandige, maar goedbedoelde klap op de schouder. Hij sloeg zo hard dat Ferenc zijn evenwicht dreigde te verliezen. 'Je bent een beste jongen,' zei hij, op een toon die aangaf dat het gesprek ten einde was. Ferenc begreep de hint en stond op.

Dat was het begin geweest.

Ferenc had die zomer echt zijn best gedaan. Na zijn gesprek met Jan ging hij meteen naar huis om zijn vader te vertellen wat Jan tijdens hun gesprek had voorgesteld. Ferencs vader liet een verbaasd, blaffend geluid horen dat voor een lach moest doorgaan, maar de grijns verdween van zijn gezicht toen hij de ernst in zijn zoons ogen zag. 'Dat meen je niet…' zei hij.

'Jawel. Ik heb tegen Jan gezegd dat ik erover zou nadenken.'

Na die woorden was Ferencs vader lange tijd stil. Hij sprak kort met zijn vrouw, die ook lange tijd stil was. Ferenc zag de afkeuring als damp van hen afkomen, met name van zijn vader. Hij wist dat zijn moeder zich op een bepaalde manier nog verplicht voelde om voor haar nichtje te zorgen. Ze vond het niet leuk om haar prettige fantasieën over een glimlachende, mooie, volgzame schoondochter (of, nog beter, een schoondochter met geld) te laten varen, maar ze gaf met tegenzin toe dat het eigenlijk wel gepast was om Sari in de familie te verwelkomen. Zij ging als eerste overstag en haalde haar echtgenoot over. Ondertussen merkte Ferenc dat hij veel meer geduld en doorzettingsvermogen bezat dan hij ooit had kunnen denken, en hij begon Sari het hof te maken.

Hun eerste officiële ontmoeting na het besluit verliep nogal moeizaam. Met Jan in de rol van chaperon zaten ze met hun drieën wat ongemakkelijk aan tafel dikke, zwarte Turkse koffie te drinken. Omdat er niet veel werd gezegd, maakte Jan af en toe een voor de hand liggende opmerking over het weer of een dorpsroddel. Met een dappere glimlach deed Ferenc dan zijn best om geestig te reageren. Sari zei bijna helemaal niets, maar trommelde af en toe met haar vingers op tafel en keek de kamer rond. Ze keek naar het raam, de stoel, de tafel, het plafond, maar nooit naar Ferencs gezicht. Nadat deze marteling twintig minuten had geduurd, werd er aarzelend op de deur geklopt. Jan hees zich mopperend uit zijn stoel en Ferenc leunde ongelukkig achterover, bang dat hij al moest vertrekken terwijl hij nog helemaal niets had bereikt. Pas op dat moment besefte hij dat hij werkelijk een toekomst met Jans dochter wilde. Hij moest er niet aan denken om met een nietszeggend meisje uit de stad te trouwen nu hij Sari kon krijgen. Uit de gang klonken geluiden. Ze hoorden Jans gedempte stem en een deur die werd geopend en gesloten. Iemand uit het dorp ging blijkbaar mee naar het vertrek dat als Jans behandelkamer diende.

'Zo,' zei Ferenc nerveus. Op dat moment nam zij het initiatief, ze keek hem met die heldere, indringende ogen aan en vroeg: 'Hou je van lezen?'

'O, ik…' hakkelde hij. 'Hou jij van lezen?'

Ze knikte een beetje neerbuigend. 'Natuurlijk. Hongaars en Duits. Ik heb het van mijn vader geleerd.' Ze stond op en pakte een boek uit de kast, dat ze naar hem uitstak. 'Hier,' zei ze. Hij pakte het aan en draaide het om. Het was een dik, blauw boek, dat zo vaak gelezen was dat de bladzijden aan de rand een beetje beduimeld waren. Hij sloeg het open en zag in het Duits staan: *Jane Eyre*, door Charlotte Brontë. Toen hij naar Sari opkeek, zag hij dat ze aandachtig naar hem staarde. 'Heb je dat gelezen?' vroeg ze.

Hij schudde verontschuldigend zijn hoofd. 'Nee. Door de boerderij en allerlei andere dingen heb ik niet veel tijd om te lezen…' Hij haalde zijn schouders op, om haar de indruk te geven dat al zijn tijd nu eenmaal werd opgeslokt door de belangrijke mannentaken die op zijn schouders rustten.

'O,' reageerde ze mat. Het was duidelijk dat ze teleurgesteld was, en Ferenc voelde de frustratie en haar grimmige intelligentie bijna van haar af stralen.

'Maar je zou me het verhaal kunnen vertellen,' stelde hij verlegen voor. Ze keek abrupt op om te kijken of hij haar uitlachte.

'Ja,' zei ze na een korte stilte. 'Ja, dat kan ik wel doen.'

Gedurende de zomer begonnen ze zich meer op hun gemak te voelen. De dag na hun eerste gesprek kwam Ferenc weer langs, en toen hij zeker wist dat ze wel een uurtje vrij kon maken, ging hij met haar langs de rivier wandelen, achter de huizen, waarin de mensen hen vanachter hun gordijnen nieuwsgierig in de gaten hielden. Tijdens de wandeling vertelde hij haar het laatste nieuws uit het dorp, welke mensen met anderen hadden staan praten, wat ze op de markt hadden gekocht, de alledaagse details van het dorpsleven. In het begin zei ze niets, maar hij zag haar bij bepaalde namen fronsen, vooral als hij het over Orsolya Kiss had.

'Weet je wat ik vandaag nog meer zag?' vroeg hij die dag bij de rivier. Hij liet zijn stem met opzet achteloos klinken.

'Nou?' Sari was op haar hoede.

'Ik wandelde langs het dorpsplein, waar ik Orsolya Kiss zag lopen.' Hij zag haar verstijven, maar ging door met zijn verhaal. 'Ze had aardappels gekocht bij de familie Gyulai. Het waren er zoveel dat ik wel naar haar móést blijven kijken. Ik kon me niet voorstellen dat ze die allemaal tegelijk kon dragen.' Nu had hij haar aandacht. Vanonder haar wimpers probeerde ze heimelijk en onopgemerkt naar hem te kijken. 'Maar goed. Ze kwam uit hun huis, waar Tomas Gersek net met zijn hond langs was gelopen. Ken je die hond, dat grote beest?' Ze knikte. 'Nou, die hond had daar net zijn behoefte gedaan, vlak bij het plein. En daar kwam Orsolya hijgend en puffend aan met die grote berg aardappels. Omdat ze niet keek waar ze liep, stapte ze midden in de drol en gleed uit. Toen ze op de grond viel, rolden die aardappels alle kanten op.' Kijk! Het was hem gelukt. Ze moest lachen. 'Ik schoot ook in de lach,' bekende Ferenc. 'Ik moest me in het steegje verstoppen om te voorkomen dat ze me zag.'

Ze keek hem glimlachend aan. Het was de eerste oprechte glimlach die ze hem schonk, en Ferenc was opeens zo gelukkig dat hij zin had om triomfantelijk te jubelen, haar op te tillen en met haar het bos in te rennen.

In plaats daarvan glimlachte hij terug.

Tijdens de volgende wandeling nam Sari ook af en toe het woord. Terwijl ze langs de rivier liepen, stond ze om de paar meter stil om kruiden uit de grond te trekken.

Hoewel ze meestal zwijgzaam was, gaf ze nu uitleg. 'Anijs,' zei ze. 'Helpt als je moet hoesten.' Of: 'Kamille. Goed voor de spijsvertering.'

Ferenc probeerde een grapje te maken. 'Vertel me maar niet te veel, want anders maak ik je vader brodeloos.'

Daar moest ze om lachen. 'O, maar met die namen weet je nog niets! Je moet leren hoe je ze moet bereiden, met welke andere kruiden je ze moet mengen en welke hoeveelheden je moet gebruiken om effect te zien. En er zijn nog andere dingen,' voegde ze er vaag aan toe. Haar gezicht kreeg weer een gesloten uitdrukking. 'Dingen die je moet doen om te zorgen dat ze echt werken.'

'Je hebt veel van je vader geleerd,' merkte Ferenc een beetje nerveus op. Een táltos werd doorgaans meer gerespecteerd dan gevreesd, maar voor zijn vrouwelijke equivalent, de *boszorkány,* gold het omgekeerde. Sari haalde onbekommerd haar schouders op.

'Dat klopt, maar ik heb ook het een en ander van Judit geleerd.' Toen ze Ferenc zag schrikken, snauwde ze, met een van de snelle stemmingswisselingen waaraan hij gewend begon te raken: 'O, zeg alsjeblieft niet dat je net als de rest bent. Judit doet echt niets ergers dan mijn vader. Er zijn zelfs mensen die liever naar Judit gaan dan naar mijn vader als ze ziek zijn. Waarom respecteren de mensen mijn vader wel, maar Judit niet? Omdat ze een vrouw is?' Ze slaakte een ongeduldige zucht, en Ferenc besefte dat ze in zijn bijzijn nog nooit zoveel achter elkaar had gezegd. Tot zijn verbazing merkte hij dat hij het met haar eens was. Judit had zo'n indringende blik dat hij betwijfelde of hij zich ooit bij haar op zijn gemak zou voelen, maar hij zei peinzend: 'Je hebt gelijk. Het is niet eerlijk.'

Tijdens hun derde wandeling vertelde ze hem in korte, heldere zinnen de plot van *Jane Eyre*. Het klonk niet als het soort boek dat Ferenc graag wilde lezen – als hij al een boek pakte, wilde hij verhalen waarin werd gevochten, avonturen werden beleefd en misschien zelfs piraten voorkwamen – maar hij begon Sari zo boeiend te vinden dat hij aandachtig naar haar luisterde. Hij begon zelfs te begrijpen waarom ze het zo'n mooi boek vond. Een vrouwelijk buitenbeentje, dat een goede opleiding had genoten... Het was niet vreemd dat Sari zich met zo'n heldin vereenzelvigde.

'Maar die meneer Rock... Roch...' Zijn tong struikelde over de Engelse naam.

'Rochester,' vulde Sari aan.

'Ja, precies. Ik begrijp het niet: waarom houdt Jane van hem? Hij is een stuk ouder dan zij, hij is niet knap, hij heeft een dochter en een echtgenote.'

Sari haalde een schouder op. 'Ik denk dat hij haar interesseert,' zei ze langzaam. 'In sommige levens is daar niet veel voor nodig.'

Tijdens de vierde wandeling kuste hij haar. Hij zette zich al schrap voor een klap, een schop of een haal over zijn wang, maar ze had zo vreselijk door zijn dromen gespookt dat hij niet meer van haar af kon blijven. Sari verstijfde, maar tot zijn grote vreugde en verbazing kuste ze hem na een paar seconden terug. Natuurlijk had hij wel eens andere meisjes gekust – wat stiekem gegraai tijdens zomervakanties – maar dit was duidelijk anders. Hij wist dat Sari nog nooit een jongen had gezoend. Hoe had ze in Falucska in vredesnaam ervaring moeten opdoen? Hij kende in het dorp geen enkele jongen die het zou hebben gewaagd om haar te kussen, maar ze leek wel een na-tuurtalent. Ze vleide haar lichaam tegen hem aan en hield haar hoofd een beetje schuin. Toen hij zijn hand ophief om haar wang te strelen, merkte hij dat die schokkend warm aanvoel-de. De kus duurde niet lang, en toen ze elkaar losliet voelde hij zijn hoofd en zijn hart bonken. Het was alsof hij zijn bloed krachtig door zijn aderen voelde pompen, maar tot zijn erger-nis leek zij zichzelf keurig in de hand te hebben. Ze had haar ogen neergeslagen, en de lichte blos op haar bleke wangen was de enige aanwijzing dat er iets bijzonders was gebeurd.

'Sari,' bracht hij schor uit. Hij wist niets te zeggen, maar hij wilde haar naam gewoon even op zijn tong proeven.

Ze keek hem met een brede glimlach aan. 'Ik moet naar huis,' zei ze.

De vijfde wandeling was gepland op de dag na Jans dood, dus die ging niet door.

Pas een paar dagen na Jans begrafenis krijgt Ferenc weer een kans om Sari te spreken. Hij wil dolgraag met haar praten, om te vragen of ze het allemaal aankan en, wat nog belangrijker is, wat ze van plan is nu haar vader niet meer leeft. Hij gaat er in-middels van uit dat hij met haar zal trouwen, want ongemerkt is het idee van een huwelijk met haar deze zomer van een vrij-blijvende optie in een vaststaand feit veranderd. Goed, Sari is pas veertien, maar in november wordt ze vijftien. Dat is jong, maar niet te jong om te trouwen. Als Jan was blijven leven, had Ferenc wel geduld kunnen opbrengen, maar hij heeft besloten dat hij haar nu wil hebben, nu meteen. Hij wil niets liever en weet dat hij klaar is voor het huwelijk. Trouwens, wat moet ze anders? In haar eentje in haar vaders huis aan de rand van het dorp blijven wonen en voor zichzelf zorgen? Ze kan bij de fa-milie Gazdag intrekken, waar andere mensen voor haar zor-gen. Dan wordt ze opgenomen in een familie waar ze eigenlijk toch al deel van uitmaakt, en krijgt ze het soort leven waar de andere mensen in het dorp slechts van kunnen dromen. En misschien, héél misschien wordt ze dan wel wat normaler en worden er wat van die ruwe kantjes afgeschaafd. Op haar achttiende is het daarvoor misschien al te laat. Natuurlijk houdt hij van haar zoals ze is – en als het nog geen echte liefde is, begint het daarop te lijken – maar het kan nooit kwaad, denkt hij, als ze toch een beetje meer op de anderen gaat lijken.

Hij wil al sinds de begrafenis met haar praten, maar ze is meestal bij Judit Fekete. Ondanks alles wat Ferenc tijdens de wandelingen over Judit heeft gezegd, is hij nog altijd een beetje bang voor de vroedvrouw. Ze is zo klein dat hij het zelf belachelijk vindt dat ze hem intimideert, maar dan herinnert hij zich weer haar felle, kwaadaardige zwarte ogen. Als hij Sari vier dagen vanaf een afstandje in de gaten heeft gehouden, ziet hij haar op een ochtend tot zijn vreugde in haar eentje Judits huis verlaten en om het dorp heen naar haar vaders huis lopen, dat ineengedoken aan de rand van het bos staat. Hoewel hij het zelf belachelijk vindt, achtervolgt hij haar. Hij blijft stilstaan als ze het gras bij haar huis bereikt en de trap naar de deur oploopt. Met haar voet test ze zorgvuldig of de treden geen rot- of vochtplekken vertonen. Hij begrijpt zelf niet waarom hij haar niet volgt, maar hij durft niet naar haar toe te gaan en blijft een beetje besluiteloos heen en weer lopen tot de deur weer opengaat en Sari met haar hand boven haar ogen op de trap komt staan.

'Ferenc,' roept ze. Zijn voeten komen in beweging, bijna uit eigen wil, opgetogen maar tegelijkertijd geïrriteerd dat hij haar meteen gehoorzaamt.

Tegen de tijd dat hij binnenkomt, staat ze niet meer bij de deur te wachten, maar zit ze in de keuken driftig op haar knieën de vloer te schrobben.

'Dit huis,' zegt ze hijgend, 'al het stof. Het wordt hier heel snel vies.'

Ferenc weet niet wat hij moet zeggen en verplaatst zijn gewicht van zijn ene been op het andere. 'Gecondoleerd,' flapt hij er uiteindelijk uit, terwijl hij zijn handen diep in zijn broekzak steekt. 'Kijk, Sari, ik heb iets voor je meegenomen.'

Als hij zijn hand naar haar uitsteekt, ziet ze het boek tussen zijn vingers een beetje trillen. Ze gaat op haar hielen zitten en kijkt hem even zwijgend aan voordat ze haar vochtige hand achteloos aan haar rok afveegt en het boek aanneemt.

'Ik weet niet of je het al hebt gelezen,' stuntelt hij verder, 'maar ik dacht dat je…'

Ze draait het boek om. *Woeste Hoogten*,' zegt ze zachtjes.

'Het… Het is van dezelfde schrijfster die…'

'Nee, niet waar. Dat is haar zus,' onderbreekt ze hem, en ze glimlacht even bij het zien van zijn teleurgestelde blik. Haar stem wordt liever en zachter dan anders. 'Ik heb het nog niet gelezen, maar ik heb er wel over gehoord,' zegt ze. 'Dank je wel. Hoe kom je…'

'O, mama had het thuis ergens liggen.' Die leugen heeft hij voorbereid, want hij wil niet dat ze weet dat hij speciaal hiervoor als een dolle naar Város is gereden.

'Kan ze het dan wel missen?'

'Ze leest niet veel.'

Dan staat Sari op, legt het boek zorgvuldig op de tafel en gaat zitten. 'Ga zitten,' zegt ze, terwijl ze naar de stoel tegenover haar gebaart.

Er valt een diepe, peilloze stilte.

'Hoe gaat het met je?' vraagt Ferenc uiteindelijk.

'Het gaat wel. Ik ben verdrietig, maar het gaat wel. Ik had het verwacht.'

'Je maakt je zeker wel zorgen over de toekomst,' waagt Ferenc te zeggen. Sari trekt een wenkbrauw op.

'Waarom?'

'Nou, je bent helemaal alleen, en je moet… Je kunt hier niet in je eentje blijven wonen en ik… Ik bedoel, ik heb het er nog niet met mijn ouders over gehad, maar ik weet zeker... Ik weet dat Jan zei dat we moesten wachten tot je... Maar het lijkt nu een logische volgende stap.' Zijn stem sterft weg. Hij is zo verstandig geweest om niets bij naam te noemen, maar door zijn halve zinnen is zijn bedoeling toch duidelijk geworden.

'Aha,' zegt ze. 'Ik dacht al dat je zoiets wilde.'

'En?'

'Nee.'

Hij heeft het gevoel dat hij een stomp in zijn maag krijgt. Sari zucht zachtjes, waardoor ze opeens een stuk ouder lijkt.

'Ferenc, ik vind je aardig. Ik sta er zelf van te kijken dat ik je zo leuk vind. En als je me nog wilt als ik achttien ben, zal ik met alle plezier met je trouwen. Maar nu nog niet. Ik heb mijn vader beloofd dat ik zou wachten.'

'Maar wat moet je dan... Ik bedoel, je kunt niet...' Hij vindt het onverdraaglijk als ze in haar eentje in dit oude huis wil blijven wonen. Als ze dat doet, wordt ze waarschijnlijk nog vreemder, zowel in de ogen van het dorp als in werkelijkheid.

'Ik ben niet van plan om hier de hele tijd te blijven. Judit zegt dat ik bij haar mag komen wonen, en ik ga bij haar in de leer.'

'Judit!' roept hij uit. Hij is geërgerd, boos en vernederd, al begrijpt hij zelf niet goed waarom. Hij wil haar gewoon hebben, meer niet, en hij dacht dat hij haar zou krijgen. Nu verdwijnt ze buiten zijn bereik en hoe kan ze in vredesnaam liever wonen bij...

Ze legt haar hand op de zijne.

'Het spijt me, Ferenc. Ik begrijp dat je teleurgesteld bent, maar je moet gewoon nog wat geduld hebben. Ik wil de belofte aan mijn vader niet verbreken. En ik ben niet van plan... Ik wil niet...' Het gebeurt niet vaak dat ze hakkelt, denkt Ferenc. Meestal rollen haar korte, onopgesmukte zinnen in één stuk uit haar mond, alsof ze heel stellig meent wat ze beweert.

'Ik ben er nog niet klaar voor,' zegt ze uiteindelijk. 'En ik heb het gevoel dat dit een slecht moment is.'

'Een slecht moment? Wat bedoel je?'

'Dat weet ik niet. Ik heb gewoon het gevoel dat dit het verkeerde moment is om te trouwen.'

Tot zijn grote schrik merkt Ferenc dat er tranen van frustratie in zijn ogen branden, en een paar tellen lang heeft hij een hekel aan haar. Telkens wanneer hij bij Sari is, raakt hij compleet van slag. Het is alsof hij zichzelf kwijtraakt. Al heeft hij echt geen overdreven hoge dunk van zichzelf, hij heeft altijd gedacht dat hij een betrouwbare, stabiele, voorspelbare man was. De afgelopen maanden leek hij wel een paard dat door een daas wordt gekweld en uitzinnig van vreugde is als er aan de marteling een einde komt. De opwinding die Sari teweegbrengt, is tot zijn verbazing heftiger dan in zijn stoutste dromen, maar hij merkt dat hij zichzelf in haar buurt niet altijd even aardig vindt. Sinds hij haar kent, heeft hij al twee keer eng gedroomd over de *szépasszony*, de mooie feeën, en hoewel hij weet dat Sari nog maar een meisje is, is hij soms een beetje bang voor haar.

'Je moet gaan,' zegt ze opeens. Als hij naar beneden kijkt, ziet hij tot zijn verbazing dat hij de rand van de tafel bijna fijnknijpt. Later ontdekt hij over de hele breedte van zijn handpalm een lijn van blauwe plekken. In zijn achterhoofd beseft hij dat dit geen geslaagd huwelijksaanzoek was.

'Ja,' zegt hij, zonder zich te verroeren. Sari staat op, loopt naar de deur en doet die voor hem open.

'Tot ziens, Ferenc,' zegt ze zachtjes. 'Kom maar langs als je je weer wat beter voelt.'

Hij gaat weg.

3

Er lijkt geen einde aan de zomer te komen, tot de aarde op een dag hoest, en alle vergeelde bladeren van de bomen vallen en als schelpen op de grond blijven liggen. Sari heeft het gevoel dat ze op iets vaags en ongrijpbaars wacht. Ze is dol op Judit, maar het is vreemd om bij haar te wonen. Judit woont al vele, vele jaren in haar eentje – volgens het dorp heeft ze als jonge vrouw een echtgenoot gehad, maar dat kan Sari zich niet voorstellen. Het lijkt een belachelijk idee dat Judit ooit een ander leven heeft gehad – en als ze Sari 's ochtends tegen het lijf loopt, lijkt ze altijd verbaasd en een beetje van slag. Sari beseft heel goed dat zij degene is die zich moet aanpassen, dat zij zich in Judits leven moet schikken, maar ze weet niet altijd hoe dat moet.

Toch weet ze dat ze niet mag klagen. Natuurlijk mist ze haar vaders gezelschap en de manier waarop hij met haar omging. Zolang ze zich kan herinneren, behandelde hij haar als een intelligent wezen en betrok hij haar bij elk aspect van zijn werk. Hoe ouder ze werd, hoe meer ze besefte dat ze haar handen mocht dichtknijpen dat haar leven anders was dan dat van de vrouwen die ze kende. Toen hij stierf, was ze bang dat dat leven voorbij was, dat ze onvermijdelijk in de mal zou worden geperst die de meeste vrouwen van het dorp had gevormd. Van wie moest ze nu nieuwe dingen leren? Wie zou het belangrijk vinden dat ze kon lezen, om nog niet te spreken over het feit dat ze behalve Hongaars ook prima Duits sprak?

Judit vindt het belangrijk, en daar is Sari haar eeuwig dankbaar voor. Judit vindt het prettig dat ze alles zo snel begrijpt en vindt het fijn om haar elke dag nieuwe dingen te leren. Judit is zeer geïnteresseerd in de kennis die Sari bij haar vader heeft opgedaan, en luistert aandachtig, met haar hoofd schuin, als Sari van bepaalde kruiden nog andere eigenschappen blijkt te weten of een efficiëntere manier weet om ze te bereiden. En

Judit vertrouwt Sari. Ze laat haar medicijnen mengen en kruiden plukken. Ze heeft ook gezegd dat Sari mee mag naar de bevalling van Éva Orczy, die op alle dagen loopt.

Hoewel Sari stapelgek op haar vader was, heeft ze altijd geweten dat hij het niet vanzelfsprekend vond om een meisje te onderwijzen. Ze vindt het spannend dat Judit er heel anders over denkt, dat zij het juist wél logisch vindt om vrouwen kennis bij te brengen.

'Wij hebben macht,' zegt Judit. 'Hier...' Ze wijst op haar slappe borsten. 'Hier...' Ze haalt haar hand over haar buik en de duisternis binnenin. 'En vooral hier!' Ze wijst schaamteloos naar haar vagina en onderstreept haar bedoeling met een vette knipoog. In het gezelschap van Ferenc had Sari al enig idee gekregen dat die lichaamsdelen macht hadden, maar door Judits onderricht begint ze pas echt te begrijpen hoe ver die macht reikt. Misschien, denkt ze, zijn er wel terreinen waarop het geen nadeel is om een vrouw te zijn, maar juist een voordeel.

Toch weet ze dat Judit haar niet alles vertelt. Judit hecht veel meer belang aan bezweringen en geheimzinnigheid dan Jan, en over sommige aspecten van haar werk lijkt ze liever niet met Sari te praten. Een week of twee nadat Sari bij haar was ingetrokken, werd ze 's nachts een keer wakker en liep ze slaperig door het onbekende huis naar de kan met water in de keuken. Tot haar schrik zag ze Judit aan de eettafel zitten, slechts verlicht door de gloed van een enkele olielamp. Ze was diep in gesprek met een bleke, gespannen vrouw die Sari niet kende.

Judit had fronsend opgekeken. 'Ik was jou vergeten,' had ze geërgerd gezegd, en Sari had haastig wat water ingeschonken en zich weer uit de voeten gemaakt.

De volgende ochtend was de vrouw verdwenen, en Judits antwoorden op Sari's vragen waren nog korter geweest dan anders. 'Ze komt uit een naburig dorp,' had ze gezegd. 'Niets waar jij je druk om hoeft te maken.'

Sindsdien is het een paar keer voorgekomen dat Judit weg moest en zwijgend haar hoofd schudde als Sari aanstalten maakte om mee te gaan. Sari had al heel gauw door dat het geen zin heeft om door te drammen als Judit haar niets wil vertellen. Als de tijd rijp is, zal Judit haar wel in vertrouwen nemen, geen minuut eerder. Maar als Sari in bed ligt en Judit mompelend in de keuken hoort rommelen, vraagt ze zich af of ze eigenlijk wel alles wil weten.

En dan is er nog Ferenc. Misschien vindt Sari dat deel van haar leven nog wel het verwarrendst. Toen ze weigerde om meteen met hem te trouwen, zag ze hem dagenlang niet meer. Tot haar verbazing was ze daar verdrietig om, en ze staat er zelf van te kijken dat ze hem zo aardig vindt. Hij is betrouwbaar, dat bevalt haar wel. Zelf voelt ze zich soms net zo ontheemd en buigzaam als de lange grassen die op de vlakte in de wind flapperen, en ze heeft het gevoel dat Ferenc haar stevige wortels kan geven. De respectabele positie die hij haar kan schenken, moet ook niet worden onderschat. De dorpelingen zijn nooit echt aardig voor Sari geweest. Heel haar leven hebben ze haar met milde minachting, een vluchtige vrees en een soort minzaam medelijden bejegend. Hoe vaak Sari zichzelf ook voorhoudt dat hun houding haar niet interesseert, soms verlangt ze er hevig naar om aardig gevonden te worden. In gedachten ziet ze zich aan de arm van Ferenc door het dorp lopen, zonder dat de mensen vanuit hun ooghoeken naar haar kijken of hun hand voor hun mond slaan om hun gefluister te verbergen.

Na een paar dagen kwam Ferenc tot haar opluchting weer langs, maar er was iets veranderd. In hun gesprekken was zijn toon nog steeds luchtig en vriendelijk, maar soms viel hij stil en bekeek hij haar met een blik die haar nerveus maakte. Ze mist de argeloosheid die hij lijkt te zijn kwijtgeraakt, maar weet niet hoe ze die terug moet krijgen. Hij probeert haar niet meer te kussen, en ze weet niet eens zeker of ze wel echt verloofd zijn. Er is geen sprake geweest van de traditionele ceremonie waarbij ze uit hetzelfde kopje moeten drinken. Maar ja, misschien vindt Ferenc, die een rijke familie heeft en vaak naar Boedapest gaat, zulke tradities wel onzin. In haar vrije tijd borduurt ze een zakdoek voor hem, het soort zakdoek dat verloofde mannen dragen, maar ze weet niet of ze die wel aan hem durft te geven – niet alleen omdat haar ongeoefende handen slordig borduurwerk leveren, maar ook omdat ze niet weet wat het voorwerp voor hem betekent.

Toch vindt ze nog steeds dat ze er goed aan heeft gedaan om niet halsoverkop met hem te trouwen. Ze weet dat Ferenc eerst nog iets anders moet doen, al weet ze nog niet wat dat is. Ze weet alleen dat ze er bang voor is, dat ze 's nachts al een paar keer een nachtmerrie heeft gehad waarbij ze haar deken of haar haren in haar mond heeft gestopt om niet te gillen. Ze kan zich de dromen nooit herinneren. Haar vader verbrandde altijd kruiden om de dromen terug te halen en ze met haar te bespreken, maar ze is te verlegen om zoiets aan Judit te vragen. Ze voelt alleen een meedogenloos voortschrijdende beweging, duisternis, het idee dat ze ergens in wegzinkt en wordt vastgezogen. Haar vermoeden dat ze de dromen door Ferencs ogen beleeft, sterkt haar in haar besluit.

In september ziet ze de *délibáb*.

Éva Orczy heeft net haar baby gekregen, daarbij geholpen door Judit en Sari. Sari is geschokt door Judits mededeling dat het een heel normale bevalling was. Krijtwit en verbijsterd ziet ze de gebeurtenissen keer op keer in haar hoofd voorbijkomen. Ze hoort Éva kreunen en ziet haar steeds weer voor zich, zoals ze in tweeën leek te splijten terwijl er een donkere, brakke stroom vloeistof uit haar liep. 'Een prachtige zoon,' had Judit gekird, voor zover ze dat kon, maar Sari had de baby helemaal niet mooi gevonden. Hij was mager en gerimpeld, hij had een onnatuurlijke, rozerode tint en leek van top tot teen onder de witte schilfers te zitten.

Toen ze de kamer verlieten, verwachtte Sari dat Judit veelbetekenend naar haar zou knipogen, met een mengeling van medelijden en leedvermaak die haar vertelde dat de baby helemaal niet in orde was. Dat gebaar bleef uit.

'De baby...' zegt Sari uiteindelijk.

Totaal onverwacht slaakt Judit een sentimentele zucht. 'Ja, ja. Prachtig kind.'

'Maar zag je dan niet...' Sari maakt haar zin niet af.

'Wat moest ik zien?'

'Hij zag er een beetje...' Omdat Sari niet goed weet wat ze moet zeggen, trekt ze even een lelijk gezicht.

'Wat, bedoel je dat hij duidelijk de neus van de familie Orczy heeft? Dat klopt wel, maar ja, dat was te verwachten.'

Sari reageert ongeduldig. 'Ik heb het niet over de neus! Ik heb het over zijn... zijn huid, zijn kleur!' Ze houdt gegeneerd haar mond omdat Judit stilstaat en een kakelende lach laat horen.

'Sari, dat meen je toch niet? Dat was een doodnormaal, pasgeboren jongetje. Zo zien ze er bij hun geboorte allemaal uit!' Ze houdt op met lachen en hijgt een beetje als ze weer op adem probeert te komen. 'Je hebt toch wel eens eerder... nee, dat is waar ook, waar had je dat moeten zien? Geloof me, Sari,' zegt ze ernstig, 'mooiere baby's bestaan er niet. Wees blij dat hij niet de oortjes en poten van een rat heeft, als een *üszögösgyermek*, of de kop van een wolf. Waarschijnlijk is hij rond kerstavond verwekt.'

Automatisch maakt ze een kruisteken om het boze oog af te wenden. Sari is een beetje misselijk. Ze heeft nooit zo naar kinderen verlangd, maar nu ze de grimmige praktijk heeft meegemaakt, is ze vervuld van afschuw. Nooit, denkt ze, hoe graag Ferenc ook... Maar het volgende moment pakt Judit haar bij de arm en wijst in de verte.

Ze staan aan de rand van het dorp, bij de rivier. Ze hebben het huis van de familie Orczy achter zich gelaten en bevinden zich op de plaats waar de vlakte geleidelijk aan in de vervaagde horizon overgaat. Judit wijst naar de délibáb, de luchtspiegeling die soms op de vlakte te zien is. Meestal zie je water of huizen, iets wat er niet is en waarnaar je verlangt, maar deze keer...

'O,' fluistert Sari bedrukt. 'O, o, o.' Ze is buiten adem, en Judit draait zich geschrokken en korzelig naar haar om.

'Sari, wat is er? Je hebt toch wel eens eerder een délibáb gezien?'

'Nee.' Sari's stem klinkt ijl en ver weg, alsof ze half in trance is. 'Niet op deze manier. Niet op deze manier!' Een beetje paniekerig zwaait Judit haar hand voor Sari's gezicht heen en weer. Het volgende moment worden Sari's ogen helder en ontspant ze zich. Huiverend richt ze zich tot Judit.

'Laten we vlug naar huis gaan,' zegt ze.

'Wat zag je?' vraagt Judit als ze een paar minuten later thuis zijn. Sari fronst haar wenkbrauwen.

'Het is moeilijk te omschrijven. Het was alsof... Ik droom de laatste tijd vaak. De dromen voelen als een beweging, alsof ik in de richting van iets akeligs moet blijven lopen. Ik loop door de modder, of iets anders dat plakt...' Er gaat een rilling door haar heen. 'Ik zag iets wat daarop leek. Mannen, een lange rij mannen die allemaal in dezelfde richting liepen. Ze waren bang. Ze wilden niet doorlopen, maar ze hadden geen keus. Ik dacht dat Ferenc er ook zou zijn, maar ik zag hem niet.' Haar stem klinkt verbaasd. 'Ik dacht dat de dromen over Ferenc gingen.'

'En nu?' vraagt Judit.

'Ik denk dat er iets ergs gaat gebeuren.'

Dus als Falucska drie weken later vanuit het noorden met veel kabaal door een groep onbekende indringers met paarden wordt overspoeld, zijn Sari en Judit niet verbaasd. Ze horen ze om elf uur aankomen, als ze bezig zijn om de kruiden te bereiden die ze de vorige dag hebben geplukt. Sari staat op om uit het raam te kijken en ziet de deinende groep ruiters vanaf de vlakte aankomen. Door de hoeven van de paarden vliegen grote klompen modder omhoog. Zodra de ruiters uit haar gezichtsveld verdwijnen, gaat ze weer zwijgend naast Judit aan tafel zitten, in afwachting van wat er gaat gebeuren.

Om halftwaalf begint de kerkklok met een aanhoudend, indringend geluid te luiden. In het hele dorp worden deuren krakend dichtgegooid, en een gestage stroom mensen loopt langs Judits deur naar de kerk. Sari staat op. Ze bruist van energie en nieuwsgierigheid, ze voelt – ze wéét – dat er iets heel belangrijks gaat gebeuren.

'Gaan wij ook?' luidt haar dwingende vraag aan Judit.

Judit haalt haar schouders op. 'Ga je gang. Je weet hoe ik over kerken denk.'

'Maar… maar ben je dan niet benieuwd?' zo barst Sari gefrustreerd uit. 'Dit is belangrijk! Dit gaat ons allemaal aan!'

'Je denkt dat het met je dromen en de délibáb te maken heeft, hè?'

'Je weet net zo goed als ik dat het daarmee te maken heeft.'

Eindelijk gaat Judit overstag. 'Goed, ik loop wel met je mee. Maar ik blijf in het portaal staan, ik ga niet naar binnen.'

Als ze de kerk naderen, lijkt de lucht te knetteren en te zinderen van de opwinding. De kerk zit altijd vol, omdat hij is gebouwd in een tijd dat het dorp minder inwoners had en de mensen kleiner waren, maar vandaag ziet Sari mensen die ze doorgaans niet op zondag ziet. Oude dorpsbewoners die doorgaans te zwak bevonden worden om naar de kerk te gaan, hebben zich uit bed gehesen of zijn door hun familie uit bed gesleurd. Met bange, koortsachtige ogen en zwijgende, trillende monden kijken ze naar de preekstoel.

Judit blijft mompelend in het portaal van de kerk staan, maar Sari glipt naar binnen en gaat met haar rug tegen een witgekalkte muur staan. Vanuit haar ooghoek ziet ze Ferenc aan de andere kant van de kerk zitten. Hun blikken kruisen elkaar en ze zwaait discreet door even haar vingers heen en weer te bewegen. Als antwoord vertrekt hij zijn mondhoeken tot een grimmig lachje. Iedereen is stil en nerveus. De mensen kijken wel naar elkaar, maar er wordt nauwelijks een woord gewisseld. De lucht in de kerk wordt vertroebeld door een dunne mist van angst en spanning.

De priester is een vergroeid, verschrompeld mannetje met een obsceen grote aardappelneus en gitzwart haar, dat al het licht om hem heen lijkt te absorberen. De oudere mensen in het dorp, die hem twintig jaar geleden als jongeman hebben zien arriveren, zeggen voor de grap dat hij roeping kreeg toen hij besefte dat hij nooit een vrouw zou vinden, maar net zoals de meeste geruchten is dat slechts gedeeltelijk waar. Pater István heeft een Stem, een mooie, krachtige, melodieuze stem die als een god kan donderen of als een kat kan spinnen. Die stem is zijn trots en zijn roeping, want wat is er nu beter dan je ijdelheid in dienst van God stellen?

'Het is oorlog,' galmt hij nu. Zijn woorden vallen als keien op zijn parochianen.

Natuurlijk, denkt Sari, dát was het. In de stilte kan ze naar de uitgang glippen en haar hoofd om de hoek van de deur steken. Met haar mond vormt ze geluidloos de woorden 'hoorde je dat?' en Judit knikt ongeduldig.

Pater István gebaart naar drie mannen die voor in de kerk staan, militairen die glimmen van rijkdom, privileges en nauwelijks verholen minachting.

'Ze zijn op zoek naar sterke, dappere mannen,' legt pater István uit.

Die middag ziet Sari het hele marktplein vol mannen staan. Ze kan haar gevoelens niet goed benoemen, maar ze denkt dat ze vooral verward en verdrietig is. Dit zijn mannen en jongens die ze al haar hele leven kent. Ze zoeken bewust het gevaar op, en hoewel ze met de meeste dorpelingen geen hartelijke relatie heeft, wenst ze niemand iets slechts toe. Tegelijkertijd is ze stomverbaasd dat al die mannen zo volgzaam zijn. Ze weet heel zeker dat de meesten zich niet uit dapperheid, maar uit gehoorzaamheid hebben aangemeld. Zelf zou ze er niet over peinzen om zo gretig op te springen als iemand haar vroeg om haar leven voor een vaag begrip als 'het vaderland' te wagen. Mátyás Szabo, die slechts een jaar ouder is dan zij, zet gewichtig een hoge borst op en doet zijn best om heel volwassen te kijken. Ze weet dat Ferenc ook ergens in de groep rondloopt, maar ze kan niets doen om hem tegen te houden.

Ferenc pakt haar bij de arm als ze de kerk uit wil lopen. In zijn ogen brandt een hevige emotie die ze niet kan thuisbrengen. Zijn gezicht is wit, zijn mond is droog, en hij likt over zijn lippen voordat hij iets tegen haar zegt.

'Ben jij soms een heks?' fluistert hij. Zonder dat ze het wil, deinst ze terug, maar ondanks zijn starende blik blijft ze zwijgen.

'Jij wist dat dit ging gebeuren. Je wist het.'

Even verstijft ze, tot ze haar kracht weer volledig terug voelt komen.

'Ik kan nu niet met je praten,' zegt ze zachtjes, voordat ze rustig zijn hand van haar arm haalt en wegloopt.

De ruiters zijn niet erg kritisch. Ze accepteren iedere man die zich aanmeldt, of hij nu fit is of niet. Ze stellen geen vragen als mensen over hun leeftijd liegen en nemen iedereen die ze kunnen krijgen. Morgen beginnen de mannen aan hun mars naar Város, waar ze op de trein naar Boedapest stappen. Wat er daarna gebeurt, weet niemand.

Die avond loopt Sari naar haar vaders huis om op Ferenc te wachten, want ze weet dat hij niet naar Judits huis zal komen. En ja hoor, ze zit nog maar net aan de keukentafel als hij de trap op komt en aanklopt. Hij is bleek en overduidelijk geagiteerd, maar Sari is blij dat hij niet meer zo'n verwilderde blik in zijn ogen heeft als bij de kerk.

'Mijn excuses voor vanmiddag,' zegt hij stijfjes.

'Het is al goed.'

Zwijgend gaan ze zitten. De nacht valt en de duisternis neemt geleidelijk aan bezit van de keuken. Er hangt een sombere schaduw over Ferencs gezicht.

'Ik ga morgen weg,' zegt hij uiteindelijk.

'Dat vermoedde ik al.'

'Ik wilde even afscheid nemen. En je mijn excuses aanbieden. Ik begrijp nu waarom je nog niet wilde… Je weet wel. Het is goed dat we het niet hebben gedaan. Het was onverstandig geweest.'

'Ik ben blij dat je dat vindt.'

'Ja.' Hij slikt moeizaam. 'Sari, komt het allemaal weer goed?'

Zijn vraag brengt haar even van haar stuk. 'Wat bedoel je?'

'Nou ja, je weet wel. Met de oorlog. Met ons. Met mij. Komt het… Denk je…' Hij houdt zijn mond als Sari haar hoofd schudt.

'Ferenc, dat weet ik net zo min als jij. Ik kan de antwoorden niet zomaar uit de lucht plukken.'

Even denkt ze dat hij weer boos zal worden, maar dat gebeurt niet. In plaats daarvan vraagt hij half smekend: 'Zullen we dan als dit voorbij is…'

Hij heeft houvast nodig, denkt Sari, iets waar hij tijdens zijn afwezigheid naar uit kan kijken. Ze knikt gedecideerd. 'Ik heb zowel jou als mijn vader iets beloofd, en ik ben niet van plan om die beloftes te verbreken.'

'Gelukkig.' De opluchting staat op zijn gezicht te lezen. Ze blijven nog even zwijgend zitten voordat hij opstaat om weg te gaan.

'Nou… Dan moest ik maar eens… Ik bedoel, ik…' Hulpeloos en verlegen kijkt hij haar aan. In een opwelling staat Sari op om haar armen om zijn hals te slaan en hem op zijn wang te kussen.

'Tot ziens, Ferenc,' zegt ze, en ze voegt er dan zachtjes aan toe: 'Ik denk dat alles goed komt. Ik bedoel, ik denk dat het wel goed komt met jou.' Ze heeft geen idee of dat waar is, maar hij verdient het gerustgesteld te worden. Het is het enige afscheidscadeau dat ze hem kan geven.

Als ze hem loslaat, zegt hij niets. In plaats daarvan knikt hij kort en vertrekt zonder om te kijken.

Vanuit de deuropening van Judits huis kijken Judit en Sari de mannen en jongens na. Als ze op de verlaten vlakte uit het zicht verdwijnen, rent de moeder van Mátyás Szabo naar buiten om zich als een dode kraai op de grond te laten vallen. Haar luide jammerklachten bezwangeren de lucht en Judit draait zich om. 'Tja,' zegt ze.

Die nacht gaat het hard waaien. In het donker ligt Sari klaar-wakker naar het plafond te staren.

1916

4

Op het moment dat Sari de hoek om komt en de slordige bundel wasgoed in haar armen opsjort, ziet ze dat de voorboden van de lente de ijslaag op de rivier hebben gebroken. Het is dat jaar de eerste dag dat de vrouwen het ijs zelf niet hoeven te breken. Daar is ze blij om, want de winter is dit jaar streng en meedogenloos geweest en ze hebben niet veel te eten gehad.

Terwijl ze voorzichtig door de modder, sneeuw en keien naar de rivier loopt, krijgt ze plotseling gezelschap van Anna Csillag, die ook een stapel wasgoed in haar armen heeft en haar een vriendschappelijk duwtje met haar schouder geeft. 'Goedemorgen, Sari.'

'Goedemorgen, Anna.'

Er glijdt een glimlach over Sari's gezicht. Hierdoor heeft ze de hele winter goede moed gehouden en kan ze de ongemakken van de laatste maanden makkelijk van zich afzetten. Door de oorlog en alle bijkomende ontberingen is er een enorme saamhorigheid in het dorp ontstaan. Oude twisten zijn bijgelegd en ijzige betrekkingen zijn een stuk warmer geworden, simpelweg omdat de mensen elkaar harder nodig hebben dan ooit. Voor het eerst van haar leven heeft Sari vrienden en hoeft ze in het dorp niet demonstratief een superieure blik op te zetten of zich schrap te zetten voor beledigingen. Tegenwoordig is er niemand – of bijna niemand – die tegen haar schreeuwt, over haar fluistert of haar probeert te laten struikelen. Het is alsof ze eindelijk vrijuit kan ademhalen, nadat ze jarenlang niet wist dat haar luchtpijp werd geblokkeerd.

Anna was een openbaring voor Sari. Ze is lang, tweeëntwintig jaar en heeft brede schouders, Slavische jukbeenderen en een dikke bos donker haar. Hoewel ze altijd in hetzelfde dorp hebben gewoond, heeft Sari het gevoel dat ze elkaar nog maar net kennen. Ze weet dat dat komt doordat Anna's man Károly met de anderen is vertrokken. Als ze haar best doet, kan ze zich de oude Anna nog herinneren, maar het is moeilijk om het beeld van die zwijgende, ineengedoken vrouw te verenigen met de hartelijke, extroverte Anna die tevoorschijn is gekomen. Vroeger sloop ze schichtig door het dorp om haar blauwe plekken te verbergen, maar nu is ze een geestige, zinnelijke vrouw die onder alle omstandigheden opgewekt weet te blijven.

Lujza en Lilike zijn al bij de rivier en kijken met een verbeten lachje op om Anna en Sari te begroeten. 'Hoe is het water?' vraagt Anna. Haar grijns gaat over in een lach als Lujza een lelijk gezicht trekt en een paar rode, ruwe handen opsteekt.

'Het is goddorie ijskoud, net als anders.'

Ze gaan samen op hun hurken zitten. Sari zegt niet veel, maar tegenwoordig praten de vrouwen in haar gezelschap gewoon door in plaats van dat het gesprek doodvalt, en dat vindt ze al heel wat. Er wordt tegenwoordig weinig geroddeld – zonder mannen valt er ook weinig te roddelen, zegt Lujza met een laatdunkend gesnuif – dus de gesprekken zijn alledaags, maar gezellig. Natuurlijk wordt er op een gegeven moment over seks gepraat, en Anna moet gniffelen als Lujza in geuren en kleuren beschrijft hoezeer ze het vrijen mist. Lujza was nauwelijks een halfjaar getrouwd toen Péter wegging, en als je haar moet geloven, hadden ze al die tijd als konijnen gewipt. 'En nu gebeurt er niets meer,' zegt ze somber, 'al bijna anderhalf jaar niet meer.' Ze huivert theatraal en zegt met een vette grijns in de richting van Sari, die naast haar zit: 'Nog even en ik heb zo'n zin dat ik jullie uitkleed.'

Sari glimlacht, maar ze krijgt een blos op haar wangen en wendt haar hoofd af. Soms wenst ze dat ze aan deze openhartige gesprekken mee kon doen, en ziet ze Ferenc weer voor zich zoals hij naar haar keek toen ze voor het laatst samen waren. Ze had het gevoel dat ze diep in zijn hart en zijn kruis kon kijken, en ze had geweten dat hij hevig naar haar verlangde en uit minachting voor het gevaar dat hem wachtte met haar wilde vrijen. Maar als ze goed naar de gesprekken van de vrouwen luistert, steekt ze er misschien genoeg van op om het hem ooit naar de zin te maken. Dat is wel het minste wat hij bij zijn thuiskomst verdient.

Lujza houdt op met lachen en slaat met de natte was vol overgave op de houten planken. 'Ik wou…' barst ze uiteindelijk uit, maar ze maakt haar zin niet af.

'Wat wou je zeggen?' vraagt Anna. 'Dat je iemand kon vinden die je een goede beurt kon geven?'

Het grapje levert haar geen lach van Lujza op. 'Ik wou dat ik wist hoe het met hem ging,' zegt ze zachtjes. 'Hij kan niet schrijven en ik kan niet lezen, dus ik krijg nooit brieven. En die stommeling is te trots om iemand anders te vragen een brief voor hem te schrijven. Ik weet alleen dat hij nog leeft, want ik heb geen bericht gehad dat hij dood is. Maar ik wou dat ik wist wat hij doormaakt, waar ze zijn.'

'Dan moet je niet bij mij zijn,' zegt Anna. 'Károly stuurt ook geen brieven. Ik krijg wel eens brieven van mijn neef Lajos, maar daar staat altijd hetzelfde in: hopelijk gaat het goed met je, hopelijk gaat alles goed met de familie, met mij gaat alles goed, het weer is prima. Soms zegt hij dat het slecht weer is, meer niet. Lilike, jouw broer kan ook niet schrijven, hè?' Lilike schudt haar hoofd en Anna zwijgt even. 'Maar Sari, jij hoort toch wel regelmatig van Ferenc?'

Sari knikt verlegen. 'Ja, maar…' Hoe moet ze dat nu uitleggen? 'Hij vertelt ook niet veel.'

Dat is ook niet nodig. Ze droomt elke maand een keer over hem – of nee, dat klopt niet helemaal. Ze beleeft een droom via zijn ogen: ze ruikt het bloed en de modder, en voelt de dreunen van de geweren als ze wakker wordt. Ze kan zijn zure angst op haar tong proeven, maar dat kan ze niet aan de vrouwen uitleggen.

'Maar hij vertelt je toch wel íéts?' vraagt Lilike, maar dat is niet zo, hij vertelt niets. Zijn lange brieven zijn doorweven met een wanhopige draad van hunkering en verlangen, maar hij verdoezelt zijn omstandigheden met een paar eufemistische zinnen, die allemaal weer leiden naar lange, breedvoerige verhalen over alle dingen die hij in Falucska mist. In zijn laatste brief, die Sari een week geleden heeft gekregen, was hij in gedachten bij de eerste tekenen van de lente op de vlakte. Hij speculeerde welke bloemen al in bloei zouden staan en welke vogels weer te zien zouden zijn. Sari wordt altijd verschrikkelijk treurig van deze brieven, maar ze schrijft terug en beschrijft de dagelijkse dingen in het dorp zo lyrisch als ze kan, omdat ze voelt dat hij daar juist behoefte aan heeft.

Ferencs hoofd zit vol met de dood, en soms verlangt hij ernaar om dat met Sari te delen, om de last van zich af te gooien door haar een lijst te geven van alles wat hij heeft gezien: mannen van wie het hoofd is afgeschoten, mannen die ledematen missen, ledematen waaraan geen lichaam meer vastzit, stervende mannen die creperen van de pijn en hun waanzin uitschreeuwen. Hij begrijpt nog steeds niet hoe makkelijk iemand opeens kan ophouden te bestaan, en misschien kan Sari, vreemde Sari die bekend is met de dood, daar wel iets zinnigs over zeggen. Maar hier is Sari zijn talisman geworden: wanneer hij het heel zwaar heeft, denkt hij aan haar en projecteert hij haar beeld zo levendig op zijn netvlies dat hij haar soms letterlijk in een glanzende zeepbel van licht en stilte boven het slagveld kan zien. Hij moet haar hiervandaan houden, hij moet zorgen dat ze boven de modder en de drek en de lijken blijft zweven. Zijn brieven worden wandelingen door het verleden. Sari geeft hem gelegenheid om de onbedorven delen van zijn brein te bereiken en leidt hem aan de hand daardoorheen. Hij klampt zich verkrampt aan haar vast.

Die middag is Sari in Judits huis bezig om een middeltje voor Lujza's moeder te maken, die veel last heeft van zware hoofd-pijnaanvallen. Hoewel Judit het nooit hardop zou zeggen, denkt ze dat Sari met haar komst niet alleen Judits middelen van bestaan, maar misschien zelfs haar leven heeft gered. Alle jongemannen zijn naar de oorlog vertrokken, en zonder jon-gemannen worden er geen baby's meer geboren. Maar Sari heeft, behalve het varken en het handjevol ganzen dat ze van haar vader heeft geërfd, alle kennis van een táltos meegebracht. Daarmee kunnen ze hun medische repertoire veel beter varië-ren dan Judit ooit in haar eentje had gekund.

Natuurlijk moeten ze oppassen, want in de ogen van de mensen is het slechts een kleine stap van een effectieve medi-cijnvrouw naar een boszorkány. Inmiddels durft Judit Sari wel een paar van haar spreuken en bezweringen toe te vertrou-wen, maar Sari moet altijd zweren dat ze de opgedane kennis geheimhoudt.

Er wordt zo hard en ongeduldig op de deur geklopt dat Sari foeterend haar spullen uit haar handen laat vallen. Vanuit de keuken schreeuwt Judit: 'Lieve help! Doe even rustig!' Als Sa-ri naar de deur loopt, verwacht ze iemand die vergaat van de buikpijn of wordt geplaagd door hevige kiespijn. In plaats daarvan is het Anna.

'Sari, kom gauw kijken!'

Sari is al bezig om haar laarzen aan te trekken. Dit gebeurt vrij regelmatig, want iedereen weet dat Sari haviksogen heeft.

Ze is zeer verziend en kan gezichten herkennen als anderen alleen nog maar een vormeloze klomp in de verte zien. 'Wat is er?'

'Ik weet het niet. Er zijn mensen op de vlakte, ten zuiden van het dorp. Ze zijn bij het huis van de familie Gazdag, en ze... ze zijn ergens mee bezig. Ze hebben iets meegebracht of zijn iets aan het bouwen, maar dat kunnen we niet goed zien. Kom vlug!'

Vlak voor de plaats waar het dorp zich aan de rivieroever vastklampt, staan een stuk of tien mensen naar het huis van de familie Gazdag te turen, waarachter de vlakte zich naar het noorden uitstrekt. Anna, die zich duidelijk een beetje gewichtig voelt, baant zich met Sari een weg door de groep en wijst naar een aantal stipjes op ruim anderhalve kilometer afstand. 'Daar. Zie je ze?'

Sari houdt haar hand tegen haar wenkbrauwen en knijpt met haar ogen. Een voor een komen de onbekende mensen scherp in beeld.

'Het zijn mannen,' zegt ze tegen Anna, en het nieuws verspreidt zich door de groep.

'Mannen!'

'Maar die zijn toch allemaal weg om te vechten?'

'Zitten er bekenden tussen?' roept iemand van achter uit de groep.

Sari schudt haar hoofd. 'Nee. Een paar van hen dragen uniformen. De rest... de rest ziet eruit als buitenlanders.'

'Mannen uit het buitenland! Wat moeten die hier?'

Sari zucht, een ongeduldig, sissend geluid. Niet te geloven, denkt ze.

'Misschien,' zegt ze overdreven geduldig, alsof ze het tegen een kind heeft, 'zijn ze niet uit vrije wil hierheen gekomen.'

'Gevangenen?' vraagt Anna. Bezorgdheid en opwinding vechten om de boventoon in haar blik. Sari begrijpt wel hoe ze zich voelt. Hoewel ze – net als de meeste vrouwen – blij is dat ze niemand hoeft te doden of gedood kan worden voor een aantal abstracte idealen, is het soms behoorlijk frustrerend dat er zoiets onvoorstelbaar groots aan de gang is zonder dat je er in Falucska iets van merkt.

'Zou kunnen,' zegt ze.

Daar wordt het groepje bij de rivier even stil van, en de mensen staren allemaal naar de figuren in de verte, die op de vlakte ijverig als mieren heen en weer lopen. Sari houdt haar hand weer boven haar ogen en leunt geïntrigeerd naar voren.

'Wat is er?' vraagt Anna.

'Kijk. Kun je ze zien?' Anna knikt. 'Kijk eens naar die man daar rechts. Zie je wat er naast hem staat?' Anna knijpt met haar ogen, maar schudt haar hoofd. Ze kan niet zien wat het is, al ziet ze wel dat het groter is dan de mannen.

'Wat is het?'

'Een kar, en volgens mij zit hij vol met… Het ziet eruit als hout. Ze zijn iets aan het bouwen.'

Sari schrikt even als ze verderop nog iets ziet bewegen. 'Daar komt er nog een!' Ze slaagt er nauwelijks in om de opwinding in haar stem te verbergen. 'Nog twee… drie karren, en nog meer mannen. Ik weet niet waar ze mee bezig zijn, maar het is iets groots.'

Tegen de avond houden de mannen op met bouwen, maar een langzaam rondlopende bewaker bewijst dat Sari gelijk had: het zijn gevangenen.

Het huis van de familie Gazdag staat al sinds het begin van de oorlog leeg. Toen Ferenc, zijn vader en zijn broer het dorp verlieten om te gaan vechten, gingen de kuddes naar Ferencs oom, die in de buurt een stuk land bezit en met zijn manke been een perfect excuus heeft om niet te hoeven vechten. Zodra duidelijk werd dat de oorlog veel langer zou gaan duren dan de korte schermutseling die was voorspeld, is Márta naar haar zuster in Boedapest vertrokken. Het huis is al bijna anderhalf jaar onbewoond. De brutaalste jongens van het dorp (die te jong zijn om te vechten, maar dolgraag op andere terreinen willen bewijzen wat ze waard zijn) hebben ruim een jaar geleden ingebroken om te kijken of er iets was achtergebleven waar de rest van het dorp iets aan had, maar de grote kamers waren helemaal leeg. Sindsdien is niemand meer in de buurt van het huis geweest.

Maar nu zijn de gevangenen gearriveerd. Het ouderlijk huis van Ferenc gonst van de bedrijvigheid en het dorp gonst van de geruchten. In het begin wordt er gespeculeerd dat het leger het huis heeft onteigend, waarop een groep dorpelingen op hoge poten naar het huis gaat om de leidinggevende officieren te spreken. Ze druipen af als ze een door de familie Gazdag ondertekend contract te zien krijgen, dat door een knul die nauwelijks oud genoeg is om zich te scheren als een amulet heen en weer wordt gezwaaid. Op dat moment weet iedereen dat Ferencs moeder voorlopig niet – of helemaal niet meer – van plan is terug te komen. Sari vraagt zich af of Ferenc dat weet. Hij heeft zulke sterke, diepe wortels in Falucska dat het vreemd overkomt dat zijn familie het dorp zo makkelijk achter zich laat.

Bijna een week later gaat het nieuws door het dorp dat de mensen zich in de kerk moeten verzamelen. Daar zal officieel worden uitgelegd wat er allemaal aan de hand is. Onderweg naar de kerk kruist Sari's blik die van Lujza, die theatraal geeuwt om te laten zien dat ze geen verrassende mededelingen verwacht. Toch hebben haar ogen een opgewonden schittering, want de veranderingen lijken veel echter nu er officieel aandacht aan wordt geschonken.

De oorlog heeft zijn tol geëist van pater István, die mager en bleek is geworden. Niemand weet wat er met hem aan de hand is, maar de waarheid is dat pater Istváns achteruitgang niets met lichamelijke ontberingen te maken heeft. Toen de oorlog begon en de mannen uit het dorp vertrokken, nam hij aan dat de achtergebleven vrouwen hem extra hard nodig zouden hebben. In de eerste maanden was dat ook zo: de kerk zat stampvol, ook met mensen die doorgaans niet naar de mis kwamen omdat ze er te oud of te ziek voor waren. Pater István wist dat hij fantastische, ontroerende preken had gehouden, en tot zijn grote voldoening had hij meer dan eens hol gesnik uit een hoek van de kerk gehoord. Maar na een poos leken zijn woorden op de rotsen te vallen, en zag hij in plaats van gretige, aandachtige blikken een wezenloos gestaar of zelfs ronduit onverschillige ogen. In januari zaten er weer evenveel mensen in de kerk als voor de oorlog. De mensen gaan met hun problemen liever naar Judit Fekete, waar ze zich onderwerpen aan heidense praktijken die hem de rillingen over zijn rug bezorgen. De teleurstelling ligt als een bittere steen op pater Istváns maag. Zijn grote kans, die ene mogelijkheid om door de achteloze lompheid en onverschilligheid van zijn kudde heen te breken, is op niets uitgelopen.

Niemand weet het nog, maar hij heeft een besluit genomen. Zijn zus woont met haar man in Wenen, en zodra het beter weer wordt, gaat hij naar haar toe. Het dorp is uit zijn hart verdwenen toen hij uit de harten van de dorpelingen verdween. Inmiddels voelt hij nauwelijks enige emotie als hij vanaf de preekstoel naar beneden kijkt. Hij wentelt zich nu al in aangename fantasieën over zijn verblijf in Wenen. Hij is van plan om troost en spirituele steun aan de oorlogsslachtoffers te bieden, want hij heeft gehoord dat die in groten getale naar de Oostenrijkse hoofdstad trekken.

De officiële verklaring komt van een van de onberispelijke, schoongeschrobde militairen met glanzende knopen die ze vanuit de verte hebben bespioneerd. Natuurlijk is zijn boodschap geen verrassing voor de aanwezigen: voor de rest van de oorlog hebben de Gazdags hun huis belangeloos beschikbaar gesteld als onderkomen voor krijgsgevangenen. In de hele kerk kijken mensen met veelbetekenende blikken naar elkaar.

Zoals iedereen wel had verwacht, is Adrián Jokai de eerste die opspringt wanneer de militair klaar is met zijn verhaal. Adrián is veertien, en zijn vader en twee oudere broers zijn weggegaan om te vechten. Hij heeft zijn hele leven gestotterd, ondanks de middeltjes die Judit altijd heeft klaargemaakt en de kruiden die Sari recentelijk voor hem heeft bereid. Toch slaagt hij er nu in om zonder haperen de voor de hand liggende vragen te stellen: hoeveel mensen zitten er, wie zijn ze, hoe worden ze bewaakt? De antwoorden zijn geruststellend: de gevangenen zijn voornamelijk Italiaanse officieren.

Lujza slaagt erin om Sari's aandacht te trekken en knipoogt.

De Italiaanse officieren krijgen iets meer vrijheid dan gewone soldaten, maar ze zullen zeker niet ongehinderd en zonder toezicht mogen rondlopen. Ze zullen niet altijd in het huis worden opgesloten, maar ze mogen alleen maar rond het dorp wandelen en worden te allen tijde door bewakers vergezeld. De vrouwen in het dorp hebben niets te vrezen.

Tijdens de hele uitleg en het daaropvolgende geroezemoes blijft Judit in het portaal staan wachten, maar na afloop grijpt ze Sari met haar enigszins verwilderde grijns bij de arm. Sari grinnikt automatisch terug, maar ze ziet aan Judits blik dat ze een plannetje smeedt.

'Waarom kijk je zo vrolijk? Heb je alles gehoord?'

'Ja natuurlijk, mal kind. Ik mankeer niets aan mijn oren.'

'Wat vind je ervan?'

Judit schudt abrupt haar hoofd, omdat er allemaal mensen om hen heen staan.

'Niet nu. We hebben het er thuis wel over.'

'Dit belooft heel interessant te worden, Sari. Heel interessant,' zegt Judit zodra ze veilig in de keuken staan.

'O ja?' Sari's toon klinkt zo achteloos dat Judit kribbig reageert.

'Denk dan toch na, idioot kind. Dit is de eerste keer – in elk geval zolang ik leef – dat er zo veel nieuwe mensen naar Falucska komen. Het zijn ook nog eens nieuwe mannen, en dat op een moment dat veel van onze eigen mannen ver van huis zijn. Wat denk je dat er gaat gebeuren?'

Sari haalt haar schouders op. 'Je hebt gehoord wat ze zeiden. Ze komen niet eens in de buurt van het dorp. Als we ze niet zien, maakt het volgens mij niet uit dat ze hier zijn.'

'O, Sari toch,' zegt Judit lachend. 'Er gebeurt altijd iets als je mensen dicht op elkaar zet. Misschien worden de regels over een poosje minder streng, en komen de mannen dichter bij het dorp. Of misschien gaan de vrouwen wel naar hen toe, want per slot van rekening hebben die kerels allerlei dingen nodig: schone was, warme maaltijden...' Ze grinnikt suggestief. 'En misschien ook wel medische zorg. Ze kunnen toch niet in afzondering leven? Ja, dichter bij de stad zou het misschien nog lukken, maar in deze uithoek... Ze hebben ons nodig.'

'Misschien wel. Misschien ook niet. Maar ik begrijp nog steeds niet waarom je het allemaal zo grappig vindt.'

Judit trekt een van haar borstelige wenkbrauwen op. 'Als je eenmaal zo oud bent als ik, weet je dat je zelf niets meer meemaakt. Daarom raak je geïnteresseerd in wat anderen meemaken. En als je eenmaal zo oud bent als ik, besef je dat alles zinloos is, dat dit er allemaal geen fluit toe doet. Dan kun je kiezen: of je lacht nergens meer om, of je lacht overal om. En het is een stuk leuker om overal om te lachen.'

5

Het is erg irritant dat Judit altijd denkt dat ze de wijsheid in pacht heeft, maar Sari moet erkennen dat ze het maar al te vaak bij het rechte eind heeft. Als ze een kleine week later Anna en Lujza bij de kerk tegenkomt, zegt Anna opgewekt: 'Goh, Sari, moet je horen wat zij heeft uitgespookt.' Het is voor Sari totaal geen verrassing om Lujza met een samenzweerderig lachje te horen zeggen: 'Ik ben gisteren bij het huis van de familie Gazdag geweest.'

Anna lacht, en Sari heft onwillekeurig haar ogen ten hemel. Lujza lijkt een beetje van haar stuk gebracht.

'Waarom zet je nu zo'n blik op?'

'O, dat heeft niets met jou te maken. Een paar dagen geleden zei Judit dat er iets ging gebeuren, ook al beweerden de officieren dat ze de gevangenen uit de buurt van het dorp zouden houden. Ik had kunnen weten dat jij...' Ze maakt haar zin niet af, omdat Anna weer in de lach schiet en Lujza zowaar ook een aarzelende lach laat zien.

'Nou, ik ben blij dat ik aan je verwachtingen voldoe. Wil je nu nog horen wat er gebeurde, of niet?'

Sari haalt grinnikend haar schouders op. Het is wel duidelijk dat Lujza van plan is om haar verhaal te vertellen, of ze nu luisteren of niet. Anna roept Lilike erbij, en in een fractie van een seconde ziet Sari boven Anna's wenkende arm het gezicht van Orsolya Kiss. Haastig wendt ze haar blik af.

'Ik dacht na over de gevangenen, en toen dacht ik opeens dat ze in dat kamp van alles nodig hebben,' vertelt Lujza. 'Ze moeten hun lakens en hun kleren wassen, en ze hebben eten nodig. Ze hoeven geen drie warme maaltijden per dag te hebben, maar ze hebben ook behoefte aan brood en zo. Ik hoorde dat ze in het grote kamp bij Város genoeg personeel hebben om daarvoor te zorgen, maar hier is dat waarschijnlijk anders. En toen dacht ik, het is oorlog, we kunnen allemaal wel iets extra's gebruiken, dus het kan waarschijnlijk geen kwaad als ik mezelf aanbied.' Ze zwijgt even fronsend als ze Anna en Lilike hoort schateren en Sari ziet glimlachen. 'Ik bedoel dat ik mijn húlp heb aangeboden, stelletje viezeriken! Ik had het over verstelwerk, wassen en koken. Ik heb die man gesproken die dat verhaal in de kerk hield, je weet wel, en hij leek het bijzonder op prijs te stellen dat ik kwam.'

'Dat verbaast me niets,' mompelt Lilike, maar Lujza doet net of ze haar niet hoort.

'Hij zei dat ze hoopten dat er nog meer vrouwen uit het dorp komen helpen, en dat ze ons in ruil daarvoor eten, spullen, hout en kolen willen geven. Als we bereid zijn om hulp van die mannen te accepteren, zouden ze zelfs klusjes voor ons kunnen doen. Hij zei dat de officieren niet hóéven te werken, zoals de gewone soldaten in de andere kampen, maar dat ze zich waarschijnlijk vervelen nu ze daar vastzitten, en dat ze ons misschien wel kunnen helpen met de klussen die de mannen altijd voor ons doen…'

Nu begint Anna snuivend te lachen. Lujza breekt haar verhaal humeurig af. 'Wat lach je nou? Luister, ik begrijp best dat jullie allemaal denken dat ik alleen maar een vriendje probeer te versieren, maar dat is onzin. Dit is werk, de kans om iets beters te krijgen dan de ellende waar we op dit moment in zitten. Het is heus niet zo dat ik een buitenlander wil naaien. Ik weet niet of jullie het weten, maar ik ben getrouwd. Sterker nog, ik heb een léúke man.'

Ze kijkt bij die woorden veelbetekenend naar Anna, die een lichtrode kleur op haar wangen krijgt. Sari heeft medelijden met haar. 'Maar goed, Günther – dat is de man die in de kerk dat verhaal hield – zei dat ik het aanbod maar met mijn vriendinnen moest bespreken, en dat iedereen die interesse heeft – in het werk, niet in de mannen – morgenochtend naar het huis moet komen en bij de stallen op hem moet wachten. Dan kan hij ons vertellen hoeveel vrouwen hij nodig heeft, wat we moeten doen en wat we ervoor krijgen. Ik heb het al tegen mijn moeder gezegd, en ze gaat met een paar oudere vrouwen met me mee. We hoeven ons dus geen zorgen te maken over onze veiligheid.'

Anna herstelt zich snel en trekt een wenkbrauw op. 'Maar zijn die mannen wel veilig voor jou?' vraagt ze.

Lujza slaakt een diepe zucht. 'Goed, als jullie geen belang-stelling hebben, ga ik iemand zoeken die wél meewil.' Ze loopt met kaarsrechte rug weg en kijkt rond of ze iemand anders ziet aan wie ze het verhaal kan vertellen. Achter haar begint Anna net iets te hard te fluisteren.

'Ik durf te wedden dat ze binnen een maand een van die mannen neukt.'

Als Sari het nieuws thuis vertelt, begint Judit kakelend te la-chen.

'Zie je wel? Ik zei het toch? Dit is het begin. En ik vind het echt iets voor Lujza om de eerste stap te zetten!' Judit heeft een zwak voor Lujza. Met haar gewaagde opmerkingen en gevoel voor humor is ze zo anders dan de meeste andere vrouwen dat ze Judits excentrieke kant erg aanspreekt.

'Ga jij mee?' vraagt Judit.

Sari zucht. 'Ik... Ik weet het niet, Judit. Ik bedoel, we kun-nen ons wel redden. We hebben het beter dan veel anderen in het dorp. Sommige mensen, zoals de familie Orczy, zijn de wanhoop nabij. Ik wil geen plaats innemen van mensen die het werk écht nodig hebben.'

Judit laat een honend gebrom horen. 'Mooi gezegd, Sari, heel sociaal. Maar wat is de ware reden waarom je niet mee-wilt?'

'Ik zeg niet dat ik niet meewil. Misschien doe ik het wel. Het voelt gewoon... Het voelt gewoon een beetje raar, dat is alles.'

'Soms,' zegt Judit sluw, 'soms vraag ik me af of die verloving met Ferenc eigenlijk wel zo'n goed idee was. Hij is best een aardige jongen, maar jij... o, je had zo veel mogelijkheden, maar nu zit je vast aan het dorp.'

Soms vraagt Sari zich af of Judit gedachten kan lezen. 'Fe-renc zit niet vast aan het dorp,' snauwt ze. 'Kijk maar naar zijn moeder, die is bij het uitbreken van de oorlog naar Boedapest vertrokken. Ze is nog niet één keer terug geweest om naar hun huis te kijken, en nu laten ze er zelfs gevangenen in wonen. Volgens mij komen ze nooit meer terug. Misschien vertrekken Ferenc en ik ook wel naar Boedapest.' In haar hart voelt ze een vurige hoop opbloeien, hoop waarvan ze zich slechts vaag bewust was geweest. Judit schudt haar hoofd.

'Nee, hoor. Ferenc is heel anders dan zijn ouders. Zij zijn een groot deel van hun leven weggeweest, maar hij heeft hier altijd gewoond. Hij houdt van dit dorp, al mag Joost weten waarom. Hij zou nooit weggaan.'

Sari's mond wordt een dunne streep. 'Nou, dat is ook goed. Ik ben hier geboren, dus ik vind het natuurlijk ook fijn om hier te blijven. Het heeft geen zin om te mijmeren over dingen die ik had kunnen doen, of plaatsen die ik had kunnen zien. Mijn leven ligt hier, en dat is prima.'

Sari besluit niet naar het kamp te gaan. Geen haar op haar hoofd die erover denkt. Ze heeft het werk niet nodig, ze heeft er waarschijnlijk niet eens tijd voor, dus het heeft geen zin om haar tijd aan zinloze dingen te verspillen. Ze zou er waarschijnlijk toch alleen maar heen gaan om zich aan de mensen te vergapen, en dat is afschuwelijk. Niemand weet beter dan zij hoe het is om als een circusattractie aangestaard te worden, en dat wil ze de gevangenen niet aandoen. Ook al zijn ze vijanden, ze zijn nog altijd mensen. Nee, ze kan het bezoek beter aan de anderen overlaten en in plaats daarvan vroeg naar het bos gaan om wilde cichorei te zoeken. Die hebben ze hard nodig, want ze zijn bijna door hun voorraad heen. Als Anna of Lilike of Lujza dan langskomt om haar toch over te halen, is ze niet thuis om zich op sleeptouw te laten nemen. Ze gaat niet naar het kamp, geen sprake van, punt uit.

Ze verslaapt zich.

Terwijl Lujza en Anna op de deur bonzen, trekt Sari in paniek haar laarzen aan en overweegt om door het keukenraam te ontsnappen. Als Anna ook meegaat, proberen ze Sari natuurlijk samen over te halen, en Sari weet dat ze niet tegen die twee kan opboksen. Even later sjokt ze met een grimmige berusting (en een opgewonden kriebeltje in haar maag dat ze probeert te negeren) naar het huis dat vroeger van Ferencs familie is geweest. Vanuit het hele dorp komen vrouwen aanlopen, niet alleen jonge meisjes, maar ook oudere, getrouwde, respectabele vrouwen. Dat geeft Sari moed, want dat betekent dat dit echt om werk gaat, niet om lonken naar vreemde mannen. Even voor achten verzamelen ze zich bij de staldeuren, waar ze de uitbundige lentezon al aan de stralende hemel zien staan. In totaal staan er zo'n twintig vrouwen in kleine groepjes zachtjes met elkaar te praten. Sommigen kijken bezorgd, anderen lijken te popelen, en weer anderen – onder wie Éva Orczy, ziet Sari – lijken werkelijk de wanhoop nabij.

De deuren gaan open. De officier die in de kerk het woord nam, komt naar buiten. Hij is in gezelschap van twee mannen die hetzelfde uniform dragen als hij. Alle vrouwen doen een stap naar achteren, alsof ze plotseling nerveus worden, maar Lujza zet als enige een stap naar voren. Sari zou haar nooit mooi willen noemen, daarvoor is haar gezicht te smal en zijn haar ogen te klein, maar opeens ziet ze er met haar rechte rug en onbevreesde blik heel aantrekkelijk uit.

'Ik heb wat mensen meegebracht die willen werken, zoals u had gevraagd,' zegt ze.

De officier laat zijn ervaren ogen over het gepeupel dwalen. Zijn blik is onpeilbaar en het blijft even stil, alsof de aanblik van de groep hem niet bevalt. Dan doet hij een stap naar achteren en wenkt dat ze mee naar binnen moeten komen.

Binnen hebben ze een lange houten tafel neergezet, waarachter de andere officieren plaatsnemen. Zelf gaat Günther in het midden zitten.

'Hartelijk dank voor uw komst,' zegt hij met het ietwat hese stemgeluid dat Sari zich uit de kerk herinnert. Aan zijn accent is te horen dat hij uit Oostenrijk komt, en hij heeft duidelijk moeite met Hongaars. 'Vandaag hoeven we alleen maar uw naam te noteren en het werk dat u wilt doen. Daarna stellen we groepen samen en delen we taken uit. Als u morgen terugkomt, kunt u aan de slag. We betalen u uit in voedsel, voornamelijk brood en aardappels, maar als we aan vlees kunnen komen, krijgt u dat ook. We hebben vrouwen nodig die willen koken en schoonmaken.'

Als Sari voor de tafel in de rij gaat staan, vragen de vrouwen elkaar welk werk ze willen doen. Vóór haar staat Éva Orczy met Anna te praten.

'Ik wil schoonmaken,' zegt ze. 'Ik vind het prima om lakens of kleren te wassen, maar ik wil geen werk doen waarbij ik in hun buurt moet zijn.'

Anna is het niet met haar eens. 'We zitten al zo vaak bij de rivier. Waarom zou je daar nog langer willen zitten? Ik wil koken, aardappels schillen, het maakt me niet uit, als ik maar binnen ben, waar het warm is.'

'Maar het is bijna zomer. In de zomer wordt het bloedheet in de keuken.'

'Dat kan me niet schelen,' zegt Anna koppig. Ze steekt haar handen uit, die vol barsten, kloofjes en bloedende plekjes zitten. 'Dit komt van het wassen. Geef mij maar een keuken, ook al is het er heet als de hel.'

Als Éva en Anna aan de beurt zijn, buigen ze zich voorover om hun namen aan de ambtenaren door te geven. De twee mannen hebben duidelijk nog meer moeite met Hongaars dan Günther, en Sari ziet dat Anna's naam helemaal verkeerd wordt gespeld. Ze wijst er niet op. De man moet ook al drie keer aan Anna vragen wat voor werk ze wil doen, en als hij het eindelijk begrijpt en het met zijn kriebelige handschrift opschrijft, gooit Anna haar hoofd in haar nek en zegt vol afkeer hardop: 'Je zou zeggen dat ze dit wel door een paar Hongaarse ambtenaren konden laten doen.' Er klinkt zacht gegiechel in de stal.

Dan is Sari aan de beurt, en ze kan het niet laten om haar achternaam voor de man te spellen. Het lijkt of ze heel behulpzaam is, maar ze weet dat ze het doet om hem te kleineren. Haar beloning is dat hij met een minachtende blik naar haar opkijkt als hij vraagt wat voor werk ze wil doen. 'Koken of schoonmaken,' antwoordt ze. Het maakt haar niet uit, en ze weet nog niet eens zeker of ze de volgende dag wel terugkomt. Terwijl hij het opschrijft, voegt ze er in een opwelling aan toe: 'Ik kan ook werken als verpleegster, als u dat wilt.'

Het woord 'verpleegster' hoort duidelijk niet tot zijn schamele Hongaarse woordenschat, en aan zijn blik ziet ze dat ze hier geen vrienden maakt.

'Wat?'

'Verpleegster,' herhaalt ze langzaam, en om hem te pesten voegt ze er nog eens aan toe: 'Krankenschwester.'

Hij kijkt haar met onverholen haat in zijn ogen aan. 'Die hebben we niet nodig,' zegt hij nijdig in haperend Hongaars. 'We hebben al een dokter.'

Sari haalt haar schouders op en loopt met een spottend glimlachje door. Even verderop leunt Anna tegen een van de stalmuren.

'Wat een stelletje idioten, hè,' zegt Anna smalend.

'Ze zullen zich wel afvragen wat ze hier in vredesnaam doen,' zegt Sari. Zonder dat ze het wil, heeft ze een beetje medelijden met hen. Wat weten zij nu van de grote, lege vlakte en de mensen die hier wonen? Het moet een angstaanjagende ervaring voor hen zijn.

Lujza heeft haar gegevens aan de mannen doorgegeven en wil naar Anna en Sari lopen, maar opeens doet ze haar mond een stukje open en zet grote ogen op. Ze komt haastig naar hen toe.

'Wat is er?' vraagt Sari. Lujza geeft geen antwoord, maar draait hen aan hun schouders om, zodat ze alle drie door het stalraam naar de binnenplaats van het huis kunnen kijken.

Mannen.

Er schiet een stroomstoot van opwinding door Sari heen, en ze blijft als aan de grond genageld staan. Vreemden, vreemden, dreunt een opgetogen stem door haar hoofd, al ziet ze meteen dat ze er nauwelijks anders uitzien dan de mannen die ze kent. Ze zijn met hun tweeën. Een lange, donkere man staat met zijn rug naar hen toe, maar ze zien dat hij met zijn linkerhand onhandig een sigaret vasthoudt en dat er boven zijn rechterschouder een stuk mitella uitsteekt, de witte vlag van zijn verwonding. Hij gebaart met de sigaret en lijkt in gesprek te zijn met de andere man, die met een sigaret in zijn mondhoek tegen de muur leunt. Hij is kleiner dan de donkere man, magerder, en heeft een scherp, hoekig gezicht onder zijn blonde haar. Hoewel hij er ontspannen bij staat, lijkt hij onder zijn kalme uiterlijk energiek en alert te zijn.

Dan draait de langste van de twee zich plotseling om. Er rolt een krachtterm uit Lujza's mond, en zij en Anna duiken onder de vensterbank om niet gezien te worden. Sari blijft staan, ze kán zich niet bewegen, en opeens kijkt ze recht in de ogen van deze grote buitenlander. Hij glimlacht even en roept zijn metgezel in een taal die als borrelende luchtbellen onder water klinkt. Op het moment dat Anna en Lujza voorzichtig boven de vensterbank uit turen, steekt hij zijn hand op om te zwaaien.

Een paar tellen gebeurt er niets, maar dan begint Lujza te grijnzen en terug te zwaaien, en daarna zwaaien ze met hun drieën uit alle macht terug. De lange man barst in lachen uit, en op het gezicht van zijn metgezel, die nog steeds tegen de muur leunt, staat een wrange glimlach te lezen. Plotseling gaat een deur open en blaft een stem iets onduidelijks in het Duits. De mannen draaien hun hoofd in de richting van het geluid en kuieren met tegenzin naar binnen. Vlak voordat ze uit het zicht verdwijnen, draait de lange man zich met een brede glimlach om en werpt de meisjes een kushandje toe. Zijn vriend slaat hem bestraffend op de schouder en maakt met opgetrokken wenkbrauwen een sierlijke buiging waar de ironie vanaf druipt. Als hij zijn rug recht, ziet Sari in een flits de opvallend intelligente blik in zijn ogen. Het volgende moment zijn ze allebei verdwenen.

Anna, Lujza en Sari kijken elkaar aan. Lujza's lichaam schudt van het ingehouden lachen. Ze kan geen woord uitbrengen, maar op Anna's gezicht is een brede glimlach verschenen.

'Dit wordt het leukste wat we in tijden hebben beleefd,' verkondigt ze.

Sari is niet in staat om iets te zeggen.

De volgende ochtend om acht uur heeft Sari een besluit genomen. Als Anna op de deur bonst, doet ze met een verontschuldigende blik open.

'Sorry, Anna, ik kan niet mee. Judit wil dat ik vanochtend een paar dingen voor haar doe.'

Anna trekt haar wenkbrauwen op. 'Nou, dan kom je toch wat later? Dat vinden ze vast niet erg.'

'Nee, Anna, het spijt me. Het is hier zo druk dat ik er waarschijnlijk geen tijd voor heb. De afgelopen week hebben we drie mensen met hevige keelpijn gehad, en Judit is bang dat de rest van het dorp ook ziek wordt, dus...' Haar stem sterft weg en ze gebaart een beetje hulpeloos met haar handen. Ze weet dat haar verhaal niet overtuigend klinkt, en Anna kijkt haar dan ook sceptisch aan.

'Tja, als je het zeker weet...'

'Ja, ik weet het zeker. Wil je alsjeblieft doorgeven dat ik niet meer kan komen?'

'Goed. Ik kom straks wel langs om alles te vertellen!'

De deur knalt dicht en Judit komt met een nieuwsgierige blik uit de keuken schuifelen.

'Wat moet je dan allemaal voor me doen, Sari?'

Sari bloost. Er is in elk geval niets mis met Judits oren.

'Niets, Judit, maar we moeten echt nog wat wilde cichorei hebben, en ik dacht dat ik die beter…'

Judit gaat met een diepe zucht zitten en kijkt Sari met gespeelde droefenis aan.

'Sari toch… Ik had nooit gedacht dat jij een lafaard was.'

'Ik ben geen lafaard!' reageert Sari woedend. Er zijn maar weinig dingen die haar zo kwaad maken als die beschuldiging, want tijdens haar hele jeugd heeft haar vader haar dapperheid en roekeloosheid geprezen.

'Mij hou je niet voor de gek, Sari. Waar ben je zo bang voor?'

'Ik ben nergens bang voor! We hebben meer dan genoeg te doen. Er worden mensen ziek van de honger en er komen zelfs patiënten van buiten het dorp naar ons toe. We hebben het extra werk niet nodig. Trouwens, als je het idee zo geweldig vindt, waarom ga je dan zelf niet?'

Tot Sari's grote ergernis moet Judit om haar uitbarsting lachen.

'Sari, je doet net of Anna en de anderen erheen gaan om zich als hoeren aan de gevangenen aan te bieden,' zegt ze. 'Je hoeft alleen maar te wassen en te koken. Dat is toch niet zo erg?'

'Als ik alleen maar hoef te wassen en te koken, waarom wil je dan zo graag dat ik ga?'

'Omdat het goed is als je kennismaakt met mensen die hier niet vandaan komen. Volgens mij wil jij juist graag meer over andere culturen en de rest van de wereld te weten komen. Dit is een goed begin. Ik vind het niet prettig als je je overal voor afsluit. Waarom reageer je trouwens zo heftig? Wat is er bij dat huis gebeurd?'

'Niets bijzonders, we… We zagen alleen een paar mannen.'

In een paar woorden beschrijft Sari het uiterlijk en het gedrag van de twee gevangenen. 'Het was wel duidelijk dat ze bepaalde gedachten over ons hadden. Anna en Lujza moesten erom lachen, dus daarom denk ik dat zij hetzelfde dachten.'

'Wat is daar mis mee? Als die twee kerels zo naar jullie mochten kijken, dan mogen jullie toch ook zo naar hen kijken?'

Sari heeft er genoeg van. Een discussie met Judit is net een discussie met haar eigen geweten, dat opstandige deel van haar brein dat altijd vraagtekens zet bij de beslissingen die ze neemt. Met opzet sluit ze zich voor Judit af en zet een neutrale blik op.

'We hebben echt nog wat cichorei nodig,' zegt ze. 'Ik ga een paar uur naar het bos.'

Het lot lijkt Sari gelijk te willen geven, want de eerstvolgende dagen krijgen Judit en Sari het drukker dan ze het in maanden hebben gehad. Éva Orczy is in paniek, omdat haar zoontje Jozsua ziek is. Sari, die tot haar eigen verbazing een zwak voor het jongetje heeft omdat hij de eerste baby was die ze geboren heeft zien worden, rent de hele dag heen en weer tussen het huis van de Orczy's en dat van Judit. Omdat geen enkel middeltje Jozsua's koorts lijkt te kunnen temperen, gaan er drie dagen voorbij voordat Sari Anna weer in het dorp tegenkomt. Anna kijkt bijzonder vrolijk. Het is elf uur, en Sari is doodmoe. Ze is net bij de Orczy's geweest, waar een aftreksel van engelwortel er eindelijk in is geslaagd om Jozsua's temperatuur te laten zakken. Nu het jongetje bezweet ligt te slapen, is Sari onderweg naar huis.

'Goedemorgen, Sari!' De opgewekte toon van Anna's stem laat de huid op Sari's achterhoofd prikken.

'Goedemorgen, Anna.'

'Hoe gaat het met Jozsua Orczy?'

'Weer wat beter. Het komt wel weer goed.'

'O, gelukkig,' zegt Anna afwezig. Haar stralende ogen doen

Sari een beetje aan die van een kind denken, maar bij de herinnering aan Anna's leven vóór de oorlog krijgt ze er een warm gevoel van. Als er iemand wat opwinding verdient, is het Anna wel.

Ze besluit wat tijd voor haar vriendin te nemen en vraagt: 'Hoe gaat het daarginds?' Ze wijst in de richting van het huis van de Gazdags.

'O, gaat wel.' Anna's gezicht vertelt een heel ander verhaal dan haar nonchalante antwoord. 'Ik ben onderweg naar het kamp. Ik ben bij de kookploeg ingedeeld, dus ik ga aardappels schillen voor hun lunch. Bof ik even.' Ze heft haar ogen ten hemel, maar de cynische houding past helemaal niet bij haar.

'Heb je al een paar gevangenen ontmoet?'

'Ja, een paar. Soms komen ze naar de keuken als we aan het werk zijn. Zij hebben ook taken in huis, dus ze hebben altijd een excuus om in de keuken rond te hangen. Toch weet ik zeker dat ze alleen maar langskomen om naar ons te kijken.'

'Heb je hen al gesproken?'

Met een spijtige blik schudt Anna haar hoofd. 'Welke taal zouden we moeten spreken? Sommigen spreken wat Duits, maar mijn Duits is beroerd. Zij spreken natuurlijk geen Hongaars, en wij spreken geen van allen Italiaans.' Anna zwijgt even en glimlacht in zichzelf. 'Toch slagen we erin om een beetje te communiceren.'

'Dat verbaast me niets.' Soms hoort Sari zichzelf dingen zeggen die uit de mond van een twintig jaar oudere vrouw hadden kunnen komen. Dat vindt ze niet leuk.

'Ach, je weet wel,' vervolgt Anna dromerig. 'We glimlachen, zwaaien, gebaren met onze handen...' Ze maakt haar zin niet af. Opeens heeft Sari een maar al te levendig beeld bij de handgebaren die allemaal mogelijk zijn.

'Lieve help, Anna, je klinkt alsof je al voor een van die mannen bent gevallen!'

Anna kijkt beledigd. 'Natuurlijk niet! Trouwens, ik ben al

getrouwd!' Als Sari een paar tellen geduldig wacht, laat Anna haar verontwaardigde houding varen en zegt op vertrouwelijke toon: 'Er is wel een man die ik leuk vind. Jan.'

'Jan?'

'Nou ja, ik kan zijn echte naam niet uitspreken. Het is een of andere ellenlange naam, maar blijkbaar is het de Italiaanse versie van Jan, en dat is veel makkelijker uit te spreken. Maar goed, volgens mij vindt hij me leuk en… O, Sari, hij is zo anders dan Károly, dat zijn ze allemaal. Het is gewoon zo fijn om…'

Abrupt houdt Anna op met praten. Als Sari haar blik volgt, ziet ze Orsolya Kiss voorbijlopen. Anna wil natuurlijk niet dat het hele dorp vanavond nog over haar roddelt. Als Orsolya weg is, gaat Anna nog zachter praten.

'Sari, weet je zeker dat je niet wilt komen helpen? Veel mannen zijn gewond, en er zijn ook een paar ziek. Ze zouden iemand als jij goed kunnen gebruiken.'

Sari slaakt een zucht. Opeens zou ze Anna dolgraag in vertrouwen willen nemen. Het open gezicht van haar vriendin kijkt haar belangstellend en bezorgd aan, en Sari heeft de indruk dat ze haar echt kan vertrouwen. 'Het gaat niet, Anna.'

'Als je je zorgen maakt om wat de mensen zullen zeggen…' begint Anna met een boze blik. Heel even denkt Sari vals dat Anna niet zo dapper zou zijn als Károly in de buurt was, maar dan schudt ze haar hoofd.

'Dat heeft er wel mee te maken, maar het gaat me vooral… Ik vertrouw mezelf niet. Vertel alsjeblieft aan niemand dat ik dat heb gezegd,' voegt ze er haastig aan toe. Ze merkt dat ze rood wordt en kan zich wel voor haar hoofd slaan dat ze dit eruit heeft geflapt, maar Anna glimlacht naar haar.

'Jeetje, Sari, dacht je dat ik me daar geen zorgen over maakte? Als Jan het in zijn hoofd zou halen om me een nieuw leven in Italië aan te bieden, zou ik beslist in de verleiding komen om ja te zeggen. De verleiding zou heel groot zijn.'

Een paar tellen kijken ze elkaar zwijgend aan. Sari herinnert zich de magere, onderdrukte, zwijgende Anna van twee jaar geleden, en ze weet zeker dat Anna nu denkt aan het verbitterde, vreemde, eenzame meisje dat Sari is geweest.

'Raar, hè…' begint Anna, en Sari knikt.

'Je vindt het toch niet erg dat ik je erover vertel?' vraagt Anna.

'Natuurlijk niet. Als ik niet van de laatste roddels op de hoogte blijf, neemt Judit het me hoogst kwalijk.'

'Ik moest maar weer eens…' Anna maakt aanstalten om door te lopen.

'Ga maar gauw,' zegt Sari. 'We spreken elkaar nog wel.'

6

Hij heet Umberto, vertelt Lilike. Met gebogen hoofd schrobt ze het laken in haar hand veel geconcentreerder en nauwkeuriger schoon dan anders.

Hij heet Umberto, en eind mei heeft hij Lilike voor het eerst gekust. Ze kunnen meteen zien dat er iets is gebeurd, want Lilikes glimlach is veel zachter en ingetogener geworden. Lilike heeft nog nooit een echte vrijer gehad.

Een paar weken nadat de mannen hun intrek in het huis hadden genomen, mochten ze voor het eerst naar buiten. Eerst mochten ze niet buiten de hekken van het kamp komen, maar soms zag Sari hen in de tuin sportwedstrijdjes houden en hoorde ze hun betoverende taal, waarin de lettergrepen als kralenkettingen aaneen worden geregen. De meisjes van de keukenploeg staan altijd voor het raam als de mannen met hun onderarm het bezwete haar van hun voorhoofd vegen. 'Als ze het echt warm krijgen, trekken ze bij het spel hun overhemd uit,' vertelt Anna in vertrouwen aan Sari.

De mannen weten dat de meisjes staan te kijken, en de meisjes weten dat de mannen dat weten. Alle acrobatische toeren en sportieve prestaties vinden toevallig net voor de keukenramen plaats. In het begin probeerden de meisjes zich nog verdekt op te stellen, maar na een poos deden ze geen moeite meer om zich te verstoppen. De mannen doen ook niet meer of ze al die belangstelling niet in de gaten hebben. Ze zwaaien loom in de richting van de ramen als ze een lok blond of donker haar ontdekken.

Lilike is een rustig meisje, maar ze weet precies wat ze wil. Vanaf de dag waarop de gevangenen in het dorp arriveerden, nam ze zich voor om zo veel mogelijk plezier met hen te hebben. Ze werkt met Anna in de keukens, en hoewel ze allemaal flirten, heeft Anna's geflirt iets wanhopigs.

Lilikes geflirt daarentegen is onderkoeld en beheerst. Umberto was niet de eerste man die belangstelling voor haar had – Lilike is slank en blond, het soort meisje dat de meeste mannen leuk vinden – maar hij is de eerste die door Lilike wordt aangemoedigd. Ze vindt zijn malle krullen en zijn onbeschaamde gedrag aantrekkelijk. Hij straalt een bepaalde zorgeloosheid uit, die ze nog nooit bij de mannen in het dorp heeft gezien. Het was een hele uitdaging om zonder woorden vooruitgang te boeken, maar nadat Umberto een paar dagen naar haar had gegrijnsd, geknipoogd en gezwaaid, besloot ze een perzik mee naar binnen te smokkelen. Ze wikkelde de vrucht in een zakdoek en duwde die in zijn hand toen ze hem op weg naar de keukens passeerde.

Toen ze de volgende avond met Anna en Lujza naar huis wilde gaan, hoorde ze bij het hek iemand roepen. Ze draaiden zich alle drie om en zagen Umberto, die met een slordig boeketje margrieten en paardenbloemen over het gras kwam aanrennen. Zijn ogen glansden vurig toen hij de bloemen in haar hand drukte. Lilike schonk hem een glimlachje, maakte een heel klein knicksje en stopte het boeketje met opzet in haar decolleté.

Natuurlijk vertelde Anna meteen aan Sari wat er was gebeurd, dus Sari is niet verbaasd als ze in mei met de anderen bij de rivier de was doet en Lilike na een dubbelzinnig grapje van Lujza ziet blozen.

Bij het zien van Lilikes rode wangen draait Anna zich abrupt naar haar toe. 'Vertel eens,' zegt ze uitdagend. 'Is er verder nog iets gebeurd?'

Lilike herstelt zich snel. 'Gisteren was hij met een paar anderen aan het wandelen. Hij zag dat ik bij de rivier de was deed en…' Haar gezicht wordt weer vuurrood en ze kijkt naar beneden. 'Toen heeft hij me gekust,' mompelt ze.

'Hoe was het?' wil Anna ademloos weten. Geen van de vrouwen houdt nog de schijn op dat ze serieus met de was bezig is. De lakens liggen half op de rivieroever, waar ze als geesten in de wind wapperen.

Lilike denkt even na voordat ze antwoord geeft. 'Het was fijn,' zegt ze uiteindelijk. 'Hij was… Volgens mij heeft hij veel vaker meisjes gekust.'

Lujza's lach klinkt als een blaf. 'Hoe gaat het nu verder?' vraagt ze.

'Ik zie hem morgen weer. Dezelfde tijd, dezelfde plaats.' Meer hadden ze elkaar zonder gemeenschappelijke taal niet duidelijk kunnen maken.

'Ben je van plan om het met hem te doen? Je begrijpt toch wel dat hij daarop uit is?'

Lujza's stem klinkt een beetje nors, maar Lilike vertrekt geen spier. 'Natuurlijk ben ik dat van plan,' zegt ze rustig tegen Lujza. 'Daar is het toch allemaal om begonnen?'

Elke nacht droomt Anna dat Károly dood is, en bij het ontwaken is ze elke ochtend weer teleurgesteld. Tijdens het aankleden bidt ze om vergiffenis en vraagt ze God om haar in een plichtsgetrouwe, dankbare echtgenote te veranderen.

De laatste tijd is ze dat namelijk niet bepaald geweest.

Ze wilde helemaal niet met hem trouwen. Ze was überhaupt niet met trouwen bezig, en als ze al over een huwelijk fantaseerde, was haar lompe, zwaargebouwde buurjongen wel de laatste aan wie ze dacht. Als iemand haar had gevraagd of ze hem zag zitten, zou ze in lachen zijn uitgebarsten, maar op haar zestiende werd ze door hem verkracht. Hij had haar al dagen gevolgd en zag tijdens een boswandeling plotseling zijn kans schoon. Anna raakte zwanger, waardoor ze opeens geen keus meer had. Wie zou haar na deze gebeurtenis nog willen? Soms vraagt ze zich af wat er zou zijn gebeurd als ze was ingegaan op Judits aanbod om het kind weg te halen, maar al interesseerde het kleine leventje in haar buik haar totaal niet, ze kreeg de rillingen bij de gedachte aan Judits vage suggestie, die ongetwijfeld iets verwerpelijks inhield. Twee weken na de bruiloft kreeg ze een miskraam en leek haar lot te zijn bezegeld.

Gek genoeg is ze heel anders dan Lujza en Sari, die haar allebei dierbaar zijn, maar haar soms bang maken. Anna verlangt helemaal niet naar een leven buiten het dorp, en als Károly niet voor haar had beslist, zou ze het prima hebben gevonden om het leven van haar moeder en grootmoeders te leiden en hier in Falucska te blijven, te trouwen en kinderen te krijgen. Ze weet dat ze niet slim, mooi of getalenteerd is, maar ze is vriendelijk, ziet er best goed uit en is verstandig genoeg om een goede echtgenote en moeder te zijn. Na haar miskraam is ze nooit meer zwanger geraakt, maar ze weet niet of ze niet meer zwanger kán worden of dat ze het gewoon niet wil. Hoewel ze geen plannen heeft om Károly te verlaten – hoe zou ze dat in vredesnaam moeten doen? – weet ze dat een kind haar voor altijd aan hem zou binden, en die gedachte is ronduit onverdraaglijk.

Anna is een fatsoenlijke, gelovige vrouw, en daarom voelt ze zich vreselijk schuldig. Hoewel ze in haar respectvolle gebeden om de geijkte dingen vraagt, of God haar man wil beschermen en een einde aan de oorlog wil maken, is haar hart opstandig. Ze droomt niet alleen over Károly's dood, ze is op een bepaalde manier ook dankbaar voor de oorlog en het feit dat Károly is vertrokken. Ze is blij dat hij in gevaar is en dat ze haar leven heeft teruggekregen – al is dat waarschijnlijk tijdelijk, want ze is echt niet zo dom om te denken dat deze situatie eeuwig zal duren. Nu is er weer iets waar ze koppig in haar gebeden over zwijgt, maar waar ze de hele dag blij om is, en dat is de komst van de gevangenen.

Ze zag dat Lilike de mannen stuk voor stuk bekeek en een keuze maakte, maar voor haar is het nooit zo gegaan. Vanaf het begin heeft ze alleen maar oog gehad voor Jan, oftewel Giovanni. Ze valt vooral op zijn glimlach. Die is niet onbeschaamd, zoals die van Umberto, en ook niet suggestief of neerbuigend, zoals die van veel anderen, maar gewoon open, vriendelijk en warm. Die glimlach vertelt Anna alles wat ze over Jan moet weten, namelijk dat hij een fatsoenlijke, eerlijke, aardige man is. Ze is niet op zoek naar opwinding of een beetje lol. Ze zou het nooit hardop toegeven, maar ze is op zoek naar iemand die haar hier weg kan halen. Als Károly terugkomt, wil ze het liefst dat hij een leeg huis aantreft.

Anna is heel anders dan Lilike. Ze heeft geen haast en voelt ook geen behoefte om de touwtjes in handen te nemen, want ze is ervan overtuigd dat het uiteindelijk toch wel zal gebeuren. Terwijl Lilike een keuze maakt, plannetjes smeedt en fruit aan haar aanstaande minnaar geeft, communiceren Anna en Jan alleen maar via hun lach. Telkens wanneer ze elkaar zien, schenken ze elkaar een brede, stralende, blije lach, die Anna helemaal warm vanbinnen maakt. Lilike plant haar verleiding, maar Anna is bereid te wachten. Het zal heus wel gebeuren.

In de tussentijd neemt ze zich voor om Sari een keer apart te nemen en te vragen of ze iets kan krijgen om een zwangerschap te voorkomen. Het kan natuurlijk nooit kwaad om goed voorbereid te zijn.

7

Begin juli gaat Falucska gebukt onder een verstikkende deken van hitte en hormonen. Sari heeft het gevoel dat haar hoofd vol watten zit. Dit is altijd haar favoriete jaargetijde geweest, want het dorp, dat er in de winter zo grimmig en verlaten uit kan zien, is op zijn mooist als de ruwe houten gebouwen worden bedekt door groene planten. Het tempo lijkt in de zomer veel lager te liggen dan anders, en deze zomer ligt het lager dan ooit.

'Ja, geen wonder,' zegt Judit als Sari erover begint. 'Dat is logisch met al die afleiding om ons heen.'

Sari had met zichzelf gewed dat Lilike de eerste zou zijn, dus ze was verbaasd toen Anna als eerste naar haar toe kwam. Blozend tot in haar haarwortels vroeg ze fluisterend om een middel dat een zwangerschap kon voorkomen. Maar Lilike liet niet lang op zich wachten en werd op de voet gevolgd door Francziska Imanci. Dat laatste bezoek was een verrassing voor Sari, want Francziska is een halve generatie ouder dan zij en al zo lang getrouwd als Sari zich kan herinneren. Ze had nooit gedacht dat Francziska het soort vrouw was dat een minnaar nam.

Sindsdien komen de vrouwen in een gestage stroom bij haar langs. Elke week komen er wel een paar die willen zorgen dat de verworven vrijheden van de gevangenen geen blijvende herinneringen in het dorp achterlaten. Met elk nieuw bezoek aan Sari en Judit lijkt de schaamte af te nemen. De stemming in het dorp wordt met de dag beter, en ondanks de cynische houding die Sari zichzelf heeft aangemeten, moet ze erkennen dat het dorp in zijn voordeel is veranderd. Er hangt een koortsachtige, opgewonden sfeer, die haar wel bevalt. Ze vindt het leuk dat de mensen spraakzamer zijn geworden en dat de grapjes steeds gewaagder worden. Ze geniet vooral van de snaakse, heimelijke blikken die de vrouwen elkaar toewerpen, alsof ze allemaal deel uitmaken van een geheime club. De meeste andere vrouwen lijken zich ook prettig te voelen en zijn blij met een excuus om niet aan de oorlog te hoeven denken. In het begin vroegen de mensen nog een paar keer per week of Sari al nieuws van Ferenc had gehad, maar nu wordt er zelden naar hem geïnformeerd. Als Lazslo Mecs met een halve rechterarm van het front terugkomt, angstig en zenuwachtig alsof er nog steeds op hem wordt geschoten, wordt hij niet met bewondering, maar met gêne ontvangen.

Tegen de middag houdt Sari het binnen niet meer uit, want Judits humeur wordt door de hitte onuitstaanbaar. (Soms beweert Judit dat ze slechts twee weken per jaar gelukkig is, een week in de lente en een week in de herfst, en Sari betwijfelt of dat een grapje is.) Daarom verzint ze een smoesje en daalt ze vijf minuten later glibberend af naar de rivier. Ze doopt haar voeten in het koele nat en kijkt of ze op de vlakte iemand ziet, maar het is een lome dag, zo warm dat bijna niemand zich buiten vertoont. Ze wil net de moed opgeven en een boswandeling gaan maken als ze plotseling achter zich een geluid hoort. Het is een luid geroffel, alsof er iemand hard komt aanlopen.

Sari schort haar rok op en verstijft, klaar om in geval van nood de benen te nemen, maar dan ziet ze achter zich Lilike aankomen. Meteen ontspant ze zich weer, maar Lilike ziet er verwilderd uit. Haar rustige, zelfvoldane uiterlijk van de laatste maanden is verdwenen. Haar haren pieken slordig om haar hoofd, ze is helemaal bezweet en ze heeft een paniekerige blik in haar ogen.

'Sari!'

Sari kan zich niet herinneren dat iemand ooit zo blij leek te zijn om haar te zien. Ze krabbelt over de oever omhoog naar haar vriendin.

'Wat is er? Wat is er gebeurd?'

Lilike hijgt. 'Ik heb je overal gezocht... Ben bij Judit geweest, maar zij zei... Ze dacht dat je...'

'Wat is er gebeurd?' vraagt Sari nogmaals, terwijl ze stiekem kijkt of Lilike tekenen van ziekte of verwonding vertoont. Er moet een medisch probleem zijn, want anders zou Lilike nooit zo overstuur naar haar toe zijn gekomen.

'Umberto is ziek.'

Sari blijft doodstil staan. Opeens is ze zich extreem bewust van Lilikes heen en weer flitsende ogen en moeizame ademhaling.

'Wat is er met hem?'

'Hij heeft buikpijn. Hij ligt krom van de kramp en geeft over.'

'Maar ze hebben toch een dokter in het kamp?'

Lilike schudt ongeduldig haar hoofd. 'Die is er wel, maar hij heeft geen idee wat er aan de hand is. Hij heeft verschillende dingen geprobeerd, maar het werkt allemaal niet, en vanmiddag is hij druk bezig in het kamp bij Város. Ik dacht... ik dacht dat hij misschien iets verkeerds heeft gegeten, iets giftigs, en dat jij weet wat je eraan moet doen.'

Sari ziet dat Lilike begint te huilen, maar ze weet niet of Lilike het zelf wel doorheeft. De tranen rollen uit haar ooghoeken en ze doet geen moeite om ze weg te vegen. Een enorme spanning en een hevige angst maken zich van Sari meester.

'En Judit dan? Kan zij niet gaan kijken?'

'Ze zei dat jij beter bent, en dat is ook zo. Ze is fantastisch als het op zwangerschap, bevallingen en baby's aankomt, maar wat de rest betreft... Jij hebt echt verstand van je werk, Sari. Dat weet iedereen.'

Sari weet dat Lilike gelijk heeft, want haar vader heeft haar erg veel geleerd. Toch is ze oprecht verbaasd dat het andere mensen is opgevallen. Natuurlijk komt het af en toe voor dat mensen liever bij haar komen dan bij Judit, maar ze heeft altijd gedacht dat dat met Judit zelf te maken had, dat de patiënten geen zin hadden om naar Judits gerimpelde gezicht te kijken als ze zich al beroerd voelden of pijn hadden. Het feit dat ze blijkbaar vertrouwd en gerespecteerd wordt, hakt de knoop door, meer nog dan de gedachte aan een ijzersterk excuus om naar het kamp te gaan.

'Blijf hier wachten,' zegt ze abrupt tegen Lilike. 'Ik moet even wat ophalen. Ik ben zo terug.'

Tien minuten later passeert ze met een trillende Lilike de hekken van het kamp. Günther komt naar buiten om hen te begroeten. Sari, die hem sinds die ochtend in de lente niet meer van dichtbij heeft gezien, is geschokt dat iemand binnen een paar maanden zo kan veranderen. Hij ziet eruit als een verlopen oude man, met een vetrol om zijn middel en wallen onder zijn ogen. Lujza heeft al eens somber gemompeld dat Günther en de andere bewakers flink drinken – haar eigen vader verkoopt hun zijn *szilva* – maar nu kan Sari het effect met eigen ogen zien, zowel aan zijn uiterlijk als aan zijn trage, arrogante manier van doen.

'Dit is Sari,' zegt Lilike haastig. Sari vraagt zich af of Günther haar snelle Hongaars wel kan volgen, maar hij trekt zijn wenkbrauwen op.

'Dit is nog een kind,' reageert hij effen. Als Sari hem met een uitdagende blik recht in de ogen kijkt, deinst hij even terug voor haar onbevreesde blik.

'Ik ben zestien,' zegt ze langzaam en duidelijk in het Duits. 'Ik heb de afgelopen twee jaar de zieke mensen in dit dorp behandeld en heb daarvóór jarenlang mijn vader geholpen, maar als u denkt dat ik niet geschikt ben om uw gevangenen te behandelen, tja…' Ze draait zich om, maar Lilike grijpt haar stevig bij de arm. Achter haar rug hoort ze Lilike zachtjes en smekend tegen Günther praten: 'Alstublieft… alstublieft…' Lilike is er altijd goed in geweest om mensen te overreden, dus het verbaast Sari niet als ze Günther met een zucht hoort zeggen: 'Nou, goed dan.'

De gevangenen zijn ondergebracht in de bijgebouwen en personeelsvertrekken van de familie Gazdag. Sari is nog nooit in dit deel van het huis geweest, en ze heeft de indruk dat Lilike er ook voor de eerste keer komt. De regels zijn de afgelopen maanden erg soepel geworden, maar blijkbaar ging het Günther toch te ver vrouwen in de kamers van de mannen toe te laten. De verblijven zien er minder onplezierig uit dan ze had verwacht. De keurige rijen bedden doen aan een omgeploegd veld denken, en ondanks de ongewone omgeving is het er schoon, opgeruimd en redelijk comfortabel.

Günther wijst naar het andere uiteinde van de grote ruimte, waar een groepje mannen rond een van de bedden zit. Sari doet haar best om een waardige, ernstige blik op te zetten en loopt in de richting van het bed. Naast haar knijpt Lilike haar hand bijna fijn.

Umberto ziet er beroerd uit. Zijn gezicht is ziekelijk bleek, waardoor zijn olijfkleurige huid er vaal uitziet. Hij is bedekt met een dun laagje zweet en zijn ogen hebben een koortsachtige glans. Sari heeft hem nooit van dichtbij gezien, maar in deze toestand doet hij niet bepaald recht aan de lyrische beschrijvingen die Lilike van hem heeft gegeven. Ze baant zich een weg door het groepje mannen en gaat naast het bed op haar knieën zitten. Achter haar beginnen de mannen te mompelen, maar ze probeert het geluid te negeren en glimlacht nerveus naar Umberto om hem op zijn gemak te stellen. Als de glimlach als een soort grimas op haar gezicht verschijnt, is ze blij dat Umberto te veel pijn heeft om op haar te letten.

Hij kreunt als ze haar hand op zijn maag legt, die warm en hard aanvoelt. 'Dus jij denkt dat hij iets verkeerds heeft gegeten?' vraagt ze over haar schouder aan Lilike.

'I-ik weet het niet. Hij heeft... We kunnen nog steeds niet

goed met elkaar praten, maar ik weet wel dat hij tijdens onze wandelingen bessen heeft geplukt en opgegeten. Altijd dingen waarvan ik wist dat ze veilig waren,' voegt ze er haastig aan toe als Sari een gezicht als een donderwolk krijgt. 'Maar vanochtend, toen ik naar de markt was, is hij in zijn eentje op pad gegaan. Ik denk dat hij misschien…' Stotterend laat ze de rest van de zin in de lucht hangen.

Een beetje gestrest kijkt Sari weer naar Umberto. 'Lilike, hoe goed is jouw Italiaans? Ik moet hem een paar vragen stellen.'

Lilike wordt rood. 'Ik weet wel een paar woorden, maar ik denk niet dat je daar veel aan hebt…'

'En Günther, of een van de anderen?'

Lilike schudt haar hoofd. 'Ze kennen allemaal maar een paar korte zinnetjes.'

'Even denken,' mompelt Sari tegen zichzelf, 'even denken.' Ze verheft haar stem en richt zich tot het groepje om haar heen. 'Spreekt een van jullie misschien Hongaars?'

Er klinkt gemompel, maar de blikken suggereren dat de mannen haar niet begrijpen.

Sari besluit op een andere taal over te gaan. 'Goed, spreekt een van jullie dan misschien Duits?'

Even denkt ze dat ze weer bot vangt en op goed geluk een aantal middeltjes moet proberen in de hoop dat ze Umberto niet vergiftigt, maar dan ziet ze aan haar linkerkant een man naar voren komen. Hij komt haar bekend voor, en opeens herinnert ze zich hem als de man die op die lentedag op de binnenplaats tegen de muur leunde.

'Ik spreek het een beetje,' zegt hij. Ondanks zijn enigszins hooghartige uiterlijk klinkt hij aarzelend en struikelt hij over zijn woorden.

'Mooi,' zegt ze bruusk voordat ze zich weer naar Umberto draait. 'Daar zullen we het mee moeten doen.'

Als ze naar de transpirerende, trillende man in het bed kijkt, glijden haar zenuwen en onzekerheid uit haar weg. 'Goed,' zegt ze kordaat. Ze weet wat ze moet doen, dit is haar vak, dit is waar ze verstand van heeft. Ze wordt rustig en haar handen houden op met trillen. Als ze het woord neemt, is ze verbaasd dat haar stem zo ferm en zelfverzekerd klinkt.

'Hoe heet je?' vraagt ze aan de man die nu op zijn hurken naast haar komt zitten.

'Marco.'

'Goed, Marco. Wil je aan de anderen vragen of ze ons alleen kunnen laten?' Marco draait zich om en zegt iets tegen de andere mannen, die langzaam opstaan en overduidelijk met tegenzin weglopen. Sari weet niet of die tegenzin iets met hun bezorgdheid voor Umberto te maken heeft, of dat ze na al die saaie maanden in het kamp sensatiebelust zijn en niets van het drama willen missen.

Marco hurkt weer naast haar en kijkt haar met onverholen nieuwsgierigheid aan. 'Wie ben jij?' vraagt hij langzaam in moeizaam Duits.

'Ik heet Sari.'

'Nee, ik bedoel…' Hij maakt een veelzeggend gebaar met zijn hand, waarbij hij zowel op Umberto als op Sari's meegebrachte flesjes en zakjes wijst. 'Wat is jouw vak?'

Omdat Sari het Duitse woord voor vroedvrouw niet kent, zegt ze dat ze verpleegster is. Dat komt in elk geval in de buurt. 'Marco, je moet hem een paar vragen stellen. Volgens mij heeft hij iets verkeerds gegeten, maar ik moet weten wat het is voordat ik hem kan behandelen. Snap je wat ik zeg?'

Hij zit met samengeknepen ogen geconcentreerd naar haar te luisteren, maar knikt dat hij haar begrijpt.

'Vraag eens of hij in het bos iets heeft gegeten.'

Marco draait zijn hoofd naar Umberto en begint te praten. Umberto denkt even na voordat hij de vraag bevestigend beantwoordt.

'Hij zegt dat hij iets heeft gegeten, maar dat het iets was dat hij al eens eerder had geproefd, toen het meisje bij hem was. Hoe heet ze ook weer? Lilia?'

Sari zucht. 'Soms lijken planten erg veel op elkaar. Kun je vragen wat hij heeft gegeten? Waren het bessen? Paddenstoelen?'

Tijdens de minuten daarna kunnen ze vaststellen dat hij een paar bessen heeft gegeten, kleine, rode ronde vruchten die aan een struik met glanzende donkergroene bladeren groeien. Sari is opgelucht.

'Dat is niet ernstig,' zegt ze tegen Marco, die ook opgelucht kijkt en het nieuws vertaalt voor Umberto, die zich veel te ellendig voelt om opgelucht te zijn. 'Ik ga naar de keuken om een medicijn klaar te maken dat hij nu kan innemen. Lilike kan me helpen. Zeg maar tegen Umberto dat ik over een halfuurtje terug ben.'

Tegen de tijd dat ze met een paar potjes en flesjes terugkomen, ziet Umberto er nog steeds erg ziek uit en lijkt hij een beetje in paniek te zijn. Op geagiteerde toon zegt hij iets tegen Marco, die glimlacht en zegt: 'Hij wil weten waar jullie zo lang bleven.'

Sari negeert Marco's opmerking en legt uit hoe de medicijnen moeten worden ingenomen, die in drie verschillende flesjes zitten.

'Het is belangrijk dat je mijn aanwijzingen precies opvolgt,' zegt ze tegen Marco, 'dus ik stel voor dat je alles opschrijft.'

Ze geeft de flesjes aan Umberto en wacht terwijl Marco alles vertaalt en cryptische aantekeningen maakt op een stuk papier. Umberto, die duidelijk zijn twijfels heeft over het medicijn, ruikt aan de troebele vloeistof voordat hij voorzichtig een slokje neemt. Zijn gezicht vertrekt en hij smijt een stroom van bits klinkende woorden in Marco's richting. Marco onderdrukt een glimlach en kijkt een beetje gegeneerd.

'Hij zegt…'

'Het interesseert me niet wat hij zegt,' reageert Sari koeltjes. 'Hij heeft het juist aan zijn voorkeur voor lekkere dingen te danken dat hij in deze situatie is beland.'

Er valt even een stilte, waarin Marco zijn blik met opzet op Lilike laat rusten. Zijn mondhoeken trillen, en Sari krijgt opeens zin om haar hoofd in haar nek te leggen en het uit te schateren. Ze vindt het bijzonder leuk dat hij haar dubbelzinnige opmerking begrijpt. Ondanks haar onvolmaakte Duits en Marco's onvolmaakte begrip van de taal is haar grapje niet verloren gegaan. Lilike, die bij het voeteneinde van het bed aan een paar draadjes in haar rok plukt, heeft geen idee waar ze het over hebben. Umberto mompelt iets en Sari kijkt vragend naar Marco. 'Hij zegt dat het hem spijt,' zegt Marco. 'Hij is dankbaar dat je bent gekomen.'

'Dat is wel goed, hoor.' Nu ze haar niet meer echt nodig hebben, wordt ze verlegen en klinkt ze een beetje houterig. 'Nou, dan ga ik maar eens.'

Lilike is op de rand van Umberto's bed gaan zitten en probeert hem troostend over zijn haar te aaien, maar Umberto heeft veel meer interesse in het onbelemmerde uitzicht op haar decolleté. Als Sari aanstalten maakt om weg te gaan, kijkt Lilike smekend naar Günther, die onderuitgezakt in een hoek zit.

Met een verveelde blik haalt hij berustend zijn schouders op. 'Mij best,' mompelt hij.

Lilikes gezicht straalt. 'Ik blijf bij hem,' zegt ze tegen Sari.

Zwijgend lopen Sari en Marco het vertrek uit. Opeens heeft Sari haast om te vertrekken, dus ze loopt vlug naar de trap. Voordat ze weg kan glippen, pakt hij haar bij de arm. 'Wacht,' zegt hij.

'Wat is er?'

'Hoe weet jij al die dingen? Bij wie ben je in de leer geweest?'

Sari slaakt een zucht. Hoe moet je zulke dingen nu aan een buitenlander uitleggen? 'Mijn vader was…' Ze zoekt naar de juiste woorden. '… een soort dokter. Ik heb veel van hem geleerd. Nu werk ik als… verpleegster voor baby's en…' Omdat ze het Duitse woord voor zwanger niet kent, maakt ze met haar handen het gebaar van een dikke buik. Hij knikt alsof hij haar begrijpt.

'Hoe oud ben je?'

'Zestien. Je dacht dat ik jonger was, hè?'

Hij schudt zijn hoofd. 'Nee, je… je hebt wijze ogen.' Hij lijkt even na te denken. 'Wij hebben elkaar al eens eerder gezien, hè?'

'Ik was hier op de eerste dag, toen alle vrouwen zich aanmeldden voor werk. Volgens mij zag ik je daarbuiten.' Als ze in de richting van de binnenplaats wijst, ziet ze aan zijn gezicht dat hij het zich herinnert.

'Ja, dat is waar ook! Je was hier met twee meisjes die nu in de keukens werken, maar ik heb jou nooit meer teruggezien. Waarom niet?'

'Ik heb het druk. Er worden steeds mensen ziek, dus we hebben genoeg te doen.' Ze schrikken allebei als ze Lilike in de kamer achter hen horen gillen van het lachen. Blijkbaar voelt Umberto zich al een beetje beter. 'En ik ben heel anders dan zij,' vervolgt Sari blozend, terwijl ze met haar hoofd in de richting van Lilike gebaart.

'Ben je getrouwd?' vraagt Marco fronsend.

'Nee, maar ik…' Ze weet niet wat het Duitse woord voor verloofd is. 'Ik ga trouwen als mijn… man uit de oorlog terugkomt.'

'O.' Er valt een stilte, totdat Marco abrupt zegt: 'Maar je komt nu toch wel vaker terug, hoop ik? Je ziet dat we iemand als jij wel kunnen gebruiken.'

Hij kijkt haar gespannen aan, en tot haar grote ergernis voelt ze dat ze weer begint te blozen.

'I-ik weet niet zeker of ik wel…'

'Ik heb vaak last van hoofdpijn. Het resultaat van een verwonding. Onze dokter heeft het te druk in het kamp voor gewone soldaten, en als hij hier is, geeft hij me alleen maar morfine, verder niets. Ik heb een hekel aan morfine. Misschien kun jij…'

Sari weet dat ze eigenlijk weg zou moeten lopen, maar een deel van haar hersens denkt al na of ze voor Marco een geschikte pijnstiller kan maken.

'Niemand zou me serieus nemen. Je zag hoe ze vandaag naar me keken toen ik binnenkwam.'

Hij haalt zijn schouders op. 'Zou kunnen, maar ik zou je wel degelijk serieus nemen. Umberto ook, en misschien zouden de anderen…'

'Waar heb jij Duits geleerd?' babbelt ze in een wanhopige poging om tijd te rekken. Hij is even onthutst dat ze zo abrupt van onderwerp verandert, maar geeft wel antwoord. 'Ik kom uit het noorden van Italië, uit de buurt van de grens met Oostenrijk. Daar wonen veel Duitstalige mensen. Ik heb het nooit echt goed geleerd, maar ik heb het een en ander opgevangen.'

'Dat is me wel duidelijk,' flapt ze eruit, en hij schiet in de lach.

'Dat begrijp ik.'

'Wat deed je hiervoor?'

'Voor de oorlog, bedoel je? Ik gaf les aan de universiteit. Geschiedenis.'

In een flits hakt Sari de knoop door. In haar hoofd gonst het een beetje als ze zegt: 'Ik kom morgen terug, en dan breng ik iets voor je hoofd mee.' Voordat hij iets kan zeggen, rent ze de trap af, het zonlicht in.

Als ze thuiskomt, ligt er een brief van Ferenc op haar te wachten. Hij schrijft weer lyrisch over de fantastische zomer in Falucska, die hij in zijn hoofd meebeleeft. Tot haar afschuw krijgt ze van zijn bloemrijke omschrijvingen tranen in haar ogen, terwijl ze in geen jaren meer heeft gehuild.

Het is drie uur 's nachts en Sari kan niet slapen. Zonder op Judits onduidelijke gemompel te letten, glipt ze uit bed en sluipt het huis uit. Gisteravond is ze erin geslaagd om Judits vragen te ontwijken en is ze naar haar vaders oude huis gevlucht, het toevluchtsoord dat ze elke week een paar keer bezoekt om te zorgen dat de ratten en spinnen er geen vrij spel krijgen. In Judits huis, dat midden in het dorp staat, kun je buiten altijd mensen horen lopen en praten, maar er komt bijna nooit iemand in de buurt van Jans huis, dat buiten de bebouwde kom in de bocht van de rivier staat. Gisteravond is Sari erheen gegaan om alleen te zijn en een brief aan Ferenc te schrijven, tien kantjes vol opgewekte, gedetailleerde verhalen over het leven in het dorp. Ze hoopt dat hij de overdreven vrolijke toon en de dingen die ze níét opschrijft niet opmerkt. Ze hield zichzelf voor dat ze aan Ferenc moest blijven denken en zijn beeltenis in gedachten moest houden, maar zodra ze weer bij Judit kwam, merkte ze dat ze de kruiden voor een pijnstillend drankje begon te verzamelen en de spreuken prevelde om het kwaad af te weren. Dat laatste doet ze echt niet voor iedereen.

In haar hoofd heeft ze de gebeurtenissen zo vaak overdacht dat er bijna een groef in haar hersens moet zijn gesleten. Daarom staat ze om drie uur op, loopt het dorp uit en wandelt naar de vlakte, alsof het weidse, vlakke land en de hemel haar hoofd weer helder kunnen maken. Ze gaat zitten op een plaats die nog steeds warm is van de zon en kijkt naar het dorp, dat volledig in duisternis is gehuld. Hoewel ze haar best doet om niet te kijken, ziet ze dat er in het kamp ook geen enkel licht meer brandt.

Het gaat niet om Marco. Nou ja, op een bepaalde manier natuurlijk wel, maar het is anders dan bij de anderen, niet zoals bij Anna en Giovanni. (Sari kan zichzelf er nog steeds niet toe zetten om hem Jan te noemen, zelfs niet in gedachten, en Anna begint de uitspraak van zijn echte naam eindelijk onder de knie te krijgen.) Het is ook niet zoals bij Lilike en Umberto, of al die andere stelletjes die sinds de nieuwe, liberale houding van het dorp zijn ontstaan. Het is onvergelijkbaar omdat haar gevoelens voor Marco anders zijn dan die van Anna voor Giovanni, of die van Lilike voor Umberto. Anna heeft het steeds maar over knikkende knieën en een bonzend hart, en Lilike praat vooral over beurse lippen, bekraste ruggen en zoenplekken op haar borsten. Sari heeft alleen maar een hevige, nieuwsgierige belangstelling voor Marco, die niets met verliefdheid of vrijen in het bos te maken heeft. Ze weet dat ze echt heeft geboft met Ferenc en dat het ondankbaar zou zijn om nog meer te wensen. Voor een meisje als zij heeft ze al meer dan ze ooit had kunnen dromen.

Maar de opwinding van het kamp bruist nog altijd in haar binnenste. Het is alsof er een frisse wind door het dorp, haar lijf en haar hoofd waait, die haar brein prikkelt en kietelt. De vragen die ze de hele zomer al ontwijkt, schreeuwen nu luidkeels om haar aandacht. Wat zijn het voor mannen? Wat weten ze allemaal? Wat kan ze van hen leren? De gebeurtenissen van de vorige dag waren een cadeautje voor haar. Niemand die hoort wat ze gisteren voor Umberto heeft gedaan, kan zeggen dat ze met smoesjes naar het kamp is gegaan. Soms vraagt ze zich af waarom ze het in vredesnaam zo belangrijk vindt om haar wankele reputatie te beschermen, want andere vrouwen in het dorp lijken geen barst om hun goede naam te geven. Misschien is dat nu net het probleem: ze heeft weinig krediet, dus ze moet er zuinig op zijn om haar huidige status niet in gevaar te brengen.

In geen enkele brief aan Ferenc heeft ze het kamp genoemd, al kan het hem niet zijn ontgaan dat het bestaat. Zijn familie heeft immers hun landgoed beschikbaar gesteld, maar zolang ze er niet over begint, blijft hij misschien wel geloven dat het nauwelijks invloed op het dorpsleven heeft. Ferenc is in wezen heel conservatief, en Sari weet dat hij geschokt zou zijn als hij wist hoe sommige vrouwen zich gedragen. Dat is haar grote zorg, dat Ferenc hoort wat de vrouwen doen en denkt dat Sari ook zo is, ook al is haar omgang met de mensen in het kamp nog zo onschuldig.

Toch weet ze dat ze teruggaat. Als haar behandeling van Umberto minder succesvol was verlopen, als Marco geen respect en interesse had getoond en geen geschiedenisdocent aan een universiteit was geweest, had ze de verleiding misschien nog kunnen weerstaan. Maar hoe lang ze zich ook verzet, ertegen knokt of probeert te vechten, nieuwsgierigheid is altijd haar sterkste drijfveer geweest. De kans om iets te leren, iets te weten te komen over de wereld buiten haar eigen beperkte kringetje, maakt haar dronken van opwinding.

Ze wil helemaal niet met Marco naar bed, welnee, natuurlijk niet. Ze wil met hem praten, hem leren kennen, en daarom is het beslist nodig dat ze een paar basisregels afspreken. Ze neemt zich voor om terug naar het kamp te gaan, Marco aan te spreken en te vragen of hij haar wil leren wat hij weet. Op die manier kan er geen twijfel over hun relatie bestaan, niet in de ogen van de dorpelingen, niet in zijn ogen en niet in de hare.

Marco heeft altijd slaapproblemen gehad, maar sinds zijn aankomst in het kamp doet hij bijna geen oog meer dicht. Het is vreemd dat hij beter sliep aan het front, waar hij indommelde tussen geweerschoten, gillende explosies en soldaten die hun verdriet en pijn uitschreeuwden. Hier, waar hij 's nachts alleen maar vogels, nachtdieren en slapende kameraden hoort, kan hij de slaap niet vatten. Misschien is het wel zo dat de stilte om hem heen het lawaai in zijn binnenste versterkt. Misschien komt het deels door de hoofdpijnaanvallen, die woest aan de binnenkant van zijn schedel krabben en hem uitgeput en hijgend achterlaten. Wat de oorzaak ook is, tegenwoordig loopt hij dagenlang zonder fatsoenlijke nachtrust rond, tot hij uiteindelijk zo uitgeput is dat hij naar zijn bed wankelt en als een blok in slaap valt. Zijn vrienden nemen zijn taken dan waar en zorgen dat niemand hem stoort, maar als hij tussen de twaalf en veertien uur in diepe rust is geweest, begint de hele cyclus opnieuw.

Daarom is het niet vreemd dat hij die nacht klaarwakker is. Om twee uur staat hij op en sluipt stilletjes de slaapzaal uit, omdat hij het genoeglijke gekreun en gesnurk van de andere mannen niet meer kan verdragen. In een ander leven, zijn vorige leven, zou hij een wandeling gaan maken. Elke zenuw in zijn lichaam herinnert zich de weldadige, diepe stilte en de koele nachtlucht, die zich als een mantel om hem heen vouwde. Maar al zijn de bewakers nog zo tolerant (of nalatig) geworden, hij weet dat hij een kogel in zijn achterhoofd kan krijgen als hij het gebouw op dit tijdstip probeert te verlaten. Daarom gaat hij op de brede vensterbank op de overloop zitten, waar hij uitkijkt over de vlakte, die nu in een indigokleurige duisternis is gehuld. Gelukkig heeft iemand het raam open laten staan. Ze zijn geen van allen gewend aan deze benauwde deken van hitte, die door het gebrek aan wind verstikkend aanvoelt.

Op goede dagen kan hij de humor van zijn huidige situatie wel inzien. Dan beseft hij dat hij drie jaar geleden nooit had kunnen vermoeden dat hij in de zomer van 1916 aan de rand van een afgelegen dorpje op de Hongaarse vlakte zou zitten. Op slechte dagen schrikt hij van zijn eigen razernij en van het feit dat die nog steeds niets aan kracht heeft ingeboet. Telkens wordt hij weer getroffen door het woedende, gefrustreerde besef dat zijn leven heel anders had moeten lopen.

Marco had nooit militair willen worden. Hij was ook niet voorbestemd om militair te worden, maar hij heeft nu eenmaal de vreemde, perverse karaktertrek dat hij zich altijd voor de volle honderd procent inzet. Als gevolg daarvan was hij een verdomd goede militair. Nu hij erop terugkijkt, vindt hij dat

dat alles nog veel verwerpelijker maakt. Hij heeft mensen gedood en heeft zijn eigen leven en dat van anderen op het spel gezet. Dat deed hij niet uit patriottisme of oorlogszucht, maar uit trots en het verlangen om net zo goed te zijn in oorlog voeren als in alle andere dingen die hij heeft gedaan. En wat heeft het hem opgeleverd? Niets. Een verblijf op de Hongaarse vlakte.

Soms denkt hij aan zijn vrouw – niet met de wanhoop die hij bij sommige anderen ziet, vaak vergezeld van een schuldgevoel omdat bijna geen enkele huwelijksgelofte bestand is tegen de jaren, kilometers en ervaringen die echtgenoten van elkaar scheiden, maar met een scherp, bijtend verdriet. Benigna is zijn tegenpool, met zachte rondingen op plaatsen waar hij harde hoeken heeft. Natuurlijk is ze intelligent – hij zou nooit met een domme vrouw kunnen trouwen – maar haar intelligentie kabbelt kalm en gestaag voort, terwijl de zijne altijd hongerig kennis blijft vergaren. Zij straalt rust uit, maar hij is gedreven. Hun huis staat vol boeken, maar het middelpunt is Benigna's piano. Hij deed altijd of hij las als ze urenlang achter de piano zat, maar aan zijn stijve rug of versteende houding zag ze altijd dat hij luisterde. Dan paste ze haar repertoire aan door zijn lievelingsstukken te spelen. In zijn verlangen naar haar is sprake van een soort melancholieke berusting. Hij vindt het vreselijk dat hij er zo over denkt, maar nog erger dan Benigna zelf mist hij het effect dat ze op hem had, de rust en de troost die ze hem bood. Hij heeft geen buffers meer.

Destijds wist hij al dat het geen goed idee was – dat het een waardeloos idee was, pure waanzin – om voor de vierde keer te proberen die ellendige rivier over te steken en die bergen te bereiken. Bij elke mislukte poging had het Oostenrijks-Hongaarse leger zich dieper ingegraven, tot hun stellingen uiteindelijk praktisch ondoordringbaar waren geworden. Het was inmiddels winter, bitter koud, met een ijskoude wind en niet-aflatende natte sneeuwbuien. Ze hadden niet genoeg artillerie, waardoor ze het hulpeloze gevoel kregen dat ze met gemak werden neergemaaid. En toen werd hij geraakt, een flits, een knal en vervolgens niets meer, een gat in zijn waarneming. Daarna was hij bijgekomen, met pijn en de onuitwisbare herinnering aan wat er was gebeurd. Een paar seconden voordat een granaat een gat in de grond sloeg en zijn schedel met scherven decoreerde, was Aldo Damasco, die hij al sinds zijn jeugd kende, in een fontein van bloed en modder voor zijn ogen ontploft. Die gebeurtenis en de pijn waren de enige dingen die op dat moment tot Marco doordrongen. Het interesseerde hem niet of hij doodging, en ook niet of hij gevangen was genomen. Hij herkende niemand om zich heen en kon hun woorden niet verstaan, maar hij was verstandig genoeg om te beseffen dat dat aan zijn verwondingen kon liggen. Pijn, herinneringen en daarna niets meer, omdat hij weer in een dikke mist wegzakte.

Toen hij weer bijkwam, besefte hij dat hij in handen van de vijand was gevallen. Deze keer kon het hem wel iets schelen. Zijn geheugen vertoont nog steeds gaten als het om dat deel van zijn recente verleden gaat. Het is meer een mengeling van emoties en pijn dan iets anders, overgoten met de constante aanwezigheid van mensen die een onbegrijpelijke taal spraken en zich niet erg om zijn welzijn leken te bekommeren. Toen hij wat opknapte, probeerde hij beter naar de taal te luisteren, en uiteindelijk kwamen er herinneringen boven van het Duits dat hij tijdens zijn jeugd in Como had gehoord. Die ontdekking deed meer voor zijn herstel dan wat dan ook. Nu hij geen boeken of gezelschap had, deed de kans om zijn geest uit te dagen en zijn verstand door de eerste aarzelende stappen van het herstel te leiden meer voor zijn levenswil dan de vooruitgang die hij op lichamelijk gebied boekte.

Toen hij uiteindelijk voldoende was hersteld om weer te kunnen marcheren, werd hij ingedeeld bij de groep Italiaanse officieren die naar Falucska werden gestuurd.

Zijn geheugen is nog steeds niet betrouwbaar, waardoor hij nog steeds niet weet wat er allemaal in zijn leven is gebeurd. Zijn bruiloft, ja, die staat hem nog helder voor de geest, en zijn wittebroodsweken ook, maar daarna is hij een heleboel kwijt. Wel kan hij zich herinneren dat hij Benigna heeft zien huilen, waarschijnlijk omdat er weer een maand voorbij is gegaan waarin ze niet zwanger is geworden, maar wanneer was dat? Was het weken, maanden of jaren na de bruiloft? Hij heeft geen idee, en bij die gedachte balt hij zijn vuisten. Als hij de zaak rationeel bekijkt, weet hij dat hij geluk heeft gehad, dat er heel wat mannen zijn die soortgelijke verwondingen hebben opgelopen en nu een brein als een vlakke, donkere waterspiegel hebben. Die mannen zijn niet alleen hun herinneringen kwijt, maar zien ook nieuwe indrukken als stenen in datzelfde water verdwijnen. Alles wat ze meemaken, lijkt even ongrijpbaar op het oppervlak te drijven en vervolgens naar beneden te zakken, waarna er na een paar rimpelingen niets meer overblijft. En zelfs deze mannen hebben nog geluk gehad in vergelijking met sommige anderen, die net baby's zijn geworden en niet eens meer als volwassenen kunnen praten, eten of schijten. Maar Marco heeft zijn leven en carrière rond kennis en leren opgebouwd, en het is alsof zijn brein, het orgaan dat hij altijd met uiterst strenge discipline onder controle heeft gehouden, hem hopeloos in de steek heeft gelaten.

Hij kijkt uit over de donkere vlakte en ziet dat de kom van de duisternis een paar centimeter is opgetild door de zon, die aan de horizon gloort. Boven hem zijn de sterren waarschijnlijk aan het vervagen, maar vanaf zijn plaats voor het raam kan hij ze niet zien. Dat maakt hem verdrietig, al begrijpt hij zelf niet goed waarom. Hij vermoedt dat de sterren hier stralend aan de hemel staan. Hij begint van het landschap te houden, dat geen schoonheid bezit die hij begrijpt, maar dat door zijn enorme weidsheid ontzag inboezemt. Juist omdat het landschap zo leeg is, kijk je automatisch naar de lucht. Doordat Marco's idee van schoonheid gevormd is door bergen en sierlijke, elegante steden, heeft hij nooit zo over de lucht nagedacht. Hij zag lucht altijd als een gat tussen bergtoppen en gebouwen, maar nu beginnen de nukken van het hemelgewelf hem te fascineren. Als hij naar buiten mag, staart hij er bijna obsessief naar. Het is een gigantisch, immer veranderend landschap, waarin aanrollende wolken als golven kunnen breken. Hij wenst dat hij er 's nachts ongestoord naar kan kijken, wenst het zo vurig dat hij soms, wanneer hij klaarwakker in bed omhoog ligt te staren, het plafond ziet flakkeren en doorzichtig ziet worden om het stoffige, schemerige licht van de maan binnen te laten.

8

Tegen de middag is Sari weer terug in het kamp. De zenuwen gieren haar door de keel en haar handen trillen, maar gelukkig is het niet zo erg dat het de anderen opvalt. Met opgeheven hoofd en een rechte rug loopt ze langs een groepje voetballende mannen in de tuin en langs Günther, die zich haar van gisteren lijkt te herinneren en alleen maar loom zijn hand opsteekt. Marco blijkt met gestrekte benen in de schaduw van een kersenboom naast het huis te zitten. Hij staat met keurig afgepaste bewegingen op als hij haar ziet aankomen, maar ze gebaart dat hij weer mag gaan zitten en neemt naast hem plaats.

'Ik heb dit voor je meegenomen,' zegt ze in nauwgezet Duits, terwijl ze hem het middel geeft dat ze heeft klaargemaakt. 'Tegen de hoofdpijnaanvallen. Ik weet niet precies wat morfine doet en of dit lijkt op wat de dokter je kan geven, maar het helpt tegen de pijn. Als het goed is, voel je je na afloop van de aanval ook niet zo beroerd.'

'Hoe vaak moet ik het gebruiken?'

'Neem twee lepels zodra je de hoofdpijn voelt opkomen, maar neem daarna minstens vier uur niets meer, zelfs als het middel niet helpt. Het kan gevaarlijk zijn als je te veel neemt.'

'Dank je wel.' Hij weet zich geen houding te geven. 'Ik wou dat ik je ervoor kon betalen, of...'

Haastig schudt Sari haar hoofd. 'Nee hoor, dat hoeft helemaal niet. Maar ik zou wel...' Nu is het haar beurt om verlegen te worden. 'Je zei dat je in Italië geschiedenisdocent was.'

'Dat klopt.'

'Nou... ik vroeg me af of je me misschien dingen kon leren. Ik heb nooit eerder de kans gehad om met mensen te praten die hier niet vandaan komen,' vervolgt ze vlug, voordat ze zo verlegen wordt dat ze het hem niet meer durft te vragen. 'I-ik wil graag meer over de wereld te weten komen, niet alleen de dingen die jij aan de universiteit doceerde, maar over de plaats waar je vandaan komt, de taal die je spreekt en meer van dat soort dingen.' Ze zwijgt even.

'Aha, dus je wilt een ontwikkelde vrouw worden?' De ironie in zijn stem is onmiskenbaar. Sari wordt rood en warm en springt overeind.

'Laat maar. Het hoeft al niet meer.'

Marco onderdrukt een vloek. Wist hij maar waar zijn spottende karaktertrekje vandaan kwam. Waarom reageert hij op zo'n eenvoudig verzoek toch meteen zo sarcastisch?

'Nee, toe... Ga alsjeblieft zitten.'

Bij het zien van haar sceptische blik slaakt hij een zucht. 'Het spijt me. Het was niet mijn bedoeling om je te beledigen. Ga alsjeblieft weer zitten.' Als hij gebaart dat hij haar weer naast zich wil hebben, gaat ze enigszins wantrouwig zitten, met haar benen onder zich voor het geval ze weer wil vluchten.

'Kijk.' Marco gebaart dat ze dichterbij moet komen en tilt de haren aan de linkerkant van zijn hoofd op. Ondanks haar wantrouwen leunt Sari geïntrigeerd naar voren om het grillige, bijna sierlijke litteken op zijn schedel te bestuderen.

'Daar ben ik geraakt door een stuk metaal,' legt hij uit. 'Ik ben heel lang ziek geweest.'

'Heb je daardoor hoofdpijn?'

Hij knikt. 'Ja, en…' O god, waarom vindt hij het toch zo vernederend om dit aan een ongeschoold zestienjarig meisje uit te leggen? Hij voelt zich opgelaten alsof hij het aan een van zijn vroegere collega's moet vertellen. 'En nu vergeet ik soms dingen. Niet alles, ik… ik denk dat ik de meeste dingen nog wel weet, maar er zijn hiaten. Er ontbreken dingen.' Hij spreidt verontschuldigend zijn handen. 'Volgens mij ben ik niet zo'n goede leraar meer,' bekent hij, voor de verandering eens zonder een spoortje spot in zijn stem.

Ze blijft hem even zwijgend aankijken, maar haalt dan haar schouders op. 'Is een van de anderen hoger opgeleid dan jij?'

Glimlachend schudt hij zijn hoofd. 'We hebben een paar ingenieurs, maar voor de dingen die jij wilt weten…'

Ze haalt nog een keer haar schouders op. 'Nou dan. Dan ben je volgens mij nog steeds degene van wie ik het meest kan leren.'

'Maar…'

'Je wilde toch dat ik terugkwam?' Ze besluit de gok te wagen. 'Je wilde dat ik terugkwam, en niet alleen hiervoor.' Ze pakt het flesje uit het gras en schudt het ter illustratie heen en weer. 'Gisteren stelde je me allerlei vragen. Jij wilt ook leren, of niet soms? Je bent benieuwd naar dit alles.' Ze maakt een weids armgebaar en kijkt hem indringend aan.

Marco hoopte inderdaad vurig dat Sari terug naar het kamp zou komen. De afgelopen vierentwintig uur wilde hij daar liever niet bij stilstaan, maar in een paar korte zinnen laat ze zien dat ze hem doorheeft. Hij vindt het intrigerend dat ze zo intelligent en vlug van begrip is, en is geboeid door haar directheid en haar strenge, trotse gezicht. Ze lijkt totaal niet op haar plaats tussen de andere vrouwen van het dorp, die heel anders zijn dan zij.

'Je interesseert me,' zegt hij. Beter kan hij het in zijn beperkte Duits niet uitleggen, maar zelfs in zijn moedertaal Italiaans is hij nooit goed in complimenten geweest.

'En jij interesseert mij,' reageert ze kalm.

'Je bent heel anders dan de anderen.'

'Jij ook. Dan hebben we dus iets met elkaar gemeen.'

Er valt een stilte. Sari weet dat ze er nog steeds niet goed in is om gesprekken gaande te houden. Op een of andere manier komen de woorden vaak korzelig uit haar mond, waardoor ze verontrustend of beledigend overkomen, maar bij de gedachte aan Marco's peinzende sarcasme voelt ze zich opeens met hem verbonden. Dat is een enorme opluchting. Niemand heeft minder kans om verliefd te worden dan wij, denkt ze. We zijn allebei verlegen, we kunnen geen van beiden goed met mensen omgaan en houden ons nauwelijks bezig met fatsoens- en omgangsregels.

Marco staat op.

'Kom, we gaan een wandeling maken,' zegt hij. 'Dan kun je me vertellen wat je allemaal wilt weten.'

Algauw gaat Sari elke dag naar het kamp. Ze staat 's ochtends zelfs vroeger op om haar taken en plichten zo snel mogelijk af te ronden. Halverwege de ochtend vertrekt ze dan naar het kamp, waar haar verblijf elke dag langer duurt. Umberto is zo dankbaar dat hij iedereen over haar medische kennis heeft verteld. Sari wordt steeds vaker aangesproken door mannen met een kwaal waar de kampdokter met zijn morfine niets aan kan doen.

Marco fungeert als tolk, en de mannen doen net of ze bij haar op audiëntie komen. Sari heeft geen idee wat ze van haar vinden en vraagt zich af of ze soms denken dat ze hen met een heidense magie geneest. Als ze een ondeugende bui heeft, voedt ze dat imago met een onnavolgbaar ritueel, of ze zegt onheilspellende spreuken op als ze haar kruidenmiddelen klaarmaakt. Ze vindt het leuk dat Marco daarom moet grinniken en dat hij zijn lachen moet inhouden als ze steeds gekkere rituelen bedenkt. Ze is er nooit goed in geweest om mensen aan het lachen te maken – in elk geval niet opzettelijk – en ze geniet van deze nieuwe macht, al schaamt ze zich een beetje dat ze op deze manier de draak steekt met het werk dat Judit en zij doen. Ze zorgt altijd dat de nepspreuken heel anders klinken dan de bezweringen die ze gebruikt als ze in haar eentje is, en ze beseft dat ze door de grond zou gaan als Marco ooit zou vermoeden dat haar werk meer inhoudt dan het vermorzelen van een paar bloemen en bladeren.

Elke middag gaat ze met Marco wandelen. Doordat ze zich van alle planten, soorten onkruid, grassen en bloemen bewust is, verandert ze zijn kijk op de vlakte. Marco weet dat er in het bos nog interessantere planten groeien en heeft al een paar keer gevraagd of ze daar kunnen gaan wandelen, maar elke keer schudt Sari haar hoofd. Ze wil alleen maar op plaatsen wandelen waar de mensen hen kunnen zien, omdat ze niet wil dat iemand de verkeerde indruk krijgt. Zelf vindt ze dat ze prima in die opzet slaagt. Natuurlijk plagen haar vriendinnen haar nu ze ook naar het kamp gaat, maar een verhouding met een gevangene is inmiddels zo gewoon geworden dat niemand er nog om hoeft te liegen. Als Sari zegt dat er niets tussen Marco en haar gaande is, wordt ze op haar woord geloofd. Haar reputatie als genezeres en verpleegkundige breidt zich trouwens uit, waardoor de dorpelingen steeds meer respect voor haar krijgen. Ze zijn het bijna gewoon gaan vinden dat ze de plaatselijke bevolking tegen alle bekende kwaaltjes behandelt, maar het is natuurlijk heel iets anders als ze zelfs buitenlanders kan genezen, die lichamelijk misschien wel anders in elkaar zitten en misschien wel aan andere ziektes lijden.

Sari noemt haar gesprekken met Marco lessen, maar in feite zijn het meer openhartige discussies. Hij vertelt haar allerlei verhalen, waardoor zij een stortvloed aan informatie over de Italiaanse geschiedenis, geografie, politiek en maatschappij te verwerken krijgt. Op zijn beurt leert hij wat over de praktische kanten van de geneeskunde ('Ik kan je dit vertellen omdat ik weet dat je er nooit iets mee zult doen en nooit een concurrent van me zult worden,' zegt Sari), over de seizoensveranderingen op de vlakte, die onzichtbaar zijn voor mensen die er niet hun hele leven hebben gewoond, over bijgeloof en over haar levensstijl. De discussies verlopen nooit volgens hetzelfde patroon en worden soms onderbroken als Marco weer eens woedend op de grond slaat als zijn geheugen hem in de steek laat, of als een van hen met een stok een tekening op de grond moet maken als de taal weer een barrière blijkt te zijn.

Marco spreekt niet goed Duits, en al zou Sari het nooit toegeven, haar eigen Duits is ook verre van perfect. Het duurt dan ook niet lang voor ze tot de conclusie komen dat ze een andere taal nodig hebben om te communiceren. Sari probeert Marco Hongaars te leren, maar hij krijgt de afgebroken klinkers en de lange rijen medeklinkers niet onder de knie. Daarom begint Sari Italiaans te leren, een taal die haar als de val van gladde, ronde kiezels op een glad wateroppervlak in de oren klinkt. Ze is helemaal bezeten van de klanken, de nieuwe vormen die haar mond leert maken en de woorden die bijna vloeibaar in elkaar over lijken te gaan. Als ze een dag met Marco heeft doorgebracht, zit ze 's avonds vaak in haar eentje hardop te praten. Ze zegt niets bijzonders, daarvoor is het nog te vroeg, maar ze blijft alle zelfstandige naamwoorden herhalen alsof het gebeden of bezweringen zijn.

Vaak vertelt ze Marco's verhalen 's avonds aan Judit. Het is vooral een manier om ze beter te onthouden, maar Judit vindt ze fascinerend.

'Geweldig,' zegt ze. 'Het is een cadeautje als je nieuwe dingen kunt leren.' Sari heeft er eigenlijk nooit zo bij stilgestaan, maar ze beseft nu pas dat Judit zich in Falucska nog veel erger moet vervelen dan zij. Zij is pas zestien, maar Judit kijkt al vele, vele lange jaren naar dezelfde huizen, dezelfde mensen en dezelfde ellendige omgeving.

'Vertel me eens over je vrouw,' zegt Sari op een middag tegen Marco. Haar toon is nonchalant, maar haar blik is alert.

'Hoe weet je dat ik getrouwd ben?' vraagt Marco.

'Ik wist het niet, maar gezien je leeftijd' – Marco is tweeëndertig – 'en het feit dat je geen beroepsmilitair bent, is het wel aannemelijk dat je een vrouw hebt.'

'Deze keer heb je toevallig eens gelijk.' Marco haalt iets uit zijn zak en geeft het aan Sari. 'Dit is Benigna.'

Sari kijkt enigszins verrast naar de vrouw op de foto. Benigna houdt haar hoofd schuin en kijkt met een verlegen glimlach naar de camera. Blonde krullen golven over haar schouders en rond haar hartvormige, vriendelijke gezicht. De delen van haar lichaam die Sari kan zien, zien er rond en zacht uit. Ze lijkt in alle opzichten Sari's tegenpool.

Het is nog maar een paar weken geleden dat ze huiverde van opluchting bij het besef dat Marco en zij totaal niet bij elkaar pasten. Nu voelt ze even een verraderlijk steekje van teleurstelling in haar hart. Nijdig stopt ze dat diep weg en neemt zich voor om er niet meer over na te denken. 'Wat is ze voor een vrouw?' vraagt ze, in de hoop dat haar stem haar gevoelens niet verraadt.

'Ze is heel rustig. Lief en zachtaardig. Ze houdt van lezen en kan heel goed pianospelen. Ze is de zus van een van mijn collega's op de universiteit. Zo heb ik haar leren kennen.'

'Is ze een goede moeder?' waagt Sari met bonkend hart.

Het duurt even voordat Marco antwoord geeft. 'Nee,' zegt hij kortaf. 'We hebben geen kinderen. We willen ze graag, maar het is nog niet gelukt.'

'Dat spijt me voor je.' Meent ze dat wel? Ze weet het zelf niet.

Ze wandelen even zwijgend door tot Marco zegt: 'Ik was eerst bang dat we een of meer kinderen hadden en dat ik ze was vergeten. Maar dat kan niet, denk je wel? Zulke dingen zou je toch niet vergeten?'

Zijn stem klinkt een beetje smekend. Sari heeft de laatste weken genoeg tijd met hem doorgebracht om te weten dat de gaten in zijn geheugen hem voortdurend kwellen.

'Nee,' zegt ze voorzichtig. 'Zulke dingen zou je vast niet vergeten. Je weet toch ook nog dat je met Benigna bent getrouwd?' Hij knikt. 'Nou, dat bewijst dat je belangrijke dingen hebt onthouden. Als je een kind had, zou je dat wel weten.'

Hij knikt weer, alsof haar zelfverzekerde toon hem vertrouwen geeft. 'Je hebt mij trouwens nog nooit iets over je verloofde verteld,' zegt hij luchtig. Ze spreken nog steeds Duits, maar inmiddels beheerst Sari genoeg Italiaans om hem te begrijpen als hij af en toe zijn toevlucht neemt tot een Italiaans woord.

Natuurlijk is ze niet uit zichzelf over Ferenc begonnen, maar nu beseft ze dat dat misschien wat verdacht overkomt. Het is niet meer dan normaal dat twee vrienden – want dat zijn ze inmiddels, ook al hebben ze vaak heftige meningsverschillen – het over hun partners hebben. Het is juist een beetje vreemd als ze nooit over hen praten.

'Misschien weet je zelf al het een en ander over hem,' zegt ze. 'Je woont namelijk in zijn huis.'

Marco is stomverbaasd dat ze gaat trouwen met iemand uit de rijkste familie van het dorp. Hij probeert zijn verraste reactie te verbergen, maar Sari kijkt hem al met opgetrokken wenkbrauwen en omgekrulde mondhoeken aan.

'Geloof me, het was voor mij net zo'n schok als voor jou.'

'Het spijt me, ik had gewoon niet verwacht…'

Sari grinnikt. 'Ik ook niet. Eigenlijk heeft mijn vader het

geregeld. Hij had zo'n goede naam dat hij zulke dingen voor elkaar kreeg. Volgens mij wist hij dat hij niet lang meer te leven had en wilde hij zeker weten dat er na zijn dood voor me werd gezorgd. Ik kan me niet voorstellen dat Ferencs familie er blij mee was, maar…' Ze haalt haar schouders op. 'Ze hadden niets in te brengen. Een ongeschikt huwelijk van een dochter kun je nog verhinderen, maar het is veel moeilijker om een zoon tegen te houden. Onze moeders waren zussen van elkaar, dus het probleem was niet dat ik uit een verkeerde familie kwam. Het probleem was gewoon dat ik… Nou ja, dat ik ben zoals ik ben.'

'Vond Ferenc dat geen probleem?'

Ze kijkt scherp naar hem op, maar hij glimlacht naar haar.

'Ik bedoel, was hij verliefd op je?'

Sari voelt dat ze rood wordt. Ze vindt het erg gênant om over zulke dingen te praten, maar ze weet dat het kinderachtig is om dat toe te geven.

'Ik denk het wel. Hij wilde het me in elk geval naar de zin maken en gedroeg zich in mijn bijzijn soms vreemd. Dat schijnen verliefde mensen ook te doen. Klopt dat?'

Marco schiet hardop in de lach. 'Zou kunnen. Mensen reageren in zulke gevallen allemaal verschillend. Was jij – ben jij – ook verliefd op hem?'

O help. Deze vraag heeft Sari zichzelf al talloze keren gesteld, maar ze heeft er nooit een antwoord op gevonden. Nou ja, geen bevredigend antwoord dan.

'Hij heeft een goed karakter. Hij heeft zijn reputatie en de liefde van zijn ouders voor mij op het spel gezet. Ik mag hem heel graag.'

'Kom op, Sari. Dankbaarheid is niet hetzelfde als verliefdheid. Je bent nog jong, maar volgens mij ben je slim genoeg om het verschil te weten.'

Ze staan nu stil en Sari kijkt Marco kribbig aan. Sinds wanneer heeft hij het recht om haar over haar gevoelens uit te horen? Als hij ziet dat hij haar van streek heeft gemaakt, strekt hij zijn handpalmen naar haar uit. Op zijn voorhoofd verschijnt een frons.

'Rustig maar, ik bedoelde er niets mee. Ik denk dat de meeste mensen niet verliefd zijn op hun partner, en dat hoeft helemaal niet te betekenen dat ze een slecht huwelijk hebben. Ik vroeg me gewoon af of jij hetzelfde voor Ferenc voelt als hij voor jou.'

Een ademhaling. Een paar seconden. Het onverbiddelijke gekabbel van de rivier.

'Nee, ik denk het niet. Ik denk dat ik van hem hou, of dat ik op den duur van hem kan leren houden. Ik denk dat hij lief voor me zal zijn. Dat is genoeg.'

Marco knikt. 'Je hebt gelijk, hoor. Dat is genoeg.'

Er valt een korte stilte. Sari is tegelijkertijd hevig verbaasd en diep geschokt dat ze dit hardop heeft gezegd. 'En jij?' vraagt ze, omdat de aanval de beste verdediging is. 'Ben jij verliefd op je vrouw?'

Tot haar grote ergernis lijkt hij het helemaal niet erg te vinden dat ze dat vraagt. Ze vermoedt dat hij als militair wel een tegenaanval had verwacht.

'Ik hou van mijn vrouw. We hebben een goed leven samen. Ze geeft me rust en stabiliteit, precies wat ik nodig heb. Wat zij bij mij vindt, weet ik niet. Maar nee, ik ben niet verliefd op haar.'

Ze kijken elkaar een paar tellen zwijgend aan om de reactie van de ander te peilen.

'Dat maakt niet uit,' zegt Sari.

'Precies,' beaamt Marco.

Sari is nog nooit zo gelukkig geweest als in deze periode. Ze voelt zich schuldig tegenover haar vader en Ferenc dat ze zich zo heerlijk voelt zonder hen, maar ze kan niet anders dan genieten van het feit dat ze vrienden heeft en veel nieuwe dingen leert. Ze voelt zich verwend met zo veel positieve dingen.

Maar Judit is er goed in om een opgewekt humeur te bederven, en als ze Sari voor de derde keer neuriënd in de keuken aantreft, slaakt ze een diepe, vermoeide zucht. 'Denk niet dat je het allemaal voor elkaar hebt, Sari,' zegt ze. 'Je moet nooit denken dat je gebeiteld zit.'

Sari grinnikt. Ze lacht Judit uit en is de opmerking vrijwel meteen vergeten, maar op een middag in augustus heeft Anna niet veel te doen en vraagt ze of ze mee mag als Sari in het bos klisbladeren gaat zoeken.

Tijdens de wandeling praat Sari rustig over de dingen die Marco haar die week heeft verteld. De Romeinse mythen die hij uit de verste hoeken van zijn geheugen heeft opgediept, spreken nog meer tot haar verbeelding dan de andere dingen die hij haar heeft geleerd. De schaduw van het bos is als balsem op hun huid, en ze geven de speurtocht naar klisbladeren al gauw op – 'Ik heb ze niet dringend nodig,' zegt Sari – om onder een boom te gaan zitten en over Giovanni te praten. Hij en Anna kunnen steeds beter met elkaar praten. Voor een deel komt dat door de Italiaanse lessen van Marco, die Sari aan haar vriendin doorgeeft, maar het komt voornamelijk door de gevoelens die Giovanni en Anna voor elkaar koesteren. Als twee mensen niets liever willen dan een gesprek voeren, boren ze nieuwe, onvermoede reservevoorraden van tijd en geduld aan.

Giovanni blijkt van het platteland in het zuiden van Italië te komen. 'Hij heeft een boerderij met schapen en vee,' vertelt Anna op vertrouwelijke toon. Sari merkt dat Anna zichzelf in gedachten al in een Italiaanse boerderij op het platteland ziet staan, roerend in een pan om een hele schare kinderen en een glimlachende Giovanni te voeden. Maar een ander deel van haar gedachten houdt zich onvermijdelijk bezig met het einde van de oorlog, als Giovanni naar het westen vertrekt en Károly terugkomt. Anna is beslist niet bereid om de draad van haar oude leven op te pakken. Ze is juist van plan om zich daar met hand en tand tegen te verzetten.

'Heb je al iets van Károly gehoord?' vraagt Sari na een tijdje.

Anna haalt verbitterd haar schouders op. 'Ik heb een paar weken geleden een brief van Lajos gehad. Het gaat goed met Károly, zoals gewoonlijk. Hij... Ik...' Ze lijkt niet goed te weten wat ze moet zeggen.

'Sari?'

'Ja?'

'Mag ik je iets vragen?'

'Ja, natuurlijk.' Sari fronst haar wenkbrauwen. Anna is heel direct en zegt altijd gewoon wat ze op haar hart heeft. Zelfs toen ze iets wilde hebben om een zwangerschap te voorkomen, draaide ze er niet zo omheen.

'Ik vroeg me af,' zegt Anna aarzelend, 'of jij misschien iets kunt doen om te voorkomen dat Károly terugkomt.'

De daaropvolgende stilte is oorverdovend. Hoewel Sari zelden meteen haar woordje klaar heeft, staat ze voor het eerst van haar leven echt met haar mond vol tanden. Het is alsof ze twee jaar terug in de tijd tuimelt en kwaadaardige dorpelingen 'heks' hoort fluisteren.

'Waar zie je me voor aan, Anna?' vraagt ze zachtjes.

'Ik...' Anna ontwijkt haar blik en graaft verwoed met haar vingertoppen in de aarde.

Sari's hart gaat als een razende tekeer, en ze lijkt niet genoeg lucht binnen te krijgen om te praten. Uiteindelijk zegt ze: 'Zulke dingen mag je me nooit meer vragen.'

'Het spijt me,' zegt Anna met trillende stem. Sari zucht.

'Ik weet dat je het alleen maar zegt omdat je wanhopig bent. Je hoeft je niet te verontschuldigen. Maar ik meen het: zulke dingen mag je nooit meer vragen.'

'Ik zal het niet meer doen,' fluistert Anna.

Ze horen de roep van een vogel. Het geluid klinkt schril en veel te luid in het bos, dat opeens verstikkend aanvoelt. Sari kan het niet opbrengen om Anna aan te kijken, omdat ze bang is dat ze vrees of ontzag in haar ogen zal zien. Judit heeft gelijk, denkt ze. Je moet nooit denken dat je het voor elkaar hebt. Er verandert helemaal niets – de mensen slagen er alleen wat beter in om hun gevoelens te verbergen.

9

Op 18 augustus staat Lujza om tien uur 's ochtends voor de deur. In haar hand houdt ze iets wat op een telegram lijkt.

Sari heeft al weken een stralend humeur, maar ze beseft pas hoe gelukkig ze is geweest als ze haar blijdschap bij de aanblik van het telegram uit zich voelt wegglijden. Ze kijkt van het papier naar Lujza's gezicht en daarna weer naar het papier. Lujza's gezicht is krijtwit, zelfs haar lippen zijn bleek, maar haar ogen zijn donker en lijken wel in brand te staan.

'Lujza, kom binnen.'

Lujza verroert geen vin. 'Ik kan niet lezen,' meldt ze luchtig, alsof het een doodnormaal gesprek is. 'Dus ik wil graag dat jij me vertelt wat erin staat.'

Ze duwt het telegram in de hand van Sari, die al misselijk wordt als ze het papier aanraakt. Tot nu toe hebben ze nog niet veel dorpsgenoten verloren, en om het handjevol dat is gesneuveld, is niet lang gerouwd. Het waren voornamelijk mannen met een liefdeloos huwelijk of jongere zoons uit grote gezinnen. Ze hebben zichzelf dan ook kunnen wijsmaken dat de oorlog niet echt bestaat, dat het dorp niet geraakt kan worden door iets wat zich zo ver weg afspeelt. Midden in een lange, lome, prachtige zomer en een sfeer waarin je je voor het eerst echt vrij voelt, kun je makkelijk vergeten waaraan je die vrijheid te danken hebt.

'Lujza…'

'Sari, vertel het me maar gewoon.'

Natuurlijk weet ze al wat erin staat, ze weten het allebei, maar Sari dwingt zichzelf om naar het papier in haar hand te kijken. Ze blijkt gelijk te hebben, ze hadden allebei gelijk.

'Geachte mevrouw Tabori, tot mijn grote spijt moet ik u mededelen dat uw echtgenoot, Péter Tabori...'

'Hij is dood, hè,' zegt Lujza. Het is niet eens een vraag.

Als Sari knikt, lijken Lujza's benen haar gewicht niet meer te kunnen dragen. Ze valt niet flauw, maar gaat met een plof op de ruwe houten traptreden zitten. Sari gaat naast haar zitten, al heeft ze geen idee wat ze nu moet doen. Als Lujza in tranen zou uitbarsten zou het misschien makkelijker zijn, maar de tranenstroom blijft uit. Haar vriendin kijkt met wezenloze, droge ogen voor zich uit, maar haar ademhaling is onregelmatig en schokkerig. Ze vouwt haar armen over elkaar, pakt krampachtig haar ellebogen beet en wiegt zachtjes heen en weer.

'Sari?' Sari is hevig opgelucht als Judit achter hen de veranda op komt lopen en meteen lijkt te begrijpen wat er aan de hand is. Bij het zien van het telegram, Sari's bleke gezicht en Lujza's gespannen, bevende rug kijkt ze Sari met een vragende blik aan.

'Slecht nieuws over Péter?'

'Ja.'

Judit gaat binnen szilva halen. Sari heeft vaak spottend gezegd dat Judit haar pruimenbrandewijn bij elk probleem aanrukt, maar ze is nog nooit zo dankbaar geweest voor de drank als nu. Judits oude knieën kraken als ze aan de andere kant naast Lujza gaat zitten. Met onkarakteristieke vriendelijkheid brengt ze het glas naar Lujza's lippen.

'Drink maar,' zegt ze, en met onkarakteristieke volgzaamheid doet Lujza wat ze heeft gezegd. Ze krijgt een hevige hoestbui als de slok de achterkant van haar keel bereikt.

Met een akelig gevoel in haar maag doet Sari haar ogen dicht. Ze probeert zich voor te stellen hoe het zou zijn om

Ferenc te verliezen, maar daar heeft ze meteen spijt van. Bij de gedachte aan Ferencs dood voelt ze nauwelijks verdriet, terwijl Lujza's bittere smart zo scherp is dat ze het bijna kan proeven. Terwijl de minuten voorbij kruipen, is Sari zich alleen maar bewust van de warme zon op haar gezicht en de hevige spanning die Lujza uitstraalt. Even vraagt ze zich af of ze nog iets voor Lujza moeten doen, of ze haar naar huis moeten brengen of haar familie moeten waarschuwen, maar misschien wil ze op dit moment helemaal niets anders dan zwijgend gezelschap. Als ze naast zich iets voelt bewegen, doet ze haar ogen open, bijna bang om naar Lujza te kijken. Op Lujza's wangen is weer wat kleur verschenen en de wezenloze blik lijkt uit haar ogen verdwenen te zijn.

'Goed,' zegt Lujza zachtjes. 'Goed,' zegt ze nog een keer, nu iets harder. Bezorgd kijken Judit en Sari elkaar aan.

Er staat geen doodse blik meer in Lujza's ogen, maar nu ziet Sari een bepaalde glans die haar niet bevalt. Tijdens de afgelopen jaren is ze Lujza erg aardig gaan vinden, maar ze heeft haar nooit volledig vertrouwd. Nu weet ze weer waarom: ze heeft altijd het gevoel gehad dat de roekeloze, hevig onvoorspelbare Lujza op het randje van de waanzin balanceert, en op dit moment ziet haar vriendin eruit alsof ze niet meer voor rede vatbaar is. In haar ogen glimt alleen nog maar een somber, wanhopig fanatisme.

Lujza staat op, waardoor het glas met een troosteloos plofje in het zand valt. Sari en Judit staan ook op.

'Kom maar even binnen,' dringt Judit aan. Haar stem heeft een bepaalde ondertoon die Sari nog nooit heeft gehoord, zelfs niet tegen vrouwen die hun weeën moeten wegpuffen. Het is alsof ze Lujza probeert te bepraten, en dat maakt Sari nog bezorgder. 'Ga even lekker zitten en neem wat te eten. Als je wilt, kan Sari je moeder voor je gaan halen.'

Maar Lujza lijkt haar niet te horen en wil met wankelende stappen weglopen.

'Lujza, waar ga je naartoe?' Sari pakt haar bij de schouder, maar Lujza schudt haar van zich af. Ze lijkt haar evenwicht te hervinden en loopt met grote passen de heuvel af, naar het kamp. Sari kijkt wanhopig over haar schouder naar Judit.

'Ga achter haar aan, sufferd!' schreeuwt Judit. Sari doet wat ze heeft gezegd. Op een drafje loopt ze van de heuvel af om Lujza in te halen, maar ze heeft het vage, vreemde voorgevoel dat ze haar vriendin beter niet meer kan aanraken. Bij Anna's huis staat ze even stil om hard op de deur te bonzen. Zodra Anna met piekend haar opendoet, sleurt Sari haar aan haar arm naar buiten.

'Sari, wat is er?'

'Slecht nieuws voor Lujza. Péter is dood.'

Tegen de tijd dat ze de hekken van het kamp bereiken, hebben ze Lujza bijna ingehaald. Werner, een van de jongere bewakers, zit onderuitgezakt bij het hek. Zoals altijd heeft hij een verveelde blik in zijn ogen, maar bij het zien van Lujza's angstaanjagende, bleke gezicht gaat hij rechtop zitten. Op het moment dat Lujza het hek openduwt, staat hij op.

'Wacht... Wat moet dat... Wat ben je van...'

Zonder zelfs maar opzij te kijken, ramt Lujza met haar rechterarm in zijn buik. Met een kreet van verrassing, pijn en schrik slaat hij dubbel. Lujza loopt naar de binnenplaats, waar de mannen bij elkaar zitten om te praten, te lezen of te schrijven. Ze vallen allemaal stil bij het zien van de krijtwitte vrouw die velen kennen, maar die er op dit moment bijna onherkenbaar uitziet.

Anna wil achter haar aan gaan, maar Sari grijpt haar bij de arm en wijst naar de vlijmscherpe schaar in Lujza's rechterhand. Een man die ze niet kent, krijgt de schaar ook in de gaten en schreeuwt in het Italiaans een paniekerige waarschuwing. Een paar mannen die wilden opstaan om naar Lujza te lopen, verstijven en verroeren geen vin meer. In elke andere situatie zouden hun versteende houdingen komisch zijn, maar nu draaien alle hoofden zich naar Werner, die met een felrode bloem van bloed op zijn shirt nog steeds op de grond ligt.

Op dat moment begint Lujza te schreeuwen.

In het begin is het gewoon een stortvloed van onzinnige krachttermen, alsof Lujza haar hele scheldwoordenrepertoire eruit wil gooien. Als Sari Anna hoort snikken, komt ze weer tot haar positieven.

'Ren terug naar het dorp om haar moeder te halen,' sist ze. Op het moment dat Anna zich omdraait en wegrent, vraagt Sari zich af waarom ze zelf niet is gegaan. Ze kan hier niets doen, want hier schiet haar kennis tekort. Deze situatie is onbeheersbaar.

In een reflex loopt ze naar Lujza, die op dat moment de schaar gebruikt om het lijfje van haar jurk open te snijden. Een paar toekijkende mannen deinzen terug voor Lujza's onverwachte bewegingen, en een van hen grijpt Sari bij de arm om haar tegen te houden. Ze verzet zich niet, want ze zou niet weten wat ze moest doen als ze bij Lujza kon komen. Haar vriendin begint inmiddels heel andere dingen te schreeuwen. Ze heeft haar borsten ontbloot en lijkt de mannen om zich heen nu pas scherp in beeld te krijgen. Ze kijkt hen een voor een aan en gilt met schorre, overspannen stem: 'Wil je me nu neuken? Nou? Wil je me neuken?' De mannen verstaan geen Hongaars, maar ze begrijpen de toon van haar stem heel goed. In hun ontzette, verwarde blikken verschijnt medelijden als Lujza de draad van haar zinnen weer kwijtraakt, onsamenhangend blijft schreeuwen en zo hard met de nagels van haar linkerhand over haar gezicht krast dat ze bloedende strepen achterlaat.

Er komt iemand naar voren.

Het is Marco.

Sari herkent de man naast hem als Bruno, de officier die op de eerste dag samen met hem op de binnenplaats stond. Bruno probeert hem tegen te houden, maar Marco schudt de hand ongeduldig van zich af. Met een soepele, bijna dierlijke elegantie loopt hij rechtstreeks op Lujza af. Ze heeft haar ogen stijf dichtgeknepen en is zich niet meer bewust van haar omgeving. Als hij haar tot op een meter is genaderd, staat hij stil en kijkt met opgetrokken wenkbrauwen vragend naar Sari.

Ze begrijpt wat hij bedoelt. Lujza, vormt ze geluidloos met haar mond.

'Lujza,' zegt hij ferm en zonder een spoortje angst. Zodra ze haar ogen opendoet, steekt hij langzaam en rustig zijn hand naar haar uit. 'Geef me die schaar.' Hoewel hij Italiaans spreekt, is zijn bedoeling duidelijk. Ze houdt abrupt haar mond en staart naar zijn uitgestrekte handpalm. 'Geef me die schaar, Lujza,' herhaalt hij, nu een beetje vriendelijker.

Er valt een gespannen stilte, waarin iedereen zijn adem lijkt in te houden en naar het tafereeltje midden op de binnenplaats staart. Dan tilt Lujza tergend langzaam haar trillende rechterarm op om de schaar in Marco's hand te laten vallen. Hij gooit hem vlug in een strook met droog gras, waar het ding niemand meer kan verwonden. Hij is net op tijd, want Lujza laat een gebroken, hartverscheurende snik horen die iedereen de koude rillingen bezorgt. Haar knieën knikken en Marco kan nog net zijn linkerarm om haar heen slaan om te voorkomen dat ze valt. Met zijn rechterhand houdt hij het lijfje van haar jurk dicht. Alle hoofden draaien weer opzij, want ze horen geschreeuw en roffelende voetstappen die bij het hek tot stilstand komen. Goddank komen Lujza's moeder en zwager binnen, die haar huilend van Marco overnemen.

Wanneer Marco zijn handen vrij heeft, loopt hij met een ernstige blik naar Sari. Om haar heen klinkt geroezemoes en durven de mensen zich weer te bewegen. 'Haar man?' vraagt hij.

'Ja,' fluistert ze, omdat ze bang is dat haar stem gaat trillen als ze harder praat. Hij knikt somber en kijkt peinzend voor zich uit, tot hij abrupt weer met beide benen op de grond komt en haar aankijkt.

'Kom mee,' zegt hij. Iedereen lijkt Werner te zijn vergeten, maar Marco neemt haar mee naar het hek, waar de soldaat nog steeds op de grond ligt. Als Sari bij hem knielt en vlug zijn overhemd losknoopt, ziet ze tot haar enorme opluchting dat hij slechts een oppervlakkige, ondiepe wond in zijn buik heeft. Hij is doodstil blijven liggen omdat hij compleet van de kaart is, niet omdat hij in levensgevaar verkeert.

'Het is niet ernstig,' zegt ze tegen Marco.

'Gelukkig,' zegt hij, voordat hij zich tot Werner richt. 'Luister goed,' zegt hij in het Duits tegen de jongen, die zijn hoofd naar hem toe draait. 'Ze heeft je geduwd. Je bent gevallen en je hebt je verwond aan een steen. Begrijp je?'

Als Werner hem wezenloos blijft aanstaren, schudt Marco hem even aan zijn schouders heen en weer. 'Hoor je me? Je bent gevallen. Je hebt jezelf verwond. Begrijp je?'

Werner knikt.

'Mooi,' zegt Marco. Hij kijkt naar Sari. 'Lap hem op.'

Sari verbindt Werners wond met leverkruid om het bloeden te stelpen, en met behulp van Judits brandewijn is hij binnen de kortste keren opgeknapt tot een rustige, bedeesde versie van zichzelf. Als gebaar van goodwill en bedankje voor het feit dat hij bereid is over de ware oorzaak van zijn verwonding te zwijgen, bieden Sari en Anna aan zijn gescheurde, bebloede overhemd te wassen en te verstellen. Hoewel ze het hemd echt niet met hun tweeën hoeven te wassen, gaan ze samen naar de rivier om de vlekken eruit te halen. Sari vindt het niet fijn om nu alleen te zijn, en Anna lijkt het ook prettiger te vinden om gezelschap te hebben. Ze is opvallend stil, maar Sari weet wel wat ze denkt: als ze Péters dood voor die van Károly kon ruilen, zou ze de kans met beide handen aangrijpen.

'Ik heb altijd geweten dat ze een beetje vreemd was,' zegt Anna aarzelend, terwijl ze Werners overhemd onderdompelt.

'Toch had ik nooit gedacht dat ze gewelddadig zou worden.'

'Ze wilde niemand kwaad doen,' zegt Sari.

'Hoe kom je daar nu bij? Ze heeft Werner met een schaar gestoken!'

'Ja, maar denk even na. Als ze bewust naar het kamp was gegaan om iemand te verwonden, had ze wel een effectiever wapen gekozen dan een schaar. Ze heeft een hele keuken vol messen. Volgens mij had ze die schaar toevallig in haar zak en haalde ze hem eruit toen ze dacht dat ze hem nodig had.'

'Misschien.' Anna klinkt niet erg overtuigd, en Sari snijdt een ander onderwerp aan.

'Kende jij Péter goed?' vraagt ze.

Anna haalt een schouder op.

'Niet echt. Hij is hier niet geboren. Volgens mij kwam zijn moeder hiervandaan en zijn ze hier komen wonen toen zijn vader doodging. Ze is een nicht van mijn moeder, of zoiets. Hij leek me wel een aardige jongen.'

'Ja, mij ook.' Sari kan zich Péter niet zo goed herinneren, want hij leek altijd in de schaduw van Lujza's krachtige persoonlijkheid te staan.

'Denk je dat Lujza weer opknapt?' vraagt Anna. Ze is nog steeds een beetje bleek van alle schokkende gebeurtenissen van die ochtend.

'Lichamelijk wel, maar verder… Ze is altijd een beetje… Ze heeft… je weet wel.' Sari aarzelt om woorden te gebruiken die onvriendelijk klinken, maar Anna heeft daar geen problemen mee.

'Ze heeft ze niet allemaal op een rijtje,' vult ze aan, en ondanks alles moet Sari lachen.

'Precies. Ik weet niet wat deze gebeurtenissen voor haar geestelijke gezondheid betekenen.'

Ze zwijgen allebei. Een paar minuten lang is er niets anders te horen dan het ritmische getik van stof op water.

'Marco heeft het goed aangepakt,' zegt Anna. Haar toon

klinkt bedrieglijk luchtig, maar vanuit haar ooghoek houdt ze Sari's reactie in de gaten.

'Vind ik ook,' zegt Sari. Ze wil liever niet toegeven, zelfs niet aan zichzelf, dat ze diep onder de indruk was van het gemak waarmee Marco de leiding nam.

'Waarom zou ze naar hem hebben geluisterd?'

'Dat weet ik niet. Misschien omdat hij de enige was die naar haar toe liep. Misschien was ze ook wel bereid geweest om naar een ander te luisteren, of anders...' Opeens merkt ze dat ze graag over hem wil praten. 'Is het je wel eens opgevallen dat hij een bepaalde koelbloedigheid uitstraalt? Ik zou het niet echt kalmte willen noemen – hij is veel te emotioneel om kalm te zijn – maar hij heeft iets waardoor je wel naar hem móét luisteren. Daarnaast was hij de enige op de binnenplaats die niet bang voor haar was. Hij kent geen angst.' Ze heeft geen idee dat ze de woorden wil uitspreken totdat ze over haar lippen rollen.

Ze houdt abrupt haar mond, maar Anna staart haar recht in de ogen. Sari voelt haar wangen rood worden, want ze beseft heel goed dat ze nog nooit eerder zoveel over Marco heeft gezegd.

'Nee maar,' zegt Anna, met de ergerlijke toon van iemand die zojuist een fascinerende ontdekking heeft gedaan. 'Zo hoor je nog eens wat. Dit is interessant.'

'Hou je mond, Anna.'

Dat is Anna niet bepaald van plan. Ze haalt het overhemd uit het water, waarop de vlek ter hoogte van Werners middel inmiddels bijna verdwenen is. Ze gaat op haar hielen zitten en kijkt Sari op een moederlijke, vreselijk irritante manier aan. 'Weet je, ik begon je bijna te geloven. Al die onschuldige smoesjes: "Welnee, natuurlijk zijn we niet op die manier in elkaar geïnteresseerd. Ik wil alleen maar van hem leren!" Ja, ik begon je echt te geloven.'

'Anna, hou je mond.'

'Ik moet zeggen dat jullie erg discreet zijn geweest. Hoe lang gaan jullie al...' Anna trekt suggestief haar wenkbrauwen op. O hemel, denkt Sari.

'We doen helemaal niets! Er is niets gebeurd, echt niet!'

Even kijkt Anna teleurgesteld, maar dan begint haar gezicht weer te stralen. 'Goed, misschien is er nog niets gebeurd, maar je geeft dus wel toe dat je het wilt?'

'Jezus, Anna! Nee!'

'Leugenaar!'

Zwijgend kijken ze elkaar aan. Sari begint te lachen. Ze voelt een onbedwingbare drang om te giechelen, blij en opgelucht als ze is dat het noodlot weliswaar heeft toegeslagen, maar vandaag aan haar deur voorbij is gegaan.

'Het feit dat jij een gevallen vrouw bent, wil nog niet zeggen dat iedereen je voorbeeld volgt.'

Anna doet net of ze diep geschokt is. 'Sari, waar héb je het over? Ik ben een keurig getrouwde vrouw.'

'O ja?'

'Natuurlijk.'

'Hm,' reageert Sari op veelzeggende toon. Ze wacht tot Anna de andere kant opkijkt voordat ze tot de aanval overgaat.

'Sari! Waar ben jij in vredesnaam mee...'

Sari trekt Anna's lijfje zover naar beneden dat de rondingen van haar borsten zichtbaar worden. Daar ziet ze een rijtje van vijf elegante zoenplekjes, net onder de rand van haar kleding. Anna wordt vuurrood, maar lijkt niet boos te zijn.

'Jij was toch een keurig getrouwde vrouw?' vraagt Sari grijnzend.

'Dat zijn muggenbulten,' zegt Anna met een uitgestreken gezicht.

'Wie is er nu een leugenaar?'

Er ontstaat een duw- en trekpartij, een mal soort stoeigevecht dat ze sinds hun kindertijd niet meer hebben gehad. Ze duwen elkaar, delen speelse tikken uit en trekken plagerig aan elkaars haren. Alles gaat goed tot Sari het lint uit Anna's haar trekt en in de modder laat vallen, waarop Anna Werners overhemd pakt, dat op een struik ligt te drogen, en in de rivier gooit.

'Dat is Werners overhemd! Dat kun je toch niet zomaar in de rivier gooien!'

Sari schopt haar schoenen uit. Twee minuten later kijkt Anna gierend van het lachen toe als Sari, slechts gekleed in haar onderjurk en gesteven onderrok, voorzichtig in het water stapt. Het water is warmer dan Sari dacht, want de stroming van de rivier is hier niet sterk en de zon heeft het water de hele dag opgewarmd. Maar de rivierbodem is ongelijk en Sari vloekt binnensmonds als ze haar teen aan een gladde, verborgen steen stoot. Ze dreigt haar evenwicht te verliezen, waardoor ze ineens tot aan haar middel nat wordt.

Het overhemd is twee armlengtes verder achter een steen blijven hangen. Dapper waadt ze nog verder de rivier in, tot het water langs de onderkant van haar ribbenkast kietelt en over haar borsten spoelt. Als ze bijna bij het overhemd is en haar armen uitsteekt om het te pakken, hoort ze Anna opeens roepen: 'Sari!' Haar stem klinkt geschokt en geamuseerd tegelijk.

'Wat is er?' vraagt Sari geïrriteerd. Ze draait zich om naar Anna, maar Anna kijkt langs haar heen naar de andere kant van de rivier. Daar staat Marco.

Dit was te verwachten, is de rare gedachte die door Sari's hoofd flitst voordat ze geschokt omlaag kijkt en ziet dat haar vermoeden klopt: de roomkleurige stof over haar borsten is bijna volledig doorzichtig geworden. Ze laat zich vlug door haar knieën zakken en verdwijnt zo ver onder water dat alleen haar hoofd nog zichtbaar is. Met een schril, beverig geluid, dat helemaal niet op haar eigen stem lijkt, roept ze: 'Wat doe jij hier?'

Marco moet om Sari's ontzette blik lachen en doet niet eens zijn best om dat te verbergen. 'Ik was op zoek naar jou,' zegt hij. Anna, die blijkbaar meer Duits begrijpt dan ze wil toegeven, merkt droog op: 'Nou, je hebt haar gevonden.'

Spetterend waadt Sari terug naar de oever. 'Niet kijken!' schreeuwt ze enigszins paniekerig tegen Marco. Gehoorzaam draait hij zich om terwijl zij door het ondiepe water strompelt. Ze steekt haar handen uit naar Anna, die haar giechelend haar kleren aangeeft. 'Hij kijkt toch niet, hè?' sist Sari, terwijl ze haastig haar rok en lijfje over haar natte onderkleding aantrekt. Anna schudt haar hoofd.

'Ja,' roept ze tegen Marco. 'Je mag je weer omdraaien!'

Een paar tellen blijft het doodstil. De twee meisjes staren naar Marco aan de andere kant van de rivier. Dan lijkt Anna wakker te worden. 'Goed!' zegt ze kordaat. 'Ik moet weer eens gaan om... van alles te doen. Tot straks, Sari!' Ze klautert de oever op en loopt in de richting van het dorp, maar af en toe kunnen ze haar nog horen lachen.

'Zien we elkaar bij de brug?' roept Sari naar Marco.

Werners vergeten overhemd drijft inmiddels sierlijk met de stroom mee.

Tijdens hun wandeling over de vlakte bespreken ze niets bijzonders, maar toch voelt Sari zich niet op haar gemak. Ondanks de warme zon is het niet prettig om kleddernat ondergoed onder haar zware kleren te dragen. Een andere reden waarom ze zich ongemakkelijk voelt, is dat ze weet dat ze er slordig uitziet en waarschijnlijk onder de moddervlekken zit. Dat zit haar dwars, omdat het haar eerder niet kon schelen hoe ze er in Marco's bijzijn uitzag.

Marco blijft maar beleefde vragen stellen over Lujza, hoe het met haar is, wie er voor haar zorgt en of het allemaal goed komt, maar uiteindelijk lijkt zelfs hij genoeg van gesprekken over koetjes en kalfjes te hebben. Ze zijn bijna bij de rand van het bos en kunnen het dorp donker en ineengedoken aan de horizon zien liggen.

'Waarom liep je naar haar toe?' Sari stelt de vraag die haar al de hele dag bezighoudt. Tot haar grote ergernis voelt ze haar hart bonzen en lijkt het of er een laagje ijs in haar maag staat. Dus daar had Anna het over, denkt ze.

'Ze wilde niemand kwaad doen. Als ze bewust schade had willen aanrichten, had ze niet zo veel aandacht op zichzelf gevestigd. Bovendien zou ze dan een effectiever wapen hebben gekozen dan een schaar. Ze was gewoon… verdrietig.'

Sari knikt. Het helpt niet dat ze hem haar eigen gedachten hoort uitspreken. Omdat ze niets meer weet te zeggen, staart ze naar de grond tot hij zijn hand optilt en een vochtig, slijmerig twijgje uit haar haren haalt. Sari weet niet meer waar ze moet kijken en kijkt hem daarom maar aan.

Marco slikt. 'Sari,' zegt hij met een droge, hese stem. Ze zegt niets. 'Je bent te jong,' zegt Marco.

'Ik word dit jaar zeventien.' (Waarom zegt ze dat?)

'Ik wil je… Ik wil je geen problemen bezorgen.'

'Ik weet wat ik doe.' (Welnee, dat weet ze helemaal niet!)

Nu gebeurt het, denkt Sari. Ze kan haar ogen niet van zijn gezicht afhouden en voelt een pijnlijke mengeling van verrukking en tegenzin. Met zijn hand tilt hij haar kin op.

'Ik ben ook maar een mens,' zegt hij, alsof hij het tegen zichzelf heeft. De mededeling rolt bijna boos uit zijn mond. Sari zegt niets, want het volgende moment kust hij haar.

10

'Dit heeft natuurlijk niets te betekenen,' zegt Marco. 'Je weet dat het niets betekent.'

Sari heft haar ogen ten hemel en slaakt een ongeduldige zucht. In de afgelopen twee uur heeft hij dat al drie keer gezegd, dus de mededeling begint haar te vervelen. 'Dat weet ik,' zegt ze, maar ze voegt er na een korte pauze sluw aan toe: 'En ik weet ook waarom je het steeds blijft zeggen.'

'O ja? Waarom dan?'

'Na de oorlog ga je terug naar je baan en je vrouw. Je moet er niet aan denken dat er dan opeens een Hongaars boerenmeisje op je stoep kan staan. Waar of niet?'

Hij heeft het fatsoen om enigszins beschaamd te kijken.

'Ik wil niet dat je bij je vrouw weggaat,' vervolgt Sari. 'Dit is gewoon… een soort vakantie.'

Het is oktober, en de bladeren krijgen krullende randen en een bronzen kleur. Ze liggen in het oude bed van Sari's vader, iets waar ze minder moeite mee heeft dan ze had verwacht. Ze heeft zelfs het vage vermoeden dat hij stiekem zou goedkeuren wat ze doet. Hij heeft altijd een veilige toekomst voor haar gewild, maar dat verlangen botste altijd met zijn plezier in haar nieuwsgierigheid en koppige weigering om zich in het keurslijf van de andere vrouwen te laten snoeren.

Ze zijn naakt, maar ze zijn niet met elkaar naar bed geweest. Dat is Sari ook niet van plan, want ze weet dat Ferenc ouderwets is en er tijdens hun huwelijksnacht achter zal komen als ze geen maagd meer is. Daarom vindt ze het risico te groot. Marco heeft voor de vorm wel wat gemopperd over haar onverzettelijkheid, maar eigenlijk lijkt hij het wel te begrijpen. Ze praten niet over liefde. Ze hebben het helemaal nog niet over hun gevoelens gehad, maar dat vindt Sari niet erg. Nog niet. Haar gedachten worden opgeslokt door alle dingen die ze leert. Natuurlijk weet ze al heel lang waar de kinderen vandaan komen – in haar vak moet je daar wel van op de hoogte zijn – maar de subtiele genoegens van seks zijn een verrukkelijke openbaring voor haar.

Marco's gezicht vertrekt als hij op zijn zij rolt.

'Wat is er?'

Hij schuift de deken terug tot aan zijn dijen. Twee maanden geleden zou ze vuurrood zijn geworden en zou ze ondanks haar gêne te trots zijn geweest om haar hoofd af te wenden, maar nu kan ze tot haar genoegen zelfs naar de gekste delen van Marco's lichaam kijken.

'Moet je dit zien,' zegt hij een beetje kribbig. Hij wijst op een knots van een blauwe plek op zijn linkerdij. 'Opgelopen toen ik door dat stomme raam naar binnen klom.'

Als het huis niet buiten het dorp aan de bosrand had gelegen, hadden ze hun relatie nooit zo lang verborgen kunnen houden. Het blijft een geheim zolang Marco bereid is om nonchalant het bos in te kuieren, met een boog naar de achterkant van het huis te lopen en zich onelegant door Sari via het door bomen beschutte keukenraam naar binnen te laten hijsen.

'Ik begrijp niet waarom alles zo stiekem moet,' zegt Marco, terwijl hij somber naar zijn steeds paarser wordende been kijkt. 'Wat maakt het nu uit of de mensen het weten? De helft van de dorpelingen doet hetzelfde als wij.'

'Het gaat er niet om of de mensen het weten. Het gaat erom dat je er niet mee te koop hoeft te lopen. Je hoeft het niet van de daken te schreeuwen.'

'Maar dat doen andere mensen toch ook? Kijk naar Umberto, Luigi en Paolo. Die worden geen van allen door keukenramen naar binnen gesmokkeld.'

'Ja, maar hun…' Sari heeft altijd moeite om hier een goed woord voor te verzinnen. 'Hun vriendinnetjes zijn niet verloofd met de zoon van de belangrijkste familie van het dorp. Hun sociale positie is ook niet zo… delicaat als de mijne.'

Hij gaat rechtop zitten en kijkt haar onderzoekend aan. 'Dat heb ik je al een paar keer horen zeggen, maar je hebt het nog nooit uitgelegd. Wat bedoel je daarmee? Wat is een delicate sociale positie?'

Een deel van haar is blij dat hij het vraagt, want daaruit blijkt dat hij heeft opgelet. Tegelijkertijd heeft ze tegen de vraag opgezien en probeert ze ontwijkend te antwoorden.

'Het is moeilijk om dat aan een buitenlander uit te leggen.'

'Dat wil ik best geloven, maar dat geldt ook voor veel dingen die ik je over Italië heb verteld. Ik zie ook wel dat jij anders bent, Sari, maar ik weet niet waarom, op wat voor manier, of waarom het zo belangrijk is.'

Sari zucht. 'Goed dan. Weet je nog wat ik je heb verteld over mijn vader? Dat hij een soort dokter was?' Marco knikt. 'Nou, dat klopt niet helemaal. Hij behandelde wel zieke mensen, maar hij behandelde ook... andere problemen. Een man als hij noemen we hier een táltos, een Wijze. Begrijp je wat ik bedoel?'

'Ik denk het wel. Je vader had bepaalde vaardigheden, of de mensen dichtten hem bepaalde vaardigheden toe. Ze dachten dat hij dingen kon laten gebeuren. Bedoel je dat?'

'Ja, zo zou je het misschien wel kunnen zeggen. Hier in Hongarije worden mannen met deze vermogens gerespecteerd, maar voor vrouwen ligt het anders. Zij worden boszorkány genoemd. Ik weet niet hoe je dat in het Duits zegt, maar het zijn kwaadaardige vrouwen, vrouwen die de kunst verstaan om andere mensen kwaad te doen.'

'*Strega*. Ik begrijp het. Dus de mensen dachten dat jij, als dochter van je vader, misschien wel een strega was.'

'Dat is een deel van de verklaring. Het speelt ook mee dat mijn moeder stierf toen ik werd geboren. Dat brengt ongeluk, en alles werd nog verergerd door het feit dat mijn moeder familie van Ferenc was en in het dorp goed aangeschreven stond. Als ik mooi, aardig en net als alle anderen was geweest, denk ik dat de mensen nooit slecht over me waren gaan denken, maar ik ben nu eenmaal anders. Ik weet ook niet waarom. Het is gewoon zo. Dat maakt het voor de anderen makkelijker om lelijke dingen over me te zeggen.'

'Maar dat doen ze toch niet meer? Nou ja, het komt in elk geval minder vaak voor. Wat is er dan veranderd?'

'Het ging beter vanaf het moment waarop ik met Judit ging

samenwerken. De mensen vertrouwen Judit niet echt, ze zijn een beetje bang voor haar.'

'Mag ik haar een keer ontmoeten?'

'Misschien,' antwoordt Sari behoedzaam. Ze zou haar relatie met Marco dolgraag voor Judit verborgen hebben gehouden, maar Judit kan nu eenmaal veel in iemands ogen lezen. Haar spottende opmerkingen worden met de dag botter sinds Sari die dag in augustus thuiskwam.

'Maar goed,' vervolgt Sari, 'ook al zijn de mensen bang voor Judit, ze hebben haar nodig. Nu ik met haar samenwerk, hebben ze mij ook nodig. Voor een deel heeft het ook met Ferenc te maken. De mensen durven niet meer zo vervelend te doen omdat ze bang zijn dat Ferenc erachter komt. En verder speelt de oorlog een rol; iedereen heeft elkaar veel harder nodig nu de mannen er niet zijn. Ik weet dat het afschuwelijk klinkt, maar de oorlog heeft mijn leven heel wat prettiger gemaakt.'

Het is inmiddels laat in de middag geworden. Marco huivert als hij de schaduwen in de bossen langer ziet worden. Hij vindt de bossen griezelig en staat op om de gordijnen dicht te doen. Liggend op haar rug bewondert Sari de omgekeerde driehoek van zijn bovenlichaam, die op de hoeken wordt verzacht door zijn vlees. Ze heeft nog nooit eerder een naakte volwassen man gezien en had nooit verwacht dat Marco's gespierde rug en ronde billen zo elegant zouden zijn. Ze weet dat het tijd wordt om naar huis te gaan en dat hij terug naar het kamp moet, maar ze wil hier het liefst blijven liggen. Ze trekt zich niets aan van Marco's voortdurende herhalingen dat dit niets te betekenen heeft. Ze weet dat hun relatie na de oorlog voorbij is, maar dat maakt het nu niet minder echt.

'Denk je echt dat alles is veranderd?' vraagt Marco.

'Wat bedoel je?'

'Hoe de mensen over je denken, bedoel ik. Denk je echt dat de oorlog zoveel heeft veranderd dat deze situatie zo blijft? Als de oorlog voorbij is en de mensen elkaar niet meer zo hard nodig hebben…'

'Dan ben ik met Ferenc getrouwd.'

'Neem je er genoegen mee dat de mensen jou alleen maar tolereren vanwege je echtgenoot?' Zijn stem klinkt geïrriteerd. 'Ik had meer van je verwacht. Kan het je niet schelen dat de mensen aardig tegen je zijn omdat je Ferencs vrouw bent, maar thuis nog steeds al die vervelende dingen over je denken?'

Sari wil protesteren, maar dan herinnert ze zich iets. 'Soms denk ik dat de mensen hun mening over mij werkelijk hebben herzien, maar op andere momenten denk ik…' Ze praat langzaam, omdat ze haar gedachten tijdens het praten formuleert. 'Weet je wat Anna me een paar maanden geleden vroeg? Voordat Péter sneuvelde?'

'Nou?'

'Ze vroeg of ik kon zorgen dat Károly, haar man, niet uit de oorlog terugkwam. Ik had nooit verwacht dat Anna dacht dat ik zoiets kon bewerkstelligen.'

Er verschijnt een geïntrigeerde blik in Marco's ogen. 'Maar kún je zulke dingen bewerkstelligen? Ik bedoel, zelf geloof ik er niet in, maar kun je het?'

Sari praat niet graag over zulke dingen, omdat ze nooit goed weet wat ze zelf gelooft. Ze is minder bijgelovig dan de meeste andere dorpelingen, maar veel bijgeloviger dan iemand als Marco. 'Ik ken een paar vervloekingen,' antwoordt ze kortaf. 'Judit heeft me er een paar geleerd, en mijn vader ook. Ze zouden ze nooit gebruiken – nou ja, van Judit weet ik het niet zeker, maar van mijn vader wel. Hij geloofde er niet in en ik ook niet, maar ik zou het risico nooit willen nemen.' Ze zwijgt even voordat ze uitbarst: 'Ik wou dat ik normaal was.'

Tot haar ergernis begint Marco na deze melodramatische mededeling te lachen. Sari deelt een halfslachtige tik met een kussen uit.

Het kost hem totaal geen moeite om het kussen te ontwijken. 'Weet je wat het met jou is, Sari?' vraagt hij. 'Je neemt jezelf veel te serieus.'

1918

11

'Wat zegt hij?' vraagt Judit wrevelig. Hoewel ze al twee jaar Italiaans om zich heen hoort, heeft ze nooit meer dan een paar losse woorden en een enorm repertoire aan scheldwoorden opgepikt.

'Hij zegt dat het binnenkort allemaal voorbij is,' zegt Sari. 'De oorlog is bijna ten einde.'

'Hoe weet hij dat?'

'Ze horen van alles in het kamp. Van de bewakers en de nieuwe gevangenen die van het front komen.'

Tijdens dit gesprek zet Marco een ongeduldige blik op. In de afgelopen twee jaar heeft hij bijna geen Hongaars geleerd, en hij vindt het vervelend om halfnaakt in de keuken te staan terwijl de vrouw die zijn overhemd zou moeten maken in die ingewikkelde, onbegrijpelijke taal staat te kletsen.

Niemand kijkt uit naar het einde van de oorlog. Voor een buitenstaander lijkt het misschien een doorsneedorp waarin mannen en vrouwen gewoon hun gang gaan, maar wie beter kijkt, ziet dat de vrouwen uit Hongarije komen en dat de mannen Italianen zijn die 's avonds buiten het dorp slapen. Het is ook opvallend dat er nergens kleine kinderen rondlopen. Inmiddels is dit nieuwe leven heel gewoon geworden, en in tegenstelling tot een leven dat volledig op zijn kop is gezet, weet bijna niemand meer hoe zijn bestaan er vroeger uitzag.

De mensen kunnen zich ook niet voorstellen dat het vroeger beter was. Het handjevol Hongaarse mannen dat van het front is teruggekomen, is moeiteloos in de nieuwe dorpsgemeenschap opgenomen, simpelweg omdat ze door hun ziekte, verwonding of krankzinnigheid niet in staat zijn om te protesteren tegen de nieuwe wereldorde die in hun afwezigheid is ontstaan. Maar als de rest straks terugkomt, de mannen die zich niet zo makkelijk laten onderwerpen… De gedachte maakt Sari nerveus.

Een paar dagen geleden hadden ze het er nog over. 'Maar dan zijn de Italianen toch weg?' merkte Lilike luchtig op. Hoewel niemand op dat moment iets zei – het is geen onderwerp waar ze graag over praten – weten ze allemaal dat Lilike nooit zoiets zou zeggen als ze een echtgenoot of verloofde had. Per slot van rekening zal haar leven niet radicaal veranderen als de mannen thuiskomen.

Sari en Marco hebben in de afgelopen twee jaar een plezierige, ontspannen kameraadschap ontwikkeld, en ze kan zich een leven zonder hem niet meer voorstellen. Tegenwoordig is hij het stralende middelpunt van haar bestaan. Ze nemen het woord liefde nog steeds niet in de mond, en Sari is opgelucht dat ze nog steeds geen fantasieën over een lang en gelukkig huwelijksleven in Italië koestert. Maar al houdt Marco vol dat hij zijn vrouw nooit zal verlaten, naarmate het einde van de oorlog nadert, maakt hij zich steeds meer zorgen om Sari's toekomst. Dat ergert Sari, want daar heeft ze niet om gevraagd.

Als ze het overhemd naar behoren heeft gerepareerd, wandelen ze door het dorp terug naar het kamp. De brullende maartse wind is zo straf dat ze er bijna tegenaan kunnen leunen. Hun voeten glibberen weg op de diepe, beijzelde voren in de grond, en Marco huivert theatraal.

'Nou, als de verhalen kloppen, heb je niet lang last meer van dit klimaat.'

Sari weet dat ze dat niet had moeten zeggen. Ze kreunt inwendig als er een blik op zijn gezicht verschijnt die ze onmiddellijk herkent.

'Ik maak me zorgen om je, Sari,' begint hij, maar ze geeft hem geen gelegenheid om zijn zin af te maken.

'Ik weet wat je denkt.'

'Wil je er alsjeblieft over nadenken?'

Hij wil dat ze na de oorlog uit het dorp weggaat. Ze is helemaal niet van plan om daarover na te denken, want ze vindt het een absurd idee. Ze begrijpt niet waarom zij weg moet als hij zo duidelijk stelt dat hij Benigna nooit zal verlaten. Hij heeft aangeboden om haar geld te lenen – te geven – om ergens anders opnieuw te beginnen, maar Sari vertrouwt zijn motieven niet. Telkens wanneer ze weigert, kijkt hij zo verdrietig dat ze zich diep ellendig voelt. 'O, Sari,' zegt hij dan. 'Je moest eens weten wat jij ergens anders zou kunnen bereiken.'

Sari kan het zich niet veroorloven om over zulke dingen na te denken. Ferenc is een aardige man. Ze krijgt een goed leven met hem. Trouwens, ze kan Judit natuurlijk niet in de steek laten, en hoe zou ze ergens anders in vredesnaam de kost moeten verdienen? Het heeft geen zin om daarover te fantaseren.

'Dus hij denkt dat het einde in zicht is?' vraagt Judit die avond. Sari, die een brief aan Ferenc schrijft en haar uiterste best doet om helemaal nergens over na te denken, haalt haar schouders op.

'Hij zegt van wel, maar hoe vaak hebben we dat al gehoord sinds de oorlog begon? Ik weet niet waarom ze deze keer denken dat het klopt.'

Ze zegt niet dat ze een aantal dromen heeft gehad. Twee jaar geleden, rond het moment waarop ze Marco leerde kennen en haar onderbewustzijn liet vullen met zijn Romeinse mythen en verhalen over de oceaan, is Ferenc uit haar dromen gegleden. Sinds een maand is hij tot haar schrik weer in een aantal nachtmerries verschenen, waaruit ze zwetend en snakkend naar adem wakker wordt. Hij was zo veranderd dat ze in het begin niet zeker wist of hij het was. Hij zag er tien jaar ouder uit in plaats van vier, maar toen hij zijn mond opendeed, herkende ze hem.

Er gebeuren geen opzienbarende dingen in de dromen, zeker geen dingen die Sari's extreme reactie rechtvaardigen. Ze staat op de vlakte, omringd door louter stilte, zo'n aanwezige en intense stilte dat ze het gevoel heeft dat ze hem kan aanraken. De eerste sneeuw van het jaar is gevallen en de weidse witheid beneemt haar de adem. Vanuit de verte loopt er iemand naar haar toe. Ze kijkt zonder al te veel belangstelling naar die voorovergebogen gestalte, die vanaf deze afstand nauwelijks groter is dan een insect, maar die milde belangstelling verandert in angst als ze Ferenc herkent. 'Sari,' zegt hij, meer niet, alleen haar naam. 'Sari.' Dat is al genoeg om haar rechtop in bed te laten zitten en haar de rest van de nacht uit haar slaap te houden.

Er komen nog steeds regelmatig brieven, maar die zijn inmiddels van toon veranderd. Nu schrijft Ferenc wel over de oorlog. Vroeger kon je uit de brieven niet opmaken waar of onder welke omstandigheden hij ze had geschreven – een zakenreis naar Parijs of Londen, een vakantie aan het Balatonmeer – maar nu begint Ferenc met een mengeling van bitterheid en vervoering over zijn omgeving te vertellen. Niet tot in detail natuurlijk, dat zou nooit mogen, maar hij schrijft over mislukkingen en gedwongen terugtrekkingen. Tussen de regels door, die briesen van de woede die een trotse man als Ferenc bij een mislukking natuurlijk voelt, gloort hoop dat het binnenkort voorbij zal zijn en dat hij naar huis kan komen. Ze vindt het bijna ontroerend dat hij ervan uitgaat dat thuis alles hetzelfde is gebleven, dat ze de afgelopen vier jaar moeiteloos uit hun geheugen kunnen wissen.

Sari en Marco spreken nog steeds af in het huis van Sari's vader, maar nu laat ze hem door de voordeur binnen. Aanvankelijk wist ze niet goed waarop ze eigenlijk wachtte, maar toen Orsolya Kiss een minnaar uit het kamp kreeg (iets waar Sari en Anna erg om moesten lachen: als zelfs Orsolya iemand zo gek kreeg dat hij met haar naar bed wilde, wist je zeker dat een verhouding met een Italiaan heel gewoon was geworden of zelfs in het verwachtingspatroon lag) vond ze het veilig genoeg om voor haar relatie met Marco uit te komen. Orsolya zou Ferenc niets over Marco vertellen, want dan zou Sari haar man kunnen vertellen dat zij zelf een scheve schaats had gereden. In tegenstelling tot sommige andere vrouwen, die trots met hun Italiaanse minnaar rondlopen alsof ze de laatste mode uit Wenen zijn, pronken Sari en Marco nog steeds niet met hun relatie. Toch doet Sari niet meer zo overdreven haar best om alles geheim te houden. Allen hebben het trouwens zo druk met hun eigen amourettes dat het Sari niets zou verbazen als zij en Marco in het voorportaal van de kerk konden vrijen zonder dat het iemand opviel.

De maand maart wordt geregeerd door de vrieskou, en de grond zingt als ijzer als je erop slaat. Marco staat erop om het bed op te maken met een dikke stapel geborduurde dekbedden, lakens en zelfs tafelkleden. Alles wat ze kunnen vinden, gaat erop. Hij gaat bijna volledig schuil onder de dikke lagen stof, dus Sari kan doen of ze het tegen zichzelf heeft als ze zegt: 'Denk je echt dat het einde in zicht is?'

'Daar ziet het wel naar uit,' mompelt hij.

'Ik heb een brief van Ferenc gekregen. Hij denkt het ook.'

'Hm.' Marco begraaft zijn gezicht in het kussen en kijkt in de gesmoorde duisternis voor zich uit. Als hij zucht, verwarmt zijn eigen hete adem zijn gezicht.

'Misschien wil ik wel helemaal niet naar huis.'

Hij weet niet eens dat hij dat wil zeggen tot de woorden uit zijn mond rollen.

Sari legt haar kleine, koude hand op zijn nek. 'Tja,' zegt ze, terwijl ze haar stem nuchter en verstandig probeert te laten klinken. 'Als de oorlog voorbij is – wannéér de oorlog voorbij is, moet ik zeggen – ga jij terug naar je mooie vrouw en je comfortabele huis in Milaan. Dat weten we allebei. Als je je boeken en eigen spullen weer om je heen hebt, komt je geheugen waarschijnlijk terug en kun je weer aan de slag op de universiteit. En misschien krijg je wel kinderen – misschien twee, een meisje en een jongen.' Er klinkt een trillend lachje in haar stem door als ze eraan toevoegt: 'Je kunt het meisje Sari noemen.'

Hij laat een snuivend geluid horen. 'Sara.'

'Is dat de Italiaanse versie van mijn naam?'

'Wat ga jij doen?'

'Na de oorlog? Nou, Ferenc komt thuis en dan gaan we trouwen. O god, ik hoop niet dat hij een grootse bruiloft wil, maar zijn familie kennende, zal dat wel zo zijn. En zodra jullie allemaal zijn opgehoepeld, gaan we weer in zijn huis wonen. Zijn ouders blijven in Boedapest – zijn vader is in de oorlog blind geworden, had ik dat al verteld? – en dan zorgt hij voor het land en de kuddes, en ik… ik denk dat ik blijf doen wat ik nu doe.'

'Wil je kinderen?'

'Misschien,' antwoordt Sari weifelend. Ze is inmiddels achttien, een zeer respectabele leeftijd om moeder te worden – haar eigen moeder was vijftien, al is het feit dat ze in het kraambed is gestorven nu niet bepaald reclame voor jeugdig moederschap – maar ze kan niets angstaanjagenders bedenken dan het idee om voor een nieuw miniatuurmensje te moeten zorgen.

'Je kunt het je vast veroorloven om kindermeisjes in dienst te nemen,' zegt Marco, die haar gedachten kan lezen.

'Waarschijnlijk wel.'

Er valt een korte stilte, waarin ze allebei nadenken over het leven dat hun te wachten staat. Dan zegt Marco aarzelend: 'Goed, we weten allebei precies hoe de toekomst eruit zal zien. Maar stel nu eens even dat ik niet naar huis zou gaan.'

'Goed.' Sari glimlacht. Zoiets heeft Marco nog nooit gezegd, en het is leuk om te weten dat zij niet de enige is die wel eens fantaseert. 'Wat doen we dan? Gaan we hier wonen?'

'Nee, natuurlijk niet! Hoe moet dat dan met Ferenc?'

'Nou, je zou hem natuurlijk kunnen opwachten met een revolver…'

Marco gaat op zijn zij liggen. Hij kijkt haar aan en schudt ongeduldig zijn hoofd. 'Nee, nee, nee, ik wil Ferenc niet doodschieten. Bovendien is dit fantasie, we kunnen doen wat we willen, dus dan gaan we zeker niet in dit dorp wonen.'

'Goed, goed. Waar dan wel?'

'We zouden naar een stad moeten gaan, waar we allebei makkelijk werk vinden en waar ze ons niet zo makkelijk op het spoor komen. We kunnen niet naar Boedapest. Daar is het te koud en bovendien is mijn Hongaars niet goed genoeg…'

'Je spreekt helemaal geen Hongaars!' onderbreekt Sari hem.

'Oké, oké. En mijn Duits is ook al niet om over naar huis te schrijven. Rome, misschien.'

'Nee, dat is niet eerlijk. Als ik mijn land moet verlaten, moet jij het ook.'

'Maar Rome… Ach, het heeft geen zin om daarover te discussiëren. Wat vind je van Parijs?'

'Spreek je Frans?'

'Goed genoeg om er een baan te kunnen vinden. En jij zou het kunnen leren – nu je goed Italiaans spreekt, zou dat je geen moeite kosten. Misschien kun je wel een studie volgen om een echte dokter te worden. Lijkt je dat leuk?'

'Het lijkt me leuk om een poosje te studeren,' zegt Sari. 'Geschiedenis, boeken en meer van dat soort dingen.'

'Nou, je hebt er de juiste leeftijd voor. Ik kan je geschiedenis en Italiaans onderwijzen. We kunnen een appartementje op de linkeroever nemen. Jij kunt heel chique kleren dragen en een klein, wollig hondje nemen. We gaan in restaurants eten en we drinken champagne.'

Sari lacht opgetogen. 'Ik ben blij dat we dat allemaal hebben geregeld,' zegt ze.

'Ja, het is wel een zorg minder als je een uitgewerkt plan hebt, hè?' Hij slaakt een diepe zucht en komt overeind. 'Ik moet weer terug, Sari.'

Ze geeft hem zijn kleren en kijkt zwijgend toe terwijl hij zich aankleedt. Daarna trekt ze haar rok en lijfje aan om hem uit te laten. 'Nou,' zegt hij. 'Tot morgen.'

'Tot morgen.'

Op het moment dat hij de deur opendoet, blaast de wind er zo hard tegenaan dat de deur tegen de zijkant van het huis slaat. Sari leunt met haar hand tegen de deurpost terwijl hij de veters van zijn hoge schoenen strikt.

Als hij rechtop gaat staan, legt hij met een opvallend teer gebaar zijn handpalm tegen haar wang. 'Sari…' zegt hij.

'Wat is er?'

'Je ziet er altijd zo… berustend uit.'

Ze weet niet goed hoe ze dat moet interpreteren, maar haar verwarring wordt weggevaagd door zijn volgende woorden: 'Ik hou van je. Wat er ook gebeurt, dat moet je altijd onthouden.'

Hij gaat weg. Het lawaai van zijn afwezigheid is oorverdovend.

De brief arriveert twee weken later. Nog voordat Sari de envelop heeft opengemaakt, weet ze al wat erin staat. Als ze op de uitgesleten houten trappen van Judits huis gaat zitten, moet ze natuurlijk denken aan de keer dat ze hier met Lujza zat, bijna twee jaar geleden. Ze leest de brief helemaal door, en daarna nog een keer voordat ze hem neerlegt. Even blijft ze doodstil op de trap zitten. Haar hoofd is leeg, ze ademt alleen maar, maar dan staat ze op om naar binnen te gaan.

'Ferenc komt thuis,' zegt ze. De woorden smaken vreemd en bitter op haar tong.

Mijn lieve Sari,

Ik schrijf je deze brief om te vertellen dat ik binnenkort thuiskom. Het is nog niet voorbij, maar voor mij waarschijnlijk wel. Een week geleden ben ik in mijn been geschoten, en de dokters zeggen dat het minstens twee maanden duurt voordat ik weer kan lopen. Misschien zal ik zelfs altijd blijven hinken. Dat vind ik niet erg. Ik kan hier niets meer doen, dus daarom word ik ontslagen. Ik ga eerst een week of twee naar mijn ouders in Boedapest, maar ik verlang naar jou en Falucska, dus daarom denk ik dat ik over een week of zes wel thuis ben. Ik weet dat mijn huis nog steeds in gebruik is voor oorlogsdoeleinden, dus daarom neem ik mijn intrek in je vaders huis.

Je hebt geen idee hoezeer ik ernaar uitkijk om jou en het dorp weer te zien.

Je liefhebbende

Ferenc

Een halfuur later vertaalt ze de woorden voor Marco in het Italiaans. Ze lopen samen over het bevroren grondgebied van het kamp, of beter gezegd, Ferencs huis. Sari zal eraan moeten wennen om dit huis weer met hem en niet met Marco te associëren.

Het duurt even voordat Marco reageert. Hij bijt op zijn lip, stopt zijn handen diep in zijn zakken en zegt uiteindelijk: 'Tja. We wisten allebei dat het vroeg of laat moest gebeuren.'

'Ja,' zegt Sari. 'Ik had het alleen erg fijn gevonden als het wat later was gebeurd.'

'Gaat hij er zomaar vanuit dat hij in jouw vaders huis mag wonen?'

'We zijn verloofd. Natuurlijk mag hij daarvan uitgaan.'

'Verdomme,' zegt Marco plotseling nijdig. 'Verdomme, verdomme, verdomme.'

'Ik weet het.' Het kost haar moeite om niet te huilen. Ze hebben hun best gedaan om hierop voorbereid te zijn. Sari heeft zich gedurende de hele relatie neergelegd bij het feit dat er een einde aan zou komen, maar toch is dit een klap in haar gezicht. Ze probeert de zaak van de andere kant te bekijken. Ze houdt zichzelf voor dat ze boft dat Ferenc nog leeft, dat veel vrouwen er alles voor over zouden hebben om in haar schoenen te staan en te horen dat hun man terugkomt, maar dat verandert niets aan haar gevoelens. Dat had ze ook niet verwacht.

'We hebben nog zes weken,' zegt ze. Dat is beter dan niets.

12

Ferenc ziet er anders uit dan in de dromen die ze steeds over hem heeft, maar hij lijkt ook niet meer op de jongen die vier jaar geleden is vertrokken. Hij is magerder, heeft een baard en ziet er… Hij ziet er oud uit, maar op een bepaalde manier ook nog onvolwassen. Sari begrijpt zelf niet hoe dat kan. Ze snapt niet hoe hij zo'n gebroken indruk kan maken en er toch als een kind uit kan zien. Hij mist de zelfverzekerdheid en volwassenheid van iemand als Marco (en god, daar moet ze mee ophouden, ze mag hen niet met elkaar vergelijken). Hij staat in haar vaders huis bij de tafel. Het is mei, de lucht ruikt naar voorjaarsbloemen en overal zijn vogels te horen. Hij ziet eruit of hij in trance is, al kan ze niet zien of het een plezierige toestand is of niet.

'Het is allemaal zo… onwerkelijk,' zegt hij.

Zijn stem klinkt harder dan in haar herinnering, en het duurt even voordat ze beseft dat het geen verbeelding is. Hij praat écht harder, ter compensatie van een gehoorbeschadiging na vier jaar granaten en geweerschoten.

Ze kan hem alleen maar aanstaren en vecht tegen de hevige paniek die ze voelt opborrelen. Ik kan niet met deze man trouwen, denkt ze. Hij heeft nog geen vinger naar haar uitgestoken, zelfs niet om haar een hand te geven of een kus op haar wang te drukken, maar ze kan alleen maar hopen dat ze niet achteruitdeinst als hij haar aanraakt. Het is niet zo dat ze hem weerzinwekkend vindt, hij is gewoon niet wat ze wíl. Alles wat Marco de afgelopen twee jaar tegen haar heeft gezegd, begint opeens door haar hoofd te bonken. Het leven dat ze krijgt als ze hier blijft, als ze met Ferenc trouwt, staat plotseling voor de deur.

Hij is die ochtend gearriveerd. Hij zette zijn vuile, versleten rugzak op Judits veranda en wachtte geduldig tot ze naar buiten kwam om met hem te praten. Ze nam hem meteen mee naar haar vaders huis, waar Marco en zij de laatste weken niet meer zijn geweest omdat ze niet precies wisten wanneer Ferenc thuiskwam. Ze wilden voorkomen dat hij iets zou vermoeden, en de rest van het dorp is ook al zo voorzichtig. Ferenc en zijn familie hebben zo veel gezag dat niemand voor zijn ogen met iets onbehoorlijks te koop wil lopen. Als Sari en Ferenc die ochtend door het dorp wandelen, proberen alle vrouwen op hun pad keurig en onderdanig over te komen. Ze heten Ferenc allemaal welkom, maar hij reageert nauwelijks op hun woorden.

Ferenc strijkt over het zachte, gladde hout van de keukentafel om er weer mee vertrouwd te raken. Hoewel het front inmiddels al weken achter hem ligt, vindt hij de stilte nog steeds angstaanjagend. Het is alsof zijn oren vol modder hebben gezeten. In Boedapest was het alleen 's nachts stil, waardoor hij keer op keer wakker schrok uit dromen over het slagveld.

Sari is veranderd, dat is wel duidelijk. Toen hij vier jaar geleden wegging, was ze nog maar een kind, en hij had verlangd naar de vrouw die ze zou worden. Inmiddels is ze die vrouw, maar nu verlangt hij terug naar dat meisje, zijn mascotte, het denkbeeldige amulet dat hem door de oorlog heeft gesleept. De vrouw voor zijn ogen is nog steeds niet mooi, maar er is iets aan haar veranderd. Haar uiterlijk is erop vooruitgegaan, opvallender geworden. Hij zou haar bijna elegant noemen, als dat geen belachelijke term was voor een achttienjarig boerenmeisje met klitten in haar haren. Hij beseft nu pas dat hij gewend was om zich superieur aan haar te voelen, maar op een of andere manier kan hij dat nu niet. Ze is zelfverzekerd geworden, dat is het. Ze heeft haar lichaam leren kennen, ze heeft niets onhandigs meer, en ondanks de ongemakkelijke situatie – hij neemt het haar niet kwalijk dat ze zich ongemakkelijk voelt, dat is niet meer dan logisch – lijkt het of ze beter in haar vel zit dan ooit. Ze heeft haar armen losjes over elkaar gevouwen, leunt met haar gewicht op een heup en houdt haar hoofd een beetje schuin. Ze is nooit bang geweest om iemand recht in de ogen te kijken, maar hij ziet dat de defensieve, afwerende uitdrukking uit haar blik is verdwenen. Ze is nog steeds te mager naar zijn zin, maar onder haar kleren ziet hij rondingen die er bij zijn vertrek niet waren. Opeens gaat er een stroomstoot van verlangen door hem heen, die zijn paniek voor een groot deel wegneemt. Gelukkig heeft hij dat nog, al heeft hij op dit moment geen idee wat hij ermee aan moet.

Ze kijken elkaar lange tijd aan, tot Sari als eerste het woord neemt.

'Welkom thuis, Ferenc,' zegt ze, blij dat haar stem zowaar redelijk oprecht klinkt. Ze haalt diep adem en zet een stap naar voren om hem op zijn wang te kussen. Dat blijkt niet zo erg te zijn als ze had gedacht. Het is een begin, denkt ze. We hebben trouwens alle tijd om weer aan elkaar te wennen.

'Ik heb je gemist, Sari,' zegt hij schor. 'Ik heb je verschrikkelijk gemist.'

'Je zult wel doodmoe zijn,' zegt Sari. 'Ik heb boven het bed voor je opgemaakt. Het zal je goeddoen als je wat slaapt.'

'Blijf je bij me?'

'D-dat gaat niet. Ik moet van alles doen… Ik verpleeg wat mensen in het gevangenenkamp.' Het lijkt haar het beste om dat meteen te zeggen, maar hij gaat er niet op in.

'Toe, Sari. Ik zal niets doen, echt niet. Blijf dan alsjeblieft tot ik in slaap val.'

Ze voelt minachting dat hij zo'n zwakke kant van zichzelf laat zien, maar dat neemt ze zichzelf onmiddellijk kwalijk. 'Goed,' zegt ze. 'Ik blijf tot je in slaap valt, maar daarna moet ik echt aan het werk. Vanavond kook ik bij Judit thuis. Kom maar rond zes uur.'

Hij kijkt teleurgesteld. 'We kunnen toch ook hier eten?' vraagt hij, maar ze schudt haar hoofd.

'Je weet dat dat niet hoort,' zegt ze, al is het niets voor haar om haar toevlucht tot fatsoensregels te nemen. 'Kruip boven maar in bed. Als je iets nodig hebt, ben ik hier, en ik kom nog even bij je kijken voor ik wegga.'

Het is alsof ze door water waadt. Op de terugweg naar Judits huis is Sari zich bijna niet bewust van haar eigen lichaam. Op een bepaalde manier is het dwaas dat ze zo geschokt en onder-stebloven is, want ze heeft altijd geweten dat dit onvermijdelijk was. Maar toch, maar toch…

Ze is bijna bij Judits voordeur als Anna plotseling achter haar staat. 'Sari,' fluistert ze ademloos, 'ik hoorde dat Ferenc terug is. Gaat het een beetje?'

'Kom maar mee naar binnen,' antwoordt Sari vermoeid. 'Ik heb geen zin om jou nu alles te vertellen en het straks nog eens voor die roddelkoningin te moeten herhalen.'

Ze heeft een spervuur van vragen verwacht, dus ze is ver-baasd als Judit en Anna haar binnen alleen maar zwijgend en verwachtingsvol aankijken. Geleidelijk aan beseft ze dat dit geen kwestie van terughoudendheid is (Judit en Anna terughoudend? Het idee alleen al!), maar dat de vrouwen niet weten hoe ze haar stemming moeten inschatten. Haar verwarring en verdriet over Ferencs thuiskomst brullen zo hard door haar hoofd dat het bijna onvoorstelbaar is dat haar omgeving het niet ziet, maar ze beseft dat de mensen op het verkeerde been worden gezet door haar aangeboren reserve en haar plichtmatige beweringen dat haar verloving met Ferenc en zijn terugkeer haar blij maken. Het is bijna niet te geloven, maar Judit en Anna weten echt niet of ze verheugd of verdrietig is. Ze hebben geen idee of Ferencs terugkeer een reden voor vreugde of voor wanhoop is.

'Hoe… hoe gaat het met hem?' vraagt Anna aarzelend.

'Dat weet ik eigenlijk niet. Het lijkt redelijk goed met hem te gaan. Zijn been geneest heel goed, maar volgens mij is het een schok voor hem om na vier jaar vechten weer in Falucska te zijn. Volgens mij weet hij niet wat hij met zichzelf aan moet. Eigenlijk heb ik voornamelijk medelijden met hem.' Ze zwijgt even, maar komt tot de conclusie dat er geen makkelijke of aardige manier is om dit te zeggen. 'Het kan zijn dat mijn geheugen me bedriegt, maar is hij altijd zo… gewoontjes geweest?'

Anna en Judit kijken elkaar aan, maar geven geen antwoord. Wie kan nu bevestigen of ontkennen dat andermans verloofde gewoontjes is? Sari weet dat hun antwoord er ook niet toe doet, want in haar hart heeft ze haar oordeel al geveld. Vol zelfverwijt haalt ze haar schouders op.

'Ik wist dat ik nooit naar dat kamp had moeten gaan,' zegt ze. 'Ik wist dat het erop uit zou draaien dat mijn leven hier me niet meer beviel. Dat heb ik altijd geweten. Ik dacht gewoon… o, dit is echt verschrikkelijk. Ik dacht dat de oorlog voorbij zou gaan, dat Marco en alle anderen naar huis zouden gaan en ik tijd zou krijgen om me aan te passen, om zonder Marco in de buurt aan het idee van een leven met Ferenc te wennen. Ik dacht dat ik nog wat tijd zou krijgen. Maar nu… o god, ik heb Marco gisteren nog gezien.'

Ze spreekt de woorden niet uit, maar Anna en Judit kijken elkaar weer aan. Sari weet dat ze begrijpen dat Ferenc in Sari's ogen niet aan Marco kan tippen.

'Wat ga je nu doen?' vraagt Anna.

Het geluid van Sari's lachje klinkt droog en breekbaar. 'Ik heb geen keus! Ik ben verloofd. Marco is getrouwd. Als de geruchten kloppen, is de oorlog bijna voorbij. Marco gaat terug naar zijn vrouw en ik blijf met Ferenc achter. Ik moet er het beste van maken. Ferenc is een fatsoenlijke man en hij wordt vast een goede echtgenoot. Ik heb alleen tijd nodig om weer aan het idee te wennen.'

'Waar is hij nu?'

'Hij slaapt. Hij zag er moe uit. Als ik terugkom uit het kamp, ga ik weer een kijkje bij hem nemen.'

Anna's wenkbrauwen schieten zo ver omhoog dat ze bijna in haar haarlijn verdwijnen. 'Ga je naar het kamp?' vraagt ze schril.

Sari reageert ongeduldig. 'Ja, natuurlijk. Niet naar Marco, maar Paolo heeft nog koorts en Umberto heeft nog steeds last van uitslag. Ferencs thuiskomst is voor mij geen reden om mijn bezoekjes aan het kamp te staken. Ik doe niets onfatsoenlijks.'

Judit schiet ongelovig in de lach. Sari kijkt haar scherp aan.

'Echt niet! Dat zou veel te riskant zijn. Het is voorbij. Er zit niets anders op.'

Zoals Sari heeft gezegd, is ze binnen een uur terug uit het kamp, waar ze kordaat medicijnen en adviezen heeft uitgedeeld. Ze snijdt aardappels voor het avondeten en heeft Judit gewaarschuwd dat ze zich moet gedragen als Ferenc vanavond komt eten. Ze weet dat Ferenc een beetje bang voor Judit is, en ze wil niet dat Judit hem zo veel angst aanjaagt dat hij Sari verbiedt om nog met haar samen te werken. Dat zou onverdraaglijk zijn.

'En, heb je hem vandaag nog gezien?' vraagt Judit.

Een kort, pervers moment overweegt Sari om te vragen over wie ze het heeft, maar dan geeft ze zich gewonnen. 'Nee. Hij was weg toen ik in het kamp aankwam. Ik denk dat hij me bewust ontloopt, maar ik weet niet of hij me niet wil zien of dat hij me niet in verlegenheid wil brengen.'

Judit klost even zwijgend en met een peinzende blik door de keuken. Dan zegt ze: 'Wat jij vanmiddag zei, Sari.'

'Wat bedoel je, wat ik vanmiddag zei?'

'Dat je geen keus hebt. Dat is niet zo. Je hebt wel een keus. Je kunt altijd kiezen.'

Sari slaakt een korzelige zucht. 'Dat kun je nu wel zeggen, Judit, maar...'

Judit heft haar hand op om haar het zwijgen op te leggen. Haar blik is ernstig, en Sari begrijpt dat dit geen onschuldig grapje of plagerijtje is. Judit is bloedserieus.

'Zeg alsjeblieft niet dat ik het niet begrijp. Het kan best zijn dat ik niet weet hoe jij je op dit moment voelt, maar ik beschik nog altijd over een beetje mensenkennis. Je kunt altijd kiezen, Sari, altijd. Als je jezelf wijsmaakt dat je geen keus hebt, heb je dat alleen aan jezelf te wijten. Soms zien al je opties er heel on-aantrekkelijk uit, maar vergeet nooit dat ze er zijn.'

Sari slikt. 'Judit...' zegt ze, maar Judit schudt haar hoofd.

'Ik zal er verder niets over zeggen en me niet met je beslissing bemoeien. Ik wil alleen dat je beséft dat je een keuze maakt.'

Hij is nu een week thuis, en in die tijd heeft hij het huis van Sari's vader slechts één keer verlaten. Dat was die eerste avond, toen hij bij Judit thuis kwam eten. Hij vond het onverdraaglijk. Bij elke stap die hij zette, overal waar hij keek, waren de veranderingen een klap in zijn gezicht. Judits gezicht is in de afgelopen vier jaar ouder geworden, Sari lijkt zich in haar rol van Judits rechterhand en huishoudster prima te voelen, en het dorp ziet er anders uit zonder mannen. (Een paar keer heeft hij vreemd uitziende mannen in deuropeningen zien wegduiken, maar hij wordt al misselijk als hij aan hen denkt, de vijand, de stempel die hun voeten op zijn dorp hebben gedrukt, de dingen die ze in zijn huis hebben aangeraakt.) Elke verandering is zo scherp als een geweerschot, zo pijnlijk als de steek van een bajonet en een persoonlijke belediging aan zijn adres. Het is onverdraaglijk.

Vanuit het huis van Sari's vader heeft hij alleen maar uitzicht op de bossen, die goddank niet zijn veranderd. Ze zijn een troost voor hem. Het enige wat er in het huis is veranderd, is dat Jan en kind-Sari er niet meer wonen, en het is eenvoudig om de herinnering aan hen naar boven te halen. Té eenvoudig, misschien: wanneer volwassen-Sari binnenkomt, merkt hij dat hij vaak een beetje duizelig wordt, alsof hij in de toekomst kan kijken. Hij moet zichzelf eraan herinneren dat dit het heden is.

Sari. Ze heeft er niets over gezegd, maar ze moet die eerste avond zijn reactie hebben gezien en vraagt nooit meer of hij bij Judit komt eten. In plaats daarvan kookt ze bij Judit, en als Judit en zij hebben gegeten, brengt ze een pannetje eten naar Ferenc en blijft bij hem tot hij heeft gegeten. Meestal zegt ze niets, maar dat maakt hem niet uit. Zo is ze altijd geweest, en tegenwoordig is hij zelf ook niet zo spraakzaam.

Ze blijft nooit slapen.

Hij weet dat ze dat hoort te weigeren, maar hij blijft naar haar verlangen, met een diep, intens verlangen dat hem pijn doet en verbitterd maakt. In haar ogen ziet hij geen verlangen naar hem, hoezeer hij zichzelf ook voor de gek probeert te houden. Dat doet pijn, maar het maakt ook een ijzige overtuiging in hem wakker. Het maakt niet uit. Ze leert wel naar hem verlangen, en zo niet, dan is het ook niet erg. Ze zijn verloofd, ze gaan trouwen en daarna is ze van hem. Zij wordt de oppepper die hij nodig heeft om aan te sterken, moed te verzamelen om het huis te verlaten en de draad van zijn leven op te pakken. Het is anders, alles is nu anders, maar ze is nog steeds van hem. Ze is nog steeds van hem.

Sari wacht nog steeds op de dag dat ze aan de nieuwe situatie gewend is, maar tot nu toe is die nog niet aangebroken. Ze ziet Ferenc elke dag, brengt hem eten, doet zijn was en verzorgt zijn wond. Overdag heeft ze alleen maar medelijden met hem, en ze voelt een lichte weerzin tegen zijn nerveuze tics, paranoïde rituelen en steeds terugkerende lichamelijke klachten. Ferenc zegt dat hij op het slagveld een virus heeft opgelopen en nooit meer helemaal is opgeknapt, maar Sari ziet het anders. Zij ziet zijn maagpijn als teken dat hij geestelijk in de knoop zit. Maar 's nachts, als hij er niet is om op haar gevoel te werken, wordt ze bang als ze aan hem denkt en lijkt hij overweldigend en ongrijpbaar. Zo hoort een vrouw niet over haar verloofde te denken, maar ze kan er niets aan doen.

Hij zegt dat hij na de oorlog wil trouwen. Hij denkt dat het allemaal snel voorbij zal zijn, zo snel dat hij nog wel even kan wachten. Hij zou het onfatsoenlijk vinden om te trouwen als de oorlog nog gaande is. Dat geeft haar nog even respijt, wat tijd om aan het idee te wennen. In gedachten ziet ze zichzelf met hem samenleven, en dat beeld is draaglijk. Ze ziet zichzelf koken, schoonmaken, allerlei dingen die ze nu ook doet. Maar als ze aan vrijen denkt... Ze dwingt zichzelf om erover na te denken omdat ze weet dat er niets anders opzit, maar ze weet nog steeds niet hoe ze zichzelf kan dwingen om het te doen. Doordat ze de laatste jaren veel en intensief met mannen heeft opgetrokken, weet ze dat hij met haar naar bed wil. Hij heeft het nog niet gevraagd, hij is te verlegen en te zenuwachtig om de benodigde moed te verzamelen, maar hij lijkt zich elke dag meer bij haar op zijn gemak te voelen en ze weet dat het alleen nog maar een kwestie van tijd is. Natuurlijk kan ze nee zeggen. Dat zou hij accepteren, en al zou hij het frustrerend vinden, hij zou haar erom bewonderen. Maar ze heeft slechts uitstel tot

haar trouwdag, want na de bruiloft kan ze hem niet meer af-
wijzen. Ze probeert zichzelf moed in te praten. Ze houdt zichzelf voor dat ze zich geen zorgen hoeft te maken en alleen
maar zenuwachtiger wordt als ze tot na hun trouwdag wacht.
Ze besluit dat ze maar beter met hem naar bed kan gaan zodra
hij de moed opbrengt om het haar te vragen.

Ze vraagt zich af waarom het idee haar zo vreselijk tegen-
staat. Ze beseft dat het niet alleen komt doordat Ferenc Marco
niet is, maar dat het voor een deel aan Ferenc zelf ligt. Zijn gewonde been maakt hem natuurlijk niet aantrekkelijker, maar
dat vindt ze niet erg. Sari walgt niet zo gauw ergens van, en als
de rest klopte, zou ze daar niet op afknappen. Ze valt niet op
zijn lichtroze huid, vaalblauwe ogen en blonde haren, die ze
kinderlijk vindt, en ze is ook niet erg gecharmeerd van zijn trage, logge brein en zijn nadrukkelijke, langdradige manier van
praten, maar dat zijn niet de dingen waardoor het koude zweet
haar uitbreekt als ze in gedachten naakt voor hem staat. Het
ligt aan de manier waarop hij naar haar kijkt, zijn smachtende,
wanhopige blik. Ze herinnert zich die blik van voor zijn vertrek, toen ze het op een vage manier altijd vleiend vond om in
zijn ogen te zien dat hij naar haar hunkerde. Nu is het alleen
maar angstaanjagend. Ze weet niet of hij door de oorlog nog
intenser is geworden of dat ze zelf inmiddels meer over de liefde weet, maar ze ziet niets teders in die ogen. Hij kijkt niet met
genoegen, trots of genegenheid naar haar, maar met een onverholen honger en het verlangen om haar te bezitten.

13

Achteraf vraagt Sari zich wel eens af waar de grens precies lag.
De vraag doet er niet toe. Het gaat erom dat de grens werd
overschreden, en dat had bepaalde gevolgen. De vraag of die

gevolgen terecht waren, is ook irrelevant. Maar het is wel eens gek dat er in korte tijd zo veel dingen kunnen gebeuren dat je zelf het overzicht kwijtraakt. Dan reageer je ergens op, maar weet je eigenlijk niet eens precies waaróp je nu reageert. Als het allemaal anders was gelopen, nét iets minder akelig, zou Sari haar twijfels misschien wel hebben weggestopt en gewoon zijn doorgegaan. Het is geen prettige gedachte, maar de werkelijkheid is ook verre van prettig.

Ferenc zegt tegenwoordig niet veel, maar Sari is zo opmerkzaam dat ze zelfs tijdens de stiltes zijn stemming kan peilen. Als ze hem drie of vier weken na zijn terugkeer eten komt brengen, is de sfeer in Jans huis als een stomp in haar maag. Haar aangeboren intuïtie springt op scherp en ze voelt de haartjes in haar nek prikken. Hier is iets mis.

Hij zit in het donker aan tafel – dat gebeurt wel vaker, want het is alsof hij elke prikkel pijnlijk vindt en zich ervoor moet verstoppen, zelfs in dat huis – en Sari ziet meteen aan de verkrampte houding van zijn schouders dat er iets niet goed is. Even heeft ze zin om het eten gewoon op tafel te zetten en weg te glippen – hij kan het toch zelf wel opwarmen? – maar ze geeft niet toe aan die drang. Dit is de man met wie ze gaat trouwen. Ze kan niet voor elke boze bui op de loop gaan, want binnenkort kan ze helemaal nergens meer naartoe.

Ze zet de pan op tafel, steekt de lamp aan en begint zwijgend zijn eten te bereiden. Lange tijd houdt Ferenc ook zijn mond. Pas wanneer ze de kip met paprika voor zijn neus zet, begint hij te praten. Hij gebruikt zijn stem zo weinig dat het geluid roestig en schor klinkt. 'Ik heb gisteren iets interessants gezien,' zegt hij, terwijl hij naar het tafelblad kijkt.

Nu heb je de poppen aan het dansen, denkt ze. 'O ja?' Sari houdt haar stem met opzet luchtig.

Hij knikt en begint zwijgend te eten. Sari blijft rustig zitten, maar vanbinnen is ze allesbehalve kalm. Ze kijkt ook naar het tafelblad en houdt hem vanonder haar wimpers in de gaten. Terwijl ze alle happen telt die in zijn mond verdwijnen, hoopt ze dat de maaltijd snel voorbij zal zijn en dat ze de benen kan nemen.

'Zal ik het vertellen?'

Voorzichtig, zegt Sari tegen zichzelf. Ze is niet van plan om hem de reactie te geven waarop hij hoopt. 'Graag.' Opeens is ze dankbaar dat ze nooit zo'n prater is geweest. In haar eigen oren komt het woord stijfjes over, maar haar stemgeluid klinkt bijna net als anders.

'Ik zag je vriendin Anna. Anna Csillag, de vrouw van Károly. Ze ging het bos in met een man die ik niet kende. Hij zag eruit als een van de mannen uit het kamp. Ze liepen te lachen.' Er valt een beladen, gespannen stilte. 'Wat waren ze volgens jou aan het doen, Sari?'

Sari weet dat het geen zin heeft om te doen of ze niet weet wat hij bedoelt. Daarom slaakt ze een zucht. 'Ik vind dat wij daar niets mee te maken hebben, Ferenc.'

'Weet je wat ik denk?'

Ze geeft geen antwoord, maar dat lijkt hij ook niet te verwachten.

'Ik denk dat Anna de hoer speelt. Jouw goede vriendin Anna. Wat denk jij, Sari?'

Ze geeft weer geen antwoord. Hij staart nu naar haar. Haar trots gebiedt haar bijna om hem aan te kijken, maar het lijkt haar verstandiger om het niet te doen, omdat ze denkt dat hij dan woedend wordt.

'En volgens mij is Anna niet de enige die de hoer speelt, Sari. Toen we laatst naar Judits huis liepen, zag ik een paar mannen die niet in het dorp thuishoorden. Ik weet niet wat zich allemaal in dat gevangenenkamp afspeelt, maar ik begin wel een vermoeden te krijgen wat er hier in het dorp gebeurt. Wil je me daarover vertellen, Sari?'

Ze kan niet eeuwig blijven zwijgen. 'Je hebt gelijk, sommige vrouwen uit het dorp gaan om met mannen uit het kamp...'

'Terwijl hun mannen voor hen vechten en sterven!' Hij verheft zijn stem, maar hij klinkt eerder diep gekwetst dan boos. Sari heeft medelijden met hem, al is dat niet uit schuldgevoel. Zulke dingen gebeuren nu eenmaal, denkt ze, mensen doen andere mensen pijn en gedane zaken nemen geen keer. Ze vind het zielig voor Ferenc, verschrikkelijk zielig dat hij zichzelf en de anderen als helden beschouwt en dat ze in zijn ogen niet de eervolle behandeling krijgen die ze verdienen.

'Hoe zit het met jou, Sari?' vraagt hij. Zijn stem klinkt weer wat zachter, maar wel indringend. 'Wat heb jij allemaal gedaan toen ik weg was?'

'Wat? Niets!' De mengeling van schuldgevoel en angst is als een emmer koud water in haar gezicht. Even raakt ze volledig van haar stuk.

'Je bent vaak in dat kamp geweest...'

'Om ze te verplegen! Om problemen op te lossen waar de dokter geen raad mee weet! Verder niets!' Ze voelt opeens woede opborrelen, die ze dankbaar omarmt. Een paar tellen lang is ze er zelf bijna van overtuigd dat ze niets verkeerds heeft gedaan. Ze weet dat ze dat zelf moet geloven als ze hem wil overtuigen.

'Waarom zou ik jou geloven?' vraagt hij.

Ze heeft geen idee wat hij wil horen. De stilte tussen hen strekt zich uit tot hij abrupt zijn bord van de tafel pakt en het tegen de muur aan scherven gooit. 'Waarom zou ik jou geloven?' schreeuwt hij.

Sari heeft sinds haar kleutertijd geen driftbui meer gehad, maar dit kan ze niet over haar kant laten gaan. Ze ergert zich aan zijn woedeaanval, de moedwillige vernieling en het feit dat hij haar zonder enige aanleiding, puur uit paranoia, van ontrouw beschuldigt. Nog voordat ze heeft nagedacht over de vraag of ze er wel verstandig aan doet om te reageren, staat ze op en kijkt hem met opgeheven kin en fonkelende ogen aan.

'Ik maak je eten klaar, ik doe je was, ik verzorg je wonden en ik heb je tijdens je afwezigheid elke week geschreven. Heb ik jou ooit reden gegeven om aan me te twijfelen? Ik woon bij Judit en besteed mijn tijd aan het verzorgen van zieke mensen. Waar moet ik de tijd vandaan halen voor die affaire waarvan je me beschuldigt? Waarom zou ik zoiets doen? Heb ik jou ooit reden gegeven om aan me te twijfelen?'

Ze verheft haar stem niet, maar het is alsof ze heeft geschreeuwd. Als ze haar mond houdt, is de stilte oorverdovend. Ze blijft even staan en begint dan met een doekje de rommel op de grond op te ruimen.

Als ze zijn voetstappen hoort, verstijft ze, omdat ze niet weet of ze een trap in haar ribben of een excuus kan verwachten. Er klinkt gestommel en gebonk achter haar. Hij gaat op zijn hurken zitten, wat nog niet meevalt met zijn gewonde been, en legt zijn hand op haar schouder. 'Het spijt me,' zegt hij zachtjes.

'Het is al goed.' Dat is niet zo. Natuurlijk is het niet goed.

'Je hebt gelijk. Je hebt me nooit reden gegeven om aan je te twijfelen.'

Ze legt het doekje neer en draait zich om. Hij wilde haar dus niet beschuldigen, maar testen. Hij wil juist in haar onschuld geloven, want haar ontrouw zou een belediging van zijn eer zijn. Dat zou voor hen beiden rampzalig zijn, dus daarom klampt hij zich krampachtig aan haar onschuld vast.

Omdat ze niet weet wat ze moet zeggen, zegt ze nog een keer: 'Het is al goed.'

Ferenc schudt zijn hoofd. 'Nee, het is helemaal niet goed. Níéts is goed. Niets.'

Hij laat zich op zijn billen zakken en legt zijn hoofd in zijn handen. Sari ziet tot haar ontzetting dat hij huilt en vraagt zich af wat ze nu moet doen. Hoe ze verder ook over hun verloving denkt, het lijkt harteloos om hem huilend tussen de etensresten en scherven op de vloer achter te laten. Een beetje onhandig steekt ze haar hand uit om zijn schouder beet te pakken. Hij schiet naar voren, slaat zijn armen om haar middel en begraaft zijn hoofd tussen haar borsten. Sari verstijft en denkt: net een klein kind. Gek genoeg is het een opbeurende gedachte, want met kinderen kan ze wel omgaan. Ze slaat aarzelend haar armen om hem heen en geeft hem een kus op zijn haren. Als hij na een paar minuten zijn hoofd optilt, haar kust en haar met opgetrokken rokken op haar rug duwt, voelt ze het gewicht van de onvermijdelijkheid op zich drukken en doet niets om hem tegen te houden.

Terwijl ze op de keukenvloer seks hebben, stapt Sari uit haar eigen lichaam, waardoor ze het hele schouwspel met een afstandelijk soort belangstelling kan bekijken. Gelukkig is het niet erger dan ze had verwacht, maar al had ze dit graag met Marco willen beleven, het lijkt bizar om het met Ferenc te doen. Het duurt niet lang – een korte, scherpe pijn, een paar minuten gehijg en dan laat hij zich met een gelukzalige blik op haar zakken, alsof hij helemaal naar een andere dimensie is gereisd terwijl zij hier op de keukenvloer is blijven liggen.

Als hij na een poosje gaat zitten, zien ze pas dat ze heeft gebloed.

'Het spijt me,' zegt hij nog eens met oprecht berouw in zijn stem. 'Het was niet mijn bedoeling om je pijn te doen.'

'Het viel wel mee,' zegt ze afwezig, maar in haar hart weet ze dat ze haar trouw niet op een betere manier had kunnen bewijzen.

'Ik hou van je, Sari.' Het is de eerste keer dat hij het letterlijk heeft gezegd. Ze weet dat hij liegt, maar weet ook dat hij zelf in de leugen gelooft.

'Dat weet ik,' zegt ze. Daar lijkt hij genoegen mee te nemen.

Als ze die avond thuiskomt, ziet Judit het meteen aan haar gezicht. Sari schrikt van haar reactie.

'Heeft hij je pijn gedaan?' vraagt Judit. Haar stem heeft nog nooit zo ijzig geklonken, en het duurt een paar tellen voordat Sari begrijpt dat Judit wil weten of Ferenc haar heeft verkracht. Ze schudt haar hoofd en ziet Judit opgelucht ademhalen, maar het verontrust haar dat Judit meteen aan een verkrachting dacht.

'Waarom vroeg je dat?'

'Het spijt me. Ik ben bezorgd om je.'

'Zoiets zou hij nooit doen,' zegt Sari onzeker. De Ferenc die ze vier jaar geleden kende, zou zoiets inderdaad nooit doen. De Ferenc die ze vier jaar geleden kende, zou zich ook niet wekenlang in een huis opsluiten of met eten en borden gooien. Deze nieuwe Ferenc is een man voor wie je moet oppassen, en Sari vindt het zowel bemoedigend als deprimerend dat zij niet de enige is die dat denkt.

Ze heeft tijd nodig om na te denken.

'Anna, wil je iets voor me doen?'

Het is de volgende ochtend. De zon staat fel en laag aan de hemel. De blik in Anna's ogen is vertrouwenwekkend open en direct.

'Ja, natuurlijk. Wat kan ik voor je doen?'

'Mag ik je huis vanmiddag een paar uur lenen? Ga zelf maar een wandeling maken of zoiets, maar mag ik het alsjeblieft lenen?'

Sari kijkt Anna niet aan als ze de vraag stelt, maar in gedachten ziet ze Anna's bezorgde blik.

'Dit doe je voor Marco, hè?' vraagt Anna. 'Wil je een plaats waar je hem kunt ontmoeten?'

Sari knikt. Anna's huis is perfect, want het ligt een eindje van de dorpskern af en heeft een zijdeur die je ongezien kunt gebruiken. Anna heeft Giovanni daar nooit ontvangen, want ze kan haar verraad aan Károly beter vergeten als ze in een minder vertrouwde omgeving is. Sari hoopt dat dat voor haar geen reden is om het huis niet aan haar en Marco uit te lenen.

Als Anna geen antwoord geeft, kijkt ze haar vriendin aan. 'Alsjeblieft, Anna,' smeekt ze.

'Ik weet het niet, Sari. Ik bedoel, toen Ferenc weg was, lag het anders, maar nu…'

'Alsjeblieft.'

Bij het zien van Anna's afkeurende blik weet Sari precies wat ze denkt. Haar vriendin heeft het nooit hardop gezegd, maar het is duidelijk dat Anna haar eigen ontrouw goedpraat omdat Károly haar mishandelde. Ze heeft een moreel universum gecreëerd waarin ontrouw aan een slechte man te billijken is, maar ontrouw aan een fatsoenlijke man niet. Daar kan van worden afgeweken als de fatsoenlijke man in kwestie ver weg is, maar niet wanneer hij zich in de buurt bevindt. In Anna's ogen is Ferenc een fatsoenlijke man. Sari heeft het hart niet om haar tegen te spreken, want ze weet zelf niet meer wie of wat Ferenc eigenlijk is.

Zoals Sari wel had verwacht, zwicht Anna uiteindelijk toch voor haar smeekbede. Ze heeft later die dag in het kamp afgesproken met Giovanni, en Sari geeft haar een briefje mee voor Marco. Ze heeft nog nooit eerder iets in het Italiaans geschreven, maar de haast wint het nu van de verlegenheid, al bloost ze hevig bij de gedachte aan de vreselijke fouten die ze waarschijnlijk maakt. Daarna wacht ze af.

Ze gaat vroeg in de middag naar Anna's huis, waar de tijd traag als honing lijkt uit te vloeien. Hij komt niet, natuurlijk komt hij niet, en dat is heel verstandig van hem. Anna had gelijk, het was een dom plan. Het was dom en verkeerd, dom en verkeerd en gevaarlijk. Als Sari slim is, wacht ze niet langer en gaat ze naar huis. Per slot van rekening heeft ze genoeg te doen. Ze staat op en gaat weer zitten, omdat ze toch nog een beetje hoop heeft. Daarna staat ze weer op en heeft net een aarzelende stap in de richting van de voordeur gezet als ze een klop op de zijdeur hoort.

Hoewel ze Marco een paar weken geleden nog heeft gezien, ziet hij er ouder en bezorgder uit dan in haar herinnering.
Hij komt vlug binnen en doet de deur achter zich dicht.

'Heeft iemand je gezien?'

'Nee, natuurlijk niet.'

Er valt een gespannen stilte, waarin ze elkaar blijkbaar niets
te vertellen hebben. Ze kunnen alleen maar zwijgend naar elkaar staren. Gek genoeg is Sari in een strijdlustige stemming,
alsof hij elk moment tot de aanval kan overgaan en haar van
domheid en roekeloosheid zal beschuldigen. Je hóéfde niet te
komen, antwoordt ze in gedachten al op de verwijtende
woorden die ze verwacht. Dan glijdt er opeens een glimlach
over zijn gezicht, die haar hart laat smelten.

'Ik heb je gemist,' zegt hij.

Die woorden doorbreken haar remmingen. Ze loopt naar
hem toe om op haar tenen te gaan staan en een bedrieglijk kuis
kusje op zijn lippen te drukken.

'Wat ben je…' begint hij, maar ze legt haar vingers op zijn
lippen.

'Niets zeggen. We horen hier niet te zijn en we horen dit
niet te doen. Dit is onze enige kans, maar ik…' Ze zwijgt abrupt, omdat ze toch verlegen wordt. 'Ik wil je iets geven.'

Vijf minuten later ligt Marco op zijn rug op een stapel dekbedden op de vloer – Sari vindt het vervelend tegenover Anna om
het bed te gebruiken – en zit Sari met haar knieën aan weers-
zijden van zijn lichaam. Terwijl ze zich tergend langzaam op
hem laat zakken, flitst het door hem heen dat slechts weinig
genoegens in het leven perfect zijn. Bijna twee jaar lang heeft
hij gehoopt en gedroomd dat dit moment ooit zou komen,
maar nu het eindelijk is aangebroken, blijft het maar door zijn
hoofd dreunen dat dit alleen maar gebeurt omdat een andere
man bezit van Sari's lichaam heeft genomen. Dat is zijn laatste
coherente gedachte voordat hij wordt meegesleurd door de

duizelingwekkende spiraal van opwinding. Daarna is er niets meer, niets anders dan Sari, haar lichaam, een kromming, een boog, zachte ademhalingen die tegen de stilte aan kabbelen.

Na afloop vraagt hij haar verlegen als een schooljongen of ze het prettig vond. Sari, die altijd zichzelf blijft, geeft hem geen oppervlakkige complimentjes, maar bijt peinzend op haar lip.

'Het was niet zo prettig als sommige andere dingen die we hebben gedaan,' zegt ze na een poosje. 'Maar op een andere manier was het erg fijn. Het was heel… heel werkelijk. Echt iets van ons tweetjes.'

'Heeft Ferenc…' begint hij, maar ze knijpt haar ogen dicht, legt haar gezicht tegen zijn schouder en schudt heftig haar hoofd.

'Niet over hem praten,' zegt ze.

Ze blijven zwijgend liggen tot Marco begint te rillen.

'Het is koud.'

'Ik moet gaan,' zegt Sari, waarop Marco zijn zwakke, warmbloedige lichaam vervloekt. Als hij nu gewoon nog een poosje rustig was blijven liggen…

'Je meende het echt, hè, dat dit de laatste keer was. Dit zal niet meer gebeuren.'

'Nee,' zegt ze. 'Misschien was het wel dom om dit te doen. Misschien wordt het hierdoor alleen maar erger, maar op een bepaalde manier leek het eerder nog niet áf.'

Hij knikt. 'Maar je komt toch nog wel naar het kamp?'

'Voorlopig wel.' Tenzij Ferenc het me verbiedt, is de ongesproken boodschap die in haar woorden besloten ligt. 'Je hoeft me dan niet te ontlopen, hoor. We waren al vrienden voordat dit allemaal begon, dus misschien…' Ze haalt haar schouders op.

'Misschien,' echoot hij. Terwijl hij naar haar kijkt, ziet hij dat ze in haar hoofd bewust een knop omzet om een scheiding te maken tussen het samenzijn met hem en het samenzijn met Ferenc. Hij kan het niet nalaten om nog een vraag te stellen.

'Sorry, ik weet dat je het niet over hem wilt hebben, maar ik moet het je vragen. Is hij lief voor je? Vertel me dat dan tenminste.'

Sari aarzelt. Ze wil niet tegen hem liegen, maar ze wil ook niet dat hij zich zorgen over haar maakt. Wat schieten ze daarmee op? Als compromis zegt ze: 'Hij is zo lief voor me als hij kan.' Zodra ze de woorden heeft uitgesproken, proeft ze hoe onbevredigend ze zijn. Ze weet dat ze vaag heeft gesuggereerd dat er problemen zijn, maar dat ze Marco niets concreets heeft verteld.

Toch lijkt Marco genoegen te nemen met haar antwoord. Misschien had hij ook niet meer informatie van haar verwacht. Ze heeft zich inmiddels aangekleed en veegt haar haren ongeduldig achter haar oren. Hij sjort zijn broek aan en is binnen een paar minuten klaar om te vertrekken.

'Bedank Anna van me,' zegt hij, als ze behoedzaam de achterdeur uit lopen en kijken of niemand hen ziet.

Sari lacht.

'Ze zei niets, maar volgens mij is ze geschokt door mijn gedrag. Ze is een lieve vriendin.' Ze kijkt vlug van links naar rechts en knikt. 'De kust is vrij. Je moet gaan…' Hij kan zich er niet toe zetten om weg te gaan. Hij neemt haar gezicht tussen zijn handen en leunt naar voren tot hun voorhoofden elkaar raken.

'Vaarwel, Sari.'

Ze probeert te lachen. 'Doe niet zo dramatisch! We zien elkaar toch nog?' Marco schudt zijn hoofd.

'Niet op deze manier. Koester deze herinnering, Sari. Beloof je dat? Hoe moeilijk het ook wordt.'

Zijn woorden klinken verward, maar ze zoekt naar hun diepere betekenis en begrijpt uiteindelijk wel wat hij bedoelt.

'Dat zal ik doen. Dat beloof ik.'

Dan gaat hij weg, hij springt van het trapje aan de achterkant en rent weg over het gras. Pas als hij op veilige afstand is, gaat hij langzamer lopen. Ze volgt al zijn bewegingen. Hij kijkt niet meer om.

14

Daarmee zou de zaak afgedaan moeten zijn, en een week lang lijkt het daar ook op.

De eerste dagen nadat Ferenc Sari van ontrouw heeft beschuldigd, is hij stil en lijkt hij vreselijk spijt te hebben van zijn gedrag. Sari weet niet goed of ze met vleiende woordjes een einde aan zijn wroeging moet maken, maar besluit het niet te doen. Ook al zijn ze nog niet getrouwd, de manier waarop ze nu reageert, geeft hem vast een idee hoe ze de rest van haar leven met hem omgaat. Ze heeft genoegen huwelijken gezien waarin de vrouw een slaaf van haar man is en al zijn chagrijnige buien slikt. Zo'n huwelijk wil Sari niet, zo'n echtgenote zou ze niet eens kunnen zijn, want met haar prikkelbare aard zou ze ongetwijfeld een keer in opstand komen.

Ze denkt dat ze de juiste beslissing heeft genomen als Ferenc geleidelijk aan van zijn inzinking herstelt. Ze wil zichzelf net met haar verstandige aanpak feliciteren als hij haar een klap verkoopt.

Achteraf weet ze niet eens wat er nu precies gebeurde. Het is avond, hij heeft net gegeten en ze wast zijn bord af. Voor de verandering maken ze een praatje, gewoon een gesprek over Sari's werk, de mensen die op dit moment ziek zijn, en wat Sari precies voor hen heeft gedaan. En dan zegt hij iets – wat ook weer? Later weet ze het niet eens meer. Het is iets dat mal op haar overkomt en haar aan het lachen maakt, en ze zegt iets terug. Ze heeft geen idee meer wat het was, maar blijkbaar lijkt ze te suggereren dat hij zich vergist en dat zij van een bepaald onderwerp meer verstand heeft dan hij. Voordat ze beseft wat er gebeurt, is haar wang warm en pijnlijk en proeft ze bloed in haar mond. Het duurt een paar tellen voor ze doorheeft dat de pijn en het bloed afkomstig zijn van een snelle, harde klap met de rug van zijn hand.

Met haar hand tegen haar gezicht staart ze hem stomverbaasd aan. Hij staart terug, en zijn ademhaling klinkt zwaar en onregelmatig.

'Niet zo brutaal, jij,' zegt hij uiteindelijk, alsof hij de reden voor de klap uit het diepst van zijn tenen moet halen. Daarna loopt hij naar boven. Bij elke harde stap vertrekt Sari's gezicht. Ze kan het niet uitstaan dat ze intuïtief bang voor hem is.

Ze gaat vlug verder met afwassen en controleert of het bord goed schoon is voordat ze het afdroogt en wegzet. Daarna trekt ze de deur zachtjes achter zich dicht en loopt in het donker naar huis. Haar gezicht brandt en bonkt, en haar brein werkt op volle toeren. Ze is nog nooit eerder geslagen, zelfs niet door haar vader, en het is een enorme deuk in haar trots en waardigheid. Ze is kwaad, maar eigenlijk is ze vooral verbijsterd. Door die schok vergeet ze haar oorspronkelijke plan om stiekem het huis in te sluipen en zich voor Judit te verstoppen. In plaats daarvan loopt ze gewoon de trappen op, doet de deur open en zegt tegen de keuken in het algemeen: 'Hij heeft me geslagen.'

Judit staart haar een paar tellen aan. Het is alsof ze aanstalten maakt om te gillen of te schreeuwen, maar in plaats daarvan schudt ze haar hoofd. 'Ga zitten,' zegt ze.

Sari laat zich met een plof op een stoel bij de tafel zakken. Judit pakt een doek en water en maakt haar gezicht zo goed mogelijk schoon. Er loopt bloed uit een snee bij haar mond, en een kant van haar gezicht is bont en blauw. Als Judit haar vraagt om haar tong langs haar tanden te halen, ziet ze tot haar opluchting dat Sari's gebit niet beschadigd is.

'Laten we daar dan maar blij mee zijn,' zegt Judit grimmig. Sari wacht op de onvermijdelijke preek, maar Judit zegt niets tot ze Sari's sneeën en blauwe plekken heeft verzorgd en tegenover haar aan tafel gaat zitten.

'Wat is er gebeurd?' vraagt ze.

In paniek wil Sari op allerlei verschillende manieren reageren. Ze wil uit gêne zwijgen, Ferenc uitfoeteren, Ferenc in bescherming nemen (al begrijpt ze zelf niet waarom), instorten en huilen. Uiteindelijk haalt ze met een wanhopig, hortend gebaar haar schouders op.

'Ik weet het niet. We waren gewoon aan het praten. Volgens mij was er niets aan de hand. Hij was de hele week somber en stil, maar vandaag leek het beter te gaan. Hij praatte gewoon, en toen zei ik iets, ik weet niet eens meer wat, en toen sloeg hij me.'

Ze zwijgt even en kijkt Judit met oprechte verwarring aan. 'Hij zei dat ik brutaal was.'

Een man die een vrouw slaat, een man die zijn echtgenote slaat – ze weten allebei dat het niets nieuws is en dat het maar al te vaak voorkomt. Sari ziet het grimmige beeld van Anna voor zich, die zich schaamde en de gevolgen van Károly's mishandelingen probeerde te verbergen. In haar lange carrière heeft Judit regelmatig vrouwen verzorgd die gestompt, geschopt of op een andere manier mishandeld waren. Ze weet precies wat mannen allemaal kunnen aanrichten en weet dat vrouwen daar niet veel tegen kunnen doen. Maar Sari – dit had Sari nooit mogen overkomen, dat weten ze allebei.

'Verbreek de verloving,' zegt Judit abrupt. Met die gedachte speelt Sari ook. Een verbroken verloving kan in sociaal opzicht een ramp zijn, want haar kans op een huwelijk binnen het dorp is klein, nog kleiner nu ze geen maagd meer is. Voor een vrouw wier enige levensdoel een huwelijk en een gezin zijn, is die optie dan ook ondenkbaar, maar Sari heeft een huwelijk en een gezin nooit zo belangrijk gevonden. Ze is er min of meer van uitgegaan dat ze deel van haar toekomst zouden uitmaken, meer niet. In financieel opzicht is ze de onafhankelijkste vrouw van het dorp, en ze weet dat ze de rest van Judits leven met haar kan blijven samenwerken. Daarna... tja, ze kan Judits rol overnemen, maar als het leven haar onmogelijk wordt gemaakt omdat ze de zoon van de belangrijkste familie heeft afgewezen, kan ze altijd nog weggaan.

Toch kan ze Ferenc niet zomaar laten vallen. De oorlog heeft hem op een afschuwelijke manier veranderd, maar misschien is de echte Ferenc, de jongen die vier jaar geleden nog vrolijk, helder en hoopvol de wereld in keek, nog wel ergens in hem aanwezig. Sari herinnert zich dat hij met hun verloving zijn reputatie en goede naam op het spel zette, maar desondanks vastbesloten was om met haar te trouwen en voor haar te zorgen. Ze schaamt zich dat ze nu overweegt om hem in de steek te laten. Hij kan er niets aan doen dat hij onherkenbaar is veranderd. Vier jaar ellende kan iemands karakter danig beschadigen, maar dat betekent nog niet dat de schade onherstelbaar is.

Judit onderbreekt de wirwar van gedachten in Sari's hoofd. 'Je moet zelf beslissen wat je doet, maar één ding moet je goed onthouden. Door de jaren heen heb ik dit bij talloze vrouwen zien gebeuren. Een man die vrouwen slaat, houdt het nooit bij één keer. De eerste keer zeggen vrouwen altijd: "Dit heeft hij nog nooit eerder gedaan, het is niets voor hem, het gebeurt vast nooit meer." Toch is het altijd een kwestie van tijd voordat het weer gebeurt. Altijd.'

Sari knikt. Zo kan ze niet leven – zo wíl ze niet leven. Ze wil niet onopvallend door het dorp sluipen en haar blauwe plekken verbergen alsof zij iets verkeerds heeft gedaan. Geen enkele man is zo'n leven waard, maar toch wil ze Ferenc nog een kans geven.

'Ik zeg morgen tegen hem dat ik niet met hem trouw als hij me nog eens slaat,' zegt Sari.

Weifelend fronst Judit haar wenkbrauwen. 'Sari...'

'Nee, maak je maar geen zorgen. Ik verbreek de verloving

als hij het nog een keer doet, want ik ben niet bang voor de gevolgen. Ik wil hem gewoon nog een kans geven. Een week geleden hebben we seks gehad. Daarvóór schreeuwde hij tegen me en gooide hij een bord kapot, maar tijdens de dagen daarna was hij heel stil en verdrietig, omdat hij berouw had. Ik denk dat hij morgen ook spijt heeft en wel naar me wil luisteren.'

De volgende ochtend zijn de blauwe plekken niet zo opvallend als Sari had gevreesd. Als ze haar hoofd een beetje omlaag houdt en niet te dicht bij andere mensen komt, vallen ze niet eens op. Ze speelt met de gedachte om meteen met Ferenc te gaan praten, maar besluit hem nog wat tijd te geven om af te koelen. Daarom verzamelt ze wat valkruid voor Luigi's enkel en loopt naar het kamp.

Luigi begroet haar opgewekt. Sari verbindt de enkel, die wat minder dik lijkt te zijn geworden, en geeft hem iets tegen de pijn. Gelukkig zegt hij niets over de plekken op haar gezicht. In gedachten bedankt Sari Judit dat ze de wonden gisteravond zo snel heeft verzorgd, want ze zou het ondraaglijk vinden als de mensen bezorgd en medelijdend naar haar keken. Op het moment dat ze weg wil gaan, wordt ze aangesproken door Umberto, die zich zorgen maakt over een paar insectenbeten op zijn arm. Ze doet haar uiterste best om hem gerust te stellen en is halverwege de trap als ze Marco tegenkomt.

Er glijdt een glimlach over zijn gezicht als hij haar ziet, maar dan ziet ze zijn blik plotseling betrekken. O nee, denkt ze geschrokken. Ze probeert hem snel te passeren, maar hij pakt haar bij de schouder en draait haar naar zich toe. Met één hand houdt hij haar vast om te voorkomen dat ze vlucht, met zijn andere hand veegt hij de haren uit haar gezicht en tilt haar kin op. Grimmig staart hij naar haar gezicht. Ik had het kunnen weten, denkt ze ongelukkig. Als er iemand is die aandachtig naar me kijkt, is het Marco wel.

'Heeft hij je geslagen?' vraagt hij. Zijn stem klinkt zacht, maar trilt van woede. Marco heeft een opvliegend karakter, maar ze heeft hem nog nooit zo kil en beheerst kwaad zien worden.

'Marco…'

'Sari, heeft hij je geslagen?'

Denk goed na, zegt ze tegen zichzelf. Ze verzint koortsachtig allerlei ongeloofwaardige smoesjes – ze is tegen een deur aan gelopen, ze is gevallen en heeft haar hoofd tegen de tafel gestoten, ze heeft het raam te onbeheerst opengedaan – omdat Marco er niets mee opschiet om de waarheid te horen. Maar haar antwoord laat net iets te lang op zich wachten, en ze ziet zijn blik veranderen als haar stilte zijn vermoeden bevestigt. Zonder dat hij het beseft, trekt hij dreigend zijn bovenlip op. Met een zacht gesis rolt er een stroom van woedende verwensingen uit zijn mond. Het enige wat Sari nu nog kan doen, is de schade zo veel mogelijk beperken.

'Marco, luister,' zegt ze, maar hij staat nog steeds te vloeken. Ze pakt hem bij de schouder om hem zachtjes heen en weer te schudden. 'Luister naar me!'

Met samengeknepen ogen kijkt hij haar aan.

'Gisteravond heeft hij me voor het eerst geslagen. Ik ben niet van plan om dat te accepteren. Ik ga vandaag met hem praten en zeg dat ik de verloving verbreek als hij het nog een keer doet.'

Marco schudt al zijn hoofd. 'Nee. Nee, nee, nee. Je moet nu bij hem weggaan. Hij luistert echt niet naar je.'

'Volgens mij wel. Voor de oorlog was hij een fatsoenlijke man, Marco. Hij verdient een tweede kans.'

Marco's lach klinkt als een barse, verbitterde blaf. 'Hij verdient helemaal niets!'

Bij die opmerking knapt er iets in Sari. Het laatste waar ze nu behoefte aan heeft, is nóg een getart, gefrustreerd mannelijk ego te moeten strelen.

'Nu moet je eens even goed naar me luisteren,' zegt ze koeltjes. 'Je hebt het recht niet om me op mijn leven aan te spreken of me de wet voor te schrijven. Geen enkel recht! Omdat je vanaf het begin hebt gezegd dat je na de oorlog weer naar je mooie, deugdzame vrouw gaat, heb je het recht verspeeld om over mijn leven te oordelen. Ik zal een leven zonder jou moeten opbouwen, en daar ben ik nu mee bezig.'

Ze haalt diep adem. Marco is zo onthutst door haar uitbarsting dat ze medelijden met hem krijgt en op zachtere toon doorgaat. 'Het is lief dat je bezorgd om me bent, dat waardeer ik zeer, maar onze verhouding is nooit meer dan een uitstapje geweest, een vakantie waarin je het ware leven achter je laat. Ik vertel jou niet wat je moet doen als je weer bij Benigna bent, en je moet geloven dat ik de juiste keuzes voor mijn eigen leven maak. Je kent me, je weet dat ik niet het soort vrouw ben dat zich zomaar door Ferenc laat mishandelen. Maar jij kent Ferenc niet, ik wel, dus je moet me dit op mijn eigen manier laten oplossen.'

Hij laat haar los, laat zijn hoofd zakken en wrijft wanhopig en vermoeid over zijn gezicht. 'Ik hou van je, Sari,' zegt hij hulpeloos. 'Het was nooit de bedoeling dat dit zou gebeuren.'

Ze weet niet precies wat hij daarmee bedoelt, maar dat doet er ook niet toe. Ze pakt zijn hand om er een kus op te drukken. 'Dat weet ik,' zegt ze. 'Het komt vast wel goed met ons.'

Marco dacht dat de oorlog erg was, dat zijn verwonding erg was, dat de lange maanden vol pijn, geheugenverlies en verwarring erg waren, maar dat was niet zo, daar zou hij nu om lachen. Hij wist niet wat het woord 'erg' betekende. Nu weet hij het wel: het is deze machteloosheid, het nutteloos op de rand van zijn bed zitten en zijn handen tot vuisten ballen terwijl hij alleen maar aan Sari kan denken, aan Sari en Ferenc. Hij vraagt zich af of Ferenc haar op dit moment weer slaat, haar misschien zelfs afranselt, in elkaar slaat en verkracht. Hij ziet haar steeds voor zich, haar gezicht lijkt wel op zijn netvlies gebrand. De blik in haar ogen was boos, vernederd en uitdagend tegelijk, en hij drukt de muizen van zijn handen tegen zijn ogen om het beeld te verdrijven.

Sari heeft gelijk: als ze die middag bij Ferenc komt, is hij in een meegaande, berouwvolle stemming. Hij kijkt haar met verdrietige, waterige ogen aan, en als ze streng zegt dat ze met hem wil praten, legt hij zijn hoofd in zijn handen en barst in tranen uit. Met een hartverscheurend gesnik belooft hij haar nooit meer pijn te doen.

'Dat is je geraden, want als je dat wel doet, trouw ik niet met je,' zegt ze. 'En als je me na ons huwelijk pijn doet, ga ik bij je weg.'

Hij tilt zijn hoofd op en kijkt haar verwonderd aan. De tranen op zijn wangen zijn vergeten, opvallend snel vergeten zelfs. 'Als we getrouwd zijn, kun je niet weg.'

'O, jawel. Moet jij eens opletten.'

'Maar...'

'Ik heb jou niet nodig, Ferenc. Ik heb geen behoefte aan je status of je geld. Het is dat ik je graag mag en denk dat je jezelf niet was toen je me gisteravond sloeg, want anders zou ik de verloving nu al verbreken. Maar ik weet dat je het op dit moment erg moeilijk hebt. Ik weet dat de oorlog veel schade heeft aangericht en dat je in wezen een goed hart hebt. Daarom verdien je nog een kans.'

Hij fronst zijn wenkbrauwen, alsof hij niet goed weet of hij nu beledigd of dankbaar moet zijn. Hij kiest voor het laatste.

'Dank je, Sari. Het spijt me vreselijk. Ik zal je nooit meer slaan.'

Vertrouwt ze hem? Ze weet het niet zeker, maar ze heeft genoeg vertrouwen in zichzelf om te weten dat ze woord zal houden. Ze weet dat ze sterk genoeg is om hem te verlaten als hij zich niet aan zijn belofte houdt. Op dit moment is dat voldoende.

15

Als de avond over de vlakte komt aanrazen en Sari achter het fornuis in haar vaders huis Ferencs avondeten opwarmt, stort de wereld plotseling in. Aanvankelijk besteedt ze helemaal geen aandacht aan de zware voetstappen op het pad – iemand die naar huis rent om te eten, misschien – maar de voeten lopen niet voorbij. Ze lijken het huis juist te naderen, en terwijl Sari de pan in haar handen voorzichtig neerzet, weet ze dat er iets akeligs gaat gebeuren. Ze weet natuurlijk niet wat, maar ze heeft een naar voorgevoel. Ze draait zich naar Ferenc, die gealarmeerd opstaat.

'Wie…'

'Ik ga wel even kijken,' zegt ze, verbaasd dat ze zo kalm kan blijven. Misschien is het Judit wel, die komt zeggen dat er iemand ziek is geworden. Misschien valt het allemaal erg mee.

Het is Marco.

Hij staat met een wilde blik in zijn ogen voor de deur, en een paar tellen lang blijft Sari als aan de grond genageld staan. Ze kan zich niet verroeren, omdat ze niet kan geloven dat deze nachtmerrie werkelijkheid is geworden.

'Ga weg,' sist ze, met een stem die door de paniek onherkenbaar klinkt.

Marco blijft haar strak aanstaren en draait zich niet om. In plaats daarvan pakt hij haar pols.

'Ik ben van gedachten veranderd,' zegt hij. Hoewel hij zijn stem niet verheft, krimpt Sari ineen bij het volume van zijn stem, omdat Ferenc binnen is. 'Ik kan je hier niet achterlaten. Ga mee. De komende twee uur hebben ze nog niet door dat ik weg ben. In die tijd zijn we al zo ver weg dat we veilig zijn…'

'Marco, ben je gek geworden?'

'Ik weet het niet. Het interesseert me ook niet. Ik kan je hier niet achterlaten. Jij kent de vlakte, we kunnen ons wel een paar dagen verstoppen en dan naar Boedapest gaan.'

'Maar Ferenc…'

En dan klinkt Ferencs stem vlak achter Sari's schouder. 'Sari, wie is het?' Hij zwijgt als hij in de deuropening een lange, woest uitziende Italiaanse officier ziet staan, die de pols van zijn verloofde vasthoudt en haar met een vurige blik aankijkt.

Ferencs brein werkt niet zo snel. Nog voordat hij deze informatie begint te verwerken en de voor de hand liggende conclusie trekt, slaat Marco al toe. Hij is zeker vijf centimeter langer dan Ferenc en heeft het voordeel dat hij zijn tegenstander verrast. Daarnaast is hij fit en furieus, waardoor Ferenc met een enorme klap tegen de grond gaat. Marco hurkt zich over hem heen om zijn gezicht met zijn vuist te bewerken. Zijn stompen maken het geluid van rot fruit dat uit een boom valt.

Sari ziet de afbraak van haar leven met een versufte blik aan, tot ze wakker schrikt omdat ze op Marco's geheven vuist bloed ziet glinsteren. Ze schreeuwt dat Marco moet ophouden, al weet ze zelf niet of ze Hongaars, Italiaans of een andere taal spreekt. Ze rent naar hem toe om zijn hand te pakken, die net weer een onverbiddelijke klap wil uitdelen. Hij heeft zo veel kracht dat hij haar arm bijna uit de kom trekt, maar ze houdt hem vast tot hij zich met een angstaanjagend wit gezicht en een wezenloze blik naar haar omdraait.

Ze haalt diep adem en zegt in duidelijk, zorgvuldig uitgesproken Italiaans: 'Sta op. Ga van hem af.'

Heel even lijkt het of Marco haar niet hoort of begrijpt, maar geleidelijk aan krijgt hij weer wat uitdrukking op zijn gezicht. Zonder het oogcontact met Sari te verbreken, staat hij op en loopt weg van de liggende figuur op de grond. Hortend en schokkend draait Ferenc zich om en gaat op zijn knieën zitten. Er stroomt bloed uit zijn neus, en op zijn gezicht is al een hele verzameling donkerblauwe plekken verschenen. Hij tilt zijn hand op, doet zijn mond open en spuugt twee tanden uit. Hij draait zich met een onpeilbare blik om voordat hij zwijgend de trap op bonkt.

'Je moet weg,' zegt Sari tegen Marco, die naar zijn beurse, bebloede handen kijkt alsof hij zelf niet begrijpt wat er is gebeurd. 'Je moet weg,' herhaalt ze, nu wat harder en dringender. Er is iets aan scherven gegooid, ze weet niet wat ze moet doen om het te repareren, maar ze weet wel dat ze niets kan doen zolang Marco hier is. En dan dat krankzinnige verhaal dat ze samen moeten vluchten. O, ze is geroerd, ondanks de afschuwelijke gebeurtenissen van die avond voelt ze een warme kriebel in haar maag, maar het kan gewoon niet, hij moet begrijpen dat het niet kan.

Ze hoort Ferenc boven lopen en duwt Marco zachtjes in de richting van de deur. 'Ga alsjeblieft weg. Dat is voor ons allebei het beste.'

'Dat kan ik niet,' luidt het eenvoudige antwoord.

Daarna gaat het allemaal heel snel. Ferenc komt met een enorm kabaal de trap afrennen en gaat vlak achter Sari staan. Sari voelt een felle pijn in haar hoofd als hij haar bij de haren pakt. Hij windt haar haren ruw om zijn vuist en trekt er zo hard aan dat haar kin omhoog gaat en haar nek pijn doet. Pas op het moment dat ze Marco's behoedzame blik in ontzetting ziet overgaan, voelt ze de koude, ronde loop tegen haar slaap.

'Kom mee,' zegt Ferenc met samengeklemde kaken. Sari voelt zijn warme ademhaling op haar wang. Marco begrijpt natuurlijk niet wat hij zegt, maar wanneer Ferenc brult dat hij moet lopen, wordt zijn bedoeling wat duidelijker. Als een onhandig beest met vier poten schuifelen Sari en Ferenc in de richting van de deur, voorafgegaan door Marco, die steeds wanhopig over zijn schouder naar Sari kijkt. Ze strompelen de veranda af en lopen over het bedauwde, glinsterende gras in de richting van het bos.

We zijn er geweest, denkt Sari. Tot haar verbazing is ze niet bang. Ze vraagt zich af hoe Ferenc aan het wapen is gekomen. Ze vraagt zich af of het pijn doet om dood te gaan, en wie van hen tweeën het eerst wordt vermoord. Ze kijkt omhoog naar de maan, die wit en sereen boven de boomtoppen drijft. Ze vindt troost in de gedachte dat er op dit moment ook andere mensen naar de maan kijken, mensen die niets weten van het onverkwikkelijke drama dat zich op dit moment in Sari's wereldje afspeelt.

'Stoppen,' commandeert Ferenc. Ze staan abrupt stil. Ze zijn nog niet diep in het bos, want Sari kan de lichtjes van het dorp nog vaag door de bomen zien schemeren. Toch weet ze dat ze zo ver van de bewoonde wereld af zijn dat niemand hen ziet of hoort. Zelf put ze kracht uit het feit dat ze elke centimeter van dit bos kent, dat elke vergroeide boomstronk en elke groep varens haar vertrouwd voorkomen, maar als ze naar Marco kijkt, is het alsof ze het bos door zijn ogen beleeft. Ze ziet de onverklaarbare kluwens van duisternis, voelt de schuin aflopende grond en hoort de griezelige geluiden. O Marco, denkt ze, wat een angstaanjagende, vreemde plek om dood te gaan.

Ferenc beweegt zijn hand om een deel van haar haren af te wikkelen. Hij heeft haar nog steeds vast, maar nu staat ze niet meer zo dicht bij hem. Als ze iets verder weg gaat staan, ziet ze zijn gezicht, dat in het maanlicht krijtwit is en nog steeds onder het bloed zit. Zijn ogen zijn vlak en emotieloos als zilveren munten, en zijn mond is een rare grimas die wel het restant van een vergeten glimlach lijkt te zijn. Op dat moment beseft ze dat het dom was om te veronderstellen dat ze met hem kon praten. Het was dom om ervan uit te gaan dat ze zijn beloftes kon geloven. Ze begrijpt dat de echte Ferenc niet meer bestaat, dat zijn afbrokkeling in de oorlog is begonnen en dat het laatste restje tijdens deze laatste, bedrieglijk kalme weken in elkaar is gestort. Ondanks de omstandigheden heeft ze heel even medelijden met hem.

'Jij hebt mijn verloofde geneukt,' zegt Ferenc tegen Marco. Zijn stem klinkt mild en bijna vriendelijk. Marco's ogen flitsen heen en weer tussen Sari en Ferenc, en zijn frons vertelt dat hij het niet begrijpt. Sari verbijt de verleiding om de woorden voor hem te vertalen – wat schiet hij ermee op om te weten wat Ferenc zegt? Het maanlicht glinstert op de loop als Ferenc het wapen op Marco richt. Zijn hand is stabiel.

'Rennen,' zegt hij tegen Marco, die het niet begrijpt en smekend naar Sari kijkt. Ferenc trekt ruw aan Sari's haar. 'Vertalen,' commandeert hij.

'Hij wil dat je wegrent,' fluistert Sari in het Italiaans tegen Marco. Ze heeft geen gevoel meer in haar lippen. Marco fronst zijn wenkbrauwen, alsof hij de situatie zelfs nu nog te belachelijk voor woorden vindt. Zijn ordelijke, beschaafde achtergrond heeft hem totaal niet voorbereid op de ruwe, directe manier waarop de dingen hier worden geregeld. Met opgeheven handpalmen en zijn hoofd een beetje schuin zet hij een stap in Ferencs richting, alsof dit als een misverstand over een kaartspelletje eenvoudig kan worden uitgepraat.

Ferenc haalt zijn schouders op. 'Zoals je wilt,' zegt hij glimlachend, waarbij de zwarte gaten in zijn bebloede mond duidelijk zichtbaar zijn.

Sari ziet Marco vallen. Voor een fractie van een seconde denkt ze dat hij is gestruikeld, maar dan hoort ze het schot – een droge knal, alsof iemand op een twijgje stapt, alleen harder – en ziet de donkere veeg in het midden van Marco's voorhoofd. Ze voelt helemaal niets, tot ze begrijpt dat ze waarschijnlijk in shock is. Daar is ze dankbaar voor, en dat is ze nog steeds als Ferenc haar ruw in de natte bladeren op de grond duwt, haar rok omhoog trekt en haar hard en meedogenloos naait. Ze is zich slechts vaag bewust van de pijn, het branderige gevoel, de natte geur van de bladeren en de slijmerige rommel op haar rug. Hij slaat haar één keer, twee keer, hij slaat haar gezicht van de ene kant naar de andere en daarna komt hij klaar. Terwijl hij als een hond op haar ligt te hijgen, staart ze naar een onbekende vorm waarvan ze pas later begrijpt dat het Marco's levenloze benen zijn.

Als Ferenc overeind komt, krijgt ze het opeens erg koud, maar ze verroert zich niet.

'Sta op,' zegt hij, maar ze blijft doodstil liggen. 'Sta op,' herhaalt hij, terwijl hij haar een schop tegen haar ribben geeft.

Sari staat op. Ze voelt niets, al zoemen er wel tien verschillende emoties door haar hoofd. Boosheid? Verdriet? Vernedering? Op dit moment heeft ze geen energie om zich ermee bezig te houden.

'Lopen,' zegt Ferenc. Hij heeft haar haren inmiddels losgelaten en trekt haar aan haar pols mee. Achter hen lijkt Marco's lichaam in de schaduw op te lossen, maar dat maakt Sari niet uit. De echte Marco is verdwenen, er is alleen maar een omhulsel achtergebleven. Lusteloos vraagt ze zich af waar Ferenc naartoe loopt en waarom hij haar niet naast Marco doodschiet, maar dan merkt ze dat hij het bos uitloopt. Hij wandelt niet naar het dorp of naar haar vaders huis, maar loopt met een brede, grote boog over de vlakte. Ze gaan naar het kamp, naar zijn ouderlijk huis.

Günther staat bij het hek op wacht, maar kijkt nauwelijks op als ze hem naderen. 'Mag ik even uw aandacht?' zegt Ferenc in het Duits. Hij spreekt goed Duits, beter dan Sari, al wil ze dat liever niet toegeven. De verveelde blik verdwijnt onmiddellijk van Günthers gezicht als hij opkijkt en het bloed, de manische glinstering in Ferencs ogen en Sari's bleke, gespannen gezicht ziet. Hij wil zijn wapen pakken, maar Ferenc pakt zijn pols om hem tegen te houden.

'Rustig maar,' zegt hij toegeeflijk, alsof hij het tegen een klein kind heeft. 'Die hebt u niet nodig. Mijn naam is Ferenc Gazdag. Dit huis is van mijn familie.'

Günther zet grote ogen op. Hij kan nauwelijks geloven dat deze bebloede, half krankzinnige stumper lid van de rijkste familie in het dorp is, maar zijn keurige, accentloze Duits en zijn ontspannen, hoffelijke manieren lijken zijn bewering te onderstrepen.

'Het leek me wel netjes om u te vertellen dat een van uw gevangenen dood in het bos ligt,' vervolgt Ferenc op dezelfde kalme, vriendelijke toon. 'Hij neukte mijn verloofde, ziet u. Ik stel voor dat u het lichaam gaat ophalen. Als iemand wil weten wat er met hem is gebeurd, zegt u maar dat hij bij een ontsnappingspoging is doodgeschoten.'

Günthers mond valt open, klapt dicht en gaat weer open. 'Wat? Maar…'

Ferenc glimlacht flauwtjes en schudt zijn hoofd. 'Geen gemaar, alstublieft. Mijn ouders hebben hun eigendom in het volste vertrouwen aan het leger beschikbaar gesteld. Ik denk niet dat zij – of uw superieuren – het leuk vinden om te horen hoe dit kamp wordt gerund. Ze willen vast niet weten dat de krijgsgevangenen vrij in het dorp mochten rondlopen en dat ze misbruik van onze vrouwen hebben gemaakt. Dat nieuws wordt waarschijnlijk niet met gejuich ontvangen, denkt u wel?'

Günther is even te verbijsterd om iets uit te brengen, maar schudt dan langzaam zijn hoofd.

'Kan ik ervan uitgaan dat u mijn versie aanhoudt? Mooi. Ik heb zo mijn trots, begrijpt u, en ik wil niet dat anderen weten wat dit kleine kreng…' Hij dreigt zijn zelfbeheersing te verliezen als hij haar aan haar schouder heen en weer schudt. 'Wat Sari heeft uitgespookt.'

Op de terugweg nemen ze weer een omweg om niet gezien te worden. Tegen de tijd dat ze weer bij het huis komen, zien ze in het bos lichtjes tussen de bomen dobberen. Günther heeft een paar mannen op pad gestuurd om Marco's lichaam te zoeken. Sinds ze het kamp hebben verlaten, heeft Ferenc geen woord meer gezegd, maar hij houdt Sari's schouder zo stevig vast dat ze weet dat ze straks blauwe plekken heeft.

Ferenc doet de deur zachtjes achter hen dicht. Sari weet dat ze zijn kalme façade angstaanjagend zou moeten vinden, maar ze heeft er gewoon de energie niet meer voor. Het is alsof al haar kracht en levenslust zijn geblust en er alleen maar een nietszeggende, ongeïnteresseerde huls is overgebleven. Als hij zich omdraait, heeft hij weer die rare, vertrokken glimlach op zijn gezicht. Hij loopt naar haar toe, brengt zijn elleboog naar achteren en geeft haar met volle kracht een stomp in het gezicht. Sari valt, waarna hij nog een poos blijft stompen en beuken. Dan is er alleen nog maar leegte en stilte. Het is alsof ze nog steeds valt.

Als ze bijkomt, ligt ze in bed en zit Ferenc naast haar om haar gezwollen gezicht met een vochtige doek te deppen. Nu hij zich heeft gewassen en omgekleed, ziet hij er bedrieglijk normaal uit. Hij verzorgt Sari's gezicht voorzichtig en gaat daarmee door als ze haar ogen opendoet. Zorgvuldig dept hij wat bloed uit haar mondhoek.

Als hij klaar is, kijkt hij haar met een vriendelijke lach aan. 'Je bent helemaal bont en blauw, Sari! Je loopt de komende dagen voor gek, malle meid.' Als hij haar haren uit haar gezicht veegt, strijkt hij over een snee op haar hoofdhuid. Sari's gezicht vertrekt. 'Hoe voel je je?'

Hoe ze zich voelt? Daar zijn geen woorden voor. 'Gaat wel,' zegt ze.

'Brave meid.' Hij kijkt haar weer lachend aan. 'Ik moet even ernstig met je praten, Sari. Er gaat de komende tijd veel veranderen. Dat vind ik vervelend voor je, maar je begrijpt dat je het aan jezelf te danken hebt, hè?'

Ze geeft geen antwoord, maar dat lijkt hij ook niet te verwachten.

'Goed, vanaf nu kom je hier wonen. Ik heb het al met Judit besproken. Ze lijkt het niet leuk te vinden, maar het interesseert me niet wat die uitgedroogde ouwe tang ervan vindt. Je mag pas naar buiten als ik je toestemming geef, en ik kan je nu alvast vertellen dat ik je alleen maar toestemming geef om naar de markt te gaan en de was te doen. Vanaf nu wordt er niet meer gewerkt, Sari. Het spijt me als dat streng klinkt, maar door je werk zijn de problemen nu eenmaal begonnen. Of niet soms?'

Ze geeft weer geen antwoord.

'En als je erover denkt om weg te lopen, kan ik je vertellen dat dat niet verstandig is. Mijn familie heeft in de wijde omtrek kennissen, die me allemaal zullen helpen om jou op te sporen. En ik zal je vinden, Sari. Ik geef niet op tot ik je gevonden heb, en dan maak ik je af. Is dat duidelijk?'

Ze knikt geestdriftig, wat haar een tevreden glimlach oplevert.

'Brave meid. Zo mag ik het graag zien. Het spijt me dat ik je zo hard moet aanpakken, maar je begrijpt wel dat ik dit gedrag niet kan tolereren. De meeste mannen zouden niet zo vergevingsgezind zijn, maar ik hou van je, Sari. Ook al ben je een slettenbak, als je je goed gedraagt, ben ik nog steeds bereid om met je te trouwen. Er zijn maar weinig mannen die zo edelmoedig zijn, hoor. Echt, ik vind dat je me moet bedanken.' Zijn gezicht krijgt opeens een harde uitdrukking. 'Bedank me, Sari.'

'Dank je wel,' fluistert ze. Haar stem klinkt pijnlijk en gebroken.

'Zeg mijn naam.'

'Dank je wel, Ferenc.'

Opgetogen klapt hij in zijn handen. 'Goed zo! Graag gedaan, Sari. En nu…' Hij geeuwt theatraal. 'Het is een drukke dag geweest, dus het lijkt me tijd om naar bed te gaan. Denk je ook niet?'

Zonder op haar antwoord te wachten staat hij op om zijn overhemd en broek uit te trekken. Op zijn lichaam ziet Sari de plekken waar Marco hem heeft geslagen – een vechtpartij die al honderd jaar geleden lijkt. Ze doet haar ogen dicht. De matras deukt in als hij naast haar kruipt, en ze hoort hem de lamp uitblazen.

'Welterusten, Sari.'

Binnen een paar minuten ligt hij naast haar te snurken. Terwijl Sari naar het plafond staart, vraagt ze zich af of je je misschien zo voelt als je dood bent. Ze is toch dichter bij Marco
dan ze dacht.

Sari merkt dat ze verrassend snel aan de mishandelingen went.
's Avonds telt ze in gedachten op wat ze in Ferencs ogen allemaal verkeerd heeft gedaan – het eten laten aanbranden, voor
haar beurt gepraat, te hard geklost met haar schoenen – maar
hoe voorzichtig ze ook is, er is elke dag wel iets nieuws dat
hem irriteert en waarvoor ze gestraft en gedisciplineerd moet
worden. Hij wíl haar niet straffen, natuurlijk niet. Hij houdt
vol dat hij van haar houdt en haar liever geen pijn wil doen,
maar hij moet wel, het is voor haar eigen bestwil.

Sari gelooft hem niet, maar ze gelooft ook niet dat ze het
niet verdient. Er dringt bijna niets meer tot haar brein door, er
is niets meer wat haar raakt. Ze heeft zich heel bewust voor alle gevaarlijke, pijnlijke kanten van haar persoonlijkheid afgesloten. Ze heeft de belangrijke delen van haar brein op reis gestuurd, waardoor er net genoeg overblijft om te functioneren.
Ze denkt niet meer aan de toekomst en is het verleden vergeten. Ze leeft in een permanent heden. Soms vraagt ze zich af
waarom Ferenc haar niet samen met Marco heeft doodgeschoten, tot ze begrijpt dat hij dat in feite wél heeft gedaan.

Eén keer komt ze tot haar schrik Judit bij de rivier tegen.
Meestal zorgt Ferenc dat hij haar niet slaat op de dagen voordat
ze zich in het openbaar moet vertonen, maar gisteravond heeft
hij haar een bloedneus geslagen en heeft ze bloed op de mooie
lakens geknoeid, waardoor ze nu naar de rivier moet om ze te
wassen. Ze heeft haar haren zo gekamd dat je haar beurse plekken niet ziet – in dit geval een knots van een blauw oog – en
tot haar opluchting is ze erin geslaagd om de lakens te wassen
zonder oogcontact met de andere vrouwen te maken. Ze wil

net weggaan als ze haar naam hoort en Judits klauwachtige hand op haar pols voelt.

Vroeger was ze nooit zenuwachtig, maar nu schrikt ze zo hevig dat ze de bundel wasgoed op de grond laat vallen en zich niet meer uit de voeten kan maken. Ze kijkt Judit niet aan, maar laat zich meteen op haar knieën vallen om de lakens op te rapen. Tot haar schrik gaat Judit ook op haar knieën zitten en zet ze haar vinger onder Sari's kin om haar gezicht naar zich toe te draaien. Sari blijft resoluut naar de grond kijken, maar ze voelt haar wangen rood worden omdat ze weet dat Judits blik over de verse blauwe plek, de vergeelde oude builen en haar sneeën en schrammen dwaalt.

'O Sari…' zegt ze.

'Er is niets aan de hand,' zegt Sari vlug. Ze grist de rest van de lakens uit Judits handen en springt overeind. Ze vindt het onverdraaglijk om naar Judits gezicht te kijken, want ze heeft haar nog nooit zo van streek gezien. Heel vaag, ergens in haar achterhoofd, ontwaakt een bepaald gevoel, een emotie die ze zich niet kan veroorloven.

'Als je me nodig hebt, weet je me te vinden,' zegt Judit knorrig, maar Sari heeft zich al omgedraaid en loopt met grote passen naar huis.

16

Bij de eerste keer dat Sari moet overgeven, gaat er nog geen lampje branden. Ferenc heeft haar de vorige dag hard in haar buik getrapt, dus als ze de volgende ochtend kokhalzend boven een kom hangt, denkt ze dat het daardoor komt en dat het wel weer zal overgaan.

De tweede keer is moeilijker te negeren. Hoewel ze een vaag vermoeden heeft wat het zou kunnen betekenen, wil ze er niet bij stilstaan. Ze kán er op dit moment gewoon niet over nadenken. Ze probeert haar misselijkheid zo goed mogelijk te verbergen en zorgt dat ze nooit braakt waar Ferenc bij is. Ze blijft uit de buurt van voedsel dat haar misselijk maakt en draagt aan het einde van haar cyclus gewoon oude lappen in haar ondergoed. Ferenc stelt geen vragen, want hij doet de was niet en heeft dus niet in de gaten dat de oude lappen aan het einde van de dag nog geen druppeltje bloed bevatten. Ze houdt zichzelf voor dat het door de stress komt. Het komt wel vaker voor dat vrouwen over tijd zijn als ze zich zorgen maken of niet genoeg eten, zoals zij. Binnenkort wordt alles vast weer normaal.

Een paar avonden later liggen ze in bed. Ferenc heeft haar net genaaid en Sari is voor de verandering naakt. Meestal sjort hij hooguit haar rok omhoog om bezit van haar lichaam te nemen. Terwijl hij naast haar gaat liggen, ziet ze dat hij met een vreemde blik naar haar kijkt.

'Je ziet er anders uit.' Hij heeft zijn ogen tot spleetjes geknepen en zijn stem klinkt enigszins beschuldigend.

'Anders?' vraagt ze. Hij legt een hand op haar borst.

'Dit is veranderd.'

Ze steunt op haar ellebogen en kijkt naar beneden. Het valt niet te ontkennen dat haar borsten zijn gegroeid en dat haar tepels harder, rozer en groter zijn geworden. Natuurlijk is ze nog lang niet alles vergeten wat ze de afgelopen vier jaar bij Judit heeft geleerd. Het lampje in haar achterhoofd begint zachtjes te flakkeren, maar ze is nog niet bereid om het nieuwe besef te accepteren.

'Dan zal ik eindelijk wel volwassen worden,' zegt ze. Hij kijkt haar achterdochtig aan, maar zegt niets meer. Het duurt nog twee weken voordat hij er weer over begint, als ze staand bij de spiegel haar haren borstelt voordat ze naar bed gaat. Hij komt naast haar staan en legt een hand op haar buik, die onder de tailleband van haar rok iets dikker is geworden.

'Je bent zwanger,' zegt hij.

Het lampje vlamt op.

'Ja,' zegt ze. Ze legt de borstel neer en draait zich om. Hij bijt op zijn onderlip en heeft zijn handen losjes tot vuisten gebald.

'Is het mijn kind?' vraagt hij.

Ze weet dat ze eigenlijk moet liegen, dat ze hem gewoon moet vertellen wat hij wil horen. Hij weet zo weinig van vrouwenlichamen dat hij haar best zou geloven als ze beweert dat een vrouw op mysterieuze wijze gewoon wéét wie de vader van haar baby is. Hij zou haar geloven omdat hij het wíl geloven, maar toch besluit ze eerlijk te zijn.

'Ik weet het niet.'

Ze is al voorbereid op zijn klap en de harde stomp die haar tegen de vloer slaat. Ze is ook voorbereid op de trap tegen haar ribben en de schop tegen haar buik.

Ze is niet voorbereid op de bittere, hevige woede die bij die schop ontwaakt en met een duizelingwekkende vaart door haar aderen ruist. Ze heeft zichzelf nu al wekenlang geen enkele emotie meer toegestaan, dus misschien was het beter geweest als ze weer voorzichtig met iets lichts en draaglijks was begonnen, zoals bezorgdheid of medeleven. In haar toestand heeft de moordzuchtige woede hetzelfde effect als een copieuze, zware maaltijd op een uitgehongerde man: ze krijgt een rood waas voor haar ogen. De schim-Sari verdwijnt en maakt plaats voor de echte Sari van vlees en bloed, die de oerdrang voelt om bescherming te bieden aan het kleine leventje in haar buik, dat Ferenc wil vernietigen. Als hij zijn voet naar achteren beweegt om haar nog een schop te geven, rolt ze vlug naar achteren, buiten zijn bereik, waardoor zijn trap op een komische manier alleen maar lucht weet te raken. Hierdoor heeft ze tijd om razendsnel overeind te krabbelen. Terwijl hij achteruit wankelt en zijn evenwicht probeert te hervinden, zoekt ze naar een wapen om een volgende aanval te voorkomen. Ze staat tussen hem en de spiegel, en tikt in een intuïtieve flits met haar elleboog tegen het glas. Als de spiegel breekt, pakt ze een dolkvormige scherf en steekt die naar hem uit, blind voor het feit dat ze zichzelf in haar vingers snijdt.

'Als je dichterbij komt, vermoord ik je,' zegt ze nuchter. 'Het interesseert me niet of je mij pijn doet, maar van dit kind blijf je af.'

Hij kijkt van haar gezicht naar de scherf en weer terug. Ze weet dat hij haar waarschijnlijk wel kan overmeesteren. Haar belangrijkste wapen is dat ze hem heeft verrast, en ze weet niet hoeveel tijd hij nodig heeft om zich te herstellen. Ze zet een stap in zijn richting en hij deinst achteruit, waardoor hij op bed komt te zitten.

'Ga weg,' zegt hij schor. 'Ga weg.'

Sari gaat.

Op het moment dat ze wegrent, heeft ze het gevoel dat de laatste weken haar inhalen. Emoties waarvoor ze zich al die tijd heeft afgesloten, komen nu in alle hevigheid naar boven. Verdriet om Marco – die arme, heldhaftige, naïeve, idiote Marco – en pijn, vernedering en woede om haarzelf. Hoe heeft ze dit kunnen laten gebeuren? Het is werkelijk niet te geloven. Zij, die zichzelf altijd bestraffend voorhield dat ze te véél trots had in plaats van te weinig, heeft zich vreselijk laten mishandelen. Het is alsof haar ware ik een paar weken op vakantie is geweest en bij thuiskomst een schrikbarende puinhoop aantreft. Stil maar, zegt ze tegen de verdrietige, kleine schim van haarzelf die de zaken zolang heeft waargenomen. Ik ben weer terug. Het komt allemaal goed.

Hoewel het al laat op de avond is, doet Judit verrassend snel open. Misschien is ze gewoon gewend dat mensen met medische spoedgevallen bij haar aankloppen, of anders heeft ze deze klop misschien al verwacht sinds ze Sari bij de rivier zag. In elk geval reageert ze niet verbaasd als ze Sari ziet staan. Ze stapt gewoon naar achteren om Sari binnen te laten. Als Sari naar de vertrouwde kamer, het zachte, uitgesleten hout en de comfortabele, sjofele meubels kijkt, wordt ze getroffen door het contrast tussen deze avond en de laatste keer dat ze hier was. Toen was ze bezorgd, maar ook sterk, intelligent en onafhankelijk, terwijl ze er nu waarschijnlijk als een vogelverschrikker uitziet. Haar blote voeten bloeden, haar haren zitten in de knoop en haar gezicht is beurs. Ze draagt een gescheurde, versleten nachtjapon en ze klemt een scherf van een spiegel tussen haar bebloede vingers.

Zwijgend legt Judit een hand op Sari's bolle buikje. Natuurlijk weet ze het meteen, als je zo veel zwangere vrouwen hebt gezien als Judit heb je oog voor zulke dingen, maar een koude hand grijpt Sari's hart beet als ze voor het eerst iets vochtigs op haar dijen voelt plakken en op de voorkant van haar nachtjapon een rode, dreigende vlek ontdekt.

'Hij heeft me in mijn buik getrapt,' zegt ze met een klein stemmetje. 'Hij probeerde de baby te doden.'

Ze begint te huilen. Ze kan zich niet herinneren wanneer ze voor het laatst heeft gehuild, en het is een pijnlijke, hartverscheurende ervaring. Ze legt haar hoofd in haar handen en huilt om Marco, haar baby, zichzelf en zelfs een beetje om de man die Ferenc ooit is geweest. Judit houdt haar met onverwachte tederheid vast, maar de tranenstroom duurt niet lang. Sari huilt zo zelden dat haar tranen binnen een paar minuten opdrogen en er alleen maar een mengeling van intens verdriet en een onbestendige, brandende woede achterblijft.

Als ze haar hoofd optilt, neemt Judit haar mee naar de slaapkamer, waar Sari automatisch op het bed gaat liggen, haar nachtjapon optilt en haar benen spreidt. Hoewel ze Judit dit al talloze keren heeft zien doen, is ze volledig overdonderd door de zachte, voorzichtige manier waarop Judit haar onderzoekt.

Na een paar angstige momenten trekt Judit haar hand terug. 'Ik denk dat het wel goed komt,' zegt ze. 'Hij heeft je een harde trap gegeven, maar je bent een taaie en je bent nog steeds zwanger.'

'Maar het bloed…'

'Het komt wel vaker voor dat zwangere vrouwen bloed verliezen, dat weet je. Vaak heeft het niets te betekenen. Je moet het de komende dagen rustig aan doen, maar ik denk dat het wel goed komt.'

Hevig opgelucht knikt Sari met haar hoofd. Ze staat er zelf van te kijken hoe graag ze deze baby wil, en hoe vlug dat verlangen zich van haar meester heeft gemaakt. Voor haar werd de baby pas werkelijkheid toen Ferencs voet haar buik raakte. Hoe lang is dat geleden? Een halfuur? Toch heeft dat piepkleine wezentje nu al een enorme invloed op haar keuzes, en lijkt het het allerbelangrijkste in haar leven te zijn geworden.

'Weet je wie de vader is?' vraagt Judit.

'Nee.'

'Maakt het je iets uit?'

'Nee.' Tot haar verbazing merkt Sari dat ze het meent. Ze wil alles doen om dit kind te beschermen, of het nu door Ferenc of door Marco is verwekt. Het is háár kind, daar gaat het om.

'En Ferenc?' vraagt Judit. Sari weet niet wat Judit nu precies wil weten, maar ze beantwoordt de vraag die door haar eigen hoofd spookt.

'Die gaat eraan. Ik vermoord hem ook als je me niet wilt helpen, maar met jouw hulp heb ik minder kans dat ik gepakt word.'

Een paar tellen zegt Judit niets, maar dan knikt ze.

'Natuurlijk zal ik mijn uiterste best doen om je te helpen. Maar eerst moet je slapen. We hebben het er morgen wel over.'

'Als je nu denkt dat ik dit alleen maar zeg omdat ik doodmoe en van streek ben, vergis je je. Reken er maar niet op dat ik na een paar uur slaap van gedachten verander.' Sari's stem klinkt scherp en kil.

Judit schudt haar hoofd. 'Dat denk ik helemaal niet, maar als je dit goed wilt aanpakken, moet je aandachtig naar me luisteren. Volgens mij ben je daar op dit moment niet toe in staat.'

Dat moet Sari met tegenzin beamen. 'Ik kan vast niet slapen. Ik ben klaarwakker.'

'Probeer het dan tenminste. Als je over een halfuur nog niet slaapt, roep dan even, dan krijg je iets om je te ontspannen.' Bij het zien van Sari's weifelende blik voegt ze eraan toe: 'Het is voor de baby belangrijk dat je rust.'

Dat geeft de doorslag. Sari gaat liggen, kruipt onder de dekens en Judit draait de lamp laag. Een schaduw van het licht tekent een patroon op de muren, maar verder is het donker. Als Sari haar ogen sluit is ze er nog steeds van overtuigd dat ze te geagiteerd is om te slapen, maar binnen een paar minuten spoelen de golven van vermoeidheid over haar heen en laat ze zich gewillig in de duisternis wegzakken.

De volgende ochtend wordt ze heel vroeg wakker. De zon is nog niet op, maar ze ziet al een roze gloed door het raam. Hoewel ze waarschijnlijk niet lang heeft geslapen, voelt ze zich verkwikt en energiek. Op een bepaalde manier heeft ze een paar weken achter elkaar geslapen, dus het is geen wonder dat een paar uur rust nu al genoeg voor haar is.

Bij het ontwaken is er geen sprake van verstrooidheid, geen vacuüm waarin ze de gebeurtenissen van de avond ervoor even kwijt is. Wanneer ze wakker wordt, weet ze nog precies wat er is gebeurd en put ze kracht uit het feit dat ze weet wat haar te doen staat. Als ze haar benen over de rand van het bed zwaait, kijkt ze vlug naar beneden en ziet tot haar opluchting geen bloed meer op haar dijen. Sterker nog, ze voelt al een vlaag van misselijkheid opkomen die haar voor deze keer erg vrolijk maakt. Ze vóélt zich in elk geval nog zwanger.

Judit zit aan tafel, nog steeds in de kleren van de avond ervoor. Ze is niet naar bed geweest en ziet er uitgeput uit. Sari
voelt zich schuldig – vrouwen van Judits leeftijd horen niet te
worden blootgesteld aan stressvolle dingen als vluchtende
vrouwen en pogingen tot moord – maar ondanks de vermoeide lijntjes op haar gezicht is Judits grijns even geanimeerd als
altijd.

'Hoe voel je je?'

'Beter.' Voorzichtig laat Sari zich op een stoel zakken. 'Ik
verlies geen bloed meer en ik denk dat alles nog goed is – in dat
opzicht, tenminste. Dank je wel.'

'Al goed, al goed,' zegt Judit met een wegwuivend gebaar.
'Dat was geen enkele moeite, dat weet je wel. Maar wat dat
andere betreft… Weet je nog wat je hebt gezegd?'

Sari knikt. 'Ik ben het nog steeds van plan, maar ik had je
niet mogen vragen om me te helpen. Ik heb er alle begrip voor
als je het niet wilt doen.'

Judit haalt haar schouders op. 'Maar je had wel gelijk. Je
loopt minder kans om te worden gepakt als ik je help, en dat
doe ik graag. Weet je wat zo raar is als je ouder wordt?' laat ze
er peinzend op volgen. 'Dingen die vroeger belangrijk waren,
zoals normen en waarden, worden steeds minder belangrijk.'
Ze laat haar karakteristieke, kakelende lach horen. 'Of misschien ligt dat wel aan mij, ik weet het niet. Ik heb me nooit
veel zorgen gemaakt om mijn onsterfelijke ziel, en dat is in de
loop der jaren beslist niet veranderd.'

Judit staat op en pakt een kommetje van de kast achter haar.
Als ze het voor Sari neerzet, ziet Sari dat er een keurig, kegel-
vormig bergje poeder in zit.

'Wat is dat?'

Judit heft haar hand op. 'Voordat we verder gaan, moet ik
zeker weten dat je dit wilt.'

'Er zit niets anders op,' antwoordt Sari vurig, maar Judit
schudt haar hoofd.

'Je weet dat ik daar niet in geloof. Weet je nog wat ik zei over keuzes? Het kan zijn dat dit de beste optie is, maar ik moet zeker weten dat je over alternatieven hebt nagedacht. Je zou bijvoorbeeld weg kunnen gaan.'

'Op de avond dat Marco… Je weet toch dat hij Marco heeft vermoord, hè?'

'Ik wist dat hij dood was. In het kamp vertellen ze een ander verhaal, maar ik had wel een vermoeden wat er was gebeurd. Ik vind het heel erg voor je.'

'Op die avond zei hij dat ik het niet in mijn hoofd moest halen om te vluchten. Zijn familie kent in de omtrek zo veel mensen dat ik nooit ongezien zou kunnen wegkomen. Hij zei dat hij zou blijven zoeken tot hij me had gevonden. Als hij me te pakken had, zou hij me vermoorden.' Judit blijft haar aankijken. 'Ik geloof hem, Judit. Als ik niet zwanger was geweest, zou ik het misschien proberen, maar nu… Ik wil het risico niet nemen. Ik kan het niet.'

Judit haalt haar schouders op. 'Goed. Begrijp ik goed dat we dit gesprek alleen maar voeren omdat bij hem blijven ook geen optie meer is?'

'Dan vermoordt hij de baby,' zegt Sari dof. 'Dat laat ik niet gebeuren.'

'Oké,' zegt Judit. 'Dan houden we deze mogelijkheid over.' Ze tikt zachtjes tegen de zijkant van het kommetje om te onderstrepen wat ze bedoelt.

'Wat is…'

'Arsenicum,' zegt Judit. 'Vrij makkelijk aan te komen. Je kookt gewoon een paar van die dingen, dat is alles.' Ze wijst op een paar oude, versleten stroken vliegenpapier, die treurig voor het raam heen en weer flapperen. 'Heel effectief, naar het schijnt. Ik heb dit poeder een paar weken geleden gemaakt. Ik had zo'n idee dat ik het wel eens nodig zou kunnen hebben.'

Ondanks alles schiet Sari in de lach. 'Ik had een subtielere methode verwacht, Judit.'

Judits grijns is onverstoorbaar. 'Als je zolang meedraait als ik, leer je het wel af om subtiel te zijn. Trouwens, we willen iemand vermoorden, we willen hem niet misselijk maken. Hiermee kun je de klus klaren.' Ze snuift honend. 'Of hoopte je soms stiekem dat ik hem met een effectieve, eenvoudige vloek kon beheksen, zodat jij je handen kon schoonhouden?'

Sari bloost, want ze wil niet toegeven dat een deel van haar daar inderdaad op had gehoopt. Zoals gewoonlijk kan Judit dwars door haar heen kijken.

'Sari toch! Uitgerekend jij zou beter moeten weten. Je werkt nu al vier jaar met me samen. Je bent toch geen naïeve huisvrouw van de vlakte?'

Die woorden brengen een bepaalde herinnering bij Sari naar boven. Opeens denkt ze weer aan een avond van vier jaar geleden, toen ze nog maar net bij Judit woonde. Er kwam een gestreste vrouw bij Judit langs, die in het schemerdonker met haar aan tafel ging zitten. Ineens weet ze honderd procent zeker dat Judit dit al eens vaker heeft gedaan.

Ze blijven elkaar secondenlang aanstaren. Sari's hart hamert in haar borstkas, maar Judit blijft kalm en kijkt Sari met heldere, alerte ogen aan. Sari haalt beverig adem.

'Je…'

'Sari,' onderbreekt Judit haar zachtjes. 'Vraag het me niet als je de waarheid liever niet wilt horen.'

Er valt een korte stilte, maar dan zegt Sari: 'Goed.' Ze kijkt naar het kommetje met poeder, dat er heel onschuldig uitziet.

Enerzijds is ze opgelucht. Ze is niet gauw van streek, maar de gedachte dat ze iemand moet vermoorden brengt haar in verwarring, en afgezien van die vlugge, handige vervloekingen die Judit niet blijkt te kennen, is vergif veruit de aantrekkelijkste methode. Ze was al bang geweest dat Judit allerlei gruwelijke manieren zou bedenken waarbij ze Ferenc letterlijk te lijf moest gaan. In haar meest weerzinwekkende fantasieën zag ze zichzelf Ferencs lichaam in mootjes hakken en in de bossen begraven, of zag ze zichzelf boven aan de trap staan om hem een duw te geven. Vergif is makkelijker. Ze hoeft alleen maar wat in zijn eten te doen, en dan wordt hij ziek en gaat hij dood. In dat geval heeft ze alleen maar in overdrachtelijke zin bloed aan haar handen. Veel eenvoudiger.

'Hoe moet ik het doen?' vraagt ze.

'Het is niet de bedoeling dat hij meteen doodgaat. Het moet eruitzien als een natuurlijke dood, het gevolg van een ziekte.' Sari wil protesteren. 'Nee, nee, je zei dat je niet gepakt wilt worden, daarom moet je het zo doen. Ik weet dat je bang bent dat hij nog meer schade aanricht en nieuwe problemen veroorzaakt als je hem niet meteen doodt, maar geloof me, Sari, ik weet hoe zieke mannen zijn. Bij het eerste pijntje kruipt hij in bed en wil hij alleen nog maar door jou vertroeteld worden. Als je een beetje lief voor hem bent, weet ik zeker dat hij je met geen vinger meer aanraakt.

Verder heb je geluk. Toen Ferenc thuiskwam, vertelde je dat hij last van zijn maag had, mogelijk van de spanning of van een virus dat hij op het slagveld had opgelopen. Weet je nog?'

Sari fronst haar wenkbrauwen. Wanneer... 'Dat is waar ook!' roept ze uit. Opeens kan ze zich dat gesprek in Judits keuken weer herinneren. Ze had zachtjes gepraat om Ferenc niet in verlegenheid te brengen, maar Matild Nagy, die op dat moment aan de keukentafel op een hoofdpijnbehandeling wachtte, zei bij Sari's vertrek heel slijmerig: 'Doe de hartelijke groeten aan Ferenc. Ik hoop dat hij gauw weer opknapt.'

'Weet je nog?' dringt Judit aan, en Sari knikt weer. 'Mooi zo. Die maagpijn werkt in ons voordeel, want daardoor wekken we geen argwaan. Het komt ook mooi uit dat Ferenc sinds zijn terugkeer nauwelijks in het dorp is geweest. We kunnen de mensen wijsmaken dat hij al die tijd ziek is geweest, en dat jij nauwelijks buitenkwam omdat je hem moest verplegen.'

Ze haalt haar schouders op. 'Ik weet niet of ze het geloven. Sinds Marco's dood gonst het van de geruchten. Je weet hoe de mensen zijn, maar het gaat erom dat het bij kletspraatjes blijft. Niemand weet precies wat er aan de hand is, dus als jouw verhaal aannemelijk klinkt, blijft het daar waarschijnlijk bij. Het kan zijn dat ze je niet geloven, maar niemand kan bewijzen dat je liegt. Dat is het voornaamste.'

'Het klinkt allemaal erg riskant,' zegt Sari.

'Natuurlijk is het riskant! Je gaat iemand vermoorden. Dat kan niet op een veilige manier. Je kunt de klus niet klaren zonder een paar risico's te nemen, maar als we voorzichtig zijn en alles goed voorbereiden, houden we het risico minimaal. Er zijn trouwens nog een paar dingen die in je voordeel werken. Vergeet niet hoe de gemiddelde vrouw hier redeneert.'

'Wat bedoel je?'

'Om te beginnen ben je zwanger, en het duurt niet lang meer voordat iedereen dat kan zien. Welke weldenkende vrouw vermoordt nu haar verloofde als ze zwanger is? Dan moet je het kind straks in je eentje grootbrengen, want geen enkele man wil je hebben als je het kind van een ander draagt, zeker niet als je niet eens met die ander was getrouwd. Dit is heel slecht voor je reputatie, Sari,' voegt Judit er sluw aan toe.

'Dan is er nog de financiële kant. Ferenc is een rijke man – nou ja, hij komt in elk geval uit een rijke familie – maar je bent nog niet met hem getrouwd, dus je hebt geen recht op zijn geld als hij doodgaat. Een slimme vrouw die van haar man af wil, zou een paar maanden wachten en hem pas na de bruiloft vermoorden. In dat geval zou je immers al zijn geld erven. Begrijp je? In de ogen van de dorpelingen ben je na Ferencs dood echt niet te benijden: zwanger, arm en niet meer in staat om een man te strikken. Dat is in dit geval wel gunstig.'

Sari laat die woorden op zich inwerken en denkt dat Judit gelijk heeft. Er zitten natuurlijk grote gaten in het plan, maar die kunnen ze niet allemaal dichten. Dit zou wel eens kunnen lukken. Met een beetje geluk en een beetje handigheid zou het kunnen lukken.

'Prima. Wat moet ik doen?'

'Strooi bij elke maaltijd wat in zijn eten, dan krijgt hij al gauw last van zijn maag. Kom daarna wat vaker bij me, bij voorkeur als ik andere mensen op bezoek heb, en zeg dat hij steeds zieker wordt. Dan geef ik je wat middeltjes mee om hem te behandelen. Die werken natuurlijk niet, maar de mensen gaan over hem praten. Waarschijnlijk moet je ook een brief aan zijn ouders schrijven. Heeft hij sinds zijn terugkeer nog contact met hen gehad?'

'Nauwelijks. Ze schrijven hem vaak – ik denk dat ze willen dat hij weer naar Boedapest komt om zijn vader te helpen – maar hij schrijft niet vaak terug. Ik heb een van zijn brieven gezien, maar daar stond niets in, alleen maar stukjes over het weer en zo.'

'Goed. Je moet zijn ouders een brief schrijven om te vertellen dat hij ziek is. Je moet zeggen dat je je best hebt gedaan om hem beter te maken, maar dat het steeds slechter met hem gaat.'

Peinzend kijkt Sari voor zich uit. 'Maar je weet toch wat ze dan doen? Dan willen ze dat hij naar de dokter in Város gaat, of misschien sturen ze de dokter wel bij hem langs. Ik denk dat ze daar genoeg geld en macht voor hebben.'

'In dat geval is het een kwestie van timing, en moet je zorgen dat je het bericht pas op het laatste moment schrijft. Tegen de tijd dat ze de brief krijgen en hebben bedacht wat ze eraan willen doen, moet het al te laat zijn. Hij moet dood zijn voordat de dokter in Város hem kan onderzoeken.'

En gaat een rillinkje door Sari heen. Door de manier waarop Judit hierover praat, komt het allemaal opeens griezelig dichtbij. Ze heeft het idee dat Judit dat expres doet, om haar te dwingen goed te beseffen waar ze mee bezig is.

'Het zou natuurlijk kunnen dat zijn ouders een onderzoek eisen en geen genoegen met mijn gebruikelijke overlijdensverklaring nemen,' zegt Judit peinzend. 'Ik weet niet goed wat we daaraan kunnen doen. Als een arts lijkschouwing verricht, weet ik zeker dat hij de juiste doodsoorzaak kan achterhalen. We kunnen alleen maar zorgen dat ze geen reden hebben om achterdochtig te zijn. Ik weet dat ze niet dol op je zijn, maar ik kan me niet voorstellen dat ze jou voor een moordenares aanzien. Alle omstandigheden werken in jouw voordeel, want je hebt geen motief. Ik zal het poeder in een potje doen. Kun je het ergens veilig verstoppen?'

'Ik begraaf het in het bos, waar niemand het vindt.'

'Goed idee, maar zorg dat je zelf de plaats niet vergeet. Ik kan natuurlijk altijd nieuw poeder maken, maar ik vind het niet prettig als dit spul rondslingert en we niet weten waar het is. Nu wordt het tijd dat je naar huis gaat.' Judit kijkt door het raam naar de lucht, die een goudkleurige glans heeft gekregen. 'Als je nu weggaat, ben je terug voordat Ferenc wakker wordt.' Haar glimlach is angstaanjagend. 'Je kunt een lekker, warm ontbijtje voor hem klaarzetten.'

17

Sari loopt zachtjes haar huis binnen. Meestal slaapt Ferenc erg vast, maar ze wil niet riskeren dat ze hem wakker maakt. Ze heeft wat tijd nodig om na te denken.

Net als Judit heeft Sari zich nooit zo druk gemaakt om haar onsterfelijke ziel. Haar vader heeft haar een afstandelijk soort eerbied voor de kerk bijgebracht, maar dat was meer vanwege de macht van het instituut dan voor de intrinsieke waarde ervan, en tijdens de afgelopen vier jaar met Judit heeft de kerk echt geen warmer plekje in haar hart gekregen. Judit heeft totaal geen ontzag voor het instituut en hekelt al zijn regels.

'Ik heb geen respect voor een organisatie die mensen alleen maar beperkingen oplegt,' heeft ze vaak gezegd. 'In dit afgele-

gen gebied moeten we juist zo veel mogelijk opties openhou-
den.'

In die woorden kan Sari zich wel vinden, en daarom heeft
ze ook weinig op met de doctrines van de kerk. Ze weet niet
eens zeker of ze wel in God gelooft en betwijfelt zelfs nog
meer of ze in de hel gelooft, wat ze wel een heel makkelijk
concept vindt om de oneerlijke kanten van het leven te ver-
klaren. Religie speelt geen rol in haar bestaan.

Ze gruwelt van het idee om iemands leven te beëindigen,
want tijdens haar werk zet ze nieuw leven op de wereld en
probeert ze andere levens te redden. Toch begrijpt ze dat ze
uiteindelijk alleen maar echt verantwoordelijk is voor haar eigen welzijn en dat van haar ongeboren kind. Het is niet haar
taak om Ferenc tegen háár te beschermen, maar om zichzelf
tegen hem te beschermen. Hij is groter en sterker dan zij, maar
zij heeft zo haar eigen middelen. Het is een eerlijke strijd. Ze
wil best riskeren dat ze verliest, maar ze heeft bij voorbaat al
verloren als ze het gevecht niet eens aangaat. Ze heeft nooit
geloofd dat er een beschermende tijger ontwaakt in vrouwen
die moeder worden, maar ze merkt nu dat dat wel degelijk zo
is. Verder speelt er ook nog iets anders mee: je weet nooit hoe
sterk of egoïstisch je bent tot je in een hoek wordt gedreven.

Een uur later, als ze bezig is om het ontbijt klaar te maken,
hoort ze Ferencs voetstappen op de trap. Ze heeft al wat van
haar 'speciale smaakmaker' aan zijn eten toegevoegd, zoals ze
het zelf met zwarte humor noemt. Ze bewaart een kleine hoeveelheid veilig in een zakdoek in de neus van haar laars. De rest
heeft ze vlak bij het huis tussen de wortels van een boom begraven. Ze heeft een merkteken op de boom gezet, zodat ze
precies weet waar ze moet zoeken als ze een nieuwe voorraad
nodig heeft.

'Zo, dus je bent teruggekomen.' Achter haar klinkt Ferencs
stem bars en schor van de slaap. Ze heeft goed nagedacht over

de vraag hoe ze zich in zijn bijzijn moet gedragen. Ze moet niet laten merken dat ze niet langer de ineengedoken, onderdanige vrouw is die ze de afgelopen weken is geweest. Het zal niet meevallen om een verklaring of excuus voor haar gedrag van de vorige avond te vinden, maar het kan nooit kwaad om heel nederig te doen. Misschien vindt hij dat wel zo vleiend dat hij haar vergiffenis schenkt.

'Ferenc, het spijt me vreselijk dat ik me gisteren zo heb misdragen,' mompelt ze op een toon die haar nu zelf vreemd voorkomt. 'Ik weet niet waarom ik zo deed. Ik beloof je dat het nooit meer zal voorkomen.'

Hij is duidelijk op zijn hoede en staart haar aan, alsof hij zich afvraagt of ze nog wat extra tucht nodig heeft om haar plaats te weten. Ze denkt vlug na en vervolgt: 'Ik begrijp heel goed dat je boos was. Ik weet niet wat me bezielde, maar het komt wel eens voor dat vrouwen in die… toestand onberekenbaar zijn. Dat is de enige reden die ik kan bedenken.'

Het blijft verontrustend lang stil, totdat er een glimlach over zijn gezicht glijdt. Sari is opgelucht. Ze had kunnen weten dat het goed was om het domme, irrationele vrouwtje uit te hangen.

'Ik vergeef het je,' zegt hij grootmoedig. 'Ben je gisteravond naar Judit gegaan?'

Sari knikt. 'Ik wilde weten of alles goed met me was.'

'En is dat zo?'

'Nou ja, met mij wel,' zegt ze, omdat ze hem wil wijsmaken dat de baby dood is. Met een beetje geluk – ze huivert niet eens meer bij dit soort gedachten – ligt hij onder de grond tegen de tijd dat iedereen ziet dat ze nog steeds zwanger is.

'Ach,' zegt hij. Blijkbaar begrijpt hij wat ze bedoelt, want hij zet een bezorgde blik op. 'Het spijt me als je daardoor van streek bent, Sari, maar ik weet zeker dat je begrip voor mijn standpunt hebt. We krijgen zelf ook nog wel kinderen, graag zelfs, maar dít kind…' Zijn gezicht vertrekt van walging. 'Dit kind wilde ik niet in mijn huis hebben.' Hij dwingt zichzelf om weer een luchtige toon aan te slaan. 'Trouwens, we zijn nog niet eens getrouwd! We krijgen nog genoeg tijd voor een gezin.'

Ze doet haar best om terug te lachen. Ze slaagt erin omdat ze weet dat het haar enige manier is om te overleven, maar ze verfoeit hem met heel haar hart. Ze vindt het vreemd dat hij van alles over haar mag zeggen en haar naar hartenlust pijn mag doen, maar dat zij pas de drang voelt om zijn hart uit zijn lijf te rukken als hij haar kind beledigt of kwaad wil doen.

Nietsvermoedend gaat hij aan tafel zitten, waar ze een bord voor hem neerzet. 'Alsjeblieft.' Ze doet haar best om lief te klinken. 'Je ontbijt.'

Als Ferenc om vier uur nog steeds kerngezond rondloopt, begin Sari zich zorgen te maken. Judit heeft haar niet veel advies kunnen geven over de dosering ('Per slot van rekening doe ik dit niet elke dag,' zei ze, al gelooft Sari niet dat Judit zo onervaren is als ze Sari wil laten geloven), maar het leek haar het beste om met kleine beetjes te beginnen en daarna de dosering steeds te verhogen. Sari denkt dat ze die ochtend veel te voorzichtig is geweest en strooit bij het bereiden van de avondmaaltijd een royale hoeveelheid smaakmaker over Ferencs eten. Ferenc spoelt de *tésztakása* met een fles rode landwijn weg en ligt tegen elven in bed te snurken. Sari vindt het zorgelijk dat hij zo diep en lekker slaapt, maar blijft op een goede afloop hopen en kruipt rond middernacht naast hem.

Ze schrikt wakker. Er is iets mis, iemand heeft haar nodig. Het duurt een paar tellen voordat ze beseft dat er helemaal niets mis is. De geluiden waarvan ze wakker is geworden, betekenen juist dat alles volgens plan verloopt. Ferenc ligt naast haar te woelen en te kreunen.

'Ferenc? Wat is er?' vraagt ze. Als ze hem huiverend hoort

kreunen, pakt ze vlug de lucifers op het nachtkastje om de lamp aan te steken. In het schemerige licht heeft zijn bezwete gezicht een bleekgroene tint, de kleur van iemand die zich beroerd voelt, maar tot haar opluchting ziet hij er niet anders uit dan andere mensen die maagproblemen hebben. Gek genoeg had ze het vage, irrationele idee dat de oorzaak van zijn pijn met grote letters op zijn voorhoofd zou staan, maar gelukkig is dat niet het geval.

'Mijn maag,' kreunt hij. 'Het is weer terug. Ik dacht dat ik beter was.'

Speel de rol van verpleegster, zegt Judits stem in Sari's hoofd. Ze buigt zich over hem heen, legt een hand op zijn koele voorhoofd en zet een meelevende blik op. 'O, je hebt koorts,' zegt ze. De leugen rolt soepeltjes uit haar mond. 'Dat is vast weer dat virus dat je aan het front hebt opgelopen. Ik zal je iets tegen de pijn geven.'

Ze rent de kamer uit en snelt de trap af. In de keuken klapt ze bijna dubbel, maar niet van de pijn. Ze moet juist hard op haar knokkels bijten om een hysterische lach te onderdrukken. Het lukt! Het is fantastisch en afschuwelijk tegelijk, en vanaf nu moet ze heel, heel voorzichtig zijn. Opeens schieten er allerlei nieuwe vragen door haar hoofd. Wat moet ze nu doen als hij zelf naar de dokter in Város wil? Met die mogelijkheid heeft ze geen rekening gehouden. Nu hij zo'n kluizenaarsbestaan leidt, is de kans niet groot, maar misschien krijgt hij wel zo veel pijn dat hij een dokter wil spreken. Dan kan ze hem niet tegenhouden. Het is gunstig dat Ferenc de laatste tijd zo teruggetrokken leeft. Ze heeft geluk dat alle inkomende en uitgaande berichten via haar gaan en dat ze alle informatie kan manipuleren en beïnvloeden. Het is dus aan haar om daar gebruik van te maken.

Als ze boven gestommel hoort, herinnert ze zich weer waarom ze naar de keuken is gelopen. Ze zoekt haastig in een keukenkast een drankje en rent ermee naar Ferenc. Het geluid blijkt afkomstig te zijn van een kopje dat Ferenc van het nacht-kastje heeft gestoten, meer niet. Ferenc ligt nog steeds met een van pijn vertrokken gezicht in bed. Even voelt Sari een golf van walging als ze naar hem kijkt. Het kost hem totaal geen moeite om anderen pijn te doen, maar zelf kan hij er niet goed mee omgaan. Hij heeft de dekens van zich af geduwd en zijn buik ontbloot, die er opgezet uitziet. Ze heeft geen idee of dat door het gif komt of door al het eten dat hij die avond heeft verorberd. Als ze op de rand van het bed gaat zitten, doet hij zijn ogen open.

'Het doet pijn,' jammert hij. Sari verbijt haar ongeduld en zet haar liefste stem op.

'Dat weet ik,' sust ze, in de hoop dat het hem niet opvalt dat die poeslieve toon eigenlijk niets voor haar is. 'Ik heb een drankje waarmee je je snel wat beter voelt. Hier.' Ze schenkt wat vloeistof in een glaasje en brengt het naar zijn lippen. Het is een mengsel van een eenvoudige pijnstiller en een slaapmid-del, een combinatie waar hij helemaal niets aan heeft, maar ze moet zijn vertrouwen winnen en hem het gevoel geven dat ze hem helpt. Als hij het glaasje gehoorzaam als een klein kind leegdrinkt, moet Sari weer denken aan wat Judit over zieke mannen zei. Ze vindt het verbluffend dat Judit Ferencs gedrag zo goed heeft ingeschat.

'Het duurt een paar minuten voordat het werkt,' zegt ze, maar het gekreun neemt al af nu hij denkt dat hij zich straks be-ter gaat voelen. Voorzichtig streelt ze met haar hand over zijn opgezwollen maag. Hij kreunt zachtjes, maar aan zijn gezicht ziet ze dat het eerder een uiting van opluchting dan van pijn is. 'Je hebt sinds je thuiskomst al een gevoelige maag,' zegt ze. 'Ik voel me schuldig: ik had gisteravond niet zo'n zware maaltijd moeten klaarmaken. Ik had kunnen weten dat je er last van zou krijgen. Voortaan maak ik lichtere maaltijden voor je klaar, goed?'

Met gesloten ogen knikt hij. Ze haalt haar hand van zijn

buik en wil weer in bed stappen, maar hij zegt: 'Niet ophouden.' Hoewel het koud in de kamer is en ze in haar nachtjapon zit te rillen, blijft ze hem zachtjes wrijven tot hij weer in een rusteloze slaap wegzakt.

Sari ontdekt al gauw dat je niet sterk hoeft te zijn om iemand te doden, maar wel doorzettingsvermogen en sluwheid nodig hebt. De volgende ochtend beweert Ferenc dat hij zich een stuk beter voelt. De pijn is in elk geval verdwenen, maar hij is afwezig en verward en klaagt over hoofdpijn. Sari zet wat kamillethee om zijn maag tot rust te brengen, en hij denkt dat hij gewoon hoofdpijn heeft omdat hij de vorige avond te veel rode wijn heeft gedronken. Tot haar opluchting zet hij geen vraagtekens bij de aanleiding voor zijn maagpijn, maar toch besluit ze zelf een toneelstukje op te voeren. Af en toe trekt ze een grimas en houdt haar hand op haar maag tot het hem eindelijk opvalt.

'Voel je je wel goed?' vraagt hij die avond. Sari haalt haar schouders op.

'Ik voel me niet zo lekker. Judit zegt dat er veel mensen in het dorp ziek zijn. Ze hebben allemaal last van maagpijn en ze moeten overgeven.'

'Denk je dat je iets hebt opgelopen toen je bij Judit was?'

'Zou kunnen. Misschien was dat de reden waarom jij je vannacht zo beroerd voelde.'

'Wie weet.' Hij lijkt niet helemaal overtuigd, maar hij trekt haar verhaal ook niet in twijfel. Als ze hem kan wijsmaken dat zijn symptomen normaal zijn, wordt het allemaal een stuk makkelijker. Tegen de tijd dat hij doorheeft dat zijn klachten allesbehalve normaal zijn, hoopt ze dat hij al zo ver heen is dat hij er niets meer aan kan doen.

Als ze die avond het eten klaarmaakt, staat haar besluit vast. Nu ze zeker weet dat Judits poeder werkt, kan ze zich veroorloven om er de komende tijd wat zuiniger mee te zijn.

De ochtend van de vierde dag. Ferenc heeft weer een hele nacht pijn gehad, maar maakt zich er de volgende ochtend wederom geen zorgen over. Terwijl hij met smaak aan een flink ontbijt begint, merkt hij achteloos op dat dit rondwarende virus bijzonder hardnekkig is en dat hij er snel vanaf hoopt te zijn.

Hij lijkt die dag wat slaperig, maar dat is geen wonder, want hij is die nacht door de pijn een paar uur wakker geweest. Als Sari hem aanspoort om een middagdutje te doen, aanvaardt hij de suggestie in dankbaarheid. De laatste dagen is hij een stuk aardiger voor haar geworden. Judit had gelijk: mannen gedragen zich beter als ze ziek zijn en stellen zich afhankelijk op, wat voor Sari alleen maar gunstig is. Na de lunch zit hij rechtop in bed, en als ze hem een glas water brengt, geeft hij haar een vriendschappelijk klopje op haar hand. Opeens ziet Sari vreemde plekken op zijn nagels, die hij vroeger beslist niet had. Omdat ze zijn aandacht er niet op wil vestigen, houdt ze haar mond, maar zodra ze weet dat hij veilig slaapt, glipt ze weg om bij Judit langs te gaan.

Judit is alleen thuis. Enerzijds zou het beter zijn geweest als ze bezoek had gehad, want dan hadden ze de geruchtenmachine over Ferencs voortschrijdende ziekte en haar bezorgdheid op gang kunnen brengen. Anderzijds is het prettig dat ze vrijuit kan praten.

'Hij slaapt,' zegt ze, zodra Judit de deur opendoet. 'Ik kan niet lang blijven.'

Judit laat haar binnen en geeft haar een kop koffie voordat ze vraagt: 'En? Hoe gaat het?'

Sari voelt een combinatie van vreugde en angst. Het blijft haar verbazen dat ze er zulke gemengde gevoelens over heeft. Een deel van haar vindt het afschuwelijk dat ze iemands dood bespoedigt, maar een ander deel, dat altijd nét iets groter is dan haar ontzetting, vindt dat ze de juiste beslissing voor haarzelf en haar kind heeft genomen.

'Het werkt,' zegt ze. 'Ik geef hem 's avonds een hogere dosis, waardoor hij 's nachts meestal veel pijn heeft. Ik heb een verhaal verzonnen dat er een soort buikgriep door het dorp waart, en hij lijkt me op mijn woord te geloven.'

'Heeft hij verder nog symptomen?'

'Soms heeft hij last van hoofdpijn. Verder maakt hij een vermoeide indruk, maar dat kan natuurlijk ook zijn omdat hij 's nachts zo vaak buikpijn heeft. Maar vanmiddag zag ik opeens dat zijn vingernagels zijn veranderd. Er zitten vlekken op. Heb je enig idee wat dat zou kunnen zijn?'

Judit fronst haar wenkbrauwen. 'Nee, geen idee. Wat geef je hem?'

'Ik geef hem wilde cichorei tegen de pijn. Dat lijkt best goed te helpen, en door die verzorging kom ik…' Ze zoekt naar het juiste woord. '… oprecht op hem over. Volgens mij vermoedt hij niets. En je had gelijk, sinds hij ziek is, is hij veel aardiger voor me.'

'Ha!' zegt Judit snuivend. 'Dat verbaast me niets. Hij heeft je nu immers nodig.'

'Hij heeft me altijd nodig gehad. Ik ben degene die voor hem kookt, schoonmaakt, naar de markt gaat…'

'Dat is waar, maar dat zijn de normale taken van een vrouw. Dit is anders. In hun hart zijn mannen net kleine kinderen, die een moedertepel zoeken om aan te zuigen. Dat komt het duidelijkst tot uiting als ze ziek zijn.' Ze kijkt Sari indringend aan. 'Hoe ervaar jij dit alles?'

Er valt een lange stilte, waarin Sari al haar gedachten en gevoelens op een rijtje probeert te zetten. 'Ik heb nachtmerries,' zegt ze uiteindelijk langzaam. 'Ik weet dat dit allemaal niet deugt, maar volgens mij interesseert me dat niet meer. Ik ben alleen nog maar geïnteresseerd in dit.' Met haar armen tekent ze een cirkel om haar lichaam, om haarzelf en de baby in haar buik. 'Als je probeert te overleven, valt al het andere weg.'

Judit knikt. 'Hou me op de hoogte, als het kan,' zegt ze.

Het middaguur van de tiende dag. Ferenc begint steeds zieker te worden, maar Sari weet niet of hij het zelf wel doorheeft. Ze heeft het ook bij andere zieke mensen gezien: als je voortdurend pijn hebt, kun je moeilijk beoordelen of je toestand voor- of achteruitgaat. Toen ze hem in de vroege uurtjes van de ochtend thee van wilde cichorei gaf, heeft ze één keer geïnformeerd of ze bij Judit moest vragen of zij iets tegen de pijn kon doen. Tot haar grote opluchting wilde hij dat niet. Ze is natuurlijk niet bang dat Judit haar verraadt, maar zijn weerzin om anderen aan zijn ziekbed te zien betekent waarschijnlijk ook dat hij de dokter in Város niet wil raadplegen. Dat maakt het een stuk makkelijker voor haar.

Als ze die dag beneden een van Ferencs overhemden verstelt, hoort ze boven lawaai, een luid gebonk. De bonk wordt gevolgd door een reeks van zachtere bonken en klappen, die bijna als het geluid van een trommel klinken. Dat is zo vreemd dat Sari naar boven gaat om te kijken wat er aan de hand is.

Zodra ze Ferenc naast het bed op de grond ziet liggen, denkt ze natuurlijk aan die vreselijke dag dat ze haar vader op de grond aantrof. Dat is nu vier jaar geleden, maar het lijkt wel iets uit een ander leven. Toch ziet Ferenc er heel anders uit dan haar vader. Jan was dood en bewoog zich niet meer, maar Ferenc schokt over zijn hele lichaam. Sari begrijpt dat hij een toeval heeft.

Ze heeft geen idee wat ze moet doen, want ze wordt heen en weer geslingerd tussen de drang om hem te helpen en hem te laten liggen. Moet ze iets voor hem doen? Is dit het definitieve einde? In dat geval kan ze beter niets voor hem doen en de zaken op hun beloop laten. Maar stel nu dat het niet het einde is, dat hij straks bijkomt en haar werkeloos ziet toekijken... Na een korte aarzeling loopt ze naar hem toe, maar ze deinst achteruit als zijn arm abrupt naar haar toe schiet. Nog nooit heeft ze zoiets gezien. Zijn ogen zijn halfopen en zijn tong steekt uit zijn mond. Waarschijnlijk heeft hij erop gebeten, want er loopt een straaltje bloed over zijn kin. Ze vindt het walgelijk om hem zo te zien, maar gek genoeg heeft ze ook diep medelijden met hem.

Als hij kokhalst en begint te braken, kan ze het niet langer aanzien. Ze kan hem niet op de vloer van de slaapkamer in zijn eigen braaksel laten stikken. Daarom knielt ze neer om zijn schokkende hoofd en schouders op haar schoot te leggen, zijn gezicht opzij te draaien en zijn braaksel met haar vingers uit zijn mond te halen. Hij zal dus niet stikken, maar wat nu? De toeval lijkt erg lang te duren, maar geleidelijk aan houdt het schokken op. Ze kijkt naar zijn lichaam. Gaat zijn borstkas nog op en neer, haalt hij nog adem? Ja, zijn ogen gaan open, ze nemen rollend de hele kamer op voordat ze focussen op haar gezicht, dat hij vanuit zijn positie op zijn kop ziet.

Hij hoest een keer en spuugt zwakjes. 'Wat is er gebeurd?'

'Je had een toeval. Het lijkt me beter om Judit te halen.'

Hij knippert om helder te worden en schudt zijn hoofd. 'Niet nodig.'

'Toe nou, Ferenc. Ik weet niet wat je hebt en weet niet hoe ik je moet behandelen. Zeg alsjeblieft dat ik Judit mag gaan halen. Laat haar naar je kijken.' Terwijl ze hem smekend aankijkt, is ze stiekem onder de indruk van haar eigen toneelspel, dat steeds beter wordt. Ze krijgt zowaar echte tranen in haar ogen.

Blijkbaar vindt hij haar smeekbede roerend, want uiteindelijk knikt hij kort met zijn hoofd. 'Goed dan. Als je haar zover kunt krijgen dat ze hier komt, mag ze naar me kijken.'

Tijdens de wandeling vraagt ze zich af waarom ze op een bezoekje van Judit heeft aangedrongen. Op Ferenc komt dat natuurlijk heel overtuigend over, maar waarom zou ze de moeite nemen? De kans dat Ferenc het huis verlaat of voor zijn dood nog met iemand praat, is erg klein. Wat maakt het haar nu uit of hij haar tijdens zijn laatste dagen (of weken, al moet ze daar niet aan denken) vertrouwt of juist achterdochtig en paranoïde is?

Ze heeft geluk. Als ze na de bocht Judits huis in zicht krijgt, ziet ze onmiskenbaar het dikke achterwerk van Jakova Gersek door de deur verdwijnen. Een perfecte kans om de roddels over Ferencs ziekte te verspreiden en te zorgen dat haar goede naam buiten schot blijft! Toch aarzelt ze voordat ze naar binnen gaat. Ze heeft weliswaar bedacht dat ze Ferencs verzonnen ziekte in het bijzijn van anderen wil bespreken, maar het is een heel ander verhaal om in Jakova's buurt daadwerkelijk over Ferencs ellende en de eventuele oorzaak te praten. Het voelt als een onplezierige schending van Ferencs privacy. Ze houdt zichzelf voor dat dit niet het moment is om te piekeren over fatsoen of de vraag of ze Ferencs gevoelens kwetst. Ze herinnert zichzelf aan de veel grotere zonde die ze momenteel begaat, en dat is een verrassend sterke prikkel om door te lopen en de trap van Judits veranda op te stappen.

Ze duwt de deur open en doet net of ze verbaasd is als ze Jakova aan de keukentafel ziet zitten. Het is duidelijk dat Jakova kiespijn heeft, want haar wang is opgezet en haar mond is komisch vertrokken. Ze drukt een kompres van Judit tegen haar gezicht en kijkt Sari chagrijnig aan.

'O, s-sorry,' stamelt Sari tegen Jakova. 'Ik moet Judit even spreken.'

'Ga je gang.' Jakova doet haar best om opgewekt te klinken, maar slaagt er niet goed in. 'Hoe gaat het trouwens met Ferenc?'

'O, goed hoor,' liegt Sari luchtig. Het lijkt haar het beste om dat te zeggen, want dan kunnen de mensen nooit beweren dat ze bewust geruchten over Ferencs ziekte verspreidt. Jakova is het type dat haar oren spitst als andere mensen fluisteren. Sari gaat er dan ook van uit dat het nieuws zich snel genoeg zal verspreiden.

'Hallo, Sari.' Judit steekt haar hoofd om de hoek van de keukendeur. 'Alles goed?' Veelbetekenend trekt ze haar wenkbrauwen op.

'Eh,' zegt Sari. 'Kan ik je misschien even spreken?'

Judit wenkt haar naar de keuken. Zodra Sari buiten het gezichtsveld van Jakova staat, wijst ze naar de kamer en geeft Judit een knipoog. Judit knikt.

'Het gaat niet goed met Ferenc,' fluistert Sari net iets te hard. 'De laatste tijd voelt hij zich niet lekker. Hij is al niet in orde sinds hij terug is van het front, maar de laatste weken gaat het steeds slechter met hem.'

'Wat vervelend,' fluistert Judit luid terug. Ze heeft duidelijk lol in het toneelspel, want er staat een brede grijns op haar gezicht.

'Hij wilde niet worden onderzocht, maar vanmiddag trof ik hem stuiptrekkend op de vloer van de slaapkamer aan. Omdat ik niet weet wat ik daaraan moet doen, vindt hij het goed als jij naar hem komt kijken.'

Ze zwijgt even en vraagt dan: 'Wil je dat doen?'

Er valt een korte stilte, waarin Judit nadenkt wat het beste antwoord is. 'Is dat echt zo?' vraagt ze uiteindelijk geluidloos. Sari knikt. Dan zegt Judit hardop: 'Goed. Ik maak eerst de behandeling van Jakova af, maar daarna kom ik wel naar je toe. Ren jij maar vast naar huis om te kijken hoe het met hem is. Ik ben over een kwartiertje bij je.'

Als Sari terugkomt, is het doodstil in huis. Ze loopt zo zacht ze kan de trap op, al weet ze zelf niet waarom ze eigenlijk sluipt. Is ze soms bang dat ze Ferenc bij het sterven stoort? Met tegenzin doet ze de deur van de slaapkamer open, maar het is nog steeds niet gebeurd. Ferenc slaapt, of misschien is hij wel buiten bewustzijn, maar in elk geval leeft hij nog. Ze ziet de lakens op en neer gaan als zijn borstkas rijst en daalt. Omdat hij er rustig bij ligt, gaat ze naar beneden om op Judit te wachten, die twintig minuten later arriveert. Zodra Judit haar hoofd om de hoek van de deur steekt, legt Sari haar vinger op haar lippen. 'Hij ligt boven te slapen,' fluistert ze. 'Als je zachtjes doet, kunnen we hier even praten voordat je hem onderzoekt.'

Judit komt binnen en gaat zitten. Al haar zenuwen staan op scherp, ze lijkt bijna te zoemen van opwinding.

'Je had je bezoek niet beter kunnen timen.' Haar jubelstemming klinkt door in haar zachte stem. 'Je was nog niet weg of Jakova kwam met gespeelde bezorgdheid op haar platte gezicht naar me toe. Ze zei dat ze het gesprek "per ongeluk had opgevangen"…' Judit praat met een zeurende kopstem om Jakova na te doen. '… en dat ze zich afvroeg wat er met Ferenc aan de hand was. Ik heb natuurlijk niet veel verteld, maar ik zei dat hij sinds zijn terugkeer niet in orde is en zich daarom bijna niet in het dorp heeft vertoond. Ik voegde eraan toe dat hij vast wel weer zou opknappen.' Grijnzend heft ze haar ogen ten hemel. 'Ik durf te wedden dat het vóór de avond het hele dorp rond is.'

'Leve de roddeltantes,' zegt Sari half schertsend, half serieus. 'Wat is er precies aan de hand?'

'Wat ik al zei. Hij lag vanmiddag te stuiptrekken en moest daarna overgeven. Dat overgeven is niets nieuws. Dat doet hij al sinds het begin. Hij denkt nog steeds dat hij door een rondwarende buikgriep is geveld, en dat hij het flink te pakken heeft omdat hij in de oorlog dat virus heeft opgelopen. Maar zo'n toeval… Ik wist niet wat ik ermee aan moest.'

'Je moet er juist helemaal niets aan doen.' Onderzoekend kijkt Judit Sari aan.

'Ik weet het, ik weet het, maar het valt me niet mee. Sinds hij ziek is, gedraagt hij zich zo anders dat ik soms niet meer weet waarom ik hieraan ben begonnen.'

'Wil je ermee ophouden?'

'Nee! Nee. Ik denk het niet.'

'Dat kan namelijk wel, hoor. Laat hem maar in de waan dat hij buikgriep heeft gehad en nu weer opknapt. Dat is een van de voordelen van dit plan, maar ook een van de zwakke kanten. Je kunt er tot zijn dood elk moment mee ophouden.'

Sari verstrengelt haar vingers en staart naar de ingewikkelde patronen die ze maken. Ze weet niet goed of ze ermee wil ophouden. Totdat Judit erover begon, was de gedachte niet bij haar opgekomen. Het is een tweede natuur geworden om poeder over Ferencs eten te strooien, een vertrouwd culinair ritueel. Ze denkt aan zijn gezicht en het vertrouwen in zijn blik toen ze na zijn toeval voorstelde om Judit te gaan halen. Heel even overweegt ze hem genade te schenken, want misschien heeft deze ziekte wel alle gewelddadigheid uit hem geperst. Misschien is er nog een heel klein beetje geluk voor hen weggelegd. Misschien.

'Hij zou het kind nooit laten leven,' zegt ze dof tegen Judit. 'Ik ben hem niets verschuldigd. Ik vind dat ik voor mijn kind en mezelf moet zorgen.'

'Goed zo.' Judit knikt goedkeurend, alsof ze het over een schrift vol foutloos huiswerk hebben in plaats van de afspraak om een moord door te zetten. 'Zal ik maar naar boven gaan om hem te onderzoeken?'

Sari loopt de slaapkamer binnen en wekt Ferenc, die gedesoriënteerd maar kalm reageert. Ze legt uit dat Judit er is om hem te onderzoeken. Hij lijkt niet meteen te begrijpen wat ze komt doen, maar knikt en stelt geen vragen. Daar heb je dat vertrouwen weer, denkt Sari. Even walgt ze van zichzelf, totdat ze het stemmetje in haar achterhoofd hoort. Hou toch op, zegt het stemmetje. Als hij zich goed voelde, zou hij je zonder enig schuldgevoel mishandelen. Hij zou je net zo lang trappen en stompen tot je dat kind verloor. Met hem hoef je geen medelijden te hebben.

Ze laat Judit bij hem achter en wacht beneden tot Judit na een paar minuten de trap af komt.

'Ik heb hem wat slangenlook gegeven,' zegt Judit. 'Dat haalt natuurlijk niets uit, maar misschien denkt hij wel dat het werkt.'

'Goed. Judit…'

'Maak het karwei af, Sari,' zegt Judit bars, zonder op Sari's vraag te wachten. 'Schrijf vanavond een brief aan zijn ouders en maak het karwei de komende dagen af. Je kunt beginnen door de huidige dosis te verdubbelen. Hij is op dit moment in de war, dus als je er nu een einde aan maakt, weet je zeker dat hij tot zijn dood geen moment meer zichzelf is. Dat is het beste, Sari. Als je het toch van plan bent, is dat de beste methode.'

Na Judits vertrek blijft Sari even doodstil in de keuken staan. Nu gaat het gebeuren, zegt ze tegen zichzelf. Nu gaat het gebeuren. Ze wacht tot de gruwelijkheid daarvan met een klap tot haar doordringt, maar er gebeurt helemaal niets. Na een minuut beseft ze dat ze in gedachten al bezig is met het avondeten. Ze denk niet eens meer aan Ferenc en zijn naderende dood. Wat is ze in morele zin toch diep gezonken! Ze wacht tot ze zich daar schuldig over gaat voelen, maar weer gebeurt er niets. Misschien is dat maar het beste. Ze loopt naar de la, pakt een vel papier en gaat aan tafel zitten om Ferencs ouders te schrijven dat hij ziek is.

De veertiende dag, middernacht. Nu gaat het gebeuren, denkt Sari. Het moet wel. Ze heeft het advies van Judit opgevolgd en de dosis in al Ferencs maaltijden en drankjes verdubbeld. Judits voorspelling is inmiddels ook uitgekomen: hij is voortdurend in de war, weet niet meer waar hij is en beleeft steeds minder heldere momenten.

Sinds Ferencs toeval komt Judit voor de vorm elke dag even langs. Ze moet natuurlijk de schijn ophouden dat hij in de dagen voor zijn dood goed is verpleegd, en Ferenc slikt gehoorzaam alle drankjes die Sari en Judit aan hem opdringen. Ze hadden hem net zo goed water met een vies smaakje kunnen geven, maar dat lijkt hij niet in de gaten te hebben. Hij is meestal buiten bewustzijn, en als hij wakker is lijkt hij vreselijke pijn te hebben. Daarom is het altijd een opluchting als hij weer wegzakt.

Sari probeert er zo min mogelijk aan te denken en voert haar dagelijkse taken uit of er niets aan de hand is. Vaak beseft ze hoe absurd het is dat ze ijverig Ferencs oude sokken of versleten overhemden verstelt. Ze kan er niets aan doen, maar telkens wanneer ze de kamer uitloopt, hoopt ze dat hij dood is als ze terugkomt. Dat is nooit het geval. Ze heeft met de gedachte gespeeld om beneden te gaan slapen, om hem meer ruimte te geven en te zorgen dat hij prettiger ligt. In theorie zou het ook beter zijn voor haar eigen nachtrust (al weet ze dat ze waarschijnlijk elke vijf minuten wakker zou schrikken en de trap op zou rennen om bij hem te gaan kijken), maar Ferenc wil haar voortdurend dicht bij zich hebben. Het is een infantiel, blindelings verlangen naar lichamelijk contact, niet eens met haar, maar met een willekeurig warm lichaam. Ze kan het niet over haar hart verkrijgen om hem in zijn eentje te laten jammeren, dus in plaats daarvan blijft ze het grootste gedeelte van de nacht wakker. Vaak zit ze op de rand van zijn bed – ook al is hij nog zo zielig, ze kan zich er niet toe zetten om naast hem onder de dekens te kruipen – en soms zit ze beneden aan de keukentafel, waar ze vele koppen koffie drinkt en naar de zwarte ramen staart. In het donker is haar nachtjapon een vage, witte schim.

De veertiende nacht. In de kamer hangt de geur van de dood, en Sari is ervan overtuigd dat het nu gaat gebeuren. Hij is er erger aan toe dan ooit en slaat tussen zijn pijnlijke kreunen door wartaal uit. Hij geeft regelmatig over en poept nog veel vaker in zijn broek. Sari verschoont hem met het stoïcisme van een verpleegster, maar heimelijk verafschuwt ze het mensonwaardige karakter van de dood. Er is iets dat haar nog erger van streek maakt dan al die stinkende, onplezierige taken: zijn haar laat met grote plukken los. Telkens wanneer hij zijn hoofd op het met zweet doordrenkte kussen beweegt, blijft er een donkere veeg van plakkerig haar achter. Op sommige plaatsen is zijn witte hoofdhuid al zichtbaar. Ze wast hem en verschoont het bed zo vaak als nodig is. Ze legt koude kompressen op zijn voorhoofd en bidt dat hij snel mag sterven, dat de God in wie ze niet gelooft zich ermee bemoeit en hem komt halen. Dit is wat ze wil, hier heeft ze natuurlijk om gevraagd, maar het proces is erg zwaar. Ze kan zichzelf er niet toe zetten om te huilen. Er schieten alleen tranen in haar ogen als ze beseft dat een van de doekjes waarmee ze over zijn voorhoofd veegt de oude zakdoek is waaraan ze vóór de oorlog heeft gewerkt. Het borduurwerkje is nooit afgemaakt en is vier jaar lang niet aangeraakt.

Om drie uur 's nachts valt hij stil, en Sari verstijft van spanning. Is het eindelijk zover? Hij maakt geen enkel geluid, maar nee, hij ademt nog. Dan kan het toch nooit lang meer duren? Geluidloos en heel voorzichtig buigt ze zich over hem heen. Zijn gezicht is wit en klam, zijn lippen zijn schokkend bleek geworden, maar zijn ogen flitsen onder de adertjes van zijn oogleden nog steeds heen en weer.

Ze kan wel huilen van uitputting en voelt de tranen achter haar ogen branden. Ze wil gewoon dat het voorbij is. Als ze opeens pijn in haar handpalmen voelt, kijkt ze naar beneden en ziet dat ze haar handen zo krampachtig tot vuisten heeft gebald dat ze met haar nagels in haar eigen huid heeft gesneden. Ze haalt een paar keer diep adem en dwingt zichzelf om rustig te blijven. Nog even, nog even. Dit kan niet eeuwig doorgaan. Maar stel dat het wel eeuwig doorgaat… De brief is al onderweg naar zijn ouders. Stel dat dit nog een paar weken duurt. Dan hebben ze genoeg tijd om actie te ondernemen. Misschien komen ze wel naar Falucska en eisen ze dat de dokter uit Város hem onderzoekt. Wat moet ze dan doen? Zou de dokter kunnen zien wat ze heeft gedaan? Het is ondraaglijk, werkelijk ondraaglijk.

Twee uur later schrikt ze abrupt wakker. Ondanks alle

koortsachtige gedachten is ze in slaap gedommeld, maar door een akelige, dreigende droom is ze wakker geworden. Ze kijkt meteen naar Ferenc, die zich niet heeft verroerd, maar nog steeds ademhaalt, zij het dan onrustig. Het duurt een paar tellen voordat ze ziet wat er is veranderd: hij heeft zijn ogen open.

'Ferenc?' vraagt ze zachtjes. Hij beweegt zijn hoofd niet, maar draait zijn ogen in haar richting.

'Sari,' fluistert hij. Hij zegt er nog iets achteraan, maar de woorden lijken aan zijn droge lippen te blijven plakken. Ze buigt zich naar hem toe om te luisteren wat hij zegt. Zijn lippen bewegen in een verkrampt patroon dat ze bijna herkent, maar hij lijkt geen lucht meer over te hebben. Hij maakt geen enkel geluid.

'Heb je iets nodig, Ferenc? Zal ik water voor je halen? Wil je iets anders?'

Zijn hoofd beweegt nauwelijks merkbaar van rechts naar links: nee. Omdat zijn lippen nog steeds bewegen, leunt ze naar hem toe tot haar oor een paar centimeter boven zijn mond hangt. Eerst hoort ze niets, maar dan ademt hij een paar woorden uit: '... die in de hemel zijt...'

Hij bidt.

Sari is niet gelovig, ze is nooit gelovig geweest, maar wat moet ze dan? Ze is wel een moordenares, maar ze is niet onnodig wreed. Ze is niet van plan om Ferenc het laatste beetje troost te onthouden dat ze hem kan geven. Zijn hand is zo koud dat er een rilling door haar heen gaat, maar ze neemt hem tussen haar eigen handen en zegt zo rustig en helder mogelijk: 'Onze Vader die in de hemel zijt, uw naam worde geheiligd...'

Verbeeldt ze het zich nu, of ziet ze het licht in zijn ogen heel even opvlammen? Hij is nog steeds onhoorbaar, maar zijn geluidloze lippen vormen nu exact dezelfde patronen als haar biddende mond. Hij sluit zijn ogen en zij bidt door, waarbij ze steeds het handjevol woorden herhaalt dat ze kent. Ze wenst dat ze meer gebeden kende, iets waarin hij troost kan vinden, iets waarmee hij vredig zijn laatste adem kan uitblazen, maar Ferenc ademt door. Het raam naast het bed licht met een vaal-gele kleur op. Het wordt bijna ochtend, een nieuwe dag. De moed zinkt Sari in de schoenen. Niet nog een dag! Laat er een einde aan komen!

Zijn lippen bewegen nog steeds, en af en toe gaat zijn borst-kas nog op en neer. Ze blijft de woorden opzeggen tot ze hun betekenis verliezen, tot ze als klompjes aarde van haar lippen vallen en een onbegrijpelijke reeks geluiden vormen. Haar stem wordt schor, omdat ze niet gewend is om zo veel te pra-ten en al wekenlang niemand anders dan Judit en Ferenc heeft gesproken. Hij ademt door. Hij ademt nog steeds door.

Buiten is het al bijna helemaal licht als zijn lichaam opeens heftig schokt. Hij slaakt een harde kreet, waarbij zijn gezicht vertrekt van pijn. Omdat het zo lang stil is geweest, schrikt ze zich wezenloos. Met bonkend hart buigt ze zich weer naar hem toe en ziet zijn ogen zwakjes opengaan. Zijn onscherpe blik dwaalt door de hele kamer, totdat hij plotseling naar haar gezicht kijkt.

'Sari,' brengt hij schor uit. 'Alsjeblieft. Alsjeblieft.'

Wat wil hij nu van haar? Dat ze hem beter maakt? Dat kan natuurlijk niet, dat moet hij zelf inmiddels ook begrijpen. Heeft zijn smeekbede iets te betekenen, of is het enkel een ui-ting van pijn? Of vraagt hij misschien iets anders, wil hij uit zijn lijden worden verlost? Ze begrijpt zelf niet dat ze het doet, maar ze strekt haar arm uit en houdt haar handpalm boven zijn gezicht. Hij blijft haar strak aankijken. Ook als ze haar hand zachtjes op zijn gezicht legt, blijft hij naar haar staren. Hij doet zijn ogen pas dicht als ze nog een keer begint te bidden: 'Onze Vader…' Terwijl ze met haar handpalm zijn mond luchtdicht afsluit, knijpt ze met haar duim en wijsvinger zijn neus dicht. Hij protesteert niet en houdt op met ademen. Sari kijkt naar

het raam, waar de eerste stralen licht over de vensterbank kruipen. Terwijl ze zich met de nietszeggende woorden van haar
gebed tot een nietszeggend universum richt, sterft Ferenc onder haar hand. Er gaat vlak voor het einde nog een spiertrek-
king door hem heen, maar hij doet zijn ogen niet meer open.
Sari denkt dat het alleen nog een onbewust verzet tegen de
dood is. Het is een prachtige ochtend, de lucht heeft talloze
kleuren, en het licht geeft het gras een sprankelende, frisgroe-
ne kleur. Hij is dood, dat kan ze voelen, maar het duurt een
hele poos voordat ze hem loslaat. Als ze haar hand terugtrekt,
is het net of haar ziel met de zijne wegvliegt. Ze voelt zich een
stuk lichter, niet van opluchting, maar van leegte. Het is gebeurd. Het is achter de rug. Haar kind is veilig.

18

November is Sari's minst favoriete maand, maar dit jaar vindt
ze hem minder naargeestig dan anders. Eigenlijk is ze vooral
blij dat de zomer voorbij is. Meestal heeft ze niet veel last van
de hitte, maar door haar zwangerschap heeft ze de maanden
juli en augustus van dit jaar vooral puffend en zwetend doorgebracht. Volgende keer plan ik alles beter, denkt ze, maar dan
moet ze zelf lachen om het belachelijke idee dat er überhaupt
nog een volgende keer zal komen. Het is geen verbitterde of
berustende lach, ze weet gewoon zeker dat dit kind haar eerste
en laatste zal zijn.

Ze is uitgerekend in januari en kijkt erg uit naar de bevalling
van haar dochter. Ja, het is een meisje. Dat wist ze zelf al, en Judit heeft het bevestigd. Meisjes zitten anders in de baarmoeder
dan jongetjes, en Judit heeft zo veel zwangere vrouwen gezien
dat ze zulke dingen gewoon weet. Omdat het een zware
zwangerschap is, telt Sari de dagen af. Twee keer dreigde het

mis te gaan met haar kind, de eerste keer door Ferencs trap en de tweede keer doordat Sari ziek werd. Ze zal blij zijn als het kind haar buik veilig heeft verlaten, want dan kan ze beter voor haar zorgen. Als de baby er eenmaal is, hoeft ze niet meer op haar verraderlijke lichaam te vertrouwen, maar kan ze gewoon haar hersens gebruiken.

Judit drukt haar elke keer op het hart dat ze moet rusten. Ze zegt dat Sari een vroeggeboorte riskeert, maar Sari kan gewoon niet stilzitten. Om haar bezig te houden geeft Judit haar allemaal taken die niet zo vermoeiend zijn – verstelwerk, borduren of medicijnen klaarmaken – maar meestal is het huis leeg als ze van haar visites terugkomt. Dan is Sari weer op pad om voor een of andere zieke te zorgen.

'Die mensen kunnen wel wachten!' zegt Judit bestraffend als Sari voor de tweede keer naar een patiënt is gegaan. 'Ze kunnen best wachten tot ik terugkom! Na alles wat we voor deze baby hebben gedaan, zou je wel gek zijn als je haar leven onnodig op het spel zet. Het feit dat jij je verveelt, is geen reden om domme dingen te doen.'

Bij die woorden haalt Sari met een schuldbewuste glimlach haar schouders op. Voor haar staat het als een paal boven water dat deze baby gezond ter wereld komt, al is het natuurlijk moeilijk om dat aan Judit uit te leggen. Ze heeft het gevoel dat ze het op pure wilskracht zover heeft gebracht, en dat ze alleen nog maar een dosis vastberadenheid nodig heeft om het kind nog even in leven te houden.

Ze gelooft pas sinds een paar maanden dat haar leven veilig is en dat de dood van Ferenc geen gevolgen zal hebben. Eindelijk is ze niet bang meer dat er midden in de nacht een legertje politiemensen op de deur bonst om haar van moord te beschuldigen en naar de galg te slepen. De eerste maanden na Ferencs dood werd ze 's nachts regelmatig huiverend en bezweet van dergelijke nachtmerries wakker, en daarna lag ze urenlang over rampscenario's te piekeren. Wat zou er met haar kind gebeuren als zij van moord werd beschuldigd en ter dood werd veroordeeld? Dan zou het kind toch niet voor de daden van haar moeder worden veroordeeld? Wat zouden ze dan doen? Zou ze in de gevangenis moeten bevallen? Zou haar kind naar een weeshuis worden gebracht en zijzelf naar de galg? Of zouden ze – en daar moet ze helemaal niet aan denken – de baby uit haar snijden om te voorkomen dat ze een zwangere vrouw moeten ophangen? De klop op de deur kwam gelukkig nooit, en Sari beseft eindelijk dat het hun is gelukt. Het komt allemaal goed.

Achteraf was het allemaal verrassend eenvoudig. Op de ochtend na Ferencs dood liep ze naar Judit om het nieuws te vertellen. Het dorp werd net wakker en er liepen al wat mensen op straat, maar ze werd door niemand aangesproken of benaderd. Pas toen Judit de deur opendeed en haar indringend aankeek, kreeg ze in de gaten dat de tranen haar over de wangen stroomden. Achteraf moet ze daar wel om lachen. Als volwassene heeft ze slechts twee keer gehuild, en het was beide keren om een man! Dat zal haar niet meer gebeuren, geen sprake van.

Terwijl het nieuws die dag als een lopend vuurtje door het dorp ging, zette Sari zich schrap voor het gefluister. Ze hield zelfs rekening met rechtstreekse beschuldigingen, maar er gebeurde niets, ook niet in de dagen daarna. Dat laatste verbaasde haar hevig. Ze logeerde die dagen bij Judit, die haar gerust probeerde te stellen. Sari was ervan overtuigd geweest dat ze binnen de kortste keren zou worden nagewezen, maar Judit hield vol dat er geen reden tot achterdocht was. Natuurlijk zouden kwaadwillende mensen geruchten kunnen verspreiden, maar Judit zei dat het enorm in Sari's voordeel sprak dat ze die ochtend huilend was gezien. Alle ooggetuigen hadden medelijden met haar gehad, waardoor ze waarschijnlijk minder openstonden voor gemene roddels.

'Als je het met opzet had gedaan, had je het niet beter kunnen aanpakken,' had Judit opgewekt gezegd.

Hoewel Sari in eerste instantie dus niets van het dorp te duchten had, bleef ze zich ernstig zorgen maken over Ferencs ouders. Ze stuurde hen op de ochtend van Ferencs dood een telegram, maar hoorde vervolgens niets meer tot de Gazdags een paar dagen later voor de begrafenis naar het dorp kwamen. Ze zagen er verloren en verbijsterd uit toen de onbekende priester, die speciaal voor de gelegenheid uit een naburig dorp was gehaald, allerlei onpersoonlijke clichés opdreunde. Ondanks alles had Sari wel een beetje medelijden met hen. Het was al verschrikkelijk dat ze hun oudste zoon waren kwijtgeraakt, maar tot overmaat van ramp was hun jongste zoon, nu hun erfgenaam, nog ergens aan het vechten en wisten ze niet of hij wel veilig zou terugkeren. Sari had verwacht dat ze haar behoedzaam, koeltjes of vijandig zouden behandelen, maar de werkelijkheid was misschien nog wel erger. Maanden later verschiet Sari nog van kleur als ze terugdenkt aan de manier waarop Ferencs moeder haar om de hals vloog. Márta legde snikkend haar hoofd op Sari's schouder en bleef maar herhalen dat Ferenc zo dol op Sari was geweest en dat het onverdraaglijk was dat hij er niet meer was. Geleidelijk aan kreeg Sari in de gaten dat ze haar helemaal niet wantrouwden, maar juist dankbaar waren dat ze hem tijdens die laatste, zware weken van zijn ziekte had verzorgd. Ze had moeite om niet hysterisch in lachen uit te barsten. Arme sufferds, dacht ze.

Behalve hun eventuele achterdocht was er natuurlijk ook nog het probleem van de zwangerschap. Sari had besloten dat ze onder geen beding mochten weten dat zij een kind verwachtte. Als ze erachter kwamen, zouden ze aannemen dat Ferenc de vader was. Sari moest er niet aan denken dat ze belangstelling voor het kind zouden krijgen. Ze wilde niet dat ze zich met de opvoeding zouden bemoeien of – het allerergste scenario, dat zeker niet ondenkbaar was – zouden zeggen dat Sari als ongetrouwde vrouw in een arm, geïsoleerd dorp niet in staat was om de baby een goede opvoeding te geven. In dat geval zouden ze het kind misschien wel mee naar Boedapest nemen.

Ze kon natuurlijk gewoon zeggen dat de baby niet van Ferenc was, maar daarmee zou ze zich hun woede op de hals halen. Ze zouden zelfs kunnen zeggen dat ze een motief had gehad om Ferenc te vermoorden, dus dat was ook niet verstandig. Daarom leek het haar het beste om de zwangerschap te verbergen. Ze hadden haar vier jaar niet gezien, dus ze waren vast wel bereid om te geloven dat ze wat zwaarder was nu ze volwassen was geworden. Tijdens hun verblijf in het dorp was Sari voortdurend bang dat ze zichzelf zou verraden en dat ze haar de baby zouden afpakken, maar de Gazdags werden zo opgeslokt door hun eigen verdriet dat ze nauwelijks oog voor haar hadden.

Ze kon zelf nauwelijks geloven dat het allemaal zo goed was gelukt, maar toen besloot het lot, de stress, of wat dan ook, haar op een dubieuze manier nog een handje te helpen. Direct na de begrafenis, toen de familie Gazdag weer was weggegaan, begon Sari zich een beetje vreemd te voelen. Ze werd de hele zwangerschap al door misselijkheid geplaagd, maar nu werd ze duizeliger en misselijker dan ooit. De volgende dag had ze zo'n hoge koorts dat ze ijlde. Judit was vreselijk bezorgd om haar. Ze depte haar bezwete voorhoofd en dwong haar medicijnen en drankjes te slikken die steeds minder effect leken te hebben.

Toen er weer een uur voorbij was gegaan waarin Sari's koorts niet leek te willen zakken, had Judit grimmig en met samengeklemde kaken gezegd: 'Verdomme, je mag niet doodgaan. We hebben al dat werk niet voor niets gedaan.' Sari herinnert zich die woorden nog, maar verder herinnert ze zich niet veel meer. Ze weet alleen nog dat ze zelf bij elke kop die Judit naar haar lippen bracht met nadruk zei: 'Geen schadelijke dingen voor de baby, Judit. Alsjeblieft.'

'Die baby heeft verdomme ook niks aan je als je dood bent,' zei Judit dan. Nu Sari weer is opgeknapt, weet ze dat de koorts, die maar liefst vier dagen aanhield, waarschijnlijk schadelijker voor de baby was dan alle smerige drankjes die ze van Judit moest drinken. Daar kan ze nu niets meer aan doen, en ze troost zich met het feit dat haar kind bijzonder actief is. Ze voelt haar dochter de hele dag zo hard schoppen en wriemelen dat ze er soms doodmoe en kribbig van wordt. Tegelijkertijd is ze er blij mee, want het betekent in elk geval dat het meisje genoeg energie heeft. Het betekent dat ze nog leeft.

Toen Sari was opgeknapt en zich nog wat bleekjes en wankel weer in het dorp vertoonde, was ze diep onder de indruk van de reacties van de dorpelingen. Bijna alle mensen leken hun uiterste best te doen om iets aardigs tegen haar te zeggen. Sari begreep dat de ziekte haar verdriet om Ferenc nog overtuigender had gemaakt. Als ze nu in hun ogen kijkt, weet ze nog steeds niet of ze haar heimelijk van kwade opzet verdenken, maar over het algemeen lijken de mensen het erover eens te zijn dat Sari voorlopig genoeg heeft geleden.

Sindsdien kan ze zich eindelijk ontspannen, omdat het schrikbeeld van de gevangenis en een executie niet meer door haar nachtmerries spookt. Het doet er niet toe of de mensen haar in hun hart geloven – hun overtuiging gaat diep genoeg om haar met rust te laten. Judit en zij hebben allebei geen idee waarom Sari ziek is geworden, maar Sari vermoedt dat het een soort zuivering was. Van nature is ze niet bijgelovig, in elk geval niet bijgeloviger dan de andere dorpelingen, maar het feit dat ze vlak na een gruwelijke misdaad ziek is geworden, kan geen toeval zijn.

Na haar ziekte voelt ze zich lichter, soms té licht, alsof ze nauwelijks meer contact met de aarde heeft. Ze heeft geen verdriet meer om Ferenc, ze voelt alleen nog maar een afstandelijk soort berouw. Soms denkt ze dat hij best een goede man had kunnen worden. Hij had veel meer van zijn leven kunnen maken. Aan Marco probeert ze helemaal niet meer te denken, en meestal lukt het haar wel om hem uit haar hoofd te zetten.

Wanneer haar gedachten toch naar hem afdwalen, lijkt het wel of ze naar scènes uit het leven van iemand anders kijkt. Op een bepaalde manier is dat ook zo. Tijdens haar herstel heeft ze kort gefantaseerd wat er zou zijn gebeurd als zij en Marco die nacht waren gevlucht, aan Ferenc waren ontsnapt en de vlakte waren overgestoken, maar ze is praktisch genoeg om te weten dat het tussen haar en Marco nooit iets had kunnen worden. Ergens anders zou haar naïviteit hem hebben geïrriteerd en zou ze zijn geleerdheid niet opmerkelijk hebben gevonden. In gedachten ziet ze hen heel duidelijk ergens in een anonieme stad zitten, op elkaar uitgekeken en allang door hun gespreksonderwerpen heen.

Er wordt op de deur geklopt. Dat zal Anna wel zijn, denkt ze, al had ze haar nog niet verwacht. Nu Ferenc haar geen ballingschap meer oplegt, heeft ze een paar oude vriendschapsbanden aangehaald. Omdat Sari de laatste maanden van haar zwangerschap veel aan huis is gebonden, komt Anna elke dag even langs. Soms brengt ze Lilike mee, maar Lujza komt tegenwoordig nog maar zelden haar huis uit. Sari heeft zich erbij neergelegd dat ze haar pas na de bevalling weer zal zien.

Ze heeft geen idee in hoeverre haar vriendinnen haar geheim kennen. Anna heeft nooit toespelingen gemaakt, heeft nooit durven suggereren dat Ferencs dood geen gevolg was van een tragische ziekte, maar soms zetten haar blikken Sari aan het denken. Ze wil niet dat Anna haar verdenkt, maar het kan natuurlijk best zijn dat de mensen die van haar intieme relatie met Marco op de hoogte waren iets vermoeden. Ze vertrouwt erop dat Anna haar nooit zal verraden.

Dan is er ook nog het dunne litteken aan de zijkant van Sari's oog, het gevolg van een welgemikte klap van Ferenc. Bijna niemand heeft iets over dat litteken gezegd, maar Anna vroeg ernaar toen ze Sari na Ferencs dood weer te spreken kreeg. Destijds verzon Sari een smoesje – ze had zich gestoten toen ze het raam opendeed, ha ha, dom dat ze zo onhandig was ge weest – maar ze had bij die woorden een bepaalde blik in Anna's ogen gezien. Ze vermoedt dat vrouwen die door hun man of vriend zijn mishandeld elkaar zonder woorden begrijpen en tussen de regels door kunnen lezen.

Terwijl Sari naar de deur loopt, denkt ze met heimwee terug aan de tijd waarin het haar geen moeite kostte om zich te bewegen. Inmiddels voelt ze zich een enorme olifant. Ze neemt het haar kind niet kwalijk dat het haar lichaam heeft overgenomen, maar ze mist het om een lijf te hebben dat moeiteloos doet wat ze wil. De klop blijkt inderdaad van Anna te zijn, maar bij het zien van haar gezicht verdwijnt Sari's glimlach als sneeuw voor de zon. Anna is krijtwit en snakt naar adem.

'Kom binnen,' zegt Sari vlug. Anna dringt haar bijna opzij en laat zich op een van de gammele houten stoelen bij de tafel vallen. Terwijl Sari voorzichtig tegenover haar gaat zitten, kijkt Anna haar verwachtingsvol aan.

'Nou?' vraagt Sari. Ze bespeurt een echo van Judit in haar toon, die een beetje ongeduldig klinkt. 'Wat is er aan de hand?'

'Het is voorbij,' zegt Anna.

Even weet Sari niet waar ze het over heeft. 'Voorbij?' herhaalt ze.

'De oorlog,' zegt Anna met een snik in haar stem. 'Het is voorbij.'

'Wie…' Sari weet dat dat een domme vraag is. Al maanden horen ze dat hun nederlaag op handen is, maar toch…

'We hebben verloren,' zegt Anna, alsof dat bijzaak is en er eigenlijk helemaal niet toe doet. Voor haar is dat ook zo. Even vindt Sari het jammer voor Marco dat hij niet meer meemaakt dat zijn kant heeft gewonnen. Ze vindt het ook jammer dat Ferenc er niet bij kan zijn. Ze kan zich niet voorstellen dat hij de nederlaag minzaam zou accepteren, maar ze heeft het idee dat de oorlog zo'n nachtmerrie was dat een deel van hem blij zou zijn dat er een einde aan was gekomen, los van de vraag wie er had gewonnen.

'Dat betekent dat ze weggaan,' zegt Anna, die duidelijk geen zin heeft om te wachten tot Sari begrijpt wat haar dwarszit. 'De gevangenen. Ze gaan terug naar Italië, en onze mannen komen thuis. Giovanni gaat terug naar Italië en Károly komt naar huis.' Na die woorden legt ze haar hoofd op haar gevouwen armen en barst in snikken uit.

Sari legt een arm om haar heen. Het is vreemd dat ze het sinds haar zwangerschap makkelijker vindt om andere mensen aan te raken. Omdat het de ultieme intimiteit is om een levend mensje in je buik te hebben, kost al het andere haar geen moeite meer. Ze wacht geduldig tot Anna ophoudt met huilen. Dat duurt niet lang, want Anna laat zich in het openbaar zelden gaan. Als ze binnen een paar minuten weer rechtop zit, is haar gezicht knalrood en vochtig, maar ze dept met grote waardigheid haar ogen droog.

'Sorry,' zegt ze beschaamd tegen Sari.

'Het geeft niet,' zegt Sari, die zelf ook een beetje emotioneel is. Voor haar is de situatie minder urgent geworden, maar op een abstracte manier leeft ze nog steeds mee. Ze geeft om de vertrekkende Italiaanse mannen, met wie ze als verpleegster vaak intiem contact heeft gehad. Ze geeft ook om de terugkerende dorpelingen, van wie er veel verminkt en in de war zullen zijn. Zij zullen bij thuiskomst ontdekken dat het dorp hen niet meer nodig heeft.

'Heb je Giovanni al gesproken?' vraagt Sari. Anna schudt haar hoofd.

'Nog niet. Ik weet wel wat hij wil, want we hebben het erover gehad. Hij wil dat ik mee naar Italië ga. Zoals je weet heeft hij geen vrouw, en hij wil graag met me trouwen.' Ondanks haar verdriet zegt ze het met trots. Een man, een buitenlander, wil met háár trouwen! 'Maar ik kan nu natuurlijk niet mee. Daar zal het leger wel een stokje voor steken. Ik zou dus in mijn eentje naar Italië moeten reizen, en ik heb geen geld.' Hulpeloos haalt ze haar schouders op. 'Ik heb helemaal níéts dat niet van Károly is. Al onze waardevolle spullen zijn sinds zijn vertrek bij zijn neef in Város ondergebracht. Zo veel vertrouwen heeft hij in me.'

'Wanneer...'

'Dat weet niemand. We moeten gewoon afwachten tot iedereen orders van het leger krijgt. Ik bedoel, wij doen er natuurlijk helemaal niet toe,' voegt ze er met ongepast sarcasme aan toe. 'Waarom zouden ze ons in vredesnaam iets vertellen?'

Het kamp wordt met veel verwarring en een mengeling van vreugde en spijt ontmanteld. Over het algemeen zijn de gevangenen die het kortst in Hongarije wonen het gelukkigst dat ze terug naar Italië kunnen. De reacties van de gevangenen die er al wat langer verblijven, variëren van agitatie tot onverholen tegenzin. Ze weten niet meer waar ze thuishoren en vragen zich af of hun vaderland in hun afwezigheid is veranderd. In de afgelopen jaren zijn ze gewend geraakt aan dit leven, dat inmiddels zo vertrouwd en prettig is dat ze het naar hun zin hebben. De mannen die er langer over nadenken, zijn om een andere reden bezorgd. Ze hebben gezien wat de oorlog met sommige vrouwen in het dorp heeft gedaan. Misschien hebben hun eigen vrouwen en vriendinnen ook wel zo'n verandering ondergaan. Vinden ze thuis misschien een koekoeksjong in hun nest, de vlekken van een andere man in hun bed? Het lijkt het beste om er niet over te piekeren en het nooit te weten.

Omdat de meeste mannen wel een band met een of meer dorpelingen hebben gekregen, wordt het kamp in de laatste dagen door huilende vrouwen omringd. Sommige vrouwen zijn oprecht verdrietig – Anna ziet bijvoorbeeld hevig op tegen de terugkeer van Károly en haar oude leventje, maar heeft te weinig geld om daar iets aan te doen – maar anderen zijn gewoon nostalgisch. Zij zien de afgelopen twee jaar als een plezierige afleiding, maar vinden het niet erg om hun oude leven terug te krijgen.

Sari vindt dat ook niet erg, maar ze gaat wel met de andere vrouwen naar het kamp om afscheid te nemen. Op sommige mannen is ze echt gesteld geraakt, vooral op Bruno, die een goede vriend van Marco was, en op Umberto, ondanks (of misschien wel dankzij) zijn uitbundige malligheid. Ze is blij dat ze niet bij de emoties om haar heen betrokken is. Ze heeft haar portie wel gehad en heeft gedaan wat ze moest doen, maar inmiddels begrijpt ze Judits voyeuristische interesse in andermans zaken wel. Ze kan niet ontkennen dat ze benieuwd is wat er hierna gebeurt.

Alles verandert zo snel. Het is alsof de Italianen opeens zijn vertrokken en het dorp in zichzelf keert om hun afwezigheid te verbloemen. Het huis van de familie Gazdag staat leeg, en door die leegte ziet het er opeens heel anders uit. Het ligt daar nu vijandig aan de rand van het dorp, en Sari merkt dat ze er 's avonds niet meer naar wil kijken, omdat de donkere ramen haar aan de wezenloze ogen van dode mensen doen denken. Te veel geesten, denkt ze, en ze beseft dat de geesten die het eerst bij haar zouden spoken allebei connecties met het huis hebben. Ze heeft er geen behoefte aan de schimmen van Ferenc en Marco tegen het lijf te lopen.

Ze weet inmiddels zeker dat de Gazdags nooit meer terugkomen, want overal in het dorp worden ze aan Ferenc herinnerd. Ze vraagt zich af wat ze nu met het huis zullen doen. Gaan ze het verkopen, of stellen ze een huisbewaarder aan? Ze hoopt het eerste. Hoewel ze een huisbewaarder natuurlijk altijd kan ontlopen, heeft ze het liefst dat de familie Gazdag alle banden met het dorp verbreekt. Dan worden zij en haar baby in elk geval met rust gelaten.

Het dorp lijkt stil en broos te zijn geworden en lijkt niet te weten wat het zonder de Italianen moet. Zelfs het handjevol mensen dat nooit persoonlijke banden met de gevangenen heeft gehad, beseft dat het dorp tijdens hun aanwezigheid levendiger was. Er zit nu niets anders op dan te wachten tot hun eigen soldaten thuiskomen.

En dan komen ze thuis, eerst druppelsgewijs en daarna in een grote stroom. Sari en Judit zien het gebeuren, Judit met vals genoegen en Sari met een mengeling van afstandelijke nieuwsgierigheid en een vleugje medeleven. Falucska ademt uit als het zich opent om de terugkerende mannen te ontvangen, en het is schokkend hoezeer de aanblik van het dorp opeens verandert. Op de eerste marktdag na hun terugkeer schrikt Sari van de vele mannen op straat.

Omdat Judit de laatste tijd wil dat ze thuisblijft om de gezondheid van de baby niet in gevaar te brengen, is ze al een poosje niet meer naar de markt geweest. Deze keer strijkt Judit met haar hand over haar hart en mag Sari mee om haar nieuwsgierigheid te bevredigen. De verandering valt meteen op, meer als geurtje in de lucht dan als iets tastbaars. Van het ene moment op het andere voelt Sari zich slecht op haar gemak. Als ze naar haar kleren kijkt, dringt het tot haar door dat zij en de andere vrouwen zich tijdens de afwezigheid van de mannen nonchalanter zijn gaan kleden. Nu ze terug zijn, geneert ze zich en voelt ze zich naakt.

Op het marktplein zelf lopen niet veel mannen, omdat dat traditioneel het terrein van de vrouwen is. Af en toe ziet ze een man op een veranda staan of vangt ze een glimp op door een raam. De grootste verandering is het gedrag van de vrouwen. Er wordt weinig gelachen en niemand maakt de schuine grappen die de afgelopen jaren zo gewoon zijn geworden. Alle vrouwen lijken wel kinderen die zich netjes moeten gedragen. Het is net alsof ze allemaal de kluts kwijt zijn, alsof ze elkaar in de gaten houden om te zien hoe de anderen met de verandering omgaan. Niemand lijkt precies te weten hoe het nu verder moet.

Als Sari vanuit haar ooghoek Anna in de gaten krijgt, is het alsof ze een klap in haar gezicht krijgt. Een kant van Anna's gezicht is helemaal bont en blauw, maar dat is nog niet eens het ergste. Sari is diep geschokt als ze ziet hoe Anna's houding is veranderd. De laatste keer dat Sari haar zag, liep ze fier en met rechte rug rond, maar nu lijkt ze een stuk kleiner omdat ze als een bang konijntje in elkaar duikt. Het is alsof haar vriendin haar eigen bestaan ontkent en spoorloos in zichzelf probeert te verdwijnen. Haar haren hangen los en slordig rond haar gezicht, en ze heeft nette, maar lelijke kleren aan. Ze draagt een saaie, ouderwetse jurk die ze tijdens Károly's afwezigheid niet één keer heeft aangehad. Alle vrouwen kijken de andere kant op, zoals ze dat vroeger bij Sari deden. Sari peinst er niet over om daaraan mee te doen.

'Blijf hier,' zegt ze tegen Judit. Ze loopt naar Anna en legt voorzichtig een hand op haar schouder.

Anna's schrikreactie is een pijnlijke herinnering aan Sari's eigen gedrag aan het begin van het jaar, maar tot Sari's verbazing kijkt ze niet naar de grond en probeert ze ook niet haastig weg te lopen. In plaats daarvan tilt ze langzaam haar hoofd op tot ze Sari recht in de ogen kijkt. Nu kan Sari pas goed zien wat er met haar is gebeurd. Haar linkeroog is bloeddoorlopen en zit bijna helemaal dicht. Haar lip is opengescheurd, en als ze haar mondhoeken optrekt om vreugdeloos naar Sari te lachen, ziet Sari een gat in haar gebit dat er eerder niet zat.

'Hallo, Sari.' Bij het horen van haar schorre stem krijgt Sari opeens een akelig, levensecht visioen van een schimmige Károly die Anna's keel dichtknijpt.

'Je hebt je bezeerd, Anna,' zegt Sari zacht.

Anna knikt, waarbij haar gezicht even vertrekt van pijn.

'Tegen een deur aan gelopen,' zegt ze. Elk woord klinkt overdreven gearticuleerd omdat ze haar tong langs haar gezwollen lip moet manoeuvreren.

Als Sari ongelovig haar wenkbrauwen optrekt, vertrekt Anna's mond tot een zeer sarcastische lach. 'Moet weer eens naar huis,' zegt ze.

'Wacht! Wil je misschien mee naar Judits huis? Dan kan ik naar je gezicht kijken en je iets geven tegen de…'

'Dat heeft geen zin, Sari,' zegt Anna. De grijns, een karikatuur van een normale lach, verdwijnt zo snel van haar gezicht dat het lijkt of hij er nooit is geweest. 'Ik ben ten einde raad. Ik dacht dat de oorlog hem misschien wat aardiger had gemaakt, maar hij is bruter dan ooit. Hij laat me geen moment met rust.'

'Anna…'

'Waarom is hij nou niet gesneuveld? Ik geloof niet meer in God, Sari. Ik kán niet in hem geloven, want ik wil niet geloven in een macht die Lujza's man laat sterven en Károly weer veilig thuisbrengt.'

'Anna, toe…'

'Ik moet weg,' zegt Anna abrupt. Ze draait zich om en loopt weg, nagekeken door Sari. Als Sari niet had geweten dat dit haar vriendin was, had ze die bange, nerveuze manier van lopen nooit herkend. Bevend loopt ze terug naar Judit, die het tafereeltje met een hand op haar heup heeft gadegeslagen.

'Ik ga naar huis,' zegt Sari. Ze heeft het gevoel dat ze elk moment door haar knieën kan zakken.

Tijdens de daaropvolgende nachten spookt Anna door haar dromen – een dode Anna, Anna die door Károly wordt mishandeld, Anna die door Ferenc wordt mishandeld. Ze is dan ook een beetje in de war als Károly drie dagen later bij Judit aanklopt. Ze heeft hem al vier jaar niet meer in levenden lijve gezien, maar hij heeft de afgelopen nachten zo levensecht door haar hoofd gespookt dat ze hem geblinddoekt zou kunnen uittekenen, compleet met elke rimpel, elke vlek op dat domme, laffe gezicht.

'Wat kom je doen?' vraagt ze. Ze weet dat ze wat vriendelijker moet zijn en dat Anna er uiteindelijk de dupe van wordt als ze onbeleefd is, maar ze zit zo vol ranzige, kokende gal dat ze het onmogelijk allemaal binnen kan houden.

'Waar is Judit?' vraagt hij.

'Op pad. Zsofia Gyulai is ziek. Kan ik iets voor je doen?' Normaal zou ze een bezoeker uitnodigen om binnen te komen, maar nu niet, niet alleen omdat ze een bloedhekel aan hem heeft (al heeft dat er wel mee te maken), maar ook omdat ze niet met hem alleen in een huis durft te zijn.

'Mag ik binnenkomen?'

'Nee.'

Dat antwoord brengt hem zo in verlegenheid dat hij om zich heen kijkt of iemand anders hem ziet. Sari hoopt dat hij van haar reactie schrikt en weggaat. Laat hem maar terugkomen als Judit hem te woord kan staan, denkt ze. Károly gaat niet weg, maar tilt zijn rechterarm op.

'Ik heb last van mijn hand. Ik heb hem bezeerd en hij geneest niet goed.'

Op zijn knokkels staan bloederige korsten, omringd door een rode, ontstoken huid.

'Blijf hier staan,' zegt Sari. Zonder op zijn reactie te wachten knalt ze de deur dicht en leunt er met haar hele gewicht tegenaan. Ze moet zich netjes gedragen, ze móét beleefd zijn, al is het alleen maar voor Anna, maar ze is woedend dat Károly durft aan te kloppen met een wond die hij heeft opgelopen toen hij Anna mishandelde. Hij is naar Judits huis gekomen om zijn verwonding te laten behandelen, terwijl zij bont en blauw is en niet om hulp durft te vragen. Ze heeft zin om hem in zijn gezicht te spugen, hem te slaan, met haar nagels over zijn wang te krassen en hem een schop tegen zijn gevoeligste plekken te geven.

Als ze even later de deur opendoet, verwacht ze half dat hij is vertrokken, maar hij staat nog steeds met een domme, schaapachtige blik op de stoep.

'Hier,' zegt ze, terwijl ze een flesje met fijngemalen, gekookte anemoonwortel onder zijn neus duwt. 'Maak het hier maar mee schoon. Dat zou moeten helpen.' Ze zwijgt even en dubt of ze de volgende opmerking zal wagen. 'Geef ook maar wat aan Anna,' zegt ze uiteindelijk, en tot haar genoegen ziet ze heel even een onzekere blik in zijn ogen verschijnen.

19

In de laatste weken van haar zwangerschap doet Sari meestal een middagdutje. Ze vindt het vreselijk dat ze niet meer zo veel energie heeft als vroeger, maar soms is ze zo moe dat ze wel even móét slapen. Voor haar is dat nog een reden om naar de geboorte van de baby uit te kijken. Ze doet ook een dutje wanneer Anna bij haar op bezoek komt. Judit maakt haar wakker door haar zachtjes aan haar schouder heen en weer te schudden.

'Wat is er?'

'Anna is er. Ze wil je spreken en zegt dat het dringend is.'

Sari kreunt, want ze ligt erg lekker. De laatste tijd heeft ze zo veel pijn in haar voeten dat ze geen zin heeft om op te staan.

'Kun jij het niet afhandelen?'

Judit schudt haar hoofd. 'Sorry, lieverd, ze wil per se met jou praten, en dan ook nog het liefst onder vier ogen. Ik weet niet waar het over gaat. Ze is behoorlijk toegetakeld, maar dat is ze tegenwoordig altijd.' Bij het zien van haar afkeurende blik bedenkt Sari dat Judit er misschien geen moeite mee zou hebben gehad om Károly bij zijn bezoek in zijn gezicht te spugen.

Vijf minuten later heeft ze zich overeind gehesen en voor de vorm wat aan haar uiterlijk gedaan. Omdat ze merkt dat haar verstoorde slaap haar chagrijnig maakt, draagt ze zichzelf op om aardig te zijn. Per slot van rekening heeft Anna het momenteel niet makkelijk, en Sari weet dat ze niet zou zijn gekomen als ze haar niet nodig had. Op de markt heeft Anna immers laten doorschemeren dat ze van Károly niet langs mag komen, dus ze verdient het om vriendelijk te worden ontvangen.

'Het spijt me dat ik je wakker heb gemaakt, Sari,' zegt Anna vanaf haar plaats aan de tafel. Sari neemt haar uiterlijk vlug en zo onopvallend mogelijk op. De blauwe plekken die ze laatst op Anna's gezicht zag, hebben inmiddels een bruingele kleur gekregen, maar op haar rechterwang zit een nieuwe buil. In haar hals zitten een paar akelige vlekken die Sari de rillingen bezorgen. Anna houdt haar linkerarm in een onnatuurlijke stand, alsof ze haar schouder heeft verrekt. Ze ziet er beroerd uit, maar niet beroerder dan de laatste keer. Sari vraagt zich dan ook af waarom Anna haar hulp nu wel nodig heeft. Zou het om een klacht gaan die voor de buitenwereld onzichtbaar is? Een seksuele mishandeling waar ze zich zo voor schaamt dat ze er niet met Judit over wil praten?

'Nou,' zegt Judit op overdreven opgewekte toon. 'Dan ga ik de ganzen maar voeren, of zoiets.' Ze haalt haar schouders op, omdat ze niet goed weet wat ze moet zeggen. Daarna loopt ze door de achterdeur in de richting van het kruidentuintje.

'Wil je iets drinken?' vraagt Sari aan Anna. Anna heeft een vreemde, strakke blik op haar gezicht, alsof ze moed probeert te verzamelen om te zeggen wat ze op haar hart heeft. Sari heeft het idee dat ze wel een zetje kan gebruiken.

'Koffie lijkt me lekker. Ga jij maar zitten, ik zet het zelf wel.'

Sari protesteert niet, maar laat zich voorzichtig op een stoel zakken. Ondertussen verbijt ze een kreun. Dat vindt ze ook al zo vreselijk aan haar zwangerschap, die ongegronde kreunen, jammergeluiden en piepjes die steeds aan haar lippen ontsnappen!

Anna zet een kop koffie voor Sari neer en loopt om de tafel naar haar eigen stoel. Sari ziet dat ze een beetje hinkt. Ze moet haar best moet doen om rechtop te lopen en haar gezicht vertrekt als ze gaat zitten.

'Ik kan niet lang blijven,' zegt ze. 'Károly is even naar Zsigmond Kiss, maar ik moet thuis zijn als hij terugkomt.'

'Goed,' zegt Sari. 'Vertel eens, wat heeft hij nu weer met je gedaan?'

Anna laat een vreugdeloze lach horen. 'Wat hij anders ook altijd doet. Het is nu nog veel erger dan vroeger, want hij drinkt de hele dag. Volgens mij is hij door de oorlog depressief geworden en zoekt hij vergetelheid in de drank. Misschien is hij de volgende dag zijn ervaringen wel vergeten, maar als hij drinkt, wordt hij juist extra somber. Eerst wordt hij verdrietig en daarna kwaad. Er… er valt gewoon niet met hem te leven.'

'Wat is er met je arm gebeurd?'

'H-hij heeft me tegen de grond gedrukt. Hij had mijn arm op mijn rug gedraaid en hield hem vast om… je weet wel.' Anna bloost. Sari herinnert zich hoe openhartig ze over haar seksuele relatie met Giovanni was. Deze gêne en terughoudendheid zijn iets nieuws en houden volgens Sari verband met de vernedering die ze voelt als ze seks met Károly heeft. 'Volgens mij vindt hij het fijner als hij… Hij lijkt er meer van te genieten als hij me pijn doet.'

'De rotzak.'

Anna knikt en glimlacht wrang. Sari vraagt zich af of ze alleen maar is gekomen om hierover te praten. Dat vindt ze niet erg, want ze weet nog hoe geïsoleerd ze zich voelde toen ze bij Ferenc woonde. Ze had het idee dat zij de enige was die zoiets moest doormaken. Het liefst zou ze Anna vertellen dat ze haar begrijpt, maar dan tilt Anna haar hoofd op, kijkt Sari voor het eerst recht in de ogen en zegt: 'Je moet me helpen, Sari.'

Sari reageert verbaasd. 'Natuurlijk wil ik je helpen, Anna! Zeg het maar. Wat kan ik voor je doen? Ik heb talloze middeltjes tegen de blauwe plekken…'

Anna schudt haar hoofd. 'Nee, je begrijpt me verkeerd. Je

moet me helpen om met Károly af te rekenen. Net zoals jij met Ferenc hebt afgerekend.'

Het wordt zwart om Sari heen, en gedurende een kort, angstaanjagend moment weet ze zeker dat ze zal flauwvallen. Dan trekt de donkere mist weer op, maar ze hoopt vurig dat ze Anna verkeerd heeft verstaan en dat er sprake is van een misverstand. Ze hoopt dat ze de woorden verkeerd heeft geïnterpreteerd en dat Anna iets mals en eenvoudigs bedoelt, iets heel anders dan wat Sari denkt te hebben verstaan. Maar als ze Anna aankijkt, ziet ze dat haar vriendin haar nog steeds met die indringende, wanhopige, vastbesloten blik aanstaart. Op dat moment weet Sari dat Anna het weet, en o god, er zit een oceaan, een wereld, een compleet universum van verschil tussen het idee dat Anna wellicht iets vermoedde en Sari's zekerheid over wat Anna zeker weet.

'Wat bedoel je?' vraagt ze zwakjes. Het is een poging om het onvermijdelijke nog even uit te stellen.

'Je hoeft niet tegen me te liegen, Sari. Ik neem het je niet kwalijk. Niemand neemt het je kwalijk.'

'Wat bedoel... Wie? Weet iederéén het?'

Anna is verbaasd dat Sari zo geschokt reageert. 'Nee, natuurlijk niet. Niet iedereen. Veel mensen geloven dat hij gewoon ziek was en doodging, maar er zijn er ook... We nemen het je echt niet kwalijk, Sari. We vermoedden het omdat we wisten dat hij je mishandelde en dat hij Marco heeft vermoord. Onder die omstandigheden zouden we allemaal hetzelfde hebben gedaan. Allemaal.'

'Hoe weet je...'

'Ik weet het gewoon, Sari. Als je weet wat het is, herken je het als het bij anderen gebeurt. Dat verhaal dat Marco tijdens een ontsnappingspoging is neergeschoten, tja, veel mensen waren bereid dat te geloven. Jullie waren heel discreet, ik denk dat sommige mensen niet eens wisten dat jullie een verhouding hadden, maar ik vond het verhaal heel verdacht. Het feit dat het precies gebeurde toen je bij Ferenc introk en niet meer in het openbaar werd gezien, maakte het nog veel verdachter. En als je dan af en toe naar buiten kwam... Je verborg het goed, dat moet ik toegeven, maar als je weet waar je op moet letten, zoals ik, zie je het meteen als iemand wordt mishandeld. Eerst kon ik nauwelijks geloven dat Ferenc je sloeg. Ik vond hem altijd aardig en had respect voor hem. Ik dacht dat hij zich nooit zo zou gedragen, maar ik denk dat de oorlog mensen verandert.'

Sari moet vechten om haar hoofd niet in haar handen te leggen. Ze dwingt zichzelf om naar Anna te kijken, die maar door blijft praten. Het is of ze niet meer kan ophouden nu ze eenmaal op gang is gekomen.

'Toen ik hoorde dat hij weer ziek was geworden, waren er veel mensen die dat gerucht geloofden. Zelf begon ik het ook bijna te geloven, maar ik had nog wat twijfels. Ik wist namelijk dat jij een motief had, en ik weet ook dat God, het lot, of hoe je het dan ook wilt noemen, vrouwen als jij en ik nooit op het juiste moment komt helpen. Dus toen hij doodging, wist ik zeker dat jij zijn dood op je geweten had.'

Sari heeft een kurkdroge mond en neemt een grote slok koffie, die zo heet is dat ze bijna haar mond verbrandt. 'O god,' zegt ze met trillende stem. 'Verdomme nog aan toe.' In haar buik maakt haar dochter een plotselinge beweging, alsof ze net zo panisch is als haar moeder.

Anna steekt vlug haar hand uit om Sari's vingers vast te pakken.

'Luister nou! Je hoeft je nergens zorgen over te maken. Ik sta aan jouw kant. Ik weet waarom je het hebt gedaan en ik vertel het echt niet door. Erewoord.' Met moeite slaagt ze erin om te lachen. 'Jouw daad is echt niet ongewoon, hoor. Door de eeuwen heen hebben vrouwen wel vaker zo hun problemen opgelost. Vraag maar Judit, zij kan het bevestigen.'

'Wie weten het allemaal?' fluistert Sari.

'Een paar mensen. Ik, Lujza, Lilike, en een paar andere meisjes die in het kamp werkten. Gewoon mensen die jou kennen en je aardig vinden. Je kunt ons vertrouwen, Sari. Je kunt mij vertrouwen. Iedereen houdt zijn mond.'

'Goed,' zegt Sari. 'Goed.' Ze haalt diep adem. Het valt allemaal wel mee, denkt ze. Het had veel erger kunnen zijn. Anna stapt echt niet naar de politie, en de andere meisjes ook niet. Het valt allemaal nog wel mee.

'Help je me?' vraagt Anna. Dan herinnert Sari zich haar vraag weer. O help, het is dus wél erg.

'Anna,' zegt ze smekend, 'mijn situatie was heel anders. Je bent niet zwanger. Ferencs familie heeft in alle naburige dorpen kennissen. Jij kunt nog ontsnappen, maar als ik dat had gedaan, zou hij me hebben opgespoord en gedood. Hij zou mijn baby hebben vermoord.'

Anna leunt over de tafel naar haar toe. 'Károly heeft precies hetzelfde tegen mij gezegd,' zegt ze. 'Hij zegt dat ik best mag vluchten, maar dat hij niet zal rusten tot hij me kan pakken en vermoorden. O, de kans is klein dat hij dat ook daadwerkelijk doet. Hij is niet zo slim als Ferenc en mist de connecties van de familie Gazdag. Ik zou dus kunnen vluchten, maar wat moet ik zonder geld? Károly heeft minder middelen dan Ferenc, maar ik heb minder middelen dan jij. Ik heb geen persoonlijke bezittingen, helemaal niets, en ik heb niet zo veel verstand van de natuur als jij. Jij weet alles over planten, dieren en hoe je je moet verstoppen, dingen die je van je vader en van Judit hebt geleerd. Ik zou me nog geen dag in mijn eentje kunnen redden. Ik zou doodgaan, gedood worden of door de politie worden gevonden, en dan kon ik het verder ook wel vergeten.'

Ze zwijgt even om weer wat kalmer te worden. 'Luister. Toen Giovanni wegging, zei hij dat ik hem moest nareizen. Ik weet waar hij woont, dus als ik geld had, zou ik naar hem toe kunnen gaan. Hij kan het zich niet veroorloven om me geld te sturen, want daarvoor is de reis te duur. De enige ma-

nier waarop ik zo veel geld in handen kan krijgen, is als Károly doodgaat. Ik heb sieraden van mijn oma geërfd, maar die
bewaart Károly achter slot en grendel. Hij draagt de sleutel altijd op zijn lichaam, en zolang hij leeft, krijg ik die nooit in
handen.'

'Als je hem zo graag wilt vermoorden, begrijp ik niet waarom je mij nodig hebt,' zegt Sari langzaam. 'Vooral niet als je
van plan bent om na de moord te vluchten.'

'Sari, bij jouw methode leek het alsof Ferenc gewoon ziek
werd en doodging. Goed, sommigen van ons vonden dat verdacht, maar we hadden geen bewijs. Het lijkt me heerlijk Károly's hoofd met een bijl in te slaan, maar als ik dat doe en op de
vlucht sla, denken ze dat ik gek ben geworden en doorzoeken
ze de hele omgeving om me op te sporen. Als ik het op jouw
manier doe, tja… Iedereen weet hoe Károly is. Vroeger vond
ik dat heel vervelend, maar nu besef ik dat ik er mijn voordeel
mee kan doen. Bij iemand anders zouden de mensen misschien achterdochtig worden, maar als Károly ziek wordt en
doodgaat, kan niemand het mij toch kwalijk nemen als ik al
zijn spullen bij elkaar grabbel en zo snel mogelijk wegga. Iedereen weet dat hij me slecht behandelt, en hij heeft ook geen
familie meer die hevig om zijn dood zal treuren. Ik heb erover
nagedacht, Sari. Ik weet dat ik dit kan. Het is mogelijk, maar ik
heb jouw hulp nodig.'

Als Sari zo naar Anna zit te luisteren, gaat ze bijna overstag.
Bijna. Arme Anna, ze bevindt zich in dezelfde situatie als Sari
een paar maanden geleden. Wat had Sari moeten beginnen als
Judit haar niet had geholpen? Toch kan ze geen ja zeggen. Het
kan niet. Ze kán Anna gewoon niet helpen.

'Ik heb al twee doden op mijn geweten, Anna. Daar kan ik
geen derde aan toevoegen. Het spijt me.'

Anna bijt op haar lip. Ze kijkt alsof ze op het punt staat om
iets te zeggen dat ze liever had willen verzwijgen. 'Als je nee
zegt, heb je sowieso drie doden op je geweten. Als je me niet

helpt, als ik bij hem moet blijven, duurt het nooit lang voordat hij me vermoordt of dat ik zelfmoord pleeg. Dat weet je zelf ook wel, Sari. Ik kan niet bij hem blijven.'

'Dat is niet eerlijk. Zoiets mag je niet tegen me zeggen.'

'Het hele leven is oneerlijk! Verdomme, Sari, ik probeer gewoon te overleven. Meer niet.'

Er valt een stilte. Anna lijkt te beseffen dat ze geen troef- kaarten meer heeft om Sari te bepraten. Als dit nog niet vol- doende was, zal ze Sari nooit kunnen overtuigen. Ondertus- sen wordt Sari verscheurd door twijfels. Ze is diep getroffen, ze is geschokt, ontzet en misselijk, maar er blijft één gedachte door haar hoofd spoken. Wat had jij gemoeten als Judit je niet had geholpen? Wat had je dan gedaan? Ze merkt dat ze die vragen niet meer uit haar gedachten kan krijgen.

'Ik heb hem niet vervloekt, voor het geval je dat misschien denkt,' zegt ze abrupt. 'Zo makkelijk was het echt niet. Ik heb hem vergiftigd. Dat zou je zelf moeten doen, je zou poeder in zijn eten moeten strooien. Dat is niet zo akelig als… weet ik veel, hem met een bijl in stukjes hakken of zo, maar je moet het wel zelf doen. Het is geen leuk gezicht. Je moet heel zeker weten dat je dat aankunt.'

'Sari.' Anna kijkt haar aan. In haar ogen glanst een veront- rustende mengeling van fanatisme en grote vreugde. 'Het zou me een genoegen zijn. Ik zou het hele proces met plezier gadeslaan.'

'Ik heb nog geen beslissing genomen,' laat Sari er vlug op volgen. 'Ik weet nog niet of ik je wil helpen. Kom morgen maar terug, het liefst rond dezelfde tijd. Ik moet erover naden- ken.'

Anna kijkt haar een paar tellen aan, alsof ze zich afvraagt of ze misschien nog iets moet zeggen. Dan knikt ze en staat op. 'Goed,' zegt ze. 'Ik zal proberen of ik morgen terug kan ko- men. Nu kan ik maar beter naar huis gaan.'

'Als je het niet erg vindt, laat ik je niet uit,' zegt Sari, wijzend op haar dikke buik. 'Het valt me met die omvang niet mee om op te staan.'

Anna grinnikt. Het is de eerste oprechte lach die Sari in lange tijd heeft gezien. 'Dat begrijp ik.' Ze loopt naar de deur en blijft met een hand op de klink stilstaan. Terwijl ze zich naar Sari omdraait, zegt ze: 'Begrijp me goed, ik wil je niet chanteren. Ik vind het heel erg als je me niet helpt, maar ik vertel niemand over Ferenc. Dat zou ik jou en de baby nooit aandoen.'

'Daar ben ik blij om,' zegt Sari, en dat meent ze ook. Anna's lieve, zachte karakter is het sterkste wapen in haar arsenaal. Het is logisch dat ze het pas op het laatste moment inzet.

20

Sari merkt dat het verbazend makkelijk is om moordenares te worden. Natuurlijk is ze van plan om Anna te helpen. Ondanks haar twijfels was er na Anna's vraag al geen ontkomen meer aan, maar dit is heel anders dan bij Ferenc. Hoewel ze weet dat Károly een ellendeling is, heeft hij haar nooit persoonlijk kwaad gedaan. Ze kan dus nooit beweren dat ze dit uit zelfbehoud doet, zoals in het geval van Ferenc. Het is een soort moord op afstand, omdat zij het wapen niet hanteert en zelf niet is mishandeld. In gedachten vergelijkt ze het met een oorlog, waarin het acceptabel wordt om mensen te doden die je niet eens kent, maar die een gevaar vormen voor je land en de mensen die je liefhebt. In deze oorlog staan Sari en Anna beslist aan dezelfde kant.

Als Anna veilig is vertrokken, bespreekt Sari de kwestie met Judit. Zoals ze wel had verwacht, reageert Judit heel kalm.

'Je weet dat de morele kant me totaal niet interesseert,' zegt ze. 'En zelfs als dat wel het geval was, zou ik waarschijnlijk een uitzondering maken voor die rotzak Károly, die het beslist verdient om te sterven. Als je Anna wilt helpen, moet je dat gewoon doen. Ze heeft trouwens gelijk, deze praktijken komen al jaren voor. Het is niets nieuws. Het enige wat mij zorgen baart, is dat jij hierdoor misschien gevaar loopt. Voor één mysterieuze ziekte in een dorp kan nog een verklaring worden gevonden, maar een tweede sterfgeval is verdacht, zeker als de echtgenote van het slachtoffer een goede vriendin van je blijkt te zijn. Het interesseert me niet wat er met mij kan gebeuren. Ik heb al zo lang geleefd dat ik morgen zonder spijt zou kunnen sterven, maar ik wil niet dat jouw wereld hierdoor instort.'

Dat wil Sari ook niet. Ze weet dat ze een risico neemt, maar hoe langer ze erover nadenkt, hoe meer ze het gevoel krijgt dat ze Anna niet aan haar lot kan overlaten. De dood van Károly brengt trouwens minder risico's mee dan die van een ander. Anna heeft gelijk, hij is niet bepaald populair in het dorp. De meeste mensen mogen Anna erg graag en weten dat Károly haar mishandelt. Verder heeft hij geen naaste familie die ondanks zijn rotkarakter van hem houdt. In veel opzichten is het juist veel veiliger dan bij Ferenc, en dat is ook allemaal goed afgelopen...

'Ik ga haar helpen,' zegt Sari tegen Judit, die grijnst en haar schouders ophaalt.

'Dat dacht ik wel. Nou, laten we dan maar aan de slag gaan.'

'Ik heb nog wat poeder over van Ferenc...'

'Toch kan het geen kwaad om nog wat meer te maken. Wie weet wanneer we het weer nodig hebben. Dit zou wel eens een bedrijfje kunnen worden, Sari!'

Sari denkt dat Judit een grapje maakt, maar toch blijven die woorden hangen. Ze overschrijdt steeds meer grenzen. Toen ze Ferenc doodde, ging ze een grens over die de meeste mensen niet willen passeren. Als ze al hoop had gehad dat haar ziel gered kon worden, is die door de dood van Ferenc verdwenen. Dat maakt het voor haar veel makkelijker om de volgende grens te overschrijden. Zou ze hiermee door kunnen gaan? Ze denkt van niet, maar een deel van haar vraagt zich af waarom dat er nog toe doet.

De volgende dag komt Anna niet terug. Sari weet dat ze zich aan Károly's plannen moet aanpassen en alleen maar stiekem of met een goede smoes kan langskomen, maar toch is ze bang dat Károly lucht van hun gesprek heeft gekregen en Anna doodt voordat ze hem kan doden. Bij de gedachte aan die mogelijkheid verdwijnt haar laatste restje twijfel. Als ze dan toch een volgend slachtoffer op haar geweten moet hebben, heeft ze veel liever dat het Károly is dan Anna.

De volgende ochtend komt Anna met een verontschuldigende grimas binnen.

'Het spijt me van gisteren, hij wilde me niet…'

'Het geeft niet. Je bent er nu.'

Sari kijkt veelbetekenend naar Judit, die een lankmoedige zucht slaakt en zich overeind hijst om weer naar de tuin te gaan. Sari denkt dat Anna wel weet dat Judit van alles op de hoogte is, maar Anna heeft zich nooit zo op haar gemak gevoeld bij Judit. Er zijn maar weinig mensen die zich bij de bitse Judit thuis voelen, dus het is niet vreemd dat Anna het prettiger vindt om de delicate kwestie van de moord op haar echtgenoot onder vier ogen met Sari te bespreken.

Als Sari de kom met poeder voor Anna neerzet, merkt ze dat ze automatisch Judit imiteert. Tot haar schrik vindt ze het op een bepaalde manier heel spannend om Anna hiermee te helpen. Als ze voorzichtig haar geweten aftast, bespeurt ze nergens wroeging. Het heeft op dit moment geen zin om daarover te piekeren. Als er een hel bestaat, gaat ze daar waarschijnlijk toch al naartoe, dus ze kan zich niet voorstellen dat gebrek aan berouw over twee moorden erger is dan gebrek aan berouw over één moord.

Ze legt uit hoe het onschuldig uitziende poeder werkt. Tijdens haar verhaal zit Anna met grote ogen naar haar te luisteren, alsof ze nu pas goed beseft wat ze van plan is. Als Sari woord voor woord alle instructies van Judit heeft herhaald, leunt ze achterover om kritisch naar Anna te kijken. Anna kijkt haar niet aan, want ze zit nog steeds gebiologeerd naar het conische bergje poeder te kijken.

'Wil je mijn advies, Anna?' vraagt Sari. Anna knikt zwijgend.

'Geef hem meteen een hoge dosis. Hij is heel anders dan Ferenc. Ferenc vertrouwde me en had geen achterdochtig karakter, maar Károly heeft dat wel. Je moet hem meteen goed ziek maken, zodat hij niets meer kan, jou geen pijn kan doen of iemand kan vertellen dat hij jou ergens van verdenkt. Begrijp je?'

'Kan ik hem niet meteen genoeg geven om hem te doden?'

'Kom Anna, denk nu even na. Zoals je al zei, heeft Károly in het dorp weinig vrienden. Zolang je het er niet naar maakt, zal niemand onderzoek willen doen naar zijn dood. Als je hem in één keer doodt, lok je wél een onderzoek uit, omdat dat bijna net zo verdacht is als een bijl in zijn schedel. Begrijp je?'

'Ik geloof het wel.' Anna kijkt weer naar het poeder. Ze ziet er zo nerveus en onzeker uit dat Sari zich even afvraagt of ze terugkrabbelt, maar dan kijkt ze Sari plotseling met een opgewekte grijns aan.

'Goed, dan ga ik maar eens naar huis om ermee te beginnen.'

Sari glimlacht terug, maar gek genoeg maakt zich een melancholiek gevoel van haar meester. Anna heeft een goed, lief karakter, en het is een verdrietige gedachte dat zij Anna helpt om haar onsterfelijke ziel te bezoedelen, al gelooft ze daar – in tegenstelling tot Anna – zelf helemaal niet in.

'Voordat je gaat, wil ik eerst nog eens horen wat je allemaal precies moet doen.'

Als een kind dat overhoord wordt, dreunt Anna braaf op: 'Ik geef hem vanavond genoeg om hem goed ziek te maken. Morgen kom ik jullie vertellen dat hij ziek is en dat ik niet weet wat hij mankeert. Dan komt een van jullie tweeën langs om een kijkje bij hem te nemen. Na een paar dagen geef ik hem de fatale dosis, en dan ga ik weg,' voegt ze er uitdagend aan toe. Sari heeft haar uitgelegd dat ze minder argwaan wekt als ze tenminste tot na de begrafenis blijft, maar dat heeft Anna ronduit geweigerd. Sari probeert haar niet meer op andere gedachten te brengen, want waarschijnlijk maakt het toch niet veel uit.

'Goed. Wees voorzichtig, Anna. We zien je morgen wel.'

Anna houdt zich keurig aan de afspraak en bonst de volgende ochtend om halfelf op de deur. Sari glimlacht, want haar timing is perfect. Het leven in het dorp begint op gang te komen en er zijn veel mensen op straat, talloze getuigen die zien dat Anna Sari en Judit komt halen om naar haar zieke man te kijken. Het is maar goed dat ze op dat moment geen bezoek hebben, want Anna kan haar opwinding nauwelijks verbergen.

'Het werkt, Sari,' fluistert ze opgetogen. 'Hij verrekt van de pijn, de rotzak!'

Sari en Judit lopen allebei met haar mee naar huis. Onderweg moet Sari haar vriendin een paar keer aanstoten, want Anna hangt niet bepaald de bezorgde echtgenote uit. Integendeel, ze ziet eruit alsof ze zich kostelijk vermaakt.

Eenmaal thuis houdt Anna de schijn niet meer op. Zodra de deur achter hen dichtgaat, zegt ze met luide, heldere stem: 'De klootzak ligt daar. Het heeft geen zin om naar hem te gaan kijken, want over een paar dagen maak ik hem af en ik wil niet dat hij pijnstillers krijgt. Ik wil dat die ellendeling flink lijdt.' Sari wordt heen en weer geslingerd tussen afschuw en vrolijkheid, maar Judit heeft daar geen last van en laat haar karakteristieke gekakel horen.

'Zo mag ik het horen, meisje. Nou, je kunt eigenlijk net zo goed een ketel water opzetten. We moeten hier een poosje blijven om de indruk te wekken dat we voor hem zorgen. In de tussentijd kun je ons een kop koffie geven.'

Ze blijven bijna een uur, en al die tijd lijkt Anna niet stil te kunnen zitten. Ze stuitert bijna van opwinding en staat steeds op om bij de slaapkamerdeur naar Károly te kijken. Ze waagt zich niet verder dan de drempel en houdt niet eens de schijn op dat ze voor hem zorgt.

'Hij moet weten dat ik dit doe,' zegt ze als Sari en Judit opstaan om te gaan. 'Dit is mijn laatste kans om die schoft te laten zien hoe ik over hem denk.'

'We zullen in het dorp vertellen dat hij ziek is, al wordt er waarschijnlijk toch al gekletst door de mensen die ons hierheen zagen lopen,' zegt Sari. 'Geef hem nog een paar dagen voordat je er een einde aan maakt.'

Anna knikt. 'Ik heb hem de sleutel al afgepakt. Ik heb al het geld en de sieraden die ik nodig heb. Ik zou bijna in de verleiding komen om nu al te gaan, maar ik beloof dat ik nog even zal wachten.'

'Je moet wachten, Anna. Je mag geen argwaan wekken. Ben je nog steeds van plan om direct na zijn dood te vertrekken?'

'Nou en of. Ik vertrek nog diezelfde avond.'

'Goed, maar laat je het me wel even weten? Je zou bijvoorbeeld... Eens even kijken. Je zou een takje van een kersenboom op de traptreden van het huis kunnen leggen, dan weet ik dat ik bij hem langs moet gaan. Ik zal nog een dagje wachten, om zeker te weten dat je een flinke voorsprong hebt als iemand je wil opsporen.'

Anna lijkt tegen haar tranen te vechten. 'Ik weet niet hoe ik je moet bedanken, Sari. En jou ook niet, Judit, ik ben jullie zo dankbaar.'

Sari leunt naar voren om Anna vlug en stevig te omhelzen. Ze is nog steeds niet helemaal gewend aan lichamelijk contact tussen vrienden, en ze vindt de druk van Anna's lichaam tegen het hare tegelijkertijd plezierig en verwarrend. 'Veel succes, Anna. Als je me kunt laten weten dat het je gelukt is, dat je in veiligheid bent…'

'Dan hoor je van me.'

De deur gaat met een klik achter hen dicht.

Tijdens de twee dagen daarna dwalen Sari's gedachten voortdurend af naar Anna. Ze is misselijk van bezorgdheid en opwinding als ze aan haar vriendin denkt. Ze is vreselijk bang dat er iets misgaat en dat Anna doodgaat of in de gevangenis belandt, maar als Anna erin slaagt om dit tot een goed einde te brengen, krijgt ze de ontsnapping waar ze nooit echt van durfde dromen. Geduld is nooit Sari's sterkste kant geweest, en de verleiding is dan ook erg groot om naar Anna's huis te gaan en te kijken hoe het ermee staat. Op de middag van de tweede dag heeft ze haar jas al aan als Judit vraagt waar ze naartoe gaat.

'Naar Anna,' antwoordt Sari uitdagend.

Judit schudt haar hoofd. 'Geen sprake van. Jij hebt gedaan wat je kon, dus nu moet je het verder aan haar overlaten. Ze is een slimme meid, ze kan het vast wel in haar eentje.'

'Maar is het niet verdacht als we helemaal niet meer komen kijken? Als Károly op sterven ligt, horen wij hem toch te helpen?'

'Tja, zo zou je het kunnen bekijken. Enerzijds ben jij degene bij wie mensen aankloppen als ze ziek zijn, maar anderzijds ben jij de vrouw wier verloofde onlangs onverwachts is overleden. Het zou juist verdacht kunnen overkomen als jij dat huis vlak voor Károly's dood bezoekt,' zegt Judit.

Daar had Sari nog niet aan gedacht. Weifelend blijft ze met de jas halverwege haar armen staan.

'Hoe dan ook, je kunt nu niets voor haar doen. Laat het aan haar over. Je kunt je nieuwsgierigheid toch nog wel een paar dagen bedwingen?'

Zo lang hoeft Sari haar nieuwsgierigheid niet eens te bedwingen. De volgende ochtend wordt ze wakker met het gevoel dat er iets is veranderd. Er is iets gebeurd. Als ze de voordeur opendoet en een klein, onopvallend takje van een kersenboom stilletjes op het trapje ziet liggen, wordt ze plotseling overmand door verdriet. Anna is weg. Buiten Judit was Anna de enige vriendin in het dorp op wie Sari altijd kon rekenen. Behalve verdriet voelt ze aanhoudende steken van jaloezie. Tot voor kort had ze nooit gedacht dat Anna uit het dorp kon ontsnappen terwijl zij, Sari, moest achterblijven. Even vervloekt ze de modder, de ongemakken en de verschrikkelijke banaliteit van het dorp om haar heen, maar dan loopt ze met het takje naar binnen en doet de deur dicht.

Zodra Judit ziet wat ze in haar hand heeft, verschijnt er een brede grijns op haar gerimpelde gezicht. 'O, wat een geweldige meid, wat een geweldige meid! Ze heeft het voor elkaar gekregen!'

Ze wachten nog een dag voordat ze naar Anna's huis gaan, waar Anna's afwezigheid voelbaar is. Het sterfbed van Károly ziet er akelig uit. Het is duidelijk dat Anna hem tijdens zijn korte, ernstige ziekte nauwelijks heeft verpleegd, maar Sari heeft geen medelijden met hem. Toch maken zij en Judit hem zo goed mogelijk schoon voordat ze het nieuws van zijn dood verspreiden.

Zoals ze wel hadden verwacht, vindt niemand het erg dat Károly dood is. Zelfs zijn drink- en gokmaatjes, de mannen die hij zijn vrienden zou hebben genoemd, konden niet goed met hem opschieten. Anna was niet de enige die onder zijn woedeaanvallen leed, en zijn opvliegendheid maakte hem niet bepaald geliefd. Hij wordt vlug en geruisloos begraven, Sari schrijft de gebruikelijke overlijdensverklaring voor de autoriteiten in Város, en niemand lijkt het nodig te vinden om voor de begrafenis de priester uit het naburige dorp te laten komen. De mensen vinden het veel erger dat Anna is verdwenen, want haar vonden ze aardig. Ze vinden haar nog aardiger dan Sari dacht, want er wordt zelfs op een vriendelijke manier over haar geroddeld.

'Je kunt het haar niet kwalijk nemen dat ze direct na zijn dood is vertrokken,' hoort Sari Matild Nagy op het marktplein zeggen. Matild praat heel zachtjes om vertrouwelijkheid te suggereren. 'Iedereen weet dat hij haar mishandelde. Ik vind dat ze groot gelijk heeft. Ze verdient een beter leven.'

Het verhaal over Károly's onverwachte dood en Anna's verdwijning gonst een paar dagen door het dorp en sterft dan weg. Sari blijft met een bitterzoete mengeling van opluchting en eenzaamheid achter. Ze denkt vaak aan Anna en probeert haar in gedachten te volgen, omdat ze haar vriendin verschrikkelijk mist.

Een week later. Anna is misschien al in Boedapest. In gedachten probeert Sari zich haar vriendin in de stad voor te stellen, al heeft ze natuurlijk geen idee hoe Boedapest eruitziet. Er klinkt een klop op de deur en Sari neemt haastig afscheid van Anna-in-haar-hoofd. Ze hijst zich overeind uit haar stoel, waarin ze een kop thee zat te drinken. Voordat ze een paar meter heeft gelopen, zoeft Judit langs haar heen met een snelheid die onnatuurlijk is voor een vrouw van haar leeftijd.

'Ga zitten!' snauwt ze, terwijl ze Sari op een drafje passeert. 'Je moet uitrusten! Ik doe wel open.'

Het is Orsolya Kiss, die wordt geflankeerd door Jakova Gersek en Matild Nagy. Verbaasd zet Judit een stapje naar achteren. De vijf vrouwen kunnen niet goed met elkaar overweg, en normaal gesproken zouden Orsolya en haar handlangers alleen in het uiterste geval naar Judit en Sari toe komen. Zo op het eerste gezicht zijn de drie bezoeksters niet ziek of gewond. Integendeel, Orsolya ziet er juist opvallend goed uit en heeft een zelfvoldane glimlach op haar brede, platte gezicht.

'Zo, Orsolya, Jakova en Matild,' zegt Judit, die zich snel herstelt. 'Wat een verrassing om jullie hier te zien. Wat kunnen we voor jullie doen?'

Orsolya's glimlach wordt nog breder. 'Tja, het gaat om een nogal delicate kwestie. Misschien moeten we er maar een kop koffie bij nemen. Sari, je vindt het vast niet erg om een ketel water op te zetten.'

'Dat doe ik wel,' zegt Judit vlug. Ze verdwijnt naar de keuken. Orsolya en haar vriendinnen wachten niet tot iemand hun een stoel aanbiedt, maar gaan tegenover Sari aan tafel zitten. Sari voelt haar hele lichaam verstijven. Ze wantrouwt deze drie vrouwen en voelt dat er moeilijkheden op komst zijn. Matild en Jakova zijn nerveus en voelen zich duidelijk niet op hun gemak. Ze schuiven heen en weer op hun stoel, alsof ze het liefst meteen weer zouden vertrekken. Ze zien eruit alsof ze overal liever willen zijn dan hier, maar Orsolya zit juist aan tafel alsof ze hier woont. Ze is een toonbeeld van kalmte en glimlacht slijmerig naar Sari.

'Sari. Gezien de omstandigheden zie je er goed uit.'

Sari doet haar best om terug te lachen. Het kan geen kwaad om Orsolya zo veel mogelijk te vriend te houden, maar haar mond wil niet gehoorzamen en het is een worsteling om de woorden over haar lippen te krijgen. 'Dank je, Orsolya. Je ziet er zelf ook erg goed uit.'

Orsolya negeert de onuitgesproken vraag die Sari daaraan toevoegt: dus wat kom je hier eigenlijk doen?

'Het gaat ook goed met me, Sari. Erg goed.'

Dat is voorlopig het einde van het gesprek. Tegen de tijd dat Judit terugkomt, weet Sari zich totaal geen houding meer te geven. Orsolya daarentegen zit erbij alsof ze zich nog nooit zo op haar gemak heeft gevoeld.

'Zo,' zegt Judit, terwijl ze aan tafel gaat zitten en koppen koffie uitdeelt. 'Wat kunnen we voor jullie doen?'

Orsolya schenkt haar nog een stralende glimlach. 'Nou, we

hoopten eigenlijk dat jullie wat van je... expertise met ons wilden delen.'

Sari's bloed stolt in haar aderen. Nu komt het, denkt ze, maar Judit lijkt haar niet te hebben begrepen.

'Ja, natuurlijk willen we dat,' zegt ze, terwijl er een verbaasd fronsje op haar voorhoofd verschijnt. 'Daar komen jullie toch voor? Wat is precies het probleem?'

'Nee, nee.' Orsolya klinkt alsof ze elk woord met zorg kiest. 'Je begrijpt me verkeerd. We hebben jullie hulp niet nodig om iemand te genezen. Het gaat juist om het tegenovergestelde.'

Er valt een korte, bedwelmende stilte. Dan zegt Judit stijfjes: 'Ik heb geen idee waar je het over hebt.'

Orsolya's kokette lachje klinkt heel onnatuurlijk. 'Toe nou, zeg! Je hoeft zulke dingen niet voor ons te verbergen. We nemen het Anna echt niet kwalijk dat ze Károly heeft gedood, en we nemen het jullie niet kwalijk dat jullie haar hebben geholpen. Ferenc daarentegen leek me altijd wel aardig. Ik vond dat Sari de handen mocht dichtknijpen met zo'n verloofde. Ik moet zeggen dat ik niet begrijp waarom je hem hebt gedood, Sari, maar ja, wie ben ik om daar vraagtekens bij te zetten?'

'Wat wil je van ons?' vraagt Sari uiteindelijk.

'Ik dacht dat we dat al duidelijk hadden gezegd. Sari, we vinden het egoïstisch als je zulke dingen voor jezelf en je beste vriendinnen houdt. Sinds het einde van de oorlog en de terugkeer van de mannen is er helaas veel veranderd. We waren gewend aan het leven dat we tijdens de oorlog leidden, en nu... Nu zijn er een paar dingen die we kwijt willen. Ik denk dat jullie ons daarbij kunnen helpen.'

'En als we dat niet doen?' vraagt Judit. Ze blijft bewonderenswaardig kalm, maar haar wangen zijn knalrood geworden.

'O, denk alsjeblieft niet dat ik jullie onder druk wil zetten, maar mijn neef werkt bij de politie in Város en ik denk dat hij bijzonder geïnteresseerd is in een paar verdachte sterfgevallen in Falucska.'

'Je kunt niets bewijzen,' zegt Sari, die haar hart tegen haar ribben voelt hameren. In haar buik maakt de baby zo'n heftige, onverwachte beweging dat ze er misselijk van wordt.

'Misschien niet, maar dat doet er ook niet toe als Ferencs ouders horen wat er met hun zoon is gebeurd. Ik bedoel, ik wil niet wreed zijn, liever, maar zijn familie heeft veel meer aanzien dan jullie. Ik denk dat niemand hun beweringen in twijfel zal trekken.'

'En als we je helpen?' vraagt Judit.

'Dan zouden we wel gek zijn om te vertellen wat hier gebeurt, of niet?'

Ze stemmen in. Wat moeten ze anders? Vlug worden er wat stilzwijgende afspraken gemaakt. Orsolya en haar vriendinnen komen over twee dagen terug, om Judit en Sari genoeg tijd te geven om de benodigde spullen klaar te maken. Het grapje dat Judit laatst maakte, dat ze wel een bedrijf konden beginnen, galmt door Sari's hoofd. We zijn een moordhandel begonnen, denkt ze, waarbij ze een hysterisch giecheltje moet onderdrukken.

Als Orsolya weggaat, kan Sari de vraag niet voor zich houden: 'Hoe wist je hiervan? Hoe wist je het zo zeker?'

Orsolya lacht weer en legt haar hand op Sari's arm. 'Ik wist het helemaal niet zeker, liever, maar in veel opzichten maakt het niet uit of het verhaal wel klopt. Er zijn hier genoeg mensen die mij eerder geloven dan jou.' Ze buigt zich naar Sari toe, alsof ze haar een groot geheim wil verklappen. 'Ik bedoel, wat jij lijkt te vergeten, Sari, is dat jij hier niets voorstelt. Judit ook niet. Niemand geeft een zier om jullie.'

1920

21

Eigenlijk wilde Lilike helemaal niet weg uit Falucska, want ze had er haar hele leven gewoond. De grens van haar wereld werd gevormd door de grote, weidse vlakte en de duizelingwekkende hemel. Af en toe ging ze wel naar Város, maar die plaats leek altijd minder echt dan het dorp. Ze vond het een vreemde gedachte dat die straten vol karren en paarden in dezelfde wereld thuishoorden als de rivier, de bossen en de marktplaats waarmee ze was opgegroeid.

Toch heeft ze zich goed aangepast, al zegt ze het zelf. Toen haar moeder een jaar geleden zei dat ze bij een tante in Város gingen wonen, was Lilike dagenlang in tranen geweest. Inmiddels kijkt ze met medelijden en minachting op dat snikkende meisje terug. In het begin was ze bang geweest dat haar stadse nichtjes op haar en haar plattelandsmanieren zouden neerkijken. Tijdens de eerste weken durfde ze nauwelijks iets te zeggen, maar haar nichtjes bleken juist erg aardig te zijn. Haar kast hangt vol met hun afgedankte jurken, en als ze 's ochtends een luchtige mousselinen jurk over haar hoofd laat glijden, bedenkt ze dat ze het dorp inmiddels nauwelijks meer mist. Ze was een beetje bang dat ze door haar relatie met Umberto minder kans had om in Város een echtgenoot te vinden, maar tot haar genoegen merkt ze dat het niets uitmaakt. Toen ze schoorvoetend aan haar nichtjes bekende wat ze had gedaan, werd ze gefeliciteerd in plaats van bekritiseerd. Ze begrijpt dat er sinds de oorlog veel is veranderd. Het gaat misschien te ver om te zeggen dat voorechtelijke relaties gemeengoed zijn geworden, maar er is wel begrip voor.

Haar moeder en zij hebben het nooit echt over de reden van hun vertrek gehad, maar Lilike heeft wel een vermoeden. In het begin probeerde ze Umberto nog voor haar moeder verborgen te houden, maar algauw werd ze daar nonchalanter in. Na de dood van haar broer was haar moeder zo van de kaart dat ze bij de hutkoffer aan de voet van haar bed ging zitten en zijn oude kleren bleef inpakken en uitpakken. Lilike ging steeds vaker uit en bleef steeds langer weg. Na verloop van tijd kreeg ze thuis de indruk dat haar moeder weer wat opgewekter werd. Lilike dacht gewoon dat de tijd de wonden van haar broers dood begon te helen, tot ze op een dag met Umberto naar het bos liep en haar moeder in een innige omhelzing met een man zag. Het was een oudere Italiaanse officier, die Lilike wel eens eerder had gezien.

Lilikes ogen waren bijna uit haar oogkassen gerold. Ze had Umberto aan zijn hand meegetrokken en haar vinger op haar lippen gelegd, waarna ze op hun tenen waren weggeslopen. Later merkte Lilike tot haar verbazing dat ze haar moeders gedrag niet schokkend of afkeurenswaardig vond. Ze herinnerde zich dat haar moeder, die destijds rode handen van het wassen had, haar zieke vader tot op het laatst had verzorgd. Ze herinnerde zich ook dat ze in bed dicht tegen haar broer was aangekropen als ze haar moeder weer eens huilend in de aangrenzende kamer hoorde ijsberen. Ze gunde haar moeder dan ook al het geluk van de wereld.

Toch had ze kunnen weten dat het niet eeuwig zou duren. Na het vertrek van de Italianen had het Lilike niet veel moeite gekost om de draad van haar leven op te pakken. Ze had geweten dat de gevangenen niet eeuwig konden blijven, en haar relatie met Umberto had eigenlijk louter uit seks bestaan. Op andere momenten hadden ze zo weinig gespreksstof gehad dat ze echt geen dromen over een lange, gelukkige relatie had gekoesterd. Haar moeder had duidelijk meer moeite gehad om zich aan de nieuwe situatie aan te passen. Na een paar weken was ze weer begonnen met het in- en uitpakken van de koffer. 's Nachts hoorde Lilike haar in haar slaap huilen, verstrikt in onrustige nachtmerries die ze zich 's ochtends niet meer kon herinneren.

De dood van de man van Orsolya Kiss was de druppel die de emmer deed overlopen. Hij was een achterneef van Lilikes moeder, en tijdens zijn korte, ernstige ziekte, waarover het hele dorp praatte, werd Lilikes moeder steeds bleker en werden haar ogen steeds holler. Op de dag dat het nieuws van zijn dood door het dorp ging, begon ze haar spullen in te pakken. Een paar dagen later gingen ze weg. Als Lilike het daarna nog wel eens over het dorp had, begon haar moeder over iets anders. Algauw bracht Lilike Falucska maar helemaal niet meer ter sprake.

Als ze horen dat Tomas Gersek is gestorven, verwacht Lilike dat haar moeder weer instort, maar haar moeder gaat juist rechtop zitten. De Gerseks waren hun buren, en Lilike herinnert zich dat Jakova voor haar moeder kookte toen haar vader ziek was. Tomas hakte brandhout, repareerde hekken en deed allerlei andere klussen die haar vader niet meer kon doen.

'We moeten terug voor de begrafenis,' zegt Lilikes moeder, en Lilike voelt een opgewonden kriebel in haar maag. Ze vraagt zich af welke jurk uit haar nieuwe garderobe de meeste indruk in het dorp zal maken.

Het bezoek aan Falucska loopt anders dan ze zich had voorgesteld. Eigenlijk vindt ze zichzelf te goed om in een rammelende oude paardenkar over de vlakte te reizen, en het dorp, dat op deze novemberdag in de mist is gehuld, lijkt gekrompen en stil, heel anders dan het levendige Város. De weg naar het kerkhof is doorploegd en modderig, en hoewel Jakova de moeite heeft genomen om de priester uit het naburige dorp te vragen de begrafenisdienst te leiden, lijkt het een halfslachtige, bijna sinistere aangelegenheid.

Jakova, die met een zwarte sluier over haar gebogen hoofd bij het graf staat, laat vreemd genoeg geen enkele emotie zien. De priester lijkt niet goed te weten wat hij moet zeggen. In plaats van zijn mond te houden, dreunt hij juist alles op wat hem te binnen schiet, in de hoop dat hij de juiste woorden tegenkomt. Lilike heeft het verschrikkelijk koud. Natuurlijk is ze in het zwart gekomen, maar de modieuze, stijlvolle snit van haar jurk en het garneersel lijken vreemd genoeg onfatsoenlijk tussen alle bruin- en grijstinten van het herfstige Falucska. Ze heeft het idee dat haar hart in haar borstkas opzwelt, en met groeiende paniek kijkt ze om zich heen of ze een vriendelijk gezicht kan ontdekken. In de menigte ziet ze Lujza en haar familie staan, maar Lujza heeft een lege, wezenloze blik in haar ogen en lijkt Lilike niet eens te zien.

Als ze vanuit haar ooghoek opeens iets kleurigs ziet, draait ze haar hoofd. Achter haar staat Sari, die een kind in haar armen heeft. Nog nooit heeft Lilike zulk felrood haar gezien als dat van het kind, dat nog een baby was toen Lilike naar Város vertrok. Inmiddels is de baby een zwijgzaam, rustig meisje van twee jaar geworden. Ze heeft lange benen en is zo mager dat het Sari totaal geen moeite kost om haar op te tillen. Als Lilike Sari aankijkt, krijgt ze een glimlach te zien, maar de glimlach bereikt Sari's ogen niet. Eigenlijk ontbloot ze alleen maar werktuiglijk haar tanden. Dan dringt het plotseling tot Lilike door. Sari is bang, ze vindt Lilikes aanwezigheid angstaanjagend. Er is hier iets aan de hand, iets wat Lilike wel had vermoed, maar nu pas echt begrijpt. Ze voelt het gewicht van de ontdekking op haar borst drukken.

Het kost haar moeite om de begrafenis rustig en zwijgend uit te zitten. Haar moeder knijpt zo hard in haar hand dat Lilike zeker weet dat zij hetzelfde voelt. Na de begrafenis buigen ze hun hoofd en lopen zo snel als de fatsoensregels het toelaten terug naar hun gehuurde paardenkar. Ze praten met niemand. Als Lilike het ijs in haar borstkas voelt smelten zodra ze het dorp uit rijden, weet ze dat ze Falucska voorgoed achter zich laat.

1922

22

Keled Imanci heeft honger. Hij heeft nu al drie dagen niet gegeten, en in zijn stoel hoort hij het geborrel en gerommel van een maag die zichzelf probeert te verteren. Hij weet niet hoe lang hij het nog volhoudt, maar hij herinnert zich iemand aan het front die in zijn vorige leven arts was geweest. Hij zei dat je het zonder eten heel lang kon volhouden, als je maar genoeg dronk. 'Hoe lang dan?' had een van de jongere mannen nieuwsgierig gevraagd. 'Een aantal weken,' had de man geantwoord.

Een aantal weken, denkt Keled nu. Hoeveel zouden dat er zijn? Twee? Drie? Nog langer? Een man als hij heeft toch niet veel nodig? Hij verbrandt tegenwoordig niet veel voedsel meer, want met één been krijg je niet zo veel lichaamsbeweging. Vroeger kon hij nog met zijn kruk door het huis hobbelen, maar die kruk heeft Francziska hem maanden geleden al afgepakt. Ze zei dat ze er knettergek van werd om hem steeds door het huis te horen bonken. Ze zei dat het haar bloednerveus maakte als ze zich steeds moest afvragen wat hij nu weer zou omstoten – de melkkan misschien, of de vers gebakken taart die in de vensterbank stond af te koelen.

Het is inmiddels juni, en Francziska heeft hem in de stoel gezet die over de veranda aan de voorkant van het huis uitkijkt. Als hij zijn nek uitsteekt, kan hij zijn kruk net tegen de treden van het trapje zien leunen. Hij weet dat het geen zin heeft om te proberen of hij hem kan pakken. Zijn ene been is zwak en slap geworden nu hij het zo weinig gebruikt. Als hij zich op zijn buik laat zakken en zichzelf erheen sleept, hoort Francziska hem al bonken voordat hij in de buurt van de kruk is. Zelfs als hij het ding kan bereiken, schiet hij er niet veel mee op. Dan pakt ze hem gewoon weer af.

Midden in de nacht wordt Keled wakker van de pijn in zijn ontbrekende been. Terwijl hij in het donker naar zijn maag zit te luisteren, hoort hij de klok in de keuken drie uur slaan. Aan het streepje licht onder haar slaapkamerdeur ziet hij dat ze nog wakker is. Hij verschuift op zijn stoel, omdat het gevoel uit een van zijn billen is verdwenen. Sinds hij niet meer eet, helpt ze hem niet meer naar bed. Ze heeft het nooit rechtstreeks gezegd, maar dat is al zo sinds de eerste keer dat hij 's avonds aan tafel zwijgend naar zijn dampende, onaangeroerde bord warme *gulyás* staarde. Het werd tien uur, de tijd waarop ze normaal naar bed gingen. Vervolgens werd het halfelf, en voordat hij besefte wat er gebeurde, was de deur naar de slaapkamer dicht en zat hij in zijn eentje in het donker.

Keled beseft dat vier jaar een lange tijd is om iemand te verzorgen, vooral als er in die vier jaar zoveel verandert. De enkele keer dat hij zichzelf in de spiegel ziet, herkent hij zijn spiegelbeeld nauwelijks. Met zijn grijze, slordige haar, pafferige gezicht en dikke buik lijkt hij totaal niet meer op de gezonde, knappe man die hij voor zijn dertigste was. In bepaalde opzichten neemt hij het Francziska niet kwalijk. Ze is nog geen veertig, ze is nog steeds aantrekkelijk, ze zou nog zoveel meer uit het leven kunnen halen. Maar zelfs dan…

Hij weet nog steeds niet waarom hij zo zeker weet wat ze van plan is. Natuurlijk merkt hij al jaren dat er in het dorp iets gaande is. Toen zijn vrienden nog leefden en bij hem op bezoek kwamen, werden er zelden rechtstreekse beschuldigingen geuit, maar hij begreep precies waarop ze zinspeelden.

Hij weet dat de vele sterfgevallen voortkomen uit trots, uit puur ongeloof dat je vrouw ooit tegen je in opstand zou komen.

Keled heeft in dat opzicht nooit enige illusie gehad, ook niet vóór de oorlog. Francziska is altijd een pittige tante geweest, die nooit te beroerd was om tegen hem te schreeuwen of zelfs een klap uit te delen als ze zich versmaad voelde. Maar haar opvliegende karakter was niets nieuws, dus zelfs toen hij de begrafenisstoeten aan zijn raam voorbij zag trekken en wist dat er in Falucska vreselijke dingen gebeurden, voelde hij zich veilig. Dat soort gedrag lag gewoon niet in Francziska's aard.

Ze was altijd een waardeloze kokkin geweest, voornamelijk omdat ze koken saai vond en het niet kon opbrengen om er meer dan een kwartier aan te besteden. Dat had Keled nooit erg gevonden, maar toen ze vijf dagen geleden ruim een uur aan een ingewikkelde gulyás besteedde, begon hij te vermoeden wat ze van plan was. Toen ze zijn blik had ontweken en met haar blonde hoofd gebogen tegenover hem aan tafel was gaan zitten, had hij het zeker geweten. Keled wil niet dood, maar ondanks alles houdt hij nog steeds van Francziska en kan hij niet kwaad op haar worden. Daarom legt hij zwijgend zijn lepel neer en weigert hij gewoon te eten. Het duurt niet lang voordat Francziska's smeekbeden op haar lippen wegsterven.

Opeens gaat de slaapkamerdeur open. Keled knippert met zijn ogen en draait zijn hoofd weg van het felle licht. In de deuropening staat Francziska. Door het lamplicht achter haar wordt haar katoenen nachtjapon doorzichtig, en Keled voelt opeens een golf van tederheid als hij naar haar uitdijende bovenbenen kijkt.

'Ben je nog wakker?' vraagt ze. Het zijn de eerste woorden die ze sinds dagen tegen hem spreekt, en ze laat er vlug op volgen: 'Wil je misschien iets om te slapen? Wat warme melk, misschien?'

Keled knikt.

Vijf minuten later heeft hij de mok in zijn hand. Omdat hij de afgelopen vijf dagen alleen maar water heeft gedronken, loopt het water hem in de mond als hij de volle, romige geur van de melk ruikt. Op het moment dat hij de mok naar zijn lippen brengt, valt zijn blik op Francziska's gezicht. Hij ziet dat ze zwijgend huilt en dat de tranen bijna ongemerkt over haar onbeweeglijke gezicht rollen. Hij neemt een flinke teug en proeft iets bitters achter op zijn tong, maar hij slikt de melk door en blijft drinken tot de mok leeg is. Een paar tellen lang blijft het stil, maar dan veegt Francziska haar tranen ruw met haar handpalm van haar gezicht.

'Zo,' zegt ze met een brok in haar keel. 'Zullen we dan maar naar bed gaan?'

1925

23

Lujza weet wat ze van haar vinden, en soms is ze het wel met hen eens. Zelfs als kind zag ze zichzelf als een verzameling losse gedachten, gevoelens en lichaamsdelen die met een draadje bij elkaar werd gehouden. Door Péters dood kwam dat draadje zo onder spanning te staan dat het bijna knapte, maar toch denkt ze niet dat ze gek is. Ze heeft in haar leven wel gekke mensen gekend. Elk dorp hoort er minstens één te hebben, maar die rol heeft Lujza nog niet op zich genomen. Ze weet nog steeds wie ze is, waar ze is en hoe ze zich moet gedragen. Ze raakt alleen af en toe in de war.

Ze is blij dat het leven tegenwoordig wat rustiger is. De eerste twee jaar na Péters dood hoorde ze steeds een enorm gebrul in haar hoofd, waar ze alleen maar mee om kon gaan door zich in haar huis op te sluiten. Ze minimaliseerde het geluid van buiten tot het lawaai binnenin wat draaglijker werd. Haar familieleden waren lief voor haar, maar begrepen haar gedrag niet goed. Per slot van rekening raken wel meer vrouwen hun echtgenoot kwijt, en doen de meesten daarna hun best om de last te dragen en met hun leven door te gaan. Maar ja, Lujza is altijd anders geweest dan de rest.

Pas toen haar mannelijke dorpsgenoten van het front terugkwamen, begon ze Péter te zien. Achteraf is het natuurlijk logisch dat hij pas na de oorlog van het slagveld kon terugkomen. Hij was altijd gewetensvol geweest, en zelfs de dood was voor hem natuurlijk geen reden om zijn plicht te verzaken. Toen ze hem eind 1918 voor het eerst naar binnen zag kijken, schoot ze als een pijl uit een boog naar het raam om het open te gooien. Met gretige, wijd opengesperde ogen staarde ze in de schemering om zich heen. Natuurlijk stond er niemand, maar toen ze het raam sloot en de gordijnen dichtdeed, merkte ze dat het gebrul in haar hoofd was verdwenen.

Sindsdien ziet ze hem overal. Vanuit haar ooghoek vangt ze af en toe een glimp van zijn profiel op, en ze hoort zijn voetstappen achter zich als ze door het huis loopt. Als ze zich omdraait, is hij altijd verdwenen. Ze weet dat hij er niet echt is, maar tegelijkertijd lijkt zijn aanwezigheid net zo tastbaar als vroeger. Algauw draait ze zich niet meer om als ze hem bij haar elleboog voelt, maar sluit haar ogen en drinkt zijn aanwezigheid in. Ze praat ook met hem. In het begin voert ze de gesprekken alleen in haar hoofd, maar algauw vergeet ze daar rekening mee te houden en weet ze zelf niet meer of ze sommige zinnen geluidloos of hardop heeft gezegd.

In de tijd dat Lujza weigerde de deur uit te gaan, kwam Sari bijna elke dag langs, maar tegenwoordig worden haar bezoekjes steeds schaarser. Daar is een reden voor, de reden die alle dorpelingen hebben om met een wijde boog om Lujza heen te lopen: zelfs de meest pragmatische mensen raken wel eens van hun stuk als ze omgaan met een vrouw die op de grens tussen fantasie en werkelijkheid leeft. Maar er is ook nog een andere reden. Sinds Péter terug is, ziet Lujza steeds meer dingen die anderen niet in de gaten hebben. Als Sari tegenwoordig op bezoek komt, is het net of er in Lujza's achterhoofd een bel gaat rinkelen, die haar waarschuwt dat ze op haar hoede moet zijn. Aan Sari's blik ziet Lujza dat ze die behoedzaamheid opmerkt. Sari is altijd anders geweest dan de anderen – dat vond Lujza juist leuk aan haar – maar er is iets veranderd. Sari vibreert tegenwoordig op een andere toonhoogte, eentje die Lujza kippenvel bezorgt. Op een ochtend, als Sari net weg is en Lujza de aardappels voor het eten schilt, besluit ze het aan Péter te vragen: weet jij wat er aan de hand is? Ze krijgt antwoord, waarbij ze opeens Ferencs begrafenis weer heel helder voor zich ziet: ja, en jij weet het ook.

Toen Sari's bezoekjes schaarser werden, voelde Lujza een mengeling van verdriet en opluchting. Ze mist Sari, maar ze is blij dat ze nu niet meer haar nekhaartjes voelt prikken als Sari in de buurt is. Maar het meest mist ze Sari's dochter, het roodharige kind dat zwijgend op Lujza's vloer zat als Sari en Lujza een geforceerd gesprek voerden. Ze mist het meisje met de grote, wilde ogen, die Lujza aan haar eigen ogen deden denken. Op een middag valt Lujza boven haar borduurwerk in slaap. Als ze haar ogen opendoet, zit Sari's dochtertje aan haar voeten. Het meisje houdt een vel papier vast en zit met potlood aandachtig te tekenen. Omdat Lujza haar niet wil storen, durft ze nauwelijks adem te halen. Toch kan ze het niet laten om haar hand uit te strekken en de felrode vlecht van het kind te strelen. Als het meisje opkijkt, ziet Lujza pas wat ze aan het tekenen is. Het is het gezicht van Péter.

1928

24

'Ze hebben wéér een lichaam uit de rivier gevist.'

'Dat meen je niet! Ik heb al zo vaak gezegd dat ze geen lichamen in de rivier moeten gooien, vooral niet in dit jaargetijde. Het waterpeil is zo hoog dat je nooit weet waar ze aanspoelen…'

'Toen er eentje helemaal naar het volgende dorp afdreef, hadden we geluk dat ze dachten dat het een verdrinkingsgeval was. Maar ja, als de lijken zich daar blijven opstapelen, komt dat natuurlijk erg verdacht over.'

'Om wie ging het deze keer?'

Sari gaat aan tafel zitten en sjort haar laarzen uit.

'Die arme Krisztina, de nicht van Orsolya. Ik hoorde dat ze laatst ruzie hadden over de sieraden van hun oma of iets dergelijks. Eigenlijk dom van Krisztina, want als je verstandig bent, maak je tegenwoordig geen ruzie meer met Orsolya. Het is dus niet verrassend dat ze het volgende slachtoffer is geworden. Het is ook echt iets voor Orsolya om het lichaam in de rivier te gooien. Ze was zo trots en zelfvoldaan toen haar schoonmoeder stroomafwaarts werd gevonden en als verdrinkingsgeval werd geregistreerd! Volgens mij denkt ze dat ze dit de rest van haar leven ongestraft kan blijven doen.'

Judit schudt haar hoofd en laat een minachtend gesnuif horen. 'Dom mens. Volgens mij denkt ze inderdaad dat ze nooit wordt gestraft. Hoe dan ook, ik denk dat we ze in de toekomst nadrukkelijker moeten waarschuwen. Er mogen geen lichamen meer in de rivier worden gegooid. Je moet er niet aan denken dat er iemand van buiten het dorp bij betrokken wordt.'

'Precies.' Sari kijkt naar de hoek waarin haar pezige, kleine Rózsi voorovergebogen en wijdbeens een tekening zit te maken. 'Rózsi, lieverd, kom me eens een kus geven.'

Het lange, magere meisje met de felrode haren gehoorzaamt. Ze is inmiddels negen jaar en heeft net zo'n doorschijnend bleke huid als Sari. Haar verontrustende groene ogen kijken indringend de wereld in. Sari weet dat verontrustende ogen een familietrekje zijn, maar haar eigen ogen zijn verontrustend omdat ze diep in andermans ziel lijken te boren. Die van Rózsi zijn verontrustend omdat zij naar een heel andere wereld lijkt te kijken. Sari heeft nooit kunnen ontdekken wiens kind ze is. Bij een bepaalde lichtval doet haar kaak aan Ferencs krachtige gezichtsvorm denken, maar als ze een wenkbrauw optrekt, wordt Sari soms getroffen door de gelijkenis met Marco. Hoe dan ook, ze is voornamelijk Sari's kind. Haar vader doet er niet zoveel toe.

Rózsi is negen jaar, maar heeft nog nooit een woord gezegd. Ze staart alleen maar zwijgend met haar grote, wilde ogen om zich heen. Sari is er inmiddels aan gewend. Ze is aan de meeste eigenaardigheden van haar vreemde kind gewend, maar dat is niet altijd zo geweest. Ze geeft zichzelf inmiddels ook niet meer de schuld, maar soms komen de kwellende gedachten terug om haar midden in de nacht bij de keel te grijpen. Heeft Rózsi misschien hersenletsel opgelopen door de trap die Sari in het begin van de zwangerschap tegen haar buik heeft gehad? Is ze beschadigd door de koorts die Sari vóór de geboorte heeft gehad, of door de abrupte manier waardoor ze midden in de nacht glibberend ter wereld kwam? Sari was op dat moment zo verward en panisch van de pijn dat ze wel verlamd leek en niet eens in staat was om Judit te roepen. O, Rózsi lijkt heus wel intelligent te zijn. Ze kan lezen, schrijven en instructies opvolgen, dus ze kan waarschijnlijk horen en begrijpen wat de mensen zeggen. Ze is alleen niet in staat of bereid om zelf te praten.

Judit is stapelgek op het kind, zo gek dat Sari er wel eens jaloers op wordt. Ze kan zich niet voorstellen dat Judit zo veel van haar hield toen zij negen was, maar anderzijds is Judit een zegen voor haar. Ze is tegelijkertijd Rózsi's ondeugende grootmoeder en vaderfiguur. Ze zorgt goed voor het meisje en kapt Sari's woorden af als ze soms een sombere monoloog over haar dochter begint.

'Toen ik zo oud was als zij...' zei Sari rond Rózsi's zesde verjaardag, toen de aanblik van haar zwijgende, broze dochter beelden opriep van het openhartige, prikkelbare, onverschrokken meisje dat ze zelf was geweest.

Judit gaf haar niet eens gelegenheid om haar zin af te maken. 'Nee,' zei ze. 'Zij is anders dan jij. Ze heeft haar eigen talenten.'

Dat heeft Sari ook altijd gedacht, maar in haar achterhoofd heeft ze zich altijd afgevraagd of die gedachte misschien voortkwam uit misplaatste moedertrots. Het is prettig om te weten dat Judit er hetzelfde over denkt als zij.

Wat kan Rózsi dan wel? Nou, ze kan bijvoorbeeld fantastisch koken. Daar moeten Judit en Sari om lachen, want het is grappig dat er juist in hun huishouden iemand met zo'n traditioneel vrouwelijk talent opstaat! Judit kan helemaal niet koken. Sari kan het redelijk, maar is niet bepaald creatief. Rózsi daarentegen stond op haar zevende opeens 's ochtends vroeg in de keuken om de ingrediënten voor een stoofpot bij elkaar te zoeken. Het gerecht werd de lekkerste stoofpot die ze ooit hadden gegeten.

Van wie heeft ze het geleerd? Wie zal het zeggen. Het is wel zo dat ze de eerste jaren van haar leven altijd aan de rokken van Sari en Judit heeft gehangen. Ze volgde hen overal op de voet, ook naar de markt en de keuken, maar ze hadden geen van beiden ooit kunnen dromen dat het meisje keek wat ze deden. Ze hadden geen idee dat het kind keurig alles in de gaten hield en in haar hoofd opsloeg. Het is inmiddels vanzelfsprekend geworden dat Rózsi bijna elke dag kookt. Ze gaat gewoon op een drafje het dorp rond om de benodigde ingrediënten te kopen. Daarmee maakt ze zulke verfijnde, subtiele gerechten dat Judit en Sari het gevoel hebben dat hun smaakpapillen nu pas tot leven komen.

Rózsi is overal in het dorp van harte welkom, wat Sari verbaast als ze terugdenkt aan de behoedzaamheid en angst waarmee ze zelf als kind werd bekeken. Het meisje is zelfs bevriend geraakt met Lujza Tabori. Sinds Lujza zo vreemd is geworden, kan Sari het nauwelijks opbrengen om bij haar op bezoek te gaan, maar Rózsi is dol op haar en gaat vaak spontaan bij haar langs.

Verder kan Rózsi goed tekenen. Zelfs als klein meisje tekende ze wat ze om zich heen zag. Haar eerste tekeningen waren wiebelig en onvast, vol verkeerde perspectieven en mysterieuze vormen, maar zelfs toen al hadden ze iets waar je even stil van werd. Als je naar een tekening van Rózsi had gekeken, zag de rest van de wereld er juist een beetje vreemd en afwijkend uit. Rózsi's werkstukken worden met het jaar mooier. Sari en Judit hebben allebei stapels schetsen van haar, en de droge houten muren van Judits huis zijn ermee behangen. Ze kunnen het niet over hun hart verkrijgen om tekeningen weg te gooien.

Rózsi is inmiddels het middelpunt van Sari's leven. Ze vormt een barrière van vlees en bloed tussen Sari en wat er in de rest van het dorp gebeurt. Orsolya was nog maar de eerste. Haar echtgenoot (die Sari altijd een aardige, bescheiden man had gevonden, maar ja) was na een korte, pijnlijke ziekte overleden, en na zijn dood had Sari een mengeling van opluchting en angst gevoeld. Ze was opgelucht dat Orsolya nu geen reden meer had om Sari's activiteiten aan haar neef in Város te melden, maar bang dat dit nog maar het begin was, de bries die het gras liet golven ten teken dat er storm in aantocht was.

Dat vermoeden bleek juist te zijn. Natuurlijk was het maar een kwestie van tijd voordat iedereen wist dat de dood in spaarzame porties bij Judit en Sari te krijgen was. Na verloop van tijd druppelden de vrouwen een voor een het houten huisje binnen. Sommige bezoeksters kon Sari alleen maar aanmoedigen – het dorp was weliswaar klein, maar er waren genoeg slechte, zieke en lastige echtgenoten – en ze had begrip voor vrouwen die een uitweg zochten omdat ze geslagen, mishandeld of respectloos behandeld werden. Per slot van rekening had ze dat zelf ook gedaan en had ze Anna een uitweg geboden. Maar er waren ook vrouwen bij…

Toen ze al drie avonden misselijk was geweest en geen hap door haar keel had kunnen krijgen bij het idee dat een arme, onschuldige man met haar stilzwijgende medewerking werd vermoord, had Judit haar op een stoel geduwd en de les gelezen.

'Ook nu kun je weer kiezen,' had ze gezegd. 'Je hoeft dit niet te doen. Je kunt weigeren. Je kunt weggaan.'

'Maar…'

Sari wist dat ze met een weigering haar eigen doodvonnis tekende. Elke vrouw aan wie ze haar medewerking weigerde, kon uit frustratie het hele kaartenhuis laten instorten. Weggaan was praktisch onmogelijk. Rózsi was op dat moment nauwelijks drie maanden oud, dus het was geen optie om midden in de winter de donkere vlakte op te vluchten. Sari was nog niet volledig hersteld van de bevalling, en vluchten met een pasgeborene zou, net als een weigering, waarschijnlijk de dood tot gevolg hebben.

Judit haalde haar schouders op. 'Ik geef toe dat het geen aantrekkelijke keuzes zijn. We bevinden ons in een lastige positie. Je kunt jezelf tot martelaar maken en je voor deze mensen opofferen, maar dat wil je niet. Je kunt kiezen, Sari. Accepteer dat je zo bent en ga ermee door, of hou ermee op. Maar kwel jezelf niet met de gevolgen van je keuzes, want daar schiet niemand iets mee op.'

Vreemd genoeg hadden Judits woorden effect gehad. Inmiddels vraagt Sari zich af of het iets uitmaakt of er een, tien of honderd dodelijke slachtoffers vallen. Wat is het verschil tussen de dood van een bedlegerige schoonmoeder en die van een echtgenoot met losse handjes? Wat is het verschil tussen het motief overleven en het motief hebzucht? De wereld heeft net een oorlog achter de rug. Daarin werden achteloos miljoenen levens verspeeld, levens die in wezen geen betekenis hadden. Na een jaar vindt ze het dan ook niet erg meer, of denkt ze er gewoon niet meer aan (wat natuurlijk ook prima is, zolang het maar werkt). Na twee jaar is ze in staat om met Judit grapjes te maken over het ironische bijbaantje dat inmiddels hun voornaamste taak is geworden: met één hand geven ze leven, met de andere nemen ze het weg. Tot op zekere hoogte zijn ze altijd handelaars in de dood geweest, want Judit heeft nooit een geheim gemaakt van haar activiteiten als *angyalcsináló*, wat staat voor engelenmaker oftewel aborteur.

'We maken nu alleen wat grotere engelen,' zegt Judit met een scheve grijns tegen Sari, en daar kan Sari inmiddels zelfs om lachen. De enige om wie ze zich wel eens zorgen maakt, is Rózsi. Wat vertel je je dochter over de manier waarop je leeft? Geef je haar het idee dat dit normaal is en dat jou geen blaam treft voor de dingen die je doet? Of vertel je haar dat het er elders heel anders aan toegaat en sta je open voor vragen die een messteek in je hart kunnen zijn? Als Rózsi slaapt, fluistert Sari haar allerlei dingen toe, ideeën en beelden van Ergens Anders, een Ergens Anders waar ze zelf nauwelijks in durft te geloven. Soms is ze dankbaar dat de zwijgzaamheid van haar kind ook betekent dat Rózsi geen lastige vragen stelt.

Sari denkt liever niet na over de vraag wat haar vader ervan zou vinden dat zijn oude huis op deze manier wordt gebruikt. Tegenwoordig wonen Sari en Rózsi meestal bij Judit, maar sinds ze in de moordhandel zitten, is het wel handig dat ze nog een huis tot hun beschikking hebben. Als er onverwachts mensen bij Judit arriveren, wijst helemaal niets erop dat Sari en Judit méér dan ongetrouwde, hardwerkende, eerlijke vroedvrouwen en verpleegsters zijn. Alles wat met hun andere activiteiten te maken heeft, speelt zich af in Sari's huis, dat zo ver buiten de dorpskern ligt dat er vrijwel nooit onverwachts mensen langskomen. Zelfs als een onbekende, nieuwsgierige passant op de begane grond toevallig door de ramen zou turen, zou hij niets anders zien dan een op het eerste gezicht verlaten, maar goed onderhouden oud huis.

Boven laat het huis heel andere dingen zien. Het bed is opzijgeschoven om plaats te maken voor alle kommen op de vloer, waarin de verschillende stadia van het hele proces te zien zijn, van vochtige proppen wekend vliegenpapier tot keurige bergjes onschuldig uitziend poeder. Sari gaat om de dag naar het huis, zogenaamd om schoon te maken en de bladeren van de veranda te vegen. In werkelijkheid komt ze een nieuwe voorraad poeder halen voor de eindeloze stroom vrouwen die moordenares willen worden. Soms vraagt ze zich af waarom ze de schijn ophoudt dat ze het huis gaat schoonmaken. De dorpelingen praten nergens over, maar volgens Sari weet iedereen wat er aan de hand is. Toch kan het geen kwaad om het toneelstukje vol te houden. Ook al is de kans klein, je weet nooit of er een keer een vreemdeling het dorp binnenwandelt. In dat geval is het heel belangrijk dat alles er normaal uitziet.

Sari heeft altijd geweten dat ze zo niet eeuwig kunnen doorgaan. Tijdens optimistische buien hoopt ze dat het vanzelf een keer ophoudt, dat de mensen in het dorp gewoon niemand meer hebben die ze willen vermoorden, of dat de zaak onopvallend implodeert als de moordenaars elkaar vergiftigen (waarbij ze Judit en haar natuurlijk met rust laten). Die optimistische buien komen niet vaak voor, en op andere momenten beseft ze dat de zaak waarschijnlijk pas ophoudt als ze worden betrapt. Ondanks de geïsoleerde, afgelegen ligging van het dorp en het feit dat er voor de dorpelingen niets anders opzit dan elkaar de hand boven het hoofd te houden, moet zo'n kwaadaardig, vreemd verschijnsel vroeg of laat uitlekken, als een gevaarlijk gas dat uit een granaat ontsnapt en de schone lucht vergiftigt. Er komt een dag dat iemand van de overheid het opvallend hoge sterftecijfer in het dorp opmerkt, of dat een zeer nieuwsgierige dokter een afgedreven lichaam opensnijdt en ziet dat het propvol gif zit. Tot nu toe hebben ze geluk gehad, maar geluk kan niet eeuwig blijven duren. Het houdt altijd een keer op.

Uiteindelijk gebeurt het niet op de manier die Sari zich had voorgesteld, maar er komt wel een einde aan het moorden. Op een dag klopt Francziska Imanci in tranen bij Judit aan. Het duurt een poosje voordat ze het hele verhaal uit haar hebben getrokken, maar zodra Francziska stotterend begint te vertellen, krijgt Sari een hardnekkige brok in haar keel, alsof het een hard stukje vlees is dat ze niet kan doorslikken. Zes jaar geleden heeft Francziska haar man vermoord. Dat was niet moeilijk, want hij had in de oorlog een been verloren, kon nauwelijks de deur uit en was dus niet in de positie om luidkeels te roepen dat hij werd vergiftigd. Destijds had Sari gedacht dat dat haar laatste contact met Francziska zou zijn, want ze had Francziska altijd een aardige, nuchtere vrouw gevonden, die hooguit een minimum aan familieleden zou vermoorden. Maar na de dood van haar man is Francziska bevriend geraakt met Orsolya, die inmiddels zes familieleden naar de andere wereld heeft geholpen. Orsolya had haar duidelijk overgehaald om haar werkterrein te vergroten en haar schoonmoeder aan te pakken, die bijna niets meer kon, totaal nutteloos was geworden en aardig wat bezittingen had die na haar dood naar Francziska zouden gaan. Daarom had Francziska vorige week weer bij Judit aangeklopt. Ze hadden haar het poeder met tegenzin meegegeven, want Sari helpt niet graag vrouwen die andere vrouwen vermoorden. Nu staat Francziska dus weer op de stoep. Tussen het snikken, stotteren en snuffen door zegt ze dat ze inderdaad aan haar schoonmoeder was begonnen. Ze had haar al een paar keer wat poeder gegeven, maar vanochtend, toen ze zoals elke ochtend aanwipte om te kijken hoe het met haar ging, was de oude tang verdwenen.

Als Sari naar Judit kijkt, ziet ze haar nog net vermoeid een hand over haar ogen halen, maar zoals gewoonlijk herstelt Judit zich snel. Grimmig forceert ze een gespannen lachje op haar gezicht.

'Tja,' zegt ze schouderophalend. 'Het moest een keer gebeuren.'

'Denk je dat ze weet waar je mee bezig was?' vraagt Sari. Francziska knikt.

'Ik denk het wel. Ik dacht dat het me goed afging, dat ik de schijn kon ophouden en me heel normaal gedroeg, maar ik heb nooit goed toneel kunnen spelen. Toen ik gisteren bij haar was om haar avondeten te maken, bleef ze maar naar me kijken. Ze hield me constant in de gaten. Zelfs toen ik met mijn rug naar haar toe stond, voelde ik verdomme haar ogen in mijn rug prikken.'

'Wist ze...' Sari fronst haar wenkbrauwen. Het valt niet mee om dit fijntjes te formuleren. 'Wist ze het van haar zoon?'

Francziska lijkt meteen te begrijpen wat ze bedoelt. 'Dat weet ik niet. Ik denk dat ze het wel vermoedde, maar ze heeft er nooit iets over gezegd. Ze heeft er überhaupt nooit over gesproken. Je weet hoe dat gaat.'

Dat weet Sari heel goed. De mensen zijn in hun schulp gekropen, want het is gevaarlijk geworden om je voor andere zaken dan je eigen gezondheid te interesseren. Toch voelt ze opeens een hevige minachting voor de oude mevrouw Imanci. Hoe kun je nu zwijgend aan de zijlijn blijven staan als je denkt dat er iets met je kind gebeurt? Intuïtief kijkt ze naar Rózsi, die in de hoek zit en niets in de gaten lijkt te hebben. Ze heeft haar hoofd weer over een vel papier gebogen en klemt een potlood in haar hand. Misschien ligt het anders als ze volwassen zijn, als je weet dat ze voor zichzelf moeten zorgen. Misschien is het anders als ze getrouwd zijn. Toch kan Sari zich niet voorstellen dat er een moment komt waarop ze Rózsi niet zal beschermen. Iemand die aan haar kind komt, zal ze altijd zijn hart uit zijn lijf willen rukken.

'Hoe was ze eraan toe toen je haar voor het laatst zag?' vraagt Judit. Ze probeert te beredeneren of de vrouw inmiddels al ver weg is, of dat ze er veilig van uit kunnen gaan dat ze dood in het lange gras buiten het dorp ligt.

'Haar conditie was natuurlijk niet optimaal, maar ze was nog niet echt ziek. Ik probeerde het langzaam te doen om te voorkomen dat ze achterdocht kreeg.'

Francziska maakt een geluid dat het midden houdt tussen een snik en een lach. Als ze luid snuift, reikt Sari haar afwezig een zakdoek aan, omdat ze dat bij Rózsi ook altijd doet. Francziska dept haar gezicht ermee.

'Ze heeft familie in het dichtstbijzijnde dorp,' vervolgt ze. 'Een nicht. Ik denk dat ze daarnaartoe probeert te vluchten.'

Sari maakt een berekening. Zelf kan ze binnen twee uur naar het volgende dorp lopen, dus zelfs een oude, zieke vrouw als mevrouw Imanci kan er voor de avond zijn, afhankelijk van het tijdstip waarop ze is vertrokken. Het is natuurlijk niet zeker dat ze bij aankomst de autoriteiten waarschuwt, maar ze heeft niets te verliezen nu haar zoon en man zijn overleden (van wie de laatste in elk geval een natuurlijke dood is gestorven) en haar enige familielid in Falucska haar probeert te vermoorden.

'Het spijt me,' waagt Francziska te zeggen. Haar roodom-
rande ogen staan vol tranen, en ze lijkt heel goed te beseffen
wat ze met haar fout in beweging kan hebben gezet.

Judit snuift minachtend bij het horen van haar verontschul-
diging, maar Sari heeft meer begrip voor haar. Het had ons allemaal kunnen gebeuren, denkt ze. Francziska's vergissing
komt niet voort uit arrogante domheid, zoals de fouten van de
vrouwen die doen of hun slachtoffers de verdrinkingsdood
zijn gestorven. Francziska heeft beslist geen reden om te denken dat ze onkwetsbaar is, en zo heeft ze zich ook niet gedragen, in elk geval niet erger dan de rest.

'Het geeft niet,' zegt ze vermoeid, maar met heldere stem.
'Misschien valt het allemaal wel mee. Toch moeten we voortaan heel voorzichtig zijn.' Ze denkt even na. 'Goed. Je moet
een paar mensen gaan halen. Orsolya, om te beginnen. En verder...' Ze geeft haar een lijstje van vijf vrouwen, sterke per-
soonlijkheden met een grote vriendenkring, die minstens één
dode op hun geweten hebben. Dat zijn de beste kandidaten
om het nieuws te verspreiden.

Binnen een uur zijn de vrouwen gearriveerd. Bij het zien van
hun bleke, opgejaagde gezichten wordt Sari toch een beetje
rancuneus. Hoewel haar eigen leven ook op het spel staat,
heeft ze het gevoel dat deze vrouwen het veel te makkelijk
hebben gehad. Laat ze maar eens slapeloze nachten hebben,
denkt ze.

Het is duidelijk dat Francziska iedereen in het kort heeft
verteld wat er is gebeurd, maar voor de duidelijkheid zet Sari
alles nog eens op een rijtje. Ze is nauwelijks klaar met haar verhaal als Zsofia Gyulai uitbarst: 'Dan moeten we haar gaan zoeken! Misschien is ze nog niet in het andere dorp. Als we opschieten, kunnen we zorgen dat ze nooit aankomt.'

'En dan?' vraagt Sari.

Zsofia wordt rood. Sari heeft het altijd vreemd gevonden

dat veel van deze vrouwen met alle plezier hun naasten vergiftigen, maar het vreselijk gênant vinden om uit te spreken waar ze mee bezig zijn. 'Haar mee terug naar het dorp nemen?' suggereert Zsofia schaapachtig, al was dat duidelijk niet waar ze aan dacht. Sari krijgt een visioen waarin de oude vrouw op de vlakte wordt vermoord, maar gelukkig is dat beeld snel verdwenen. Zouden ze haar misschien met een tak de hersens inslaan? Nee.

'Nee,' zegt ze. 'Het is waanzin om achter haar aan te gaan. Ze heeft uren voorsprong. Misschien is ze allang in het dorp gearriveerd, en zelfs als dat niet zo is, valt het natuurlijk op als er zes vrouwen op de vlakte rondzwerven. Op dit moment hebben we nog een kans dat ze haar in het dorp niet geloven. Zelfs als ze probeert te vertellen wat er hier gebeurt, denken ze misschien dat ze een getikt oud wijf is.'

Alle vijf – met Judit erbij zes – kijken ze haar sceptisch aan. Zelf heeft Sari ook haar twijfels, maar ze vervolgt: 'Het is niet erg waarschijnlijk, dat geef ik toe, maar ze wordt natuurlijk wel eerder geloofd als ze in het andere dorp merken dat we haar ontsnapping wilden voorkomen.'

De vrouwen lijken nog steeds te twijfelen, maar met tegenzin knikken ze. Sari doet haar uiterste best om een triomfantelijk gevoel te onderdrukken als ze ziet dat Orsolya verwachtingsvol op haar advies wacht. Natuurlijk had ze liever een andere manier gevonden om Orsolya's respect te winnen, maar ze zou onmenselijk zijn als ze hier niet even van genoot.

'Wat doen we nu verder?' vraagt Matild Nagy knorrig. Sari heeft nooit veel opgehad met dit volgelingetje van Orsolya. 'Blijven we hier gewoon zitten wachten tot we gearresteerd worden?'

Sari slaakt bewust een overdreven zucht. 'Ze kunnen ons echt niet zomaar arresteren als Ilona Imanci ons beschuldigt. Misschien gebeurt er helemaal niets, en zelfs als ze iets doen, zullen ze de zaak eerst grondig moeten onderzoeken. De komende weken moeten we er rekening mee houden dat er rechercheurs naar het dorp komen. Als dat zo is, zien we wel wat er gebeurt. Tot die tijd zetten we alles stil. We moeten Falucska zo veel mogelijk op een normaal dorp laten lijken. Als ze komen, mag er niemand ziek zijn. Er mag nergens bewijsmateriaal rondslingeren. Vertel dat aan iedereen die je kent en die hiermee te maken heeft. Niemand hoeft om extra privileges of een voorkeursbehandeling te komen zeuren, want ik help niemand meer. Vanaf nu is het allemaal voorbij.'

25

Hij weet niet precies wat hij had verwacht, maar dit in elk geval niet. Géza Forgacs heeft bijna zijn hele negentienjarige leven in Boedapest gewoond, en in de stad wordt het leven op het platteland als een droom van idyllische eenvoud afgeschilderd. Hij wist wel dat dat idee niet klopte en dat het leven in de dorpen hard en wreed kon zijn, maar hij had niet verwacht dat dat laatste zo overduidelijk te zien zou zijn. De bruine houten huizen aan de rivier lijken dicht bij elkaar te zijn gekropen, alsof ze ergens voor terugdeinzen of zich juist ergens naartoe buigen. De aanblik van het dorp, de verstikkende duisternis van de nabijgelegen bossen en de grimmige realiteit van een bestaan midden op de ademloze vlakte brengen hem van zijn stuk en geven hem een onaangenaam gevoel. Toch doet hij die emoties af als bijgeloof.

Zijn metgezel, die vierentwintig is, betwijfelt of het akelige gevoel wel bijgeloof is. Béla's ouders hadden vroeger een kokkin die van de vlakte kwam, waarschijnlijk uit een soortgelijk dorp als dit, beseft hij nu. Toen hij klein was, wist hij nooit of hij haar in een lieve of een boosaardige bui zou aantreffen. Het ene moment gaf ze hem restjes deeg van de taarten die ze bakte, het volgende moment joeg ze hem de stuipen op het lijf met haar sprookjes. Ze was nog jong, onnadenkend wreed zoals alleen meisjes van nauwelijks twintig kunnen zijn, en Béla had haar met heel zijn kinderhart aanbeden. Ze kende veel sprookjes over elfjes, boze geesten en duivels, maar wat hij het griezeligst had gevonden, waren de verhalen die heel realistisch klonken. Die gingen over vrouwen op het platteland die ongewenste kinderen van rijke stadse vrouwen in huis namen. Uit de mond van de kokkin hadden ze altijd als waarschuwing geklonken.

'Ze worden engelenmakers genoemd,' zei de kokkin dan, terwijl ze het deeg stond te kneden. Zelfs nu, zeventien jaar later, ziet Béla haar knokkels nog wit worden omdat ze met kracht in het deeg moest knijpen. De zevenjarige Béla wist wat engelen waren en dat mensen engelen werden als ze doodgingen, maar hij begreep niet goed hoe mensen een engel konden maken. Hij was er zo nieuwsgierig naar dat hij ernaar vroeg, al had hij door schade en schande ondervonden dat hij haar antwoorden meestal niet leuk vond.

'Nou, de rijke vrouwen willen de kinderen niet,' had de kokkin uitgelegd. 'Daarom betalen ze de arme vrouwen op het platteland om voor ze te zorgen. Die rijke moeders gaan terug naar de stad en zijn blij dat ze de zorg voor de kinderen kwijt zijn, maar de engelenmakers weten dat de rijke vrouwen de kinderen niet meer komen halen. Denk je dat ze dat geld dan besteden aan eten en kleding voor een onbekend kind dat hun niet interesseert? Ze vermoorden de kinderen en houden het geld.' Bij het zien van Béla's geschokte ogen had ze zich met een triomfantelijke blik weer over het brood gebogen.

'Maar hoe dan?' had Béla gevraagd. Hij wilde per se antwoord, hij móést het weten.

De kokkin had haar schouders opgehaald. 'Net zoals het uitkomt. Het hangt er ook vanaf hoe oud ze zijn. Als ze nog klein zijn, worden ze gesmoord.' Toen ze zag dat Béla niet begreep wat dat was, sloeg ze een theedoek voor zijn gezicht en hield die even met zachte druk vast. Hij stond doodstil, te bang om zich te bewegen, tot ze na een paar tellen de theedoek weghaalde. 'Dat is smoren,' zei ze onverstoorbaar, voordat ze zich weer over het brood boog. 'Soms worden ze buiten in de kou achtergelaten, en oudere kinderen worden gewoon doodgehongerd. En dat,' zo besloot ze haar verhaal met een zwierig gebaar, 'is wat er met kinderen gebeurt die door hun ouders niet meer gewenst zijn.'

De boodschap was duidelijk geweest, en Béla had nog jarenlang nachtmerries over engelenmakers gehad. Als hij eerlijk is, geeft hij toe dat hij er nog steeds door wordt geplaagd. In zijn dromen wordt hij wakker, maar nog voordat hij zijn ogen heeft opengedaan, weet hij dat hij niet in zijn warme, comfortabele bed in de stad ligt. Nee, zijn ouders willen hem niet meer en hij is naar de engelenmakers gestuurd. De dromen zijn altijd pijnlijk echt. Hij voelt de ruwe, wollen dekens op zijn huid en ademt een ijskoude lucht in. In zijn hoofd ziet hij een grimmig, naargeestig gehucht dat huiverend uit de vlakte oprijst. Dan hoort hij voetstappen en weet hij dat Zij in aantocht is, dat Zij hem met de theedoek in haar hand gaat vermoorden. Dan wordt hij echt wakker en ligt hij trillend en zwetend in bed, niet in staat om te geloven dat het maar een droom was en dat hij in werkelijkheid veilig is.

Het is bijna komisch en nauwelijks verbazend dat Falucska op het dorp in zijn nachtmerries lijkt. Hij vindt het niet prettig om hier te zijn, ook al weet hij dat het beeld uit zijn dromen zich onbewust aan de aanblik van dit dorp aanpast. Voor de zoveelste keer wenst hij dat hij weer veilig ver weg in Város zat.

'Dit is onzin,' zegt Béla bij zichzelf. Hij vergeet even dat Géza nog steeds naast hem staat, tot hij zijn collega vanuit zijn ooghoek een onverwachte beweging ziet maken. Voor het eerst is hij blij dat de jongen bij hem is. In gedachten blijft hij

Géza 'de jongen' noemen, ook al schelen ze nauwelijks vijf jaar. Eerst wilde hij hem helemaal niet meenemen, omdat hij ervan overtuigd was dat deze hele missie onzinnig was. Het leek hem veel beter als Géza in Város achterbleef, waar nog genoeg nuttige klusjes voor hem lagen.

Toen ze de verhalen over het dorp voor het eerst hoorden, moesten ze natuurlijk allemaal lachen en deden ze de beschuldigingen af als het gebazel van een geschifte oude vrouw. Goed, misschien had haar schoondochter haar inderdaad willen vermoorden. Dat zou kunnen, maar dat is nog geen reden om groot alarm te slaan. Sinds de oorlog zijn er wel vaker mensen in huiselijke kring vermoord. Natuurlijk is dat heel ernstig, maar in Béla's ervaring zoekt de dader zelden een nieuwe prooi als zijn oorspronkelijke slachtoffer uit de weg is geruimd. Daarnaast is mevrouw Imanci nu niet bepaald een betrouwbare aanbrenger. Toen haar nicht met haar naar het bureau kwam, had ze bijna een uur lang allerlei bizarre beschuldigingen geuit. Volgens haar was haar schoondochter een moordenares en hield de rest van haar woonplaats zich met hekserij bezig. Na haar vertrek waren ze allemaal in de lach geschoten.

Toch was er na haar verhaal bij Béla's superieur een belletje gaan rinkelen. Het was de beroemde intuïtie die Béla wanhopig probeerde te kweken, omdat hij had geleerd dat elke succesvolle rechercheur die moest bezitten. Toen Béla de volgende ochtend op zijn werk kwam, zat Emil aan zijn bureau een stapel documenten te bestuderen.

'Moet je dit zien,' had Emil gezegd, en Béla had gekeken. Het was een lijst van alle mensen die in de afgelopen tien jaar in Falucska waren gestorven. Het was een erg lange lijst, maar ja...

'Is er misschien een griepepidemie geweest? Talloze dorpen zijn daar veel inwoners aan kwijtgeraakt,' had hij geopperd.

'Zou kunnen,' reageerde Emil peinzend, maar Béla hoorde

aan zijn stem dat hij niet overtuigd was. Zelf was hij er ook niet helemaal van overtuigd, maar hij maakte zich beslist geen zorgen. In de dorpen werden nu eenmaal veel mensen ziek, dat was altijd al zo geweest.

Toen hij dat zei, had Emil weer op die irritante manier geknikt, alsof hij het alleen maar met hem eens was om beleefd te zijn. 'Dat is waar, maar het is een klein dorp. Valt je verder niets op?'

Béla kneep zijn ogen tot spleetjes en tuurde naar het papier. 'Kijk eens naar de namen,' zei Emil behulpzaam.

'Mannen,' zei Béla opeens. 'Het zijn bijna allemaal mannen.' Verbaasd keek hij naar Emil, die nu glimlachend naar hem knikte.

'Precies. Dat zou je niet verwachten. Meestal maken ziektes en epidemieën meer vrouwelijke slachtoffers. Mannen zijn doorgaans sterker en veerkrachtiger. Maar toch…' Hij gebaarde weer met zijn hand naar het papier. 'Het hoeft natuurlijk niets te betekenen, maar misschien is er toch iets aan de hand.'

'Wat stel je voor?'

'Ik wil dat jij een kijkje gaat nemen en wat vragen stelt, vooral aan die schoondochter van mevrouw Imanci. En…' Hij ritselde weer met de papieren. '… ga langs bij Sari Arany, een van de vroedvrouwen van het dorp. Zij is degene die alle overlijdensverklaringen heeft opgesteld. Praat met haar en vraag wat zij hier allemaal van denkt.'

Eigenlijk was Béla wel blij geweest met de opdracht, want hij had best zin in een paar ontspannende dagen op het platteland. Op klaarlichte dag en in het midden van de stad dacht hij totaal niet aan de sombere, sinistere dorpjes uit zijn dromen. Hij had wel verstoord gereageerd toen hij hoorde dat hij Géza moest meenemen.

'Maar die kan toch veel beter hier blijven?'

Emil schudde zijn hoofd. 'Ik kan je niet in je eentje op pad sturen. Misschien is het een storm in een glas water, maar als er wél iets aan de hand is, kun je beter iemand bij je hebben.'

Béla had helemaal niets tegen Géza, en op een bepaalde manier was het wel vleiend dat Emil hem ondanks zijn vierentwintig jaar genoeg vertrouwde om hem de verantwoordelijkheid over zijn jongere collega te geven. Maar Géza stelt altijd zoveel vragen! Béla heeft genoeg aan zijn hoofd met zijn eigen werk en heeft daar de zorg voor andermans werk liever niet bij. Tijdens de reis naar het dorp heeft hij zijn best gedaan te verbergen dat hij liever alleen was gegaan, maar nu ze vanaf de plaats waar de boer hen heeft afgezet samen naar het dorp lopen, merkt hij dat hij blij is dat hij de jongeman bij zich heeft.

'Waar moeten we straks slapen?' verbreekt Géza de stilte. 'Denkt u dat er een herberg is?'

Béla lacht. 'Dat lijkt me sterk in zo'n klein dorpje. Het ligt op geen enkele route, dus waarom zou iemand hier moeten of willen overnachten? Een herbergier zou hier geen droog brood kunnen verdienen.'

'Waar vinden we dan onderdak?' vraagt Géza. Hij maakt zich ernstig zorgen, want hij voelt dat Béla met iets in zijn maag zit en liever alleen was gegaan.

Béla bedenkt dat ze het aan de priester kunnen vragen, en dat is de eerste verrassing die hen in het dorp te wachten staat. Aan de rand van het dorp ontmoeten ze de eerste bewoner, een vrouw van middelbare leeftijd die hen met angst in haar ogen lijkt aan te kijken. Ze zijn hier vast niet gewend aan vreemdelingen, denkt Béla, die zijn allervriendelijkste glimlach opzet.

'Goedenavond,' zegt hij, omdat het al donker begint te worden. 'Wij willen een paar dagen in het dorp logeren. Kunt u ons misschien naar de plaatselijke priester brengen? Misschien kan hij ons onderdak verlenen.'

Even lijkt de vrouw zo geschokt te zijn door een vraag van twee onbekenden dat Béla bang is dat ze de benen neemt of geen antwoord zal geven. Na een paar tellen herstelt ze zich en begint te praten. Ze heeft een plattelandsaccent en sommige woorden klinken Béla erg ouderwets in de oren, maar hij vermoedt dat dat door de geïsoleerde ligging van het dorp komt.

'We hebben geen priester,' zegt ze. Béla trekt zijn wenkbrauwen op.

'Geen priester?' vraagt hij.

'We hebben er wel een gehad,' vervolgt de vrouw. 'Pater István. Maar die is al jaren weg. Hij had hier geen familie, en niemand weet waar hij naartoe is gegaan. We bleven maar denken dat we een nieuwe zouden krijgen, maar er is nooit iemand gekomen.' Ze lijkt Béla's onthutste blik ten onrechte als kritiek op haar vroomheid op te vatten. 'Sommige mensen gaan in een naburig dorp naar de kerk,' zegt ze op defensieve toon. 'Maar dat is ruim tien kilometer, dus het valt niet mee om elke week…'

'Dat doet er niet toe,' onderbreekt hij haar. 'Weet u dan misschien iemand anders die ons onderdak kan verlenen?'

De vrouw bijt even op haar lip en lijkt dan een besluit te nemen. 'Ik breng u wel naar Sari,' zegt ze.

'Bedoelt u Sari Arany?' vraagt Géza opgetogen. Hij herinnert zich de naam uit het gesprek dat ze in Város met Emil hebben gehad. Béla drukt zijn opgewonden stemming met een waarschuwende blik de kop in.

'Kent u haar?' vraagt de vrouw.

'We kennen haar naam,' antwoordt Béla, op een toon die duidelijk maakt dat hij er niet over wil uitweiden. Ze knikt en gaat hen voor naar een houten huis dat midden in het dorp aan de rivier ligt. Als ze op de deur klopt, doet een jonge vrouw met donker haar open. Op het moment dat ze Béla met haar felblauwe ogen koeltjes aankijkt, is het of Béla's hart stilstaat.

Zodra Sari de deur opendoet en een doodsbange Kornelia Gyulai met twee elegant geklede mannen ziet staan, weet ze al hoe laat het is. Inwendig slaakt ze een diepe zucht. Omdat het de laatste weken heel rustig is geweest, begon ze al te hopen dat het allemaal over zou waaien en dat ze veilig waren. Nu komt het allemaal op haar neer. Eigenlijk komt het op alle betrokken vrouwen neer, maar door schade en schande heeft ze ondervonden dat ze alles zelf moet doen als ze wil dat het goed wordt gedaan. Het is bemoedigend dat het nog zulke jonge mannen zijn. Als ze dit serieus namen, hadden ze vast iemand met meer ervaring gestuurd.

'Deze mannen…' flapt Kornelia eruit. 'Ze hebben onderdak nodig, en ik dacht dat jij misschien…'

Sari doet haar best om vriendelijk en beleefd te knikken. 'Natuurlijk. Goedenavond, heren. Mijn naam is Sari Arany. Kom binnen.'

Ze lopen met zware voetstappen de trap op en schrapen ondertussen hun laarzen schoon. Kornelia lijkt niet goed te weten wat ze moet doen. Is het de bedoeling dat zij nu ook naar binnen gaat?

'Sari… moet ik…'

Sari schudt haar hoofd. 'Nee hoor, ik neem het verder wel over,' zegt ze. Met een belachelijk opgeluchte blik verdwijnt Kornelia in de steeds donker wordende avond. Sari draait zich om naar de mannen, die beleefd bij de tafel blijven staan. De mannen uit het dorp – het handjevol dat nog over is – zouden allang een stoel hebben gepakt en hun voeten op tafel hebben gelegd. Het is erg lang geleden dat Sari een welgemanierde man heeft gezien.

'Juffrouw Arany,' zegt de langste van de twee, 'mijn naam is Béla Illyés, en dit is mijn assistent Géza Forgacs.' Sari voelt haar mondhoeken trillen als Géza zijn best doet om hoffelijk en volwassen naar haar te knikken. 'We zijn van de politie in Város en doen onderzoek naar een beschuldiging die tegen iemand uit dit dorp is geuit.'

Sari fronst haar wenkbrauwen, alsof ze niet weet waar het over gaat. 'Iemand uit dit dorp? Maar… Neem me niet kwalijk, het spijt me. Het gaat me niets aan.'

'Integendeel, juffrouw Arany, we wilden de kwestie juist graag met u bespreken. Ik bedoel natuurlijk niet vanavond. We blijven een paar dagen in het dorp, en we hoopten dat u misschien een geschikte plaats wist waar we kunnen overnachten.'

'Natuurlijk, natuurlijk! U zult wel moe zijn als u helemaal uit Város komt. Ik ben blij dat Kornelia u naar mij heeft gebracht. Het huis van mijn vader, aan de rand van het dorp, staat leeg. Het is niet groot, maar het is schoon en stevig. U kunt er net zo lang gebruik van maken als u wilt. Wilt u er meteen naartoe, of wilt u misschien eerst wat eten?'

Tot Géza's grote teleurstelling schudt Béla zijn hoofd. 'Nee, dank u. We hebben uitgebreid geluncht en willen u liever niet tot last zijn.'

'Zoals u wilt. Hebt u een ogenblikje?' Sari loopt naar de keuken, waar Rózsi onder het toeziend oog van Judit bezig is om het avondeten klaar te maken. Judit grimast als ze Sari aankijkt, en Sari trekt een lelijk gezicht terug. 'Ik breng deze heren even naar mijn vaders huis,' zegt ze hardop. 'Ik ben zo terug.' Ze kan het niet laten om even over Rózsi's haar te strijken. Ondanks haar uiterlijke kalmte voelt ze de angst vanbinnen kolken. Rózsi kijkt met een stralende glimlach naar haar omhoog. Zoals altijd geeft die lach Sari kracht en een goed humeur. Soms vraagt ze zich af of ze haar dochter misschien nog harder nodig heeft dan omgekeerd.

Als ze twintig minuten later terugkomt, zit Francziska zichtbaar trillend aan de keukentafel. Judit geeft haar szilva, maar het is duidelijk dat haar geduld bijna op is.

'Ik neem aan dat je het nieuws over de bezoekers hebt gehoord,' merkt Sari droog op.

Francziska knikt. 'Wat moeten we nu doen?'

'Alles ontkennen, natuurlijk. Wat ze ook zeggen, ontken alles. Ik denk dat het nog steeds met een sisser kan aflopen. Ze zijn allebei nog jong. Als ze echt dachten dat er iets aan de hand was, hadden ze wel mensen met meer ervaring gestuurd. Misschien komt het nog goed.'

Francziska doet haar mond open en dicht. Ze heeft een doodsbenauwde blik in haar ogen, en Sari weet wat er gaat komen. 'Kunnen we ze niet... kunnen we ze niet gewoon doden?'

Judit legt haar hoofd in haar handen en Sari haalt diep adem. 'Mijn hemel, Francziska. Dat is wel het allerstomste dat je kon bedenken.'

'Maar...'

'Denk nu eens na. Op dit moment zitten we nog niet in de nesten, maar wat denk je dat ze in Város doen als hun jongens niet meer terugkomen? Dan komen álle politiemensen van Város hierheen en wemelt het in het dorp van de agenten. Die mannen vermoorden is wel de allerbeste manier om onszelf verdacht te maken. Snap je?'

'I-ik geloof het wel.'

Sari zucht. 'Dit is nu net het probleem,' zegt ze tegen niemand in het bijzonder, want Judit begrijpt haar allang en Francziska zal haar nooit begrijpen. 'Dit is de reden dat we in deze situatie zijn beland. Iedereen denkt inmiddels dat moorden de beste manier is om problemen op te lossen, maar dat is niet zo. Op korte termijn lijkt het alles op te lossen, maar op lange termijn worden de problemen nog groter dan ze aanvankelijk waren.'

Vanaf zijn plaats aan de keukentafel hoort Béla zijn collega Géza boven rondklossen. Hij is blij dat hij even rustig tijd heeft om na te denken. Hij is geschrokken van de manier waarop hij op Sari reageerde, maar nu ze weg is, kan hij zijn gevoelens in een beter verteerbare context plaatsen. Hij bevindt zich praktisch in zijn eentje – Géza telt als gezelschap nauwelijks – in een vreemd dorpje midden op de vlakte, een dorpje dat niet eens een priester heeft, wat hem dieper schokt dan hij zelf ooit zou willen toegeven. De eerste persoon die hij in dat dorp te-genkwam, was een heel rare vrouw, en dat alles bij elkaar zorgde ervoor dat hij opgelucht was toen hij Sari ontmoette. Hij was opgelucht dat hij in dit vreemde oord een intelligente, kalme, beschaafde vrouw aantrof, ook al droeg ze dan een boerse jurk en had ze haar haren slordig opgestoken. Hij was opgelucht en verbaasd geweest.

Maar er is meer: als hij zijn ogen sluit, ziet hij nog steeds het vage beeld van Sari's ogen. Toen ze wegging, duurde het een paar minuten voordat zijn hart weer tot rust kwam. Het begint weer sneller te slaan, te stuiteren en te bonken als hij beseft dat hij haar de volgende ochtend weer zal zien. Ze is niet mooi, houdt hij zichzelf voor. Integendeel. Hij schat dat ze minstens tien jaar ouder is dan hij. Ze is veel te mager, vel over been bij-na, en ze heeft rimpels in haar gezicht en een paar grijze haren. Ze heeft alleen heel opvallende ogen. Béla is rationeel en ver-standig, maar op dit moment is hij vermoeid en bezorgd. Mor-genochtend ziet alles er waarschijnlijk heel anders uit. Dat moet wel.

Sari weet dat hij ondersteboven van haar is. Hij heeft het goed verborgen, maar op het moment dat ze de deur opende, zag ze dat hij een fractie van een seconde niet wist wat hij moest zeg-gen. Ze had hem verbaasd met zijn ogen zien knipperen, en het was haar beslist niet ontgaan dat hij steeds naar haar keek wanneer hij dacht dat ze het niet in de gaten had. Mooi, daar kunnen we misschien van profiteren, denkt ze. Heel even wenst ze dat ze meer van Lilike of Lujza weg had. Ach, eigen-lijk zou het al voldoende zijn als ze überhaupt meer op andere vrouwen leek. Per slot van rekening heeft ze nog maar twee keer in haar leven met dit soort dingen te maken gehad, en beide keren had ze niets gepland. Alles overkwam haar, en bo-vendien zou ze geen van beide ervaringen een succes durven noemen. Het zou fijn zijn geweest als ze wist hoe ze dit in haar voordeel kon gebruiken – niet alleen in haar eigen belang, maar in dat van alle betrokkenen.

Ze had hem een aardige, beleefde jongeman gevonden. Tot haar grote ergernis wilde ze dat hij en zijn jonge collega zich thuis voelden en deed ze haar best om het hen naar de zin te maken. In haar vaders huis had ze hen beneden achtergelaten en was ze zelf naar boven gegaan om de bedden op te maken. In de kamers had ze nog eens goed gezocht naar sporen die verdacht zouden overkomen, al had ze al deze vertrekken sinds de verdwijning van Francziska's schoonmoeder al een paar keer gecontroleerd. Toen ze weer beneden kwam, zat de jongste van de twee – Géza, heette hij toch? – met een chagrijnige blik aan de keukentafel, maar Béla liet bij de boekenplank zijn vingers over de regenboog van boekruggen glijden. Toen hij haar hoorde binnenkomen, draaide hij zich om.

'Hebt u al deze boeken gelezen?' vroeg hij. Ze kon nog net voorkomen dat ze haar schouders ophaalde.

'Ik heb de hele rij een paar keer gelezen.' Ze glimlachte naar hem. 'Je kunt hier maar moeilijk aan boeken komen. Waarschijnlijk kan ik ze allemaal uit mijn hoofd opdreunen. Van achteren naar voren.'

Hij lachte. 'Als ik weer in Város ben, kan ik u misschien een paar boeken opsturen,' zei hij aarzelend. 'Om u te bedanken voor…' Hij spreidde zijn handen. '… dit alles.'

Vond ik hem maar niet zo aardig, denkt Sari. Dat zou alles veel makkelijker maken.

26

Die nacht wordt Béla geplaagd door nachtmerries, maar als hij de volgende ochtend beneden komt, merkt hij tot zijn verbazing dat de wereld er bij daglicht inderdaad een stuk beter uitziet. De zon schijnt door de keukenramen naar binnen, en tot zijn genoegen hoort hij buiten geluiden die op een volkomen normale bedrijvigheid in het dorpje wijzen. Hij is niet van plan om zich iets van zijn nare dromen aan te trekken, die hij ongetwijfeld aan het onbekende bed te danken heeft.

Géza is al wakker en bestudeert beneden aantekeningen die hij al minstens honderd keer moet hebben gelezen. Béla ziet dat hij een ontspannen blik op zijn gezicht heeft. Het kwaadaardige dorpje uit zijn fantasie is duidelijk opgelost in de aanblik van het werkelijke dorp, dat er allesbehalve dreigend uitziet. Béla gaat aan tafel zitten en glimlacht bemoedigend naar Géza. Er is niets aan de hand. Natuurlijk blijft het een vreemd dorp, maar dat komt doordat het zo geïsoleerd ligt en doordat hij het door zijn stadse ogen bekijkt. Ze zijn hierheen gekomen omdat Emil zijn werk grondig doet, maar hij kan zich niet voorstellen dat er hier iets ernstig mis is. Béla gaat prat op zijn rationaliteit en heeft een beetje medelijden met de vermoeide, verwarde man die hij gisteravond was. Hij besluit er niet lang bij stil te staan, want het is tijd om aan het werk te gaan.

Er wordt aangeklopt. Glimlachend steekt Sari haar hoofd om de deur.

'Goedemorgen! Ik heb uw ontbijt bij me. Ik had wel eerder kunnen komen, maar ik wilde u niet wakker maken. Ik dacht dat u waarschijnlijk wel moe was van de reis.'

Ze brengt zo veel zon mee naar binnen dat het lijkt of ze een lichtkrans om haar hoofd heeft. Béla slikt nauwelijks merkbaar.

'Dank u wel. Eet u met ons mee?'

Sari's wangen kleuren lichtrood. Béla vraagt zich af hoe hij in vredesnaam heeft kunnen denken dat ze tien jaar ouder was dan hij. Op dit moment lijkt ze nauwelijks ouder dan een tiener.

'Dank u, maar dat gaat niet,' antwoordt ze beleefd.

Béla knikt. Géza slaat het gesprek met een mengeling van verwarring en ontzetting gade en kijkt van de een naar de ander.

'Gisteren zei u dat u me wilde spreken over…' Ze zwijgt even. 'Over de reden van uw bezoek. Wilt u vandaag met me praten?'

'Graag, maar eerst moeten we een bezoekje brengen aan… eh…' Hij strekt zijn hand uit naar Géza, die hem de documenten aangeeft. 'Francziska Imanci. Kent u haar?'

'Natuurlijk. Dit is een klein dorp. Iedereen kent elkaar. Als u wilt, kan ik u na het ontbijt naar haar toe brengen.'

'Heel graag, dank u wel.'

'Weet u nog waar ik woon? Mooi. Kom maar bij me langs als u klaar bent, dan breng ik u naar Francziska.' Ze doet de deur open. 'Tot straks.'

Als ze weg is, kijkt Géza fronsend naar Béla. 'Ze was niet erg nieuwsgierig naar de reden van ons bezoek, vindt u wel?'

Béla klakt afkeurend met zijn tong. 'Ze was gewoon beleefd, dat is alles.' Intuïtief kijkt hij naar de plaats waar Sari zojuist heeft gestaan, tot hij zichzelf weer tot de orde roept en opstaat. 'Kom, Géza. We gaan ontbijten.'

Met een doodsbange blik op haar gezicht doet Francziska de deur voor Sari open.

'O, gelukkig, jij bent het maar. Ik dacht…'

'Ik weet wat je dacht,' onderbreekt Sari haar, 'en ze staan hier over een uurtje, na het ontbijt. Ik kan niet lang blijven.'

'O god!' Francziska ziet eruit alsof ze elk moment kan gaan overgeven, maar gelukkig gebeurt er niets. 'Wat moet ik nu doen? Wat moet ik nu toch doen?'

'Om te beginnen moet je rustig worden,' instrueert Sari haar ferm. 'En als ze komen, geef je zo eerlijk mogelijk antwoord op hun vragen, zonder ons erbij te betrekken. Eens even zien…' Sari denkt na. 'Hoe slecht was je schoonmoeder eraan toe toen ze wegging?'

'Ze heeft een paar keer hoofdpijn en last van haar maag gehad, meer niet. Ze kan zich niet beroerd hebben gevoeld, want anders was ze er verdomme nooit in geslaagd om de hele vlakte over te steken!' Francziska's gezicht wordt rood van woede.

'Dat is waar. Daar heb je geluk mee. Ik betwijfel of ze vergiftigingsverschijnselen had. Op dit moment is het haar woord tegen het jouwe, en het kan natuurlijk ook zijn dat ze je beschuldigt van de moord op haar zoon.'

'O jezus,' kreunt Francziska.

'Hou daarmee op,' zegt Sari geïrriteerd. 'Je moet gewoon alles ontkennen. Als ze naar je schoonmoeder vragen, zeg dan dat je nooit met haar kon opschieten. Zeg dat ze op haar oude dag een beetje in de war is geraakt en daarom rare dingen van je denkt. Probeer kwaad te worden, dat maakt het alleen maar overtuigender. Iets als: hoe durft ze dit te zeggen na al die jaren dat ik voor haar heb gezorgd! Denk je dat je dat kunt?'

Francziska knikt enthousiast. 'O, het lukt me zeker om boos te worden.'

'Mooi. En als ze naar je man vragen, zeg dan dat hij verzwakt was door zijn oorlogswonden en aan griep is gestorven. Probeer er zelfs een paar tranen uit te persen.'

Francziska kijkt bedenkelijk. 'Ik weet niet of...' Haar stem trilt.

'Nou ja, het doet er niet toe. Maar denk erom: wijk niet van die antwoorden af, wat ze je ook vragen. Probeer onder geen beding een smoes te bedenken. Hou het allemaal zo eenvoudig mogelijk.'

Francziska knikt. 'Goed, maar...' Ze maakt haar zin niet af en kijkt wat ongemakkelijk.

'Maar wat?'

'Wat... Wat moet ik doen als ze naar de anderen vragen? Ik bedoel, ze... ze hebben vast wel gezien dat er hier meer mensen doodgaan dan normaal...'

Sari zucht. Ze heeft haar hersens gepijnigd om daar een goede verklaring voor te vinden, maar er wil haar niets te binnen schieten. 'Zeg maar dat we pech hebben gehad. Zeg maar dat er veel mensen verzwakt uit de oorlog zijn teruggekeerd, en dat we sindsdien veel zieken hebben gehad.' Ze trekt een grimas. 'Het kan ook geen kwaad om somber iets over een vloek te mompelen, of iets dergelijks.'

'Maar...'

'Luister, zij komen uit de stad en wij komen van het platteland. Ze willen vast wel aannemen dat wij in dergelijke dingen geloven.' Op wrange toon voegt ze eraan toe: 'Sterker nog, misschien beginnen ze er zelf wel over.'

Géza weet niet goed wat hij ervan moet denken. Het is niet zo dat Francziska's verhaal ongeloofwaardig klonk, maar hij weet niet goed hoe een vrouw in haar situatie hoort te reageren. Is het normaal dat iemand raast en tiert als ze door haar schoonmoeder van moord wordt beschuldigd? Is het normaal als je in die toestand afwisselend smartelijk huilt en woedend snauwt? Al met al vond hij het een van de zwaarste uren die hij ooit heeft meegemaakt, en zelden was hij zo blij dat hij ergens de deur achter zich kon dichttrekken. De lucht ruikt frisser dan normaal en de zon lijkt helderder te schijnen. Béla's gezicht is even onverstoorbaar als altijd, en even voelt Géza een grenzeloze bewondering voor hem. Er komt een dag dat ik net zo ben als hij, denkt hij. Wacht maar af.

Binnen zet Francziska een kop koffie, trots dat ze haar taak zo goed heeft volbracht.

Béla weet dat hij hier eigenlijk niet openlijk met Sari over mag praten, maar hij vertrouwt op de veelgeprezen intuïtie waar Emil het altijd over heeft. Hoewel hij geen bewijzen heeft, voelt hij vanbinnen dat Sari niets met de vermeende vreemde praktijken in het dorp te maken heeft.

'Ik wist natuurlijk dat haar schoonmoeder spoorloos was verdwenen,' zegt Sari. 'Francziska maakte zich ernstig zorgen om haar, want Ilona was de laatste tijd niet in orde. Francziska zei dat ze zich de dagen voor haar verdwijning heel anders gedroeg dan normaal.'

Ze lopen samen door het dorp naar Sari's huis. Toevallig kwamen Béla en Géza haar na hun bezoek aan Francziska tegen, en ze heeft hen uitgenodigd om bij haar te komen lunchen.

'Als u me toch moet spreken, kan ik u net zo goed meteen een maaltijd voorschotelen,' had ze met haar stralende glimlach gezegd.

Béla houdt zichzelf voor dat hij alleen maar op haar intelligentie valt, meer niet, maar hij wordt zo betoverd door haar glimlach dat hij haar alles over het gesprek met Francziska vertelt. Hij doet net of hij Géza's bezorgde blik niet ziet.

Sari reageert met verbazing en bezorgdheid, een bezorgdheid die Béla maar moeilijk kan plaatsen. Uit boeken weet hij wel iets over vriendschappen tussen vrouwen, maar hij denkt dat Sari boven zulke dingen staat. Hij kan zich niet voorstellen dat ze zich wegens een geheimzinnig vrouwenverbond verplicht voelt om Francziska te beschermen.

'Welkom,' zegt Sari als ze de deur van haar huis openduwt. 'Judit? Rózsi?' roept ze. Een lang, roodharig meisje steekt haar hoofd om de hoek van de deur. Béla ziet dat haar ogen net zo opvallend zijn als die van Sari, maar dat ze groen zijn in plaats van blauw. 'Meneer Illyés, meneer Forgacs, dit is mijn dochter Rózsa. We noemen haar Rózsi.'

Béla schrikt. 'O, s-sorry. Ik wist niet dat u getrouwd was.'

'Ik heb geen man,' zegt Sari met een glimlachje.

Béla aarzelt. Betekent dat dat ze weduwe is, of heeft ze misschien...

Ze beantwoordt zijn onuitgesproken vraag. 'Ik ben nooit getrouwd geweest. Het spijt me als u dat schokkend vindt. Ik ben wel verloofd geweest met Rózsi's vader, maar hij stierf voordat we konden trouwen.' Ze haalt haar schouders op. 'Ik weet dat de dingen eigenlijk niet in die volgorde horen te gebeuren, maar hier vinden we zoiets niet zo erg.'

'Tja.' Béla probeert zijn kalmte te hervinden. Hij houdt zichzelf voor dat het eigenlijk helemaal niet vreemd is als een ongetrouwde vrouw een kind krijgt. Het gesprek lijkt Rózsi totaal niet te deren, en terwijl hij aan tafel gaat zitten, richt hij zich aarzelend tot haar. Hij weet nooit zo goed hoe hij met kinderen moet omgaan. 'Hallo, Rózsi!' zegt hij overdreven vrolijk.

'Ze praat niet,' legt Sari met haar hand op Rózsi's hoofd uit. Het kind kijkt glimlachend naar haar omhoog. 'We weten niet waarom. Ze begrijpt alles wat we tegen haar zeggen, maar we denken dat ze tot nu toe geen reden heeft gehad om iets aan ons kwijt te willen. Dit is Judit.'

Béla schrikt als hij naast de tafel de vleesgeworden engelenmaker uit zijn fantasie ziet staan.

Judit laat een tandeloze grijns zien. 'Hallo, jongens,' zegt ze.

'Judit en ik werken samen,' legt Sari uit. 'Mijn vader is op mijn veertiende gestorven, en sindsdien woon ik bij haar.'

Tijdens de lunch, die tot Béla's verbazing door Rózsi is klaargemaakt, praten ze over koetjes en kalfjes, het weer, het dorp en het werk van Sari en Judit. Béla kan zijn ogen niet van Sari afhouden, al begrijpt hij zelf nog steeds niet waarom. Op weg naar zijn werk komt hij dagelijks veel mooiere meisjes tegen, maar ze is gewoon… Ze trekt hem als een magneet aan. Het is een kracht die Géza niet voelt, want anders zou zijn jonge collega nooit zo tevreden zitten kauwen. Het is een aantrekkingskracht die volgens hem niemand in dit geïsoleerde dorp kan voelen. Ze lijkt hier niet op haar plaats, en dat begint Béla steeds frustrerender te vinden. Hij vraagt zich af hoe ze zich in een andere plaats zou ontwikkelen, wat er zou gebeuren als ze plotseling in Város of Boedapest werd neergezet. Nu zit ze alleen maar aan een gammele tafel in een of ander godvergeten, modderig gat, omringd door een oude heks en een roodharig kind dat niet kan praten. Hij probeert zijn afkeer voor Judit te verbergen. Ja, ze roept afkeer bij hem op, en hij is ook een beetje bang voor haar. Natuurlijk heeft hij van haar niets te duchten, het zou puur bijgeloof zijn om te denken dat ze gevaarlijk is. Ze heeft ook vast niet gezien dat zijn ogen steeds over de contouren van Sari's nek en de rondingen van haar taille glijden, maar ze blijft op een uiterst onplezierige manier naar hem grijnzen. Hij is dan ook vreselijk opgelucht dat ze meteen na de lunch met Rózsi vertrekt.

'Zo,' zegt Sari. 'Wat wilde u met me bespreken?'

Opeens heeft Béla geen zin meer om met Sari over zijn werk te praten. Hij wil weten wat ze van de boeken vond die ze heeft gelezen, of meer te weten komen over de technische aspecten van haar werk. Een droge analyse van de papieren in zijn tas lijkt hem vreselijk saai, maar hij kan er natuurlijk niet onderuit.

'Weet u dat we hier zijn omdat Ilona Imanci haar schoondochter van poging tot moord heeft beschuldigd?' vraagt hij. Sari knikt. 'Nou, ze heeft ook een aantal bizarre beschuldigingen aan het adres van het hele dorp geuit. Bijvoorbeeld dat...' Onder haar indringende blik begint hij bijna te stotteren.

'Dat we ons bezighouden met hekserij?' vraagt ze rustig. Hij bloost.

'Ja. Ik weet dat het belachelijk klinkt.'

'O, voor Judit en mij zijn dergelijke beschuldigingen niets nieuws. Ik neem aan dat ze beweert dat we het dorp hebben vervloekt?'

'Zoiets, ja. Natuurlijk nemen we dergelijke beschuldigingen niet serieus, maar toen we naar de sterftecijfers keken, zagen we dat er hier naar verhouding erg veel mannen zijn gestorven. Omdat u degene bent die de overlijdensverklaringen heeft opgesteld, willen we graag weten wat u… wat u hier allemaal van vindt,' zo besluit hij zijn verhaal schaapachtig.

Sari spreidt elegant haar handen en lijkt even na te denken voordat ze reageert.

'Ik kan me voorstellen dat het vreemd op u overkomt, en veel dorpsbewoners vinden het ook bizar. Het woord vloek is meer dan eens gevallen!' Ze lacht even, waardoor Géza opkijkt van zijn aantekeningenboekje.

'Mevrouw Imanci – Francziska – had het er ook over.'

'Tja, u kunt zich wel voorstellen waarom de mensen het denken. Maar dit zijn de feiten: wij hebben veel meer mannen aan de oorlog afgestaan dan andere dorpen, en het spreekt voor zich dat de soldaten die terugkeerden niet in optimale conditie verkeerden. Dat betekent dat ze vatbaar waren voor elke ziekte die in het dorp rondwaarde. Verder ligt dit dorp zo afgelegen dat zieke mensen zelden de kans krijgen om een dokter te spreken. Judit en ik doen ons best, maar…' Ze haalt haar schouders op. 'Hoe hard we ook ons best doen, we kunnen natuurlijk niet het werk van echte artsen overnemen.'

Béla krijgt een brok in zijn keel als hij haar mondhoeken omhoog ziet gaan en haar haren in de zon ziet glanzen. Wat een dappere vrouw, denkt hij. Ze doet belangeloos haar best om de mensen in het dorp weer beter te maken, en wat krijgt ze ervoor terug? Beschuldigingen dat ze een heks is. Hij heeft wel vaker gehoord dat genezers en vroedvrouwen op het platteland bovennatuurlijke krachten krijgen toebedacht, zowel in situaties die verkeerd aflopen als in situaties waarin alles goed komt, maar even wordt hij woedend op de oude mevrouw Imanci en haar bizarre, onterechte beschuldigingen. Naast hem zit Géza klaar om aantekeningen te maken, maar Béla vindt het wreed en onnodig om Sari verder te ondervragen. In plaats daarvan leunt hij glimlachend achterover op zijn stoel.

'Kunt u me misschien nog wat vertellen over uw werk? Het lijkt me erg interessant om er meer over te horen.'

Sari is uitgeput. Het valt niet mee om de hele middag charmant en geestig te zijn, vooral als je normaal heel anders bent, maar Béla blijkt tot haar verrassing plezierig gezelschap te zijn. Nadat ze hem gedetailleerd had verteld wat een vroedvrouw op het platteland allemaal te verduren heeft, kregen ze het over boeken. Béla heeft zelfs beloofd dat hij haar vanuit Város een paar boeken zal opsturen, waarvan hij de titels voor haar heeft opgeschreven. Een kwartier geleden zijn hij en zijn collega vertrokken, en nu zit Sari onderuitgezakt met een kop koffie aan tafel van de stilte te genieten. Opeens vallen Judit en Rózsi binnen. Op Judits gezicht staat een boosaardige grijns.

'Vertel eens, hoe ging het? Al denk ik dat ik het al weet.'

'Veel beter dan ik had gedacht. Hij stelde me een paar eenvoudige, directe vragen en leek mijn antwoorden te geloven. De afgelopen uren hebben we het over kruiden en boeken gehad. De jongste van de twee, Géza, leek niet te weten waar we het over hadden.'

Judits grijns wordt nog breder. 'Uitgekookt kreng dat je bent! Je kunt hem om je vinger winden. Hoe heb je dat voor elkaar gekregen?'

'Het was echt niet mijn bedoeling, maar soms gaan die dingen vanzelf.'

'Je zou haast gaan denken dat er vanuit de hemel toch iemand op ons neerkijkt.'

Sari haalt diep adem. 'Misschien loopt het allemaal wel los. Het zou best kunnen.'

'Mooi dorp, vind je niet?' zegt Béla achteloos, als hij en Géza naar het huis van Sari's vader wandelen. Géza is het niet met hem eens. Het is een prachtige dag, maar hij zou het dorp nooit mooi willen noemen. Als het niet zo'n afvallige gedachte was, zou hij eerder denken dat Béla warme gevoelens voor Sari Arany koestert dan voor Falucska, maar over zoiets durft hij niet eens na te denken, laat staan dat hij het hardop durft te suggereren.

'Wat vindt u van...' Met zijn hoofd gebaart Géza in de richting van het huis dat ze zojuist hebben verlaten.

'Waarvan? Van wat juffrouw Arany zei? Ik vind het wel een overtuigend verhaal. We moeten natuurlijk geen misdaden zien op plaatsen waar ze niet zijn gepleegd. Daar schiet niemand iets mee op.'

'Maar...' Het is niet zo dat Géza Sari niet gelooft, maar hij heeft zo zijn ideeën over wat er bij een politieonderzoek allemaal komt kijken. In zijn ogen moeten er meer vragen worden gesteld en moet er grondiger onderzoek worden gedaan.

'Natuurlijk moeten we nog een keer bij mevrouw Imanci langs,' zegt Béla peinzend, 'maar verder...' Hij haalt zijn schouders op.

Géza zwijgt even, maar waagt dan te zeggen: 'Vindt u niet dat we ook met een paar andere dorpelingen moeten praten? Met familieleden van de overledenen, bijvoorbeeld? Het is niet zo dat ik juffrouw Arany niet geloof,' voegt hij er haastig aan toe als er een geërgerde blik op Béla's gezicht verschijnt. 'Ik vraag me alleen af of ze alles weet wat in het dorp gaande is. We zouden het voor de zekerheid kunnen doen.'

Béla denkt even na. Enerzijds is het veel hoffelijker om Sari gewoon op haar woord te geloven en te concluderen dat er in Falucska niets vreemds aan de hand is geweest. Anderzijds zou Emil best eens lastige vragen kunnen stellen als hij denkt dat ze er in het dorp de kantjes van af hebben gelopen. Dan maken ze natuurlijk geen goede beurt.

'Ja, het is waarschijnlijk wel een goed idee om een weekje te blijven,' zegt Béla. 'Dan kunnen we ook met een paar andere mensen praten.' Hij negeert het opgewonden kriebeltje bij de gedachte dat hij dan nog een week in Sari's buurt kan zijn.

27

Het is dinsdag. 'Mevrouw Gersek,' zegt Géza gedecideerd, terwijl hij opkijkt van zijn papieren.

Béla knikt. In zijn ogen kan het geen kwaad om Géza de leiding te geven, want het onderzoek levert waarschijnlijk toch niets op.

'Prima,' zegt hij. 'We gaan morgenochtend bij haar langs.'

'Mevrouw Gersek,' zegt hij de volgende ochtend tegen Sari, als ze hun ontbijt komt brengen.

'Ik zal u na het ontbijt naar haar toe brengen,' zegt Sari, voordat ze weggaat met de smoes dat ze Rózsi's ontbijt moet klaarmaken.

'Ze komen vandaag bij jou langs,' zegt ze vijf minuten later tegen Jakova Gersek.

Weer een verspilde ochtend, denkt Géza, als ze tegen twaalven het huis van de onhandelbare mevrouw Gersek verlaten. Vanaf het moment dat ze aanklopten, reageerde mevrouw Gersek woedend en wilde ze steeds krijsend weten hoe ze het in hun hoofd haalden om haar van moord op haar man te beschuldigen. Béla en Géza hadden nog niet eens gezegd wat ze kwamen doen.

'O, dat kan ik wel raden,' had ze Béla toegebeten toen hij haar daarop wees. 'Ik weet dat jullie gisterochtend bij Francziska Imanci zijn geweest. Hoe durven jullie die arme vrouw zo te treiteren na alles wat ze heeft moeten doorstaan!'

De rest van de ochtend was ongeveer in dezelfde sfeer verlopen. Af en toe bedaarde mevrouw Gersek een beetje, om vervolgens weer razend te worden als ze een onschuldig klinkende opmerking suggestief vond.

'Nou, dat was overtuigend,' zegt Béla tegen Géza, die zijn wenkbrauwen fronst.

'Jawel, maar... Het lag er allemaal een beetje dik bovenop,

vond u niet? Bijna alsof ze… alsof ze een toneelstukje voor ons opvoerde.'

Béla glimlacht. 'Zou kunnen, zou kunnen, maar je moet goed begrijpen dat deze mensen onschuldig zijn tot het tegendeel is bewezen, Géza. We kunnen helemaal niets doen – en horen ook niets te doen – tot we concrete bewijzen van een misdaad hebben.'

'Waar denkt u aan?'

'In dit geval zou het een bekentenis moeten zijn, of anders misschien de ontdekking van een moordwapen. Ik heb de indruk dat we op beide zaken lang kunnen wachten.'

'Maar de lichamen zijn er toch ook nog? We zouden…'

'Géza, de enige redenen die we voor dit onderzoek hebben, zijn achterdocht en speculatie.' Hij schudt zijn hoofd. 'Als we toestemming willen hebben om de lijken op te graven, moeten we heel wat meer bewijzen verzamelen. Wat denk je dat de dorpelingen zullen zeggen als we hun kerkhof omspitten? De tirade van mevrouw Gersek verbleekt nog bij wat we dan te horen krijgen.'

Géza haalt zijn schouders op. 'Misschien hebt u wel gelijk.' Toch is hij er niet blij mee. Ze zijn nu al bijna drie dagen in het dorp, en het valt hem overal op dat er zo weinig mannen zijn. Hij is nog nooit in zo'n omgeving geweest en wil maar niet geloven dat er een natuurlijke verklaring voor is. Al het respect dat hij voor Béla had opgebouwd, sijpelt beetje bij beetje weg, ook al probeert hij zichzelf dapper voor te houden dat Béla gelijk heeft en dat hij de zaak goed aanpakt. Dat valt niet mee. In het jaar dat Géza met Béla heeft samengewerkt, heeft hij Béla min of meer als een held vereerd. Het is niet leuk om je idool van zijn voetstuk te zien vallen. Hij probeert zichzelf wijs te maken dat Béla het misschien toch bij het juiste eind heeft, maar hij is niet blind voor de manier waarop Béla naar Sari Arany kijkt. Zelfs nu Béla naast hem loopt, voelt Géza het verlangen bijna van hem afstralen.

Ze gaan de hoek om en krijgen Judits huis in beeld. Het volgende moment gaat de deur open en komt Sari zwaaiend naar buiten. Géza zucht als hij de blik op Béla's gezicht ziet.

Die woensdagochtend gaan Béla en Géza op bezoek bij mevrouw Gyulai, die heel anders reageert dan mevrouw Gersek. Ze gaat niet tegen hen tekeer, maar zit tijdens de hele ondervraging zachtjes te huilen, wat de mannen eigenlijk nog veel erger vinden. Die woensdagmiddag praten Béla en Sari aan de keukentafel over Goethe, terwijl Géza zorgvuldig de aantekeningen van die ochtend uitschrijft. Hij doet zijn best om het zeurende stemmetje in zijn achterhoofd te negeren, dat hem steeds waarschuwt dat een onderzoek heel anders hoort te verlopen.

Op donderdagochtend gaan Béla en Géza bij mevrouw Kiss langs. Zelfs Béla heeft een hekel aan deze vrouw, die tijdens het gesprek onnatuurlijk kalm is en op ogenschijnlijk willekeurige momenten een onaangename grijns laat zien. Haar man, haar moeder en haar zoon zijn allemaal door rare ongelukken of ziektes om het leven gekomen, maar ze toont geen enkele emotie als ze over hen praat. Zelfs de dood van haar zoon lijkt haar niet verdrietig te hebben gemaakt.

Géza barst bijna van opwinding als ze het huis verlaten, maar zoals altijd schudt Béla zijn hoofd.

'Je kunt haar niet vervolgen omdat ze een onaangenaam mens is, Géza.'

'Maar...'

'Weet je nog wat ik zei over bekentenissen of bewijzen? Zolang we die niet hebben, kunnen we niets doen.'

Mokkend houdt Géza zijn mond. Hij weet dat Béla gelijk heeft, maar hij is er inmiddels van overtuigd dat Béla niet bepaald zijn best doet om mensen bekentenissen te ontlokken of bewijsmateriaal te verzamelen. Neem nu mevrouw Kiss. Gé-

za is er heilig van overtuigd dat niet al haar overleden familieleden een natuurlijke dood zijn gestorven, en hij weet bijna
zeker dat hij dat ook zou denken als mevrouw Kiss niet zo
zelfvoldaan en slijmerig was geweest. In geen enkele familie
komen zo veel bizarre ongelukken voor. Nee, dat moet hij
anders zeggen: als een vrouw in haar familie zo veel bizarre
ongelukken had meegemaakt, zou ze niet zo poeslief lachen
als mevrouw Kiss. Toch heeft Béla mevrouw Kiss alleen maar
doodeenvoudige vragen gesteld en al haar antwoorden voor
zoete koek geslikt. Géza weet zeker dat ze zichzelf een paar
keer tegensprak over de symptomen die haar zoon vlak voor
zijn dood vertoonde. Béla leek het niet eens in de gaten te
hebben, laat staan dat hij haar met de tegenstrijdigheden con-
fronteerde.

Vrouwen, denkt Géza minachtend. Hij vindt het ongelooflijk dat ze zo veel macht over mannen kunnen hebben. Vanuit
zijn ooghoek kijkt hij heimelijk opzij naar Béla. Bij het zien
van de verwachtingsvolle glans in Béla's ogen bereidt hij zich
voor op de zoveelste middag babbelen over kruiden en litera-
tuur.

Die vrijdag suggereert Géza dat het misschien een goed idee is
om even apart met Judit Fekete te praten. Béla haalt zijn
schouders op en knikt, al kijken ze er geen van beiden naar uit
om een ochtend in Judits gezelschap door te brengen. Sari
doet er niet moeilijk over en verdwijnt met Rózsi naar het bos
om kruiden te plukken. Vergeleken met het gesprek dat ze de
dag ervoor met mevrouw Kiss hebben gehad, zijn de twee
uren in Judits gezelschap bijna aangenaam te noemen. Toch
heeft Géza na afloop het gevoel dat hij nóg niets over de sterfgevallen in het dorp te weten is gekomen. Judit kan verschrikkelijk goed om de zaken heen draaien. Als ze haar een directe
vraag stellen, wekt ze de indruk dat ze er diep over nadenkt
voordat ze Géza en Béla via allerlei verwarrende omweggetjes

antwoord geeft. Ze weidt zo vreselijk uit dat de twee rechercheurs hun vraag meestal vergeten zijn tegen de tijd dat ze haar
mond houdt.

'Ze ontwijkt al onze vragen,' sist Géza, als Judit zich excu-
seert om naar de wc te gaan. Tot zijn onbeschrijflijke ergernis
moet Béla alleen maar lachen. Blijkbaar is niet alleen Sari boven alle kritiek en beschuldigingen verheven, maar haar directe omgeving ook, al is Judit overduidelijk een kwaadaardige
oude heks, denkt Géza vals.

'Je moet rekening houden met haar leeftijd,' fluistert Béla
terug. 'Mensen worden wel vaker warrig als ze zo oud zijn.
Daar kan ze niets aan doen. Ik weet zeker dat ze haar uiterste
best doet.' Maar als Judit terugkomt, ziet Géza de sluwe grijns
op haar gezicht en gelooft hij niet meer in haar goede bedoe-
lingen.

Naarmate ze meer mensen spreken, begint Béla zich steeds
meer te ontspannen en begint Géza steeds sterkere verdenkin-
gen te koesteren. Niemand in Falucska lijkt zich normaal te
gedragen. Francziska was zenuwachtig als een soldaat die terugkwam van het front, en mevrouw Gersek ging buitenspo-
rig tegen hen tekeer. Mevrouw Gyulai zat als een heilige martelaar te snikken, en de zelfvoldaanheid van mevrouw Kiss was
niet te harden. Zelfs Sari Arany vindt hij vreemd. Hij vindt het
raar dat een intelligente, kalme vrouw als zij in dit dorp blijft
hangen. Maar ja, uiteindelijk gaat het om Béla's mening, en
niet om die van Géza. Met die gedachte begint Géza steeds
meer moeite te krijgen.

De invallende duisternis kleurt de hemel als een blauwe plek.
Sinds Béla als schooljongen zomaar smoorverliefd op een
buurmeisje werd, heeft hij zich niet meer zo gevoeld. Hij was
diep teleurgesteld toen Sari zei dat ze niet met hen kon lunchen. Blijkbaar moest ze naar een zieke, maar dat leek haar oprecht te spijten, vooral toen hij zei dat ze van plan waren om de

volgende dag na het afrondende gesprek met Francziska Imanci te vertrekken.

Even later was haar gezicht opgeklaard. 'Het lijkt me leuk om op uw laatste avond met u te eten,' had ze gezegd. Haar stem was traag en stroperig als honing geweest. 'Natuurlijk ook met uw collega erbij. Ik weet zeker dat Rózsi en Judit me best een avond kunnen missen.'

Béla weet niet of zo'n etentje wel gepast is, maar merkt dat hij zich daar niet lang druk over maakt. Het is alsof zijn hart niet meer gewoon slaat, maar met grote, ademloze sprongen op en neer stuitert. Als hij zichzelf in de spiegel bekijkt, ziet hij geen overdreven knappe man, maar toch hoopt hij dat hij ermee door kan. Hij strijkt voor de laatste keer zijn golvende bruine haren glad en brengt zijn hoofd naar de spiegel om te kijken of er niets tussen zijn tanden zit. Het is gewoon een etentje, meer niet, maar na vanavond ziet hij haar misschien nooit meer. Daarom doet hij graag moeite om er goed uit te zien.

Als de zon langzaam achter de bomen zakt, arriveert Sari met een fles rode wijn en gulyás. 'Ik heb hem zelf gemaakt,' zegt ze met een verlegen glimlach. 'Rózsi kan het beter, maar ik wilde de maaltijd zelf bereiden.' Ze gaan aan de verweerde houten tafel zitten, waar de vlammetjes van de lampen steigerend het plafond proberen te bereiken.

Géza kijkt verveeld en zegt niet veel, maar voor Béla glippen de minuten net zo snel voorbij als de minuscule zilverkleurige visjes die door de rivier naast het huis racen. Het gesprek verloopt moeizaam en stroef. Sari probeert Géza aan de praat te krijgen, maar hij blijft koppig zijn mond houden. Béla wenst vurig dat Géza naar boven gaat, want voor hem is er waarschijnlijk niets aan om in die kleverige stilte te blijven zitten. In gedachten probeert hij de boodschap naar Géza door te seinen, en uiteindelijk staat Géza met een beleefd knikje naar Sari op.

'Hartelijk dank voor de maaltijd,' zegt hij. 'Ik wil niet onbeleefd zijn, maar ik moet de aantekeningen van vandaag nog uitschrijven.'

Béla knijpt zijn ogen tot spleetjes, want hij weet heel goed dat Géza die aantekeningen vanmiddag al heeft uitgeschreven. Toch peinst hij er natuurlijk niet over om dat hardop te zeggen. Nadat Géza een zeer sardonische wenkbrauw naar Béla heeft opgetrokken, loopt hij de kamer uit. In een flits dringt het jammerlijke besef tot Béla door dat er straks op kantoor met Géza geen land meer te bezeilen valt, maar hij verdrinkt al in Sari's blik voordat hij tijd heeft om daar lang over na te denken.

Zodra Géza weg is, lijkt hun gesprek tot leven te komen. Het sleept zich niet meer voort, maar dartelt en knettert over en weer. Buiten is het donker geworden, en met haar gezicht half in de schaduwen lijkt Sari wat van haar remmingen te laten varen. Tot nu toe hebben ze enthousiaste, maar onpersoonlijke discussies gevoerd. Nu pas schraapt Béla genoeg moed bij elkaar om haar te vragen iets over zichzelf te vertellen.

Ze vertelt over haar verloofde, Ferenc, die overleden is. Ze kiest haar heldere woorden met zorg, maar Béla vermoedt dat er een wereld van verdriet achter haar verhaal ligt. Ze praat ook over haar interesses, over de boeken die ze graag zou lezen, en de toneelstukken die ze verslindt en graag opgevoerd zou willen zien. Ze heeft het ook even over haar vader, die haar het verlangen naar kennis heeft bijgebracht. Ze vertelt dat het een schok was om te ontdekken dat een goede opleiding min of meer onmogelijk was voor iemand als zij.

Béla neemt een slokje van zijn wijn, die tot zijn verbazing best lekker blijkt te zijn. Daarna stelt hij de vraag die nu al dagen door zijn hoofd spookt. 'Denkt u er wel eens over om weg te gaan?'

Haar wenkbrauwen gaan omhoog. 'Het dorp verlaten? Waar moet ik dan naartoe?'

'Dat... Geen idee. Boedapest misschien, of een van de andere steden.' Met opzet neemt hij de naam Város niet in de mond.

'Toen ik jonger was, voordat Rózsi werd geboren, heb ik er natuurlijk wel eens over gedacht. Er was niets dat me hier hield. Ik had geen familie of echtgenoot. Bijna al mijn vriendinnen zijn vertrokken, in hun eentje of met hun familie, en de mensen die zijn achtergebleven...'

Ze hoeft haar zin niet af te maken, want ze heeft hem al verteld over Lujza, die door de oorlog een gebroken vrouw is geworden. 'Iemand als ik zal nooit echt bij het dorpsleven betrokken worden. In feite had ik niets te verliezen.'

Ze haalt haar schouders op. 'Voor weggaan heb je geld nodig, meer geld dan ik ooit heb gehad. Ik heb hier geen familie meer, maar elders ook niet, en in de steden heb ik geen vrienden bij wie ik kan logeren tot ik een baan heb. Wat voor een baan zou ik trouwens kunnen krijgen? Op mijn kennis zitten ze in de stad niet te wachten. Ik kan niet goed naaien. Ik ben geen geweldige kok. Ik zou dienstmeisje kunnen worden, dat wel, maar zou mijn leven als dienstmeisje in de stad beter zijn dan mijn leven als vroedvrouw hier? Ik zou geen boeken kunnen kopen of naar het theater kunnen gaan. Ik zou ook niet de vrienden en het respect krijgen die ik hier heb.'

Ze zucht plotseling zo diep dat de vlam van de lamp flakkert. 'Toen ik jong was, vond ik zulke dingen niet belangrijk. Als ik genoeg geld had gehad om naar de stad te gaan, had ik het er misschien wel op gewaagd. Nu ik Rózsi heb, is het onmogelijk. Als je een kind hebt, kun je geen risico's meer nemen.'

Zoekend naar woorden likt hij over zijn lippen. 'Zou het uitmaken als u in de stad wél een vriend had die u kon helpen om een baan en een goed onderkomen te vinden?'

Sari kijkt hem scherp aan. 'Meneer Illyés…' Nu ze zo indringend naar hem kijkt, interesseert het hem niet meer of hij de juiste woorden gebruikt, als de boodschap maar overkomt.

'Geloof me, ik wil u niet beledigen of een oneerbaar voorstel doen, maar tijdens de afgelopen dagen… Ik kan natuurlijk niet zeggen dat ik u goed ken, we hebben elkaar nog maar net leren kennen, maar ik denk dat ik u misschien een klein beetje ken en u een beetje begrijp. Ik heb het idee – vergeef me, alstublieft – ik heb het idee dat u hier niet op uw plaats bent, dat uw intelligentie hier niet tot haar recht komt en dat u er elders meer profijt van kunt hebben. Ik verdien goed en heb een flinke som geld geërfd van mijn ouders. Ik heb geen familie, dus ik kan het me best veroorloven om u het geld voor de reis naar Város te geven. Ik kan een huis voor u en Rózsi zoeken, en eh, ik kan u steunen tot u werk hebt gevonden.'

Zo. Hij heeft zijn zegje gedaan. Zijn brabbelende stemgeluid sterft weg. Ze kijkt hem nog steeds met een volkomen onpeilbare blik aan. Hij kan haar niet aankijken en wendt zijn blik voortdurend af.

'Meneer Illyés… Béla,' zegt ze uiteindelijk. 'Dat is heel, heel aardig van u, maar…'

Hij heft zijn hand op. 'Toe, u hoeft nu niet te beslissen. Neem de tijd om erover na te denken. Ik zal u mijn adres in Város geven, dan kunt u me uw beslissing laten weten. Mijn aanbod blijft altijd geldig.'

Ze glimlacht naar hem. 'Goed, ik beloof u dat ik erover zal nadenken. Maar weet u, ik moet rekening houden met Judit. Zij zou nooit in de stad kunnen wennen. Na alles wat ze voor me heeft gedaan, kan ik haar niet zomaar in de steek laten. En wat moet het dorp zonder vroedvrouw als ze doodgaat?' Ze kapt haar eigen betoog af. 'Sorry. Ik zal er echt over nadenken.'

'Het gaat me om u, juffrouw Arany, om u en Rózsi. Misschien doet u er goed aan om eens aan uzelf te denken in plaats van aan uw omgeving.'

Ze blijven een tijdje zwijgend aan tafel zitten. De lampen werpen flakkerende schaduwen op de muren, tot een vlaag wind de ramen in hun sponningen laat trillen en Sari wakker lijkt te schrikken.

'Ik moet weer eens terug.' Ze kijkt de rommelige keuken rond. 'Ik haal de pannen morgenochtend wel op.'

Hij knikt en staat op. 'Mag ik met u naar huis wandelen?'

Sari schudt haar hoofd. 'Dat hoeft niet. Ik was trouwens van plan om even bij Éva langs te gaan, de vrouw die vanmiddag ziek was. Ik wil vragen hoe het met haar gaat.'

'Zoals u wilt.' Ze doet de deur open om weg te gaan, maar buigt zich dan in een vlugge, vloeiende beweging naar hem toe om een kus op zijn wang te drukken. In een flits staan al Béla's zenuwen op scherp. Hij voelt elk atoom van de gladde lippen die over zijn wang strijken, en de geur van haar haren – kruiden en schoon water – vult zijn neusgaten, zijn hele hoofd. Hij is bijna dankbaar als ze weer rechtop gaat staan. Wat moet hij met zulke intense emoties? Hij kan geen woord uitbrengen, maar gelukkig zegt zij alleen maar: 'Welterusten, Béla.' Dan is ze verdwenen, zonder op een reactie van hem te wachten.

Als Sari door de eerste vorst van het seizoen naar huis knerpt, staan de sterren knisperend en spetterend aan de hemel. Tien jaar geleden zou Béla's aanbod haar alleen maar dolblij hebben gemaakt, maar nu voelt ze een gecompliceerde, berekenende opluchting. De opluchting is niet ontstaan door het aanbod zelf, maar door de motivatie die eraan ten grondslag ligt, de gevoelens die hij kennelijk voor haar koestert, de kans die ze krijgt om veilig te ontsnappen. Desondanks voelt ze een vlaag van treurnis, die weer even snel verdwijnt als hij is gekomen. Het komt allemaal goed, denkt ze. Een luchtbel van zekerheid

ontsnapt aan haar lichaam en zeilt door de koude avondlucht
weg.

In het schemerige, warme licht van de keuken leunt Béla met
een hand tegen de gesloten deur. Met zijn andere hand knoopt
hij zijn broek los en slaat de hand aan zichzelf. Het duurt maar
een paar seconden, en na afloop ontbreekt de gebruikelijke
schaamte. In plaats daarvan voelt hij zich gezuiverd, alsof zijn
ziel schoner is dan ooit.

28

De volgende ochtend kan Béla het nauwelijks opbrengen
om naar Francziska te luisteren. De stroom van betuigingen en
ontkenningen die hij nu al talloze keren heeft gehoord, maken
even weinig indruk als de rimpelingen in de plassen op de
stoepen van Boedapest. Als hij het potlood van Géza vanuit
zijn ooghoek ziet bewegen, bedenkt hij zuur dat hij niet eens
hóéft te luisteren, omdat Géza's oren al gespitst zijn. Géza is
vandaag ook degene die de vragen mag stellen. Béla heeft de
indruk gewekt dat hij zijn collega daarmee een plezier wil
doen, maar eigenlijk doet hij zichzelf een plezier, omdat hij nu
alle tijd heeft om ongestoord weg te dromen en te fantaseren.

Hun koffers zijn gepakt en ze zijn van plan om rond de middag te vertrekken. Volgens Sari heeft een van de zwijgzame
oude mannen uit het dorp aangeboden om hen in zijn kar naar
het volgende dorp te brengen. Als ze daar op de trein naar Város stappen, zijn ze nog voor de avond terug in de stad. Na een
onrustige nacht waren Sari's klop op de deur en haar glimlach
als balsem op een wonde. Na uren gepieker en onzekerheid
beseft hij dat ze zijn aanbod aanneemt – misschien nog niet
meteen, maar hij is bereid te wachten, vooral nu hij weet waar

hij aan toe is. Hij is ervan overtuigd dat ze niet zo warm naar hem zou lachen als ze hem nooit meer wilde zien.

Hij schrikt op als hij Francziska's stem hoort uitschieten, maar het is niet belangrijk en hij droomt weer lekker weg. In gedachten wedt hij met zichzelf dat Sari en Rózsi nog vóór de jaarwisseling in Város zullen zijn.

Hij schrikt wakker uit zijn dagdroom als het stil wordt, en hij ziet dat Géza en Francziska hem afwachtend aankijken. De ondervraging is duidelijk afgerond.

'Nou,' zegt hij joviaal. 'Dat was het dan.'

Francziska kijkt hem behoedzaam na als ze allebei opstaan en naar de deur lopen. Béla mompelt eén bedankje en een ver-ontschuldiging, om haar te laten merken dat het allemaal niet persoonlijk bedoeld was. Ze deden alleen maar hun werk, ze is er beslist in geslaagd om hun twijfels weg te nemen. Francziska knikt en glimlacht. Op weg naar de deur rapen de mannen hun jassen en bagage bij elkaar.

Dan lijkt alles opeens tegelijk te gebeuren. Als Géza zijn koffer pakt en in de richting van de deur draait, zwaait de kof-fer een stukje door de lucht en slaat tegen het bijzettafeltje naast Francziska's deur. Béla draait zich om, klaar om Géza be-straffend toe te spreken, maar dan zien ze alle drie een smalle, lelijke vaas op het tafeltje wankelen, langzaam op zijn brede basis ronddraaien en omvallen. Uit de brede opening komt iets kleins tevoorschijn, dat onverbiddelijk over het tafelblad rolt, over het randje kiept, op de vloer valt en uit elkaar spat. Glas-scherven en een wit poeder vormen een ontplofte ster op de grond.

Natuurlijk had Francziska Sari moeten beloven dat ze het weg zou doen, maar Francziska had zich er niet toe kunnen zetten. Je wist immers nooit wanneer je het weer nodig had. Nu verwenst ze zichzelf in gedachten met alle lelijke woorden die ze kan bedenken. Géza knielt op de vloer en tipt met zijn vingertop een paar korrels op. Als de mannen naar Francziska kijken, staan er meer vragen dan beschuldigingen op hun gezicht. In een fractie van een seconde beseft Francziska dat ze er nog steeds mee weg had kunnen komen, maar dat haar geschokte, ontzette blik haar zojuist heeft verraden.

'Ik was niet de enige,' zegt ze.

Zodra Jakova Gersek de twee mannen haar tuinpad op ziet komen, weet ze wat ze komen doen. Iets in haar binnenste verzuurt, en als ze zeggen dat ze net bij Francziska Imanci zijn geweest, voelt ze alleen maar walging en minachting voor Francziska. Ze heeft altijd gedacht dat Francziska een lafaard was, die na ontdekking van hun misdaad zo veel mogelijk anderen zou verklikken. Ze is dan ook niet verbaasd dat Francziska haar naam heeft genoemd. De stomme koe is te bijgelovig om de vroedvrouwen erbij te lappen, omdat ze denkt dat zij de macht hebben om hun vijanden te vervloeken. Nou, zo dom is Jakova beslist niet. Als vriendin van Orsolya Kiss leer je wel geslepen te zijn, en zodra ze doorheeft dat haar stroom van woedende ontkenningen geen gehoor vindt, is het besluit om nog meer mensen te verraden gauw genomen.

'Sari Arany,' zegt ze.

Aan de andere kant van het vertrek stort Béla's wereld in.

Mijn eerste fout was dat ik dacht dat ik veilig was, denkt Sari. Ze krijgt een akelig gevoel in haar maag als ze terugdenkt aan de heerlijke opluchting waarmee ze die ochtend wakker werd. Ze had moeten weten dat ze het pas achter zich kon laten als de agenten veilig uit Falucska waren vertrokken. Tot dat moment was er altijd een kans dat het verkeerd afliep.

Ze ontkent alles. Géza vertelt haar dat Francziska Imanci en Jakova Gersek allebei hebben bekend en dat de laatste haar naam heeft genoemd. Het kost haar veel moeite om haar woede te verbergen, maar toch slaagt ze erin om haar boosheid in te slikken en een verwarde blik op te zetten. Die blik is niet eens gespeeld. Ze kan nauwelijks geloven dat alles als een kaartenhuis is ingestort, dat Francziska en Jakova zo snel zijn doorgeslagen en hun eigen doodvonnis hebben getekend. Het is nog niet voorbij, houdt ze zichzelf voor. Omwille van Rózsi en haarzelf moet ze blijven geloven dat het nog niet voorbij is.

Béla kijkt haar niet aan.

Béla is ervan overtuigd dat hij moet overgeven als hij nog een seconde naar de triomfantelijke, trotse blik op Géza's jongensachtige gezicht blijft kijken. Hij is zichzelf niet meer, het is alsof hij van een afstandje naar zichzelf staat te kijken. Hij kan het niet geloven, het kan niet waar zijn. Misschien zijn de anderen er wel bij betrokken, maar Sari niet. Dit is weer zo'n voorbeeld van een intelligente, dappere, onconventionele vrouw die door een kleine, bekrompen gemeenschap wordt gestraft. Toch is ze beschuldigd en kan hij het hier niet bij laten, omdat Géza niet toestaat dat hij doet of er niets is gebeurd.

Ze staan op de stoep van Sari's huis. Vanaf het moment waarop de deur achter hen is dichtgegaan, babbelt Géza over alle volgende stappen die ze nu moeten nemen. Béla heeft zo veel zin om hem een dreun te geven dat hij zijn hand voelt jeuken.

'Nu deze twee vrouwen hebben bekend, moeten we hen natuurlijk arresteren,' zegt Géza. 'Maar het lijkt me duidelijk dat verder onderzoek in het dorp nodig is. Wat zullen we doen? We moeten mevrouw Imanci en mevrouw Gersek ergens opsluiten, om te voorkomen dat ze ontsnappen als we andere mensen ondervragen.'

'De kerk,' antwoordt Béla dof. Hij kan het gebouw vanaf deze plaats zien. Het is leeg en heeft grote, dubbele deuren, die aan de buitenkant makkelijk geblokkeerd kunnen worden. De ramen zijn te klein en zitten te hoog om als ontsnappingsroute te dienen.

Géza's gezicht begint te stralen. 'Prima idee! We kunnen

hen daar opsluiten terwijl we… Dat wilde ik ook nog vragen. Wat doen we met juffrouw Arany? Met de beschuldiging van mevrouw Gersek kunnen we haar toch ook arresteren? Volgens mij was haar verklaring veel betrouwbaarder dan het verhaal van de oude mevrouw Imanci over haar schoondochter. Als we meer bewijsmateriaal nodig hebben, kunnen we nog een keer bij Francziska Imanci langsgaan. Als zij hoort dat mevrouw Gersek de naam van juffrouw Arany heeft genoemd, is ze vast bereid het verhaal te bevestigen.'

Hij denkt even na. 'Anderzijds: als juffrouw Arany echt degene is die het vergif aan de andere vrouwen heeft gegeven, is het misschien geen goed idee om haar nu al te arresteren. Misschien moeten we haar een poosje in de gaten houden om te kijken wat ze doet. Misschien gaat ze wel een paar andere vrouwen waarschuwen en kunnen we er nog meer arresteren.'

Het is duidelijk dat Géza hardop denkt en nauwelijks een reactie van Béla verwacht. Béla haalt zijn schouders op en vecht tegen brandend maagzuur. Het bestaat niet dat Sari hier verantwoordelijk voor is. De vrouw die hij heeft leren kennen, kan gewoon geen moordenares zijn. Toch is er nog de kwestie van haar overleden verloofde. Wat zei ze ook weer? Hij is vlak na de oorlog gestorven, als eerste slachtoffer in de plaag van onduidelijke ziektes die nu al een decennium duurt. Béla verwenst zichzelf dat hij dit zelfs maar durft te denken. Zoiets zou ze nooit doen, natuurlijk niet, maar ze weet natuurlijk wel hoe ze het zou kúnnen doen. In het dorp zijn zij en Judit de enigen die hier verstand van hebben. Hij bijt op zijn lip en proeft bloed.

'We gaan mevrouw Imanci en mevrouw Gersek halen,' onderbreekt hij Géza midden in een zin. 'Je hebt gelijk, het is beter om juffrouw Arany nog niet te arresteren. We wachten af wat ze doet.'

En ik kan alleen maar kan bidden dat ze geen centimeter van haar plaats komt, voegt hij er in gedachten aan toe.

'Daar zijn ze weer,' zegt Judit vanaf haar post bij het raam. Ze zit er al sinds Géza en Béla die ochtend zijn weggegaan. Tijdens het gesprek is ze door Sari naar de slaapkamer gestuurd, zogenaamd om voor Rózsi te zorgen, maar natuurlijk heeft ze al die tijd op haar hurken bij de deur gezeten om alles af te luisteren. Toen ze uit de slaapkamer kwam, hoefde Sari haar niets meer uit te leggen. Sari heeft sindsdien nauwelijks een vin verroerd en zit nog steeds kalm aan de keukentafel, maar Judit weet wat ze denkt en dat ze er niet over peinst om voor de bijl te gaan. Zelf is Judit daar wel toe bereid, want dat is nooit een schrikbeeld voor haar geweest. Ze heeft een hoge leeftijd bereikt en heeft altijd geweten dat er een einde aan zou komen. Dat heeft ze na het vertrek van Béla en Géza ook gezegd. Ze heeft Sari recht in het bleke, bedroefde gezicht gekeken en haar toegesproken.

'Waag het niet om rekening met mij te houden,' heeft ze gezegd. 'Ik blijf hier. Ik zie wel wat er gebeurt, maar als jij de kans krijgt, moet je samen met Rózsi ontsnappen.'

Sari's zwijgende, vragende blik werd door Judit als uiting van twijfel geïnterpreteerd. 'Doe niet zo belachelijk, Sari,' had ze gesnauwd. 'Misschien ben ik al dood voordat ze me naar de galg kunnen slepen. Het interesseert me geen fluit. Het enige wat mij interesseert, is dat jij maakt dat je wegkomt.'

Sari had geknikt, maar heeft sindsdien geen woord meer gezegd. Judit geeft haar tijd om na te denken en probeert haar zo goed mogelijk te helpen door haar van alle ontwikkelingen op de hoogte te houden. Ze heeft gezien dat Béla en Géza naar Francziska's huis zijn gelopen, haar naar de kerk hebben gebracht en de deur hebben afgesloten. Daarna hebben ze hetzelfde met Jakova gedaan. Nu komen ze de kerk uit en gaan vlak achter de veranda van de familie Jokai zitten. Alleen de bovenkant van hun hoofd steekt erboven uit, waardoor alleen iemand die hen al een halfuur aandachtig volgt precies kan zien waar ze zitten. Grinnikend en hoofdschuddend bekijkt Judit het tafereeltje.

'Ze houden ons in de gaten,' zegt ze tegen Sari.

Even blijft Sari net zo onbeweeglijk zitten als de rest van de ochtend, maar dan lijkt ze wakker te worden. Ze schudt haar hoofd om weer helder te worden.

'Ze zijn benieuwd wat ik nu ga doen,' zegt ze.

'Ja,' zegt Judit. Ze denkt dat het nu wel veilig is om het raam te verlaten en komt tegenover haar zitten.

'Wat willen ze dat ik doe?' vraagt Sari. 'Hoe help ik hun onderzoek verder?'

'Francziska heeft Jakova verraden. Jakova heeft jou verraden.' Judit haalt haar schouders op en laat Sari haar eigen conclusies trekken.

'Ze willen dat ik andere mensen verraad,' zegt Sari langzaam. Ze knikt. 'Ja, dat moet het zijn. Maar als ik dat doe, heb ik in feite al bekend.' Ze zwijgt even. 'Jakova heeft me al beschuldigd. Francziska zal me heus niet in bescherming nemen als ze weet dat Jakova mijn naam heeft genoemd. Hoe je het ook wendt of keert, ze hebben me in de tang.'

Judit trekt een lelijk gezicht. 'Daar ziet het wel naar uit.'

'Dus de vraag is of ik in mijn eentje ten onder ga, of dat ik anderen in mijn val meesleep.' Ze grijnst even naar Judit, maar eigenlijk is het helemaal geen grijns. Het is meer of ze dreigend haar lip optrekt, en al is Judit voor geen kleintje vervaard, ze voelt het bloed in haar aderen verkillen. 'Nou, het antwoord lijkt me duidelijk. Als ik aan de galg eindig, wil ik dat dat kreng van Kiss en haar ellendige vriendinnen naast me bungelen.'

Judit herstelt zich snel. 'Zo mag ik het horen. Andere vrouwen verraden heeft trouwens nog een voordeel.'

Sari denkt vlug na en dan verschijnt er een glimlach op haar gezicht, een echte glimlach deze keer. 'Ze zijn maar met hun tweeën. Hoe meer mensen ik verklik, hoe minder tijd ze voor mij hebben.'

'Je hebt niet veel tijd nodig. Je kent de omgeving beter dan wie dan ook. Je moet alleen zorgen dat je genoeg tijd hebt om Rózsi op te halen, voldoende proviand mee te nemen en naar het bos te gaan. Verberg je daar een paar dagen, en ga ervandoor als ze de anderen naar Város hebben gebracht.'

Sari knikt. Het heeft geen zin om te vragen waar ze naartoe moet. Ze herinnert zich dat ze gisteren nog tegen Béla heeft gezegd dat ze geld nodig heeft om weg te gaan. Ja, natuurlijk heeft ze geld nodig, geld zou deze hele puinhoop een stuk makkelijker maken, maar als ze moet kiezen tussen leven en dood hoeft ze natuurlijk niet lang na te denken. Ze weet genoeg van de natuur om te zorgen dat Rózsi en zij niet verhongeren. Ondanks de risico's is dit een kans die ze niet mag laten liggen.

'Rózsi is bij Lujza,' zegt Sari. 'Ga haar halen. Pak genoeg eten in voor de komende dagen. Zorg dat alles klaarstaat als ik terugkom.'

'Komt voor elkaar.'

Sari staat op. 'Goed,' zegt ze. In een opwelling buigt ze zich voorover om Judits gerimpelde wang te kussen. 'Ik hou van je, Judit.'

Met geveinsde irritatie duwt Judit haar weg. 'Dat weet ik toch, domme meid. Wegwezen, jij.'

Béla ziet de deur opengaan. Naast hem houdt Géza zijn adem in. 'Het gaat gebeuren!' zegt hij.

'Loop nog niet op de zaken vooruit,' waarschuwt Béla. 'Misschien maak je jezelf blij met een dode mus.'

Lieve God, laat haar alsjeblieft geen verkeerde dingen doen, denkt hij. Hij ziet Sari naar buiten komen en om zich heen kijken. Als ze ziet dat de kust vrij is, komt ze het trapje af. Ga gewoon naar de rivier of naar het bos, zo spoort Béla haar in gedachten aan. Ga kruiden zoeken. Doe alsjeblieft níéts waardoor je je schuld bewijst. Hij weet dat hij haar moet arresteren nu Francziska huilend Jakova's beschuldiging heeft bevestigd, maar misschien, heel misschien kan ze een veroordeling voorkomen als ze nu verder niets meer doet. Misschien.

Sari staat inmiddels onder aan het trapje en loopt tot Béla's ontzetting niet in de richting van het bos of de vlakte, maar naar het groepje huizen midden in het dorp. Géza sist van opwinding. Zodra ze de hoek om is, komen ze voorzichtig uit hun schuilplaats om achter haar aan te gaan, Béla met hevige tegenzin, Géza zo opgewonden dat hij zich moet inhouden om niet te rennen. Als ze haar weer zien lopen, wandelt ze naar een huis. Omdat het een huis is waar ze nog niet zijn geweest, voelt Béla de hoop weer opvlammen. Misschien is dit de zieke vrouw bij wie ze gisteren is geweest. Met een beetje geluk gaat Sari alleen maar op bezoek bij haar patiënt. Misschien komt het allemaal nog goed. Misschien.

Vijf minuten lang gebeurt er niets. Elke seconde is Béla zich bewust van de wind op zijn huid en de zacht prikkende haartjes die van spanning overeind gaan staan. Dan komt Sari weer naar buiten. Vijf minuten, denkt Béla. Dat is meer dan genoeg tijd voor een vluchtig medisch onderzoek. Het maakt niet uit dat Sari geen instrumenten bij zich heeft. Misschien keek ze alleen maar even hoe het met de vrouw ging en was ze van plan later terug te komen als de patiënt meer verzorging nodig had.

Géza duwt hem in de richting van het huis. 'Ik blijf buiten staan om te kijken waar ze nu naartoe gaat,' fluistert hij. 'Klopt u maar op de deur.'

Béla heeft geen energie om zich te verzetten tegen de plotse revolutie die hem de macht ontneemt en Géza de leiding geeft. Gehoorzaam beklimt hij het trapje naar de voordeur en klopt zachtjes op de deur. Er komt geen reactie. Dat verbaast hem niet, want een zieke vrouw doet natuurlijk niet voor een vreemde man open. Hij kijkt over zijn schouder naar Géza, die gefrustreerd gebaart dat hij moet blijven kloppen. Béla tikt nog een keer op de deur. Er wordt nog steeds niet opengedaan, maar hij hoort binnen wel een geluid, een verward, onhandig gerommel. Hij legt zijn hand op de deurkruk, die tot zijn verbazing gewoon naar beneden blijkt te gaan. Als hij naar binnen loopt, vindt hij zichzelf een enorme rotzak dat hij zomaar de privacy van een arme vrouw schendt. De woonkamer is leeg, maar vreemd genoeg hangt er nog wat warmte en beweging in de lucht, alsof er net nog iemand in het vertrek is geweest. Omdat hij zijn intuïtie niet kan negeren, loopt hij op zijn tenen naar de achterkant van het huis, waar volgens hem de slaapkamer moet zijn. Daar ziet hij het mollige, aantrekkelijke lijf van Matild Nagy door het schuifraam naar buiten glijden.

In feite heeft ze daarmee al schuld bekend.

Hij heeft geen tijd om haar naar de kerk te brengen. Het zit hem dwars dat hij zich niet aan de regels houdt, maar hij zet haar op een stoel en bindt haar handen en voeten met repen stof die hij haastig van een paar lakens heeft gescheurd. Tot zijn verbazing stribbelt ze niet tegen. Misschien verkeert ze in een shock, of misschien heeft haar mislukte ontsnappingspoging alle energie uit haar weggezogen. Tegen de tijd dat hij naar buiten kan, zit Géza al als een kat ineengedoken bij de veranda van een ander huis. Zodra hij Béla ziet naderen, trekt hij vragend zijn wenkbrauwen op. Béla knikt, maar hij voelt zich diep ellendig.

'Sari is hier een minuutje geleden weggegaan,' fluistert Géza. Béla's maag knijpt samen. Sari is dan misschien wel een moordenares, maar dat geeft Géza nog niet het recht om haar voornaam te gebruiken. 'Ze is daarheen gelopen, naar het huis van Orsolya Kiss. Ze is nog steeds binnen. Daar gaan we straks naartoe.'

Op het moment dat ze het trapje op lopen, herinnert Béla zich dat dit het huis van Zsofia Gyulai is. Het verbaast hem dan ook niet dat ze een hartverscheurend gehuil horen als ze de deur opendoen.

Ze binden haar ook vast. Géza vindt het net zo vervelend als Béla, maar hij kan ook geen alternatief bedenken. 'Het duurt hooguit een uur voordat we u komen halen,' zegt hij. Het is een poging om mevrouw Gyulai te troosten, maar ze begint nog harder te huilen.

Béla heeft van tijd tot tijd uit het raam gekeken en heeft Sari een paar minuten geleden uit het huis van Orsolya Kiss zien komen. Nu loopt ze terug naar Judits huis. 'Kom mee,' zegt hij tegen Géza. De arrestatie van Orsolya Kiss wordt een van de weinige lichtpuntjes in dit hele fiasco.

Uit beleefdheid kloppen ze aan, maar zoals verwacht komt er geen reactie. Het is ook geen verrassing dat de woonkamer leeg is. Béla zegt niets, maar wenkt Géza dat hij hem moet volgen naar de slaapkamer, waar hij Orsolya midden in een ontsnappingspoging door het raam denkt aan te treffen. Tot zijn verbazing zit Orsolya doodstil en met gebogen hoofd op het randje van het bed. Even hopen ze dat de vrouw zich niet tegen haar arrestatie zal verzetten, maar dan kijkt Orsolya op en leidt hen met een vreemd, koket glimlachje net lang genoeg af om het pistool te heffen dat ze losjes in haar rechterhand houdt.

De kogel zeilt een flink eind langs Béla's rechteroor, maar toch schrikken ze zich allebei een hoedje. Binnen een seconde heeft Géza zich boven op haar geworpen en haar met een smak op de grond gegooid. Na enig verzet geeft ze zich gewonnen, al blijft Béla op zijn knieën zitten voor het geval Géza hem nodig heeft. Als hij zeker weet dat ze niet meer zal tegenstribbelen, draait hij zich naar het kastje aan zijn linkerhand. Hij trekt de laden open tot hij haar ondergoed heeft gevonden en pakt een stapeltje lange kousen. Géza sjort haar op haar buik en begint haar handen achter haar rug vast te binden. Op het moment dat Béla gaat staan en het stof van zijn kleren veegt, valt zijn oog op iets dat in de geopende la verleidelijk ligt te glinsteren.

'Ik ga juffrouw Arany ophalen,' zegt hij.

Vanuit zijn ongemakkelijke positie op de grond draait Géza zich om en kijkt Béla onderzoekend aan.

'Neemt u het hier maar over, dan ga ik juffrouw Arany halen.'

Béla schudt zijn hoofd. 'Nee, nee, je doet het hier prima.'

'Maar…'

Dat is de laatste druppel voor Béla's hevig getergde zenuwen.

'Géza, dat is een bevel! Jij blijft hier. Hou mevrouw Kiss in bedwang en breng haar naar de kerk. Daarna haal je mevrouw Nagy en mevrouw Gyulai op om hen ook naar de kerk te brengen. Ik zie je daar.'

Een paar tellen lang kijken ze elkaar aan, Béla met zijn onschuldigste blik en Géza met achterdochtige, samengeknepen ogen. Dan probeert Orsolya Kiss zich als een vis op het droge nog een keer wanhopig los te worstelen. Géza heeft al zijn aandacht nodig om haar in bedwang te houden, en Béla maakt van de gelegenheid gebruik door vlug weg te glippen.

Deze keer klopt hij niet aan, hij rent gewoon met drie treden tegelijk het trapje op en duwt de deur open. En dan…

'Tja,' zegt Sari. Met haar rechterhand houdt ze Rózsi vast, en in haar linkerhand heeft ze een canvas-tas. Ondanks de ernst van de situatie is ze opvallend kalm. 'Tja,' zegt ze nog een keer. 'Nou ja, het was de moeite van het proberen waard.'

Heel even kan hij niets uitbrengen, maar dan rollen er alleen maar onbelangrijke mededelingen over zijn lippen. 'We hebben mevrouw Nagy, mevrouw Gyulai en mevrouw Kiss gearresteerd,' zegt hij schaapachtig.

Ze knikt glimlachend. 'Nou, dat is in elk geval iets om blij mee te zijn. Waarschijnlijk kunnen ze jullie nog meer namen geven. Ik denk niet dat ze veel aanmoediging nodig hebben.'

'Sari,' zegt hij. Het is de eerste keer dat hij haar voornaam op zijn tong proeft. Het bitterzoete woord blijft in zijn keel steken en hij kan niets meer zeggen. In plaats daarvan gooit hij met zijn rechterhand zwijgend een leren buideltje naar haar toe.

'Wat is dit?' vraagt ze verbaasd. Geërgerd gebaart hij dat ze het moet openmaken. Op het moment dat ze het openmaakt, ziet ze parels, gouden sieraden en geld. Ze bijt op haar lip om te voorkomen dat ze naar adem snakt en kijkt hem met samengeknepen ogen aan.

'Orsolya?' vraagt ze. Hij knikt. Ze haalt diep adem, en daarna nog een keer. 'Waarom?'

Eindelijk hervindt hij zijn stem. 'Dat kan ik ook aan jou vragen,' zegt hij. Hij vindt het vervelend dat zijn stem trilt, maar dan wordt zijn toon een beetje zachter. 'Je zei dat je geld nodig had. Om naar de stad te reizen.'

Een paar tellen lang sluit Sari haar ogen. Béla vraagt zich af of dit de eerste oprechte emotie is die hij op haar gezicht heeft gezien. 'Dank je,' zegt ze.

'Ik vervloek mezelf dat ik dit doe,' barst hij uit. Dat is echt zo, hij weet niet wie hij op dit moment heviger verwenst, haar of zichzelf. Hij is altijd trots op zijn gedrag geweest, vooral waar het zijn werk betrof. Hij was altijd trots op zijn mensenkennis, maar nu zet hij overal vraagtekens bij. In haar glimlach denkt hij enig medeleven te zien, maar hoe kan hij nu nog proberen haar te doorgronden?

'Dat spijt me.' Nerveus flitsen haar ogen naar de deur.

'Maak je geen zorgen, je hebt nog tijd. Géza brengt de andere drie naar de kerk.'

'Prima.' Ze kijkt hem met haar genadeloze ogen aan en verwacht zijn vraag al voordat hij hem stelt.

'Hoe heeft dit allemaal kunnen gebeuren? Waarom heb

je...' Hij kan de zin niet afmaken, want het is onbegonnen werk om al zijn gevoelens te benoemen. Zelfs als hij het kon, zou hij de vraag nooit over zijn lippen kunnen krijgen: hoe kon een vrouw als jij, een vrouw van wie ik dacht te kunnen houden, dit in vredesnaam allemaal doen?

Toch lijkt ze hem te begrijpen, en ze tilt één wenkbrauw op. 'Ik heb voor mezelf gekozen,' luidt haar eenvoudige verklaring. 'Voor mezelf en voor mijn kind. Net zoals jij ervoor gekozen hebt om mij te helpen. Waarschijnlijk wil je horen dat mijn verloofde me mishandelde, een keurige, begrijpelijke, aannemelijke verklaring waarom ik het allemaal heb gedaan. Het is zo, hij mishandelde me, maar daar gaat het niet om. Waar het om gaat, is dat ik er iets aan heb gedaan. Ik was het beu om mijn lot passief te ondergaan, en ik denk dat veel andere vrouwen in het dorp er ook zo over denken.'

Met haar linkerhand tilt ze de tas op. 'En nu moeten we gaan. Judit...'

Béla draait zich om. Hij had de oude vrouw niet eens opgemerkt, maar daar zit ze, met haar manipulatieve grijns en haar handen keurig gevouwen op schoot.

'Ha!' kraait ze bij het zien van zijn verbaasde blik. 'Ik ben de troostprijs. Om je de waarheid te zeggen, ben ik degene die Sari destijds het vergif heeft gegeven. Eigenlijk ben ik dus nog veel schuldiger dan zij. Geen slechte ruil, hè? Je krijgt mij in plaats van haar.'

Voordat Béla kan reageren, wendt Judit zich tot Sari om haar indringend aan te kijken. 'Wegwezen, jullie twee,' zegt ze ruw. 'En kijk alsjeblieft verduveld goed uit.'

Sari knikt een keer, en Rózsi strekt haar hand uit naar Judit, die hem stevig beetgrijpt voordat ze het meisje loslaat. Met hun tweeën lopen ze naar de trap aan de achterkant als Sari voor de laatste keer naar Béla kijkt. 'Ik weet niet of het een troost voor je is, maar ik had hier aanzienlijk minder moeite mee gehad als ik je niet zo aardig vond.'

Je moet elk beetje troost met beide handen aangrijpen, denkt Béla. Door het raam ziet hij Sari en Rózsi door de achtertuin lopen. Sari tilt Rózsi over het hek, stapt er zelf overheen en loopt dan snel met haar dochter in de richting van het bos. Ze zorgt ervoor dat ze in de schaduw van de huizen blijven lopen. Hun silhouetten worden steeds kleiner, kwetsbare poppetjes tegen de achtergrond van de enorme vlakte. Béla huivert en schrikt als Judit haar vergroeide klauw op zijn schouder legt, een gebaar dat duidelijk bedoeld is om hem te troosten. Hij had niet eens gemerkt dat ze naast hem was komen staan.

'Ze redden het wel,' zegt ze. 'Maak je maar geen zorgen. Het komt wel goed met die twee.'

Samen blijven ze kijken tot de piepkleine schaduwen van Sari en Rózsi worden opgeslokt door de grote, dreigende schaduw van het bos.

'Goed,' zegt Judit met ijle, opgewekte stem. 'Dan moesten we maar eens gaan.'

EPILOOG

Vanuit het bos zag ik dat ze mannen uit naburige dorpen haalden om de kerk te bewaken. Ondertussen arresteerde Géza nog meer vrouwen en ging Béla in Város versterking halen. Natuurlijk hebben ze me gezocht, ze hebben het hele woud uitgekamd, maar ik voel me daar al sinds mijn peutertijd thuis. Ik ken elk blad en elke boom, dus het was niet moeilijk om hen te ontlopen. Uiteindelijk werden er vijfentwintig vrouwen gearresteerd, die in een soort processie uit het dorp werden weggevoerd. Achteraf hoorde ik dat er acht waren opgehangen, maar ik weet niet precies wie. Ik hoop dat Judit gelijk had toen ze gokte dat ze al dood zou zijn voordat ze haar op het schavot konden zetten.

Rózsi en ik blijven lopen. Mijn voornaamste doel is om de afstand tussen ons en Falucska zo groot mogelijk te maken. Mijn tweede doel is om niet gepakt te worden, en daarom maken we omwegen. We bedenken afleidingsmanoeuvres en lopen soms een stukje terug over terrein dat we al hebben bewandeld, maar ruwweg gezegd lopen we in westelijke richting. Ik ken deze vlakte op mijn duimpje, als de binnenkant van mijn eigen oogleden. Daarom kan ik hem bereizen, en daarom wil ik hem zo ver mogelijk achter me laten. Ik heb meer dan genoeg van het geruis van het droge gras in de wind, van de dreigende, donkere vlek van een naaldbos in de nacht, en van de dikke, zelfgenoegzame maan. Ik zeg tegen Rózsi dat we toe zijn aan een plaats waar het warm is en heerlijk ruikt. Misschien ergens aan zee. Ze zegt niets, maar soms glimlacht ze naar me. We weten allebei dat het wel goed komt met ons.

We reizen naar het westen en volgen ons eigen spoor in de steeds dieper wordende sneeuw.

DANKWOORD

Dank aan alle mensen die het boek in een vroeg stadium hebben gelezen (jullie weten zelf wel wie ik bedoel), met name aan Katy Anchânt, Rachel Coldbreath en Germán Guillot, die me in het begin hun broodnodige enthousiasme schonken, me bemoedigden en bereid waren het manuscript na te lezen.

Dank aan al mijn vrienden, vooral aan Carlie Dawes, Jo Black, Kate Jones, Zavy Gabriel, Yogi Raste, Sophie McInnes, Angela Hughes, Sarah Cook, Leda Glyptis, Anne Pordes, Sarah Moore, Nich Underdown, Mary Macfarlane, Helen Finch en Judith Logan.

Dank aan mijn familie, met name aan Richard en Julia.

Bedankt, Mark.

Bedankt, pap en mam.

NOOT VAN DE NEDERLANDSE UITGEVER

Deze roman is gebaseerd op een waargebeurd verhaal. In de periode van 1914 tot 1929 was een kleine groep vrouwen verantwoordelijk voor ongeveer driehonderd sterfgevallen in het gebied rondom Nagyrev, Hongarije.

Dit verhaal inspireerde ook filmmakers: regisseur Jon Amiel, bekend van onder meer *Entrapment* en *Sommersby*, werkt aan een film met Helen Mirren en John Hurt (*Angel Makers*, 2008).

De Nederlandse filmmaakster Astrid Bussink maakte in 2005 een internationaal bekroonde documentaire over het Hongaarse dorp waar de moorden werden gepleegd (*The Angel Makers*). Ze werd onder meer onderscheiden met de First Appearance Award, IDFA Amsterdam.